Princesa

Patricia Sutherland

© 2011 Patricia Sutherland
www.jeraromance.com

1ª Edición: abril de 2011
2ª Edición: septiembre de 2013

ISBN: 978-84-939730-0-1

© Imagen de cubierta: Dreamstime/Sophie Phelps
Diseño de cubierta: Laura Sánchez

JR04 – Princesa
Serie Moteros, 1
Novela romántica contemporánea
Nivel de erotismo: ♥♥♥ (Muy sensual)

A mi madre, que la leería con emoción y orgullo...
(Saltándose las escenas ardientes, eso sí).

A mi padre, que (seguramente) no la leería, pero
la recomendaría a todo el mundo, rebosante de orgullo.

Vuestro recuerdo es un pésimo sustituto...
pero un GRAN consuelo.

Hasta que volvamos a vernos...

~Prólogo~

Londres, octubre de 2008.

Cuando Theresa Gibb llegó al Starbucks de Covent Garden faltaban diez minutos para las siete y había comenzado a llover. Aquel día, sin embargo, la lluvia fina pero persistente que calaba hasta los huesos le pareció un buen presagio. Otra tarde desapacible, hacía alrededor de un año, Dakota y ella habían compartido su primer café en aquel mismo lugar.

"Dakota", pensó la treintañera mientras se dirigía hacia el mostrador para hacer su pedido, seguía resultándole extraño asociar su imagen a aquel apodo por el que lo conocía todo el mundo. Cuando aún vivía en Inglaterra, para Tess él era, simplemente, Scott Taylor, el niño once años menor que vivía en la casa vecina. En los quince que habían transcurrido desde que ella se instalara en Boston, la existencia de aquel chico desgarbado de melena larga, se había desdibujado completamente, excepto por alguna mención esporádica cuando llamaba a su familia, a Londres, para ver cómo estaban.

Ahora, Scott lo era todo.

Cuánto habían cambiado las cosas en tan sólo unos meses. El rostro de Tess se ensombreció al tomar conciencia de que en esta ocasión, y a pesar del buen pálpito inicial, las circunstancias eran distintas.

Pidió su consumición habitual, un Mocca Frapuccino, y esperó a que el dependiente lo sirviera, intentando concentrarse en lo que veía y dejar de pensar. Pero la parsimonia del empleado, sumada al murmullo cansino de las máquinas, volvió a sumergirla en sus pensamientos.

Scott había entrado en su vida como un tornado.

Era descarado y dominante en sus avances, y, especialmente, imprevisible. Desde el principio, había habido un factor sorpresa que primero la descolocaba, y luego, la seducía. La seducía el indiscutible interés oculto detrás de sus encuentros *aparentemente* casuales, de sus ocurrencias aparentemente espontáneas, porque no había nada de casual en ellas. Como aquella tarde en Heathrow. Los controles de seguridad a los que eran sometidos los viajeros se habían vuelto tan estrictos que hasta los aros metálicos de la lencería femenina hacían saltar la alarma, pero allí estaba él, en plena zona de pasajeros, *sin tarjeta de embarque*, con su cazadora de pinchos y sus botas llenas de hebillas, invitándola a tomar un café mientras esperaban que se hiciera la hora de embarcar. Un inofensivo café que había acabado con los dos encerrados en un baño, dejando volar la imaginación...

Casi sin darse cuenta, Tess volvió a aquel momento.

Todo había ocurrido en un instante.

Aunque seguramente fueron varios, que su mente no llegó a registrar. Cuando Tess volvió a ser consciente de la realidad, estaba en un cubículo oscuro, aprisionada entre el cuerpo de Dakota y la pared.

La descarga de una cisterna próxima le llegó como una letanía, que pronto se diluyó en la nada cuando él volvió a hundirle la lengua en la boca, en un beso voraz.

Todo en él lo era. Voraz. Ardiente.

Dominante.

Invadía su espacio vital sin reservas. La invadía a ella, en incursiones de una avidez apabullante que la dejaban inmóvil, casi indefensa.

Completamente a su merced.

En aquel momento, él dejó de besarla. Se apartó apenas un poco, pero mantuvo el rostro de Tess entre sus manos.

Su mirada permaneció varios segundos sobre los labios femeninos, quemándolos, antes de subir a sus ojos.

—Si tengo que sobornarte para que me toques, dímelo, ¿vale? —murmuró él.

Y no fue hasta entonces que Tess se percató de que sus manos continuaban sobre las caderas de Scott, donde seguramente habrían llegado por pura inercia.

Se había quedado quieta.

Bloqueada por la intensidad de lo que sentía. De lo que *él la hacía sentir*.

Atontada, como si fuera una principiante en amores a la que un príncipe azul demasiado apasionado hubiera tomado por asalto.

Como si a pesar de *no ser una principiante*, nunca antes hubiera saboreado semejante intensidad. Semejante locura.

Como si la hubieran hechizado...

Tess se humedeció los labios. Lo miró abrumada y violenta al mismo tiempo, sin saber qué decir.

—¿Tengo que sobornarte? —insistió él, envuelto en un suspiro.

Pero Dakota no esperó respuesta. Ella sintió cómo la elevaba por la cintura y volvía a adueñarse de su boca, loco de pasión...

"Señora... Su cambio y el pedido, por favor".

La voz del dependiente la trajo bruscamente de regreso al presente con los latidos del corazón acelerados y una intensa sensación de bochorno.

Tess tragó saliva e intentó recuperarse.

Tras farfullar un "gracias", se echó las monedas en el bolsillo del abrigo, y cuando se disponía a coger la bandeja que el empleado le entregaba, reparó en el moderno Swatch negro que asomaba de la manga de su uniforme. Entonces, la razón que la había traído al Starbucks volvió a su mente.

¿Acudiría Scott a la cita? ¿Le daría la oportunidad de explicarse?

Tess meneó la cabeza, disgustada consigo misma. ¿Acaso había alguna explicación racional para semejante estupidez?

Oyó, para mayor bochorno suyo, que el dependiente le preguntaba si estaba todo en orden. Tess se apresuró a indicarle, con una sonrisa forzada, que el gesto no había tenido que ver con él y, bandeja en mano, serpenteó entre las mesas hacia la única ubicación disponible, una mesilla redonda situada en un rincón.

Tras quitarse las gafas, las dejó sobre la mesa. Se pasó una mano por la frente, luego por el cabello. Sabía que, a pesar del maquillaje, debía tener un aspecto terrible. Siempre lo tenía cuando no descansaba bien y la noche anterior no había conseguido conciliar el sueño. Su cerebro no había dejado de repasar los sucesos, secuencia tras secuencia, y seguía sin comprender qué le había ocurrido.

Dios...

A dos minutos de la hora fijada, estaba completamente en blanco. Helada de los nervios. Deseando con toda el alma que Scott se presentara, que le diera la oportunidad de explicar lo inexplicable...

Y con la certeza absoluta de que si él no... Si Scott no...

Tess inspiró profundamente.

Entonces, descubrió, con desesperación, que le faltaba valor para completar aquel pensamiento.

A pocos kilómetros de donde estaba ella, Dakota también echó un vistazo rápido al reloj centenario que dominaba el salón principal del concurrido pub. A continuación, apuró su cerveza y dejó la jarra vacía sobre la barra.

—Estoy arriba —le dijo a su socio—. Si alguien pregunta por mí, no me has visto.

Evel se limitó a asentir. Lo siguió con la mirada mientras Dakota se dirigía hacia las escaleras que conectaban el salón con el piso superior que a veces usaba a modo de vivienda.

Si hasta el momento había albergado alguna duda sobre lo mal que estaban los asuntos sentimentales de su amigo, ya no tenía ninguna; acababa de verlo desconectar su móvil.

~ 1 ~

Un año antes...
Londres, agosto de 2007.

Olía a una mezcla de bruma, tierra húmeda, y kebabs.

Era un aroma inconfundible, una fragancia única marcada por el clima, el transcurso del tiempo y la diversidad cultural, que le confería universalidad, y a la vez, idiosincrasia. Ninguna otra ciudad olía igual.

Theresa Gibb habría sabido que estaba en Londres aunque sus ojos no pudieran ver los magníficos jardines que rodeaban la Osterley House, una mansión de finales del siglo XVIII rodeada por vastas extensiones de tierra que en sus tiempos fue llamada "el Palacio de los palacios", y de la que, fugazmente, pudo divisar la silueta de una de sus cuatro torres, recortada contra el cielo en la distancia.

O el río Támesis, al que veía discurrir desde el puente Kew, veintitrés metros más abajo, a medida que el taxi avanzaba por él hacia el sudeste, para retomar Kew Road.

O los Jardines Kew; ciento veinte hectáreas de terreno que alojan la mayor colección de especies botánicas del mundo, y el rincón favorito de Londres para Tess; desde la primera (y única) vez que había hecho "pellas" hasta su primer beso adolescente, conservaba mil y un recuerdos asociados con aquel lugar.

Pero además, había nacido aquí. Todo, en general, conformaba una visión de la que ella era parte. O, al menos lo había sido, durante veinte años. Y casi en cada esquina redescubría cosas, que habían permanecido enterradas en lo más profundo de su mente, y ahora emergían invocando a una multitud de imágenes, en una suerte de caleidoscopio de su propia vida en perspectiva; la Tess de hoy mirando con sus ojos de treintañera emigrante a la Tess de ayer, la delgaducha y sabelotodo hija mayor de Richard y Amelia Gibb.

Cuando el taxi se detuvo frente al semi-adosado de estilo victoriano ubicado en el número 139 de Old Elm Street, la mujer de chaqueta y falda corta color azul ultramarino descendió portando un amplio bolso a juego. Aprovechó los instantes que el conductor demoró en sacar el equipaje del maletero para re-acomodar algunos mechones que habían escapado al moño alto despeluchado con que se sujetaba el cabello, y apartarse el ralo flequillo castaño de la frente. Echó un vistazo rápido a su indumentaria; todo estaba en orden a pesar del largo viaje intercontinental.

Al fin, con una sonrisa nerviosa, Tess abrió la portezuela de madera que continuaba tal cual la recordaba -inmaculadamente roja, como si acabaran de pintarla- y atravesó el angosto camino de baldosas de terracota que llevaba a la casa, acompañada por el sonido de sus finos tacones, de las ruedas de la maleta golpeteando sobre el suelo irregular...

Y de los latidos de su corazón, que ya había empezado a celebrar con júbilo aquel momento que llevaba meses preparando en secreto.

Tess había contado con que el reencuentro sería emotivo. Su madre siempre había sido una llorona -decía que era su mitad italiana que se negaba a rendirse al pragmatismo británico- y en cuanto al cabeza de familia, Richard Gibb, y su hija menor, Abigail, tampoco eran de fiar cuando se trataba de asuntos familiares. Además, aunque todos lograran mantener la emoción bajo mínimos controlables, habían transcurrido casi tres años desde el último viaje de Tess, unos pocos días que había pasado en Londres la Navidad de 2004.

Demasiado tiempo para una familia bien avenida.

Ante semejante perspectiva, Tess había limitado su habitual maquillaje concienzudo, a una base suave, unas pocas pinceladas de rímel, y algo de color en los labios. Y por supuesto, nada de lentillas; en su lugar llevaba unas gafas redondas de montura metálica.

Sin embargo, nada consiguió que toda ella acabara convertida en una caricatura de sí misma, cuando al empujar la puerta de calle, que estaba sospechosamente entornada, y atravesar con pasos cautelosos el pasillo que conducía a las demás estancias de una casa que lucía oscura y desierta, llegó al salón y descubrió que la sorprendida, en esta ocasión, era ella.

Primero fue un gran coro de voces risueñas exclamando al unísono la palabra "¡Sorpresa!" y las luces que se encendían, dejándola contemplar un panorama emotivo como pocos; toda su familia estaba allí; los Gibb y los Baldini, sus ascendientes en línea directa hasta el primer grado y hasta el cuarto en línea colateral, y sus respectivos descendientes. Más de veinticinco personas se habían reunido para darle la bienvenida a la hija pródiga que regresaba de allende los mares...

Y a renglón seguido, una explosión de alegría adueñándose del lugar, brazos que la estrujaban, besos cariñosos enhebrados con frases y voces familiares que hacía siglos que no oía...

Y aquella energía amorosa que la envolvió en un instante, transportándola veinte años atrás en el tiempo.

No, Tess ya no era la flamante editora de la colección romántica de Harcourt Publishers. Era la adolescente de coleta y gafas de aumento, celebrando en compañía de los suyos, su decimoquinto cumpleaños.

La comida se había transformado en sobremesa y ésta en cena, en una celebración continuada que sólo se había interrumpido para cambiar de estancia. Como en toda reunión familiar en la que las Baldini capitanearan la cocina, la buena comida -variada y abundante- y el buen vino italiano no podían faltar.

Y no faltaron. Tess tenía la sensación de que no había parado de comer desde que había puesto un pie en Londres.

Cuando llegó la hora del café y el licor, sobre las ocho de la noche, los dos hermanos de su padre y sus respectivas familias, que vivían a dos horas de Londres, se habían marchado. El resto de los invitados se trasladaron al salón de la chimenea, una amplia estancia decorada en tonos crema desde cuyo ventanal podía verse la calle. Las mujeres se apretujaron en el gran sofá de cuatro cuerpos que enfrentaba la chimenea, y los hombres hicieron lo propio en el que enfrentaba la ventana formando una L con el que ocupaban las señoras de la familia. Fue necesario traer sillas de la cocina para que todos los invitados pudieran sentarse.

Los más jóvenes -Abby y los tres nietos adolescentes de tía Fina- formaban un grupito conversador junto a la ventana, donde estaba el rincón favorito de Tess. Allí, un enorme sillón de respaldo alto con reposapiés, detrás del cual había una delgada estantería de un solo cuerpo repleta de libros, le traía a la memoria el recuerdo de momentos mágicos, sumergida en la lectura, cuando era adolescente.

Pero hoy, ella había sido el centro de atención desde que había llegado y ahora, que las conversaciones discurrían por caminos alejados de Boston, la editorial para la que trabajaba y su vida en "Yanquilandia", agradecía estos instantes de introspección, sabiendo que no estaban destinados a durar mucho tiempo; se hallaba estratégicamente situada entre su madre, Amelia, y la hermana menor de ésta, tía Stella.

—¿Y Terry? ¿No va a venir esta vez?

Tess se volvió hacia Stella y negó con la cabeza. Él había pasado con la familia de Tess la Nochevieja de 2004. Trabajaba en un reportaje para la National Geographic en las Islas Shetland cuando unas severas inclemencias meteorológicas les habían obligado a regresar a tierra firme. Llevaba años deseando conocer a los Gibb (aunque Tess sospechaba que, en realidad, más le interesaban las curiosas hermanas Baldini) y no desperdició la ocasión. Desde entonces, Tess siempre había tenido la impresión de que Stella los tenía por "más que amigos". Nunca se lo había preguntado directamente, razón por la cual, Tess no había tenido la ocasión de responderle, directamente, que lo que los unía era fraterno, no sentimental. Para Tess, Terry era el hermano de sangre que le habría gustado tener, un deseo malogrado para siempre tras la histerectomía de urgencia a la que Amelia había tenido que ser sometida algunos meses después de que naciera Abigail, y le constaba que a Terry le sucedía otro tanto. De hecho, haciendo gala de su peculiar sentido del humor, solía referirse a ella como su hermana cuando hacía nuevas amistades para poder disfrutar con la cara que se les quedaba al comprobar que Tess no era de raza negra.

—Está al otro lado del mundo —explicó—, que es donde suele trabajar normalmente. No queda mucho nuevo por fotografiar en la vieja Europa...

Stella asintió, pero Tess se dio cuenta de que la atención de su tía estaba en otra cosa. Pronto supo en cuál.

—¿Qué hace esa niña? Está mirando por la ventana a cada rato... —comentó como si estuviera hablando consigo misma. Le tocó el brazo a su hermana Amelia—. ¿Abby espera a alguien?

La madre de Tess hizo una mueca con la boca.

—Que yo sepa...

Stella llamó a su sobrina. Le pidió que se acercara. Ella dejó a su grupo y atravesó el salón. Llevaba su largo cabello suelto y las puntas ensortijadas se movían graciosamente al andar. El rubio natural al que había añadido unas cuantas mechas rosadas contrastaban con su lúgubre vestuario; un jersey entallado que le llegaba a la cintura, leggings y unas botas de caña alta, todo color negro.

—¿Qué? —dijo Abby después de ponerse de cuclillas frente a Tess y apoyarse con un brazo sobre sus piernas.

Stella le apartó varias hebras de cabello de la frente.

—¿Qué pasa ahí fuera que no dejas de mirar?

Ella se sonrojó, y al ver aquellas mejillas de payaso, Amelia meneó la cabeza.

—Dakota —dijo su madre—. Lo que pasa es Dakota.

Los ojos de Stella se iluminaron, llenos de picardía.

—¿Te ha pedido salir? —le preguntó, excitada como una niña pequeña.

—¿Ese muchacho? ¡Bah, no digas tonterías, Stella! —exclamó Amelia.

—Tú, calla —dijo la aludida a su hermana, y volvió a centrarse en Abby—. ¿Pasa algo o no?

Tess notó que, de pronto, todas las mujeres de la sala seguían la conversación de Abby y Stella, y no pudo evitar pensar en lo familiar que le resultaba eso. Con los Baldini/Gibb no era nada fácil mantener algo privado... De adolescente, Tess lo detestaba. Ahora comprendía con asombro cuánto echaba de menos el interés, la atención, incluso los consejos no solicitados.

Su mirada se cruzó brevemente con la de su padre, que le hizo un guiño afectuoso, y también empezó a prestar atención a la conversación que mantenían las mujeres. Poco a poco, el resto de los hombres hicieron lo mismo.

—Me parece que ha encontrado trabajo —respondió Abby. Su rostro parecía un sol, tal era el efecto de pensar en el chico de sus sueños—. Pero no lo sé seguro porque todavía no he hablado con él...

Amelia puso los ojos en blanco. —¿Es que lo estaba buscando? Pues, mira, eso es una novedad.

—Calla y deja que la niña hable, Mely... —se quejó Stella—. Cuenta, chiquilla... ¿y dónde está trabajando?

"Trabajar" no figuraba en el diccionario de aquel muchacho, pensó Amelia al tiempo que se ponía de pie. Y además, ¿quién iba a darle trabajo a alguien con esas pintas de okupa?

"Bah... Yo, mejor me voy a hacer café", anunció mientras sorteaba rodillas y pies en dirección al pasillo.

Tess bajó la cabeza para ocultar su sonrisa. Aquello también le resultaba familiar. Era lo que su padre denominaba "el genio Baldini", unas reacciones típicamente mediterráneas que eran doblemente sorprendentes viniendo de una mujer que había nacido y crecido en Gran Bretaña, y que se declaraba monárquica. De hecho, lucía el mismo corte de pelo que Lady Di. Lo había adoptado al día siguiente de su muerte, y diez años después lo conservaba. Era su particular homenaje a la bien amada y admirada "princesa del pueblo".

—Creo que en un club del Soho... Aunque a él lo que le gusta es arreglar motores... Será algo para salir del paso —replicó Abby con el orgullo rebosando por los cuatros costados, lo que hizo aflorar sonrisas en varios de los presentes, incluidos los hombres.

Stella aplaudió las palabras de su sobrina. —Seguro que sí, mi niña... Pero entre vosotros, ya sabes... —sonrió con picardía— ¿cómo están las cosas?

Tess notó que el rosa de la mechas de su hermana se extendía por las raíces y florecía en su cara.

—Sí, claro, tía... Espera que voy a por el megáfono así se entera todo el barrio —dijo mientras meneaba la cabeza, y para entonces, el rosa se había convertido en un rojo rabioso, y las risas no tardaron en hacerse oír.

—Deja, deja el megáfono y cuéntamelo a mí... A estos cotillas, ni agua —dijo Stella, riendo mientras se inclinaba hacia a su sobrina como si fueran a compartir un secreto—. Mira, corazón, escucha lo que te dice tu tía, que de ésto entiende bastante: a los hombres hay que animarlos.

No había acabado de decirlo que las carcajadas volvieron a retumbar en el salón. Unas, que provenían del marido de la consejera matrimonial, Tony Di Pietro, sonaron más fuerte: era por todos conocido que había sido él quien "había animado" a su mujer, mientras ella se dedicaba a "animar" a otro.

—Vaaale —reconoció Stella, tirándole un beso a su marido que él devolvió—. *Algunos* hombres necesitan que los animen. Mi Tony no, pero Dakota, sí —le acarició el pelo a Abby—. Tienes que animarlo, sobrina.

Los ojillos de Abigail brillaron de ilusión. ¿Animarlo? Exhaló un suspiro, que no tardó en generar reacciones.

—Lo que tiene que hacer es escuchar a su madre y hacerle caso —intervino Fina, la mayor de las hermanas.

—Anda... ¿y eso por qué? —terció Isabel, la mujer del único hombre Baldini, una madrileña guapísima quince años más joven que el galán de la familia con quien se había casado hacía tres, cuando todos pensaban ya que el apellido no perduraría. Le había tomado 47 años dar el "sí, quiero".

—Porque él no le conviene —replicó Fina, enérgicamente—. Y porque está más que claro que si a Dakota le interesara Abby, ya se lo habría dicho. Vamos, que desde parvulitos, creo yo que ha tenido tiempo de sobra...

El debate estaba servido, pensó Richard Gibb, cuando escuchó a Stella exclamar "¡pero cómo le dices algo así a la niña!". No era la primera vez que los sentimientos de su hija pequeña por el vecino se convertían en tema de conversación, y que ésta, a su vez, acababa convertida en un debate. Y no le gustaba. En su fuero interno, como padre, deseaba que el amor fuera una experiencia inolvidable para sus hijas, que si tenía que reportarles sufrimientos, fueran los menos posibles. Entendía que lo mismo deseaban Stella, Fina, Isabel... todas ellas, pero él no tenía sangre italiana o española corriendo por sus venas. Era inglés, *muy inglés*, y encontraba desconcertante e incómodo, que temas que pertenecían al área privada, se airearan de aquella manera. Por no añadir, que estaba convencido de que lo mejor era dejar que Dakota y Abby se ocuparan de un asunto que sólo les concernía a ellos.

Su mirada volvió a cruzarse con la de Tess y supo que los dos pensaban lo mismo.

—Alguien tiene que decírselo, ya que a su madre no la escucha —volvió a intervenir Fina.

—¡Y qué sabes tú para decir que a Dakota no le interesa! Abigail es una niña preciosa... Todos se pegan por invitarla a salir... ¿Por qué Dakota iba a ser la excepción?

Stella lo había dicho porque lo creía, y también porque odiaba ver desilusión en los ojos de su sobrina favorita. Pero en este caso, no fue necesario ya que Abby ni siquiera la estaba escuchando. Ni a ella ni a los demás. Se había quedado atrapada en la palabra "animarlo" y desde entonces, su mente ideaba la forma de llevar a cabo el plan.

En aquel preciso momento, sin embargo, otra voz se oyó aún más fuerte.

"¿Se puede saber quién es el que ha dejado una servilleta sucia junto al retrato de mi Diana? ¡Será posible...! ¡Que la saque ya mismo!

Todos los ojos miraron consecutivamente el rostro violeta de Amelia, que volvía con los cafés, y luego, la chimenea en cuya repisa estaba una foto enmarcada de Lady Di —ahora parcialmente oculta por un paño de florecillas—, junto a una vela que Amelia mantenía siempre encendida.

El marido de Stella no tardó en darse por aludido. Se puso de pie, con las orejas arrugadas y un gesto de "caray, he vuelto a meter la pata".

Tess miró a su padre, aguantando la risa.

Esto también le resultaba entrañablemente familiar.

Era cerca de medianoche cuando los padres de Tess se levantaron de las sillas de la cocina de la primera planta, que ocupaban desde hacía más de dos horas, en un anuncio de que estaban a punto de retirarse a descansar. La tía Stella y su marido, que vivían a un par de manzanas, habían sido los últimos en marcharse, sobre la diez de la noche, y antes de hacerlo habían dejado claro cuál sería el plan familiar para el día siguiente: una comida-cena en el jardín de su casa, aprovechando que el pronóstico auguraba un día templado.

Aunque Tess estaba rendida, sabía que Abby no la dejaría ni tan siquiera acercarse a la cama antes de ponerla al día sobre "cotilleos de chicas". Y lo sabía porque ya se lo había advertido en dos ocasiones cuando la casa estaba aún llena de invitados.

—Bueno, cariño mío, nosotros nos vamos a la cama —dijo Amelia a su hija mayor al tiempo que se inclinaba y le daba un beso en la cabeza—. Mañana seguimos hablando, ¿de acuerdo? —esbozó una gran sonrisa—. Me parece increíble tenerte aquí... ¡No sabes lo feliz que me has hecho con este viaje!

Tess tomó, afectuosa, las manos de su madre. Sus emociones continuaban a flor de piel, y la mujer ya había llorado bastante por un día, de modo que desvió su atención a otro asunto:

—Estoy de acuerdo siempre y cuando me digas cómo os enterasteis de que estaba de camino —dijo y miró alternativamente a su padre, luego a su madre, y finalmente a su hermana Abby, quien bajó la vista con una sonrisa pícara—. No esperéis que crea que *casualmente* llamasteis a la editorial, donde *casualmente* "alguien" que no precisáis, os dijo que yo había marchado a Londres. Quiero detalles, porque se trataba de una sorpresa y pienso ajustarle las cuentas al culpable de estropearla.

Richard Gibb contemplaba a *sus mujeres* con evidente satisfacción, y aunque no lo diría —procuraba no agobiar a Tess ya que era consciente del esfuerzo que suponía desplazarse a Londres para verlos—, también a él le parecía increíble tenerla en casa; hacía tantos años que eso sucedía de forma más que esporádica...

—Pues, a mí me parece que ha sido una gran sorpresa, de esas inolvidables, sólo que ha sido mutua —extendió la mano y le acarició el cabello—. Suponiendo que alguien se hubiera ido de la lengua... —dijo Richard con una sonrisa, dejando en el aire una tácita confirmación de que, efectivamente, alguien lo había hecho— ¿cuáles son los cargos? ¿haber propiciado un día que no olvidaremos jamás?

Los ojos de Tess brillaron de emoción.

—Siempre has sabido elegir bien a tus amigos —añadió su padre con dulzura, confirmando que "el culpable" no podía ser otro más que Terry Nichols—. Que descanses, querida.

Amelia tomó la cara de Abby entre las manos. —No la retengas que ya es muy tarde y estará cansada, ¿eh? Tendréis tiempo de seguir hablando mañana... Sé buena, cielo.

—Seré buena. Y no, no la retendré hasta tarde, ¿vale? —se quejó Abby mientras esperaba pacientemente que primero su madre, y luego su padre, le regalaran el consabido beso de buenas noches.

Sin embargo, la última vez que Tess había mirado su reloj eran las dos y media, y su hermana continuaba con su conversación de forma tan animada como si tal cosa. Cada una de las veces que Tess había hecho o dicho algo que sugería que se iba a dormir, su hermana pequeña se las había ingeniado para *retenerla*. Desde hacía un buen rato, el tema de conversación versaba sobre su amor platónico, que continuaba siendo el mismo desde segundo grado de la educación primaria; el vecino de al lado. No había mucho que contar, en esencia, ya que la razón de que fuera un amor platónico era, principalmente, que el joven nunca había correspondido el sentimiento. Abby y él habían ido juntos al colegio y luego al instituto —tenían la misma edad—, y de él, Tess no tenía más recuerdos que la imagen de un larguirucho con acné, que llevaba los pantalones medio caídos y arrastraba los pies al andar; un adolescente poco favorecido, como tantos otros, al que no había vuelto a ver en diez años.

Pero a pesar de todo, a su hermana le había robado el corazón durante toda la vida, y ahora, le estaba robando a Tess, horas de sueño.

—Corrígeme si me equivoco, pero tengo la impresión de que quieres que continúe despierta por alguna razón... ¿Cuál es?

Abby meneó la cabeza, doblemente divertida; siempre había encontrado graciosa la forma de hablar de su hermana -bueno, *casi siempre*, porque de niña lo odiaba-, y...

Porque Tess acababa de descubrirla.

—Fue muy evidente, ¿no? —Tess movió afirmativamente la cabeza—. Es que... los sábados suele volver a estas horas... y desde esa ventana —señaló con la mirada la que estaba justo detrás de Tess— lo puedes ver cuando se baja a abrir la puerta del garaje para guardar la moto...

—¿Es lo que tú haces? ¿Quedarte despierta para verlo llegar?

—A veces...

Abby se encogió de hombros con una expresión algo incómoda.

—Suena fatal, ya lo sé, pero cuando estás tan colado por alguien, haces cualquier cosa con tal de verlo un segundo...

Tess se cruzó de brazos. Realmente, no lograba comprender la magnitud de lo que su hermana sentía. No sólo porque era incapaz de imaginar que alguien estuviera dispuesto a alimentar con esperanzas vanas un amor perpetuamente no correspondido, a mantenerse fiel a él a pesar de todo, es que cuando la miraba, veía alguien tan vital, tan extrovertido... Siempre había sido la reina de las fiestas, la que atraía la atención de todos, no sólo por su carácter. Abby era bonita, llamativa, e incluso durante los años adolescentes en que su cuerpo había tendido al sobrepeso, la lista de admiradores era larga. Pero para ella jamás había existido más que uno; su antiguo compañero de pupitre. No era lógico que continuara emocionalmente encadenada a un hombre que nunca había mostrado el menor interés por ella, pero así era. A menos que...

—¿Habéis salido juntos alguna vez? —le preguntó Tess a su hermana, y vio cómo su rostro cobraba vida.

—No... Bueno... Salir-salir, no, pero... —de pronto, era como si Abby tuviera hormigas por el cuerpo, y en un gesto nervioso, se puso el pelo detrás de las orejas—. Alguna vez nos hemos encontrado por ahí, ya sabes... Y coincidimos en un club, y me trajo a casa... ¡monté en su Princesa! —añadió, exultante.

Tess observó la expresión de aquel rostro juvenil. Sus hermosos ojos grises se habían iluminado ante el recuerdo de un suceso casual que para ella, sin embargo, había quedado grabado a fuego en su memoria. Era sorprendente cómo el sentimiento de devoción de quien amaba teñía de maravilla hasta el menor acto intrascendente del ser amado.

—¿Le llama "Princesa" a un armazón de metal pintado? —preguntó Tess, intentando cuadrar la imagen del adolescente apático que guardaba del vecino en su memoria, con aquel inusitado gesto de apreciación hacia un objeto.

Pero Abby no respondió. Tess la vio quedarse paralizada durante un instante, y al siguiente, saltar de la silla y correr hacia la ventana al tiempo que exclamaba:

—¡Es él! ¡Apaga la luz y ven! ¡Corre, corre...!

Tess obedeció, sorprendentemente rápido teniendo en cuenta que estaba muerta de sueño, y con paso ligero se acercó a la ventana. Su hermana, abstraída en las vistas, apenas si se movió para hacerle sitio, y Tess se encontró espiando al recién llegado a hurtadillas, por encima del hombro de su hermana.

El ruido que hacía aquel montón de chatarra era estridente, y Tess pensó que el fino oído de su hermana tenía que haber aprendido a detectarlo cuando aún estaba a un kilómetro de allí, porque cuando Abby había saltado de la silla, Tess no había oído nada.

Pero allí estaba, poco más que una sombra bajo la tenue luz de la entrada, un individuo de piernas largas a bordo de una inmensa motocicleta roja, con la rueda delantera ostensiblemente adelantada respecto de la trasera, que se detenía frente a la casa vecina, y se apeaba. A continuación, abría la ruidosa puerta metálica del garaje de dos plazas.

Abby suspiró.

—Me vuelve loca esa cazadora... —comentó en un tono que denotaba que, aunque se refería a la llamativa prenda de cuero poblada de pinchos plateados que brillaron cuando él pasó bajo el farolillo, no era ella la razón de tanta excitación.

Tess se disponía a decirle justamente eso, pero en aquel momento, el joven se quitó el casco y se pasó una mano por la parte posterior del cuello, y toda la atención de Tess quedó atrapada en aquella visión tan inesperada como inverosímil.

¿Aquello era pelo?

Sí, lo era.

Por lo visto, pensó, el antiguo compañero de pupitre de su hermana no había vuelto a cortarse el cabello desde la última vez que se habían visto.

In-cre-íble.

~2~

Aquel domingo los meteorólogos no habían acertado con el pronóstico. El día había amanecido con buen semblante; bastante despejado y con una temperatura agradable. El sol se asomaba de vez en cuando... En resumen; la comida-cena en el jardín de casa de los Di Pietro empezó bien, con tío Tony a cargo de la barbacoa mientras las mujeres se ocupaban de las ensaladas y los entremeses...

Pero acabó con tía Stella pidiendo pizzas por teléfono cuando la lluvia, que no estaba anunciada, pasó la barbacoa por agua.

Eso sí, la charla amena y las risas, como no dependían del clima, también estuvieron presentes. Por momentos, Tess tenía la impresión de que continuaba la misma celebración del día anterior, que sólo habían hecho una pausa para dormir y cambiar de escenario, ya que a excepción de los hermanos de su padre, y los nietos de tía Fina que se habían ido al campo con unos amigos, el resto de la familia estaba allí, en casa de Stella y Tony.

Era una vivienda unifamiliar, del mismo estilo victoriano común en la zona, algo más pequeña que la de los Gibb, con un jardín prácticamente exento de plantas ornamentales debido al tercer habitante de la casa; Alfredo, un precioso Gran Danés negro de dos años que las usaba a modo de juguete, en especial, si tenían flores, y que hoy había sido el único en catar la barbacoa.

Tal como Tess lo recordaba de otros tiempos, después de comer los hombres se habían ido al salón a ver los deportes, y las mujeres se habían quedado conversando en la cocina. Los intentos de averiguar "si había un hombre en su vida" también hicieron acto de presencia. Respondió la verdad; que no, que trabajaba demasiadas horas y salía demasiado poco, y eso pareció conformarlas. Pronto, Abby y su no-relación con el vecino ocuparon de nuevo la conversación, volvieron los consejos de Stella, las reacciones típicamente mediterráneas de Amelia, Fina saltó al ruedo apoyándola...

Y Tess se arrellanó en su asiento, sintiéndose feliz de volver a estar entre los suyos.

Sobre las cinco, los Gibb pusieron rumbo a casa.

Amelia informaba a su hija mayor de las novedades de los miembros jóvenes de la familia, cuando Abby, que caminaba más atrás junto a su padre, se acercó a Tess y le murmuró algo que ella no comprendió.

—Perdona, mamá... ¿Qué me has dicho, Abby?

—Es su garaje. Con un poco de suerte es él, que va a sacar la moto —musitó la menor de los Gibb con un inocultable brillo en la mirada, y al ver la expresión interrogante de Tess, aclaró—: Dakota.

Abby hablaba en voz baja, intentando disimular, pero no engañaba a nadie. Todos sabían que cuando ella detectaba la proximidad de algo relacionado con su príncipe azul, el resto del mundo dejaba de existir. Richard lo pasaba por alto, a pesar de que interiormente no comprendía la insistencia de su hija menor, de continuar aferrada a un sentimiento que jamás llegaría a buen puerto; Amelia, no. Ni lo comprendía ni lo aprobaba. Ni lo consentía. Aunque sus razones eran de índole diferente. Y su reacción no tardó en presentarse:

—Dakota, Dakota, Dakota... ¿Es que nunca lograrás ver más allá de la casa de al lado, cariño? Deberías consultar a un psicólogo, hija, de verdad. No es normal que una chica inteligente y bonita como tú pueda pasarse la vida suspirando por un desastre como él —Amelia meneó la cabeza, contrariada—. Eso es; tú necesitas un médico, y él un buen corte de pelo y un trabajo decente...

Sin esperar respuesta, Amelia apuró el paso mientras revolvía en el bolso buscando las llaves. Richard se limitó a echar un mirada a su hija pequeña, y no hacer comentarios. También apuró el paso tras su mujer.

Tess se acercó a Abby y le habló en tono de confidencia.

—¿Trabajo decente? —preguntó.

Notó que ella no despegaba los ojos de la salida de garaje vecina, unos metros más adelante.

—Cosas de mamá... —rezongó Abby—. Trabajaba en un taller de motos, pero cerraron, y ahora...

En aquel momento, la joven dejó a su hermana atrás, y la frase a medias.

Tess la siguió con la mirada. Se dirigía rauda y veloz, directamente hacia la enorme motocicleta roja que Tess había visto la noche anterior, que ahora salía de la casa de los Taylor, con su piloto a bordo. Vio que él se detenía, se apeaba y respondía al saludo de Abby, pero la expresión de su cara mostraba que no lo hacía de buen grado.

Tess también notó que su madre, que se disponía a abrir la portezuela roja del jardín para entrar, aminoraba la marcha un momento y meneaba la cabeza al ver a Abby forzando nuevamente una conversación con aquel mal partido, y que su padre se acercaba a Amelia, y le decía algo al oído. Pero la atención de la mayor de las Gibb volvió rápidamente a la parejita que conversaba.

Desde que había llegado, le había llamado la atención que su hermana vistiera permanentemente de negro. La recordaba admiradora de los colores vivos y las rayas, pero ahora toda ella era una sinfonía en negro; hasta la gargantilla era de aquel lúgubre color, y sospechaba, también la ropa interior. Al ver al vecino, comprendió la razón. Más que ex-mecánico, él le pareció un empleado de funeraria.

Uno muy alto, pensó; Abby era de mayor estatura que ella, y apenas le llegaba al hombro.

Llevaba aquellas increíbles crenchas sueltas, y unas estrafalarias botas con puntera de metal, repletas de hebillas. Era pleno verano -verano, al fin y al cabo, aunque se tratara de un verano londinense- y él calzaba botas... Gastaría gran parte de sus ingresos como mecánico en Dr. Scholl.

O su madre lo haría, harta de tener que entrar en el cuarto de su hijo con mascarilla.

Entonces, la voz de Abby la sacó de su abstracción contemplativa.

—Ven, Tess... —dijo ella, haciéndole con la mano un gesto de que se acercara, y cuando Tess llegó junto a ellos, añadió—: ¿te acuerdas de él?

En absoluto.

Sabía quién era, pero de haberlo visto en otro lugar -suponiendo que se hubiera tomado la molestia de reparar en él, cosa más que dudosa-, jamás lo habría reconocido.

—Me temo que el jovencito que recuerdo guarda poco parecido con éste —respondió Tess.

Vio que él fruncía el ceño, pero cuando al fin dijo algo, en vez de dirigirse a ella, se dirigió a su hermana, en un tono inequívocamente burlesco.

—¿Por qué habla así? —preguntó Dakota a Abby.

Ésta festejó el comentario con una carcajada. Entonces, la intervención de Richard Gibb, desvió la conversación.

—Nosotros entramos —dijo él, tocándole el hombro a Tess para atraer su atención. Ella volvió la cabeza y se encontró con el rostro amable de su padre que ahora se dirigía al vecino—. Hola, Dakota.

—Señor Gibb —respondió él, respetuoso.

Amelia también se dirigió al vecino con una sonrisa de plástico.

—¿No has pensado en cortarte el cabello, hijo?

—¡Mamá! —rezongó Abby, avergonzada por las alusiones que le dedicaban siempre—¡¿Otra vez con lo mismo?!

Dakota, en cambio, no se mostró ofendido o molesto. Al contrario:

—La verdad es que no —respondió con desparpajo, entre divertido y desafiante—. Pero uno de estos días a lo mejor...

—Eso ya lo he oído antes —comentó la mujer, a punto de alejarse por el pequeño camino que conducía a su casa, al tiempo que le hacía un gesto con la mano. Un gesto tan ambiguo que tanto habría valido a modo de saludo desabrido, que como expresión gráfica de "¡bah, tú no tienes arreglo!".

—Yo también —sentenció Dakota, irónico, y mantuvo la mirada en el matrimonio Gibb hasta que desaparecieron detrás de la puerta de su vivienda. Luego, su atención regresó fugazmente a Abby, de camino hacia su destino final: la mujer que hablaba raro.

—¿Quién eres? —le preguntó, pero mucho antes de acabar la frase, sus ojos le daban un buen repaso.

¿Quién era la *madurita buenorra*? Al fin, había algo fumable en el paisaje vecinal. Mientras no hablara...

Tess ladeó la cabeza en un gesto involuntario, y entornó un ojo, estudiándolo como si fuera el eslabón perdido. Quizás lo fuera, después de todo: se erguía perfectamente sobre sus miembros inferiores, pero llevaba el cuerpo cubierto de pelo y su comunicación, evolucionada para un primate, era considerablemente rudimentaria para tratarse de un homo sapiens. ¡Eureka! ¡Una literata acababa de probar la teoría darwiniana de la evolución!

Durante unos instantes, literata y seudo-homo sapiens intercambiaron mensajes no verbales... hasta que Abby intervino:

—Es mi hermana, "la yanqui", tonto, ¿quién va a ser?

¿Quién?... *Jo-der, vaya dos.*

Una tenía serios problemas para entender una frase tan clara como "paso de ti", y eso que él llevaba años repitiéndosela a destajo. Y la otra, aunque estaba buenísima, le sonaba clavadito a las voces en off de las películas de los años cincuenta que a su viejo le encantaban y él tenía que tragarse cuando era crío. Rebuscada a más no poder.

Dakota se puso el casco. Bajó la visera con displicencia.

—Hola y adiós —se limitó a decir cuando pasó junto a ellas, a bordo de su moto.

—¿No está para comérselo? —dijo Abby, envuelta en un suspiro. Su mirada embelesada siguió al motorista hasta que él dobló en la esquina más próxima.

Tess sonrió ante la reacción de su hermana. Le pasó un brazo alrededor del hombro, guiándola por el pequeño camino hacia la casa mientras conversaban.

—Bueno... Quizás con un traje, y un buen corte de pelo... —miró a su hermana con una sonrisa que comunicaba que lo que decía no tenía nada que ver con lo que realmente pensaba—, *y un curso intensivo de lengua...*

Abby negó enfáticamente, con estrellas en su mirada:

—A Dakota no le hace falta nada y ¿sabes por qué?

Tess la miró con ternura. En su rostro juvenil, una sonrisa enamorada anticipó la respuesta:

—Porque es perfecto.

Tess asintió y continuó atenta a la "exposición sobre las virtudes de Dakota" que Abby acababa de inaugurar en pleno jardín familiar.

Pero sólo en apariencia; su mente no dejaba de dar vueltas a un asunto:

¿Cuánto tiempo había transcurrido desde la última vez que a *ella* un hombre le había parecido perfecto?

Curioso, pensó; no lo recordaba.

Rosalyn no encontraba *perfecto* a su hijo. Ni mucho menos. Con veinticuatro años le toleraba de muy mal grado que tuviera aspecto de okupa, pero no que viviera como uno: no estudiaba, no colaboraba en el hogar más que para desordenarlo, y se había quedado sin trabajo.

Ahora, también se presentaba en casa a las tantas despertando al barrio en pleno con el rugido ensordecedor de su motocicleta. Ni hablar.

Dakota suspiró resignado cuando al abrir la puerta, se encontró a su madre con cara de pocos amigos, obviamente esperándolo para darle la brasa.

—¿Estas son horas de llegar?

Él atravesó el corredor de paredes color salmón, decoradas con fotos de familia. Pasó delante de la rubicunda mujer de bata, sin detenerse, y se dirigió a su cuarto.

—Déjalo, ¿quieres? Estoy muerto.

—Muerto ¿de hacer qué? —insistió Rosalyn, interceptándole el paso y obligándolo a detenerse abruptamente para no llevársela por delante.

Malhumorado, Dakota bajó la vista hasta la cabeza de su madre. Allí, dos rulos que escapaban de la redecilla azul, recogían de mala manera sendas porciones cobrizas del flequillo.

No podía imaginar la sensación de despertarse en plena noche y encontrarse algo así compartiendo su almohada; su padre era un santo varón.

—Lo que yo haga no es asunto tuyo.

Él entró en su habitación e intentó cerrar la puerta, pero Rosalyn la retuvo abierta con una mano.

—Ésto se tiene que acabar, ¿me oyes? O te buscas un trabajo y haces algo digno con tu vida, o...

—Ya tengo un trabajo —la interrumpió Dakota. Volvió a intentar cerrar la puerta—. Y ahora quiero dormir, ¿vale?

—¡Mentiroso! ¡Cómo vas a tener un trabajo si llegas a estas horas y no te levantas hasta que la comida está servida! Mira, mira, mira... Dakota, no me saques de quicio...

—Son las tres de la mañana y llego a estas horas porque trabajo —repitió mecánicamente—. Y ahora, me voy a dormir.

—¿Qué trabajo?

Dakota exhaló un bufido.

—Soy *puerta* en un club del centro.

—¿Eres qué?

—Portero —aclaró al tiempo que retiraba la mano de su madre de la puerta en un gesto inequívoco de que esta vez la cerraría, con mano o sin ella, y al ver cómo lo miraba, añadió—: Es temporal. No pienso jubilarme de puerta, ¿vale?

—Todo en tu vida es temporal, el problema es que *siempre* es temporal... —se quejó Rosalyn—. Tienes 24 años, Dakota, y nosotros nos hacemos viejos, y empezamos a estar hartos de cargar contigo...

La mujer dejó la frase inconclusa y cerró la boca, indignada. Su hijo había dado la conversación por acabada hacía diez palabras. Ya ni siquiera estaba a la vista, había desaparecido tras la puerta que ahora estaba cerrada. "Cerrada" de cerradura; había oído claramente que él echaba llave.

"Muy bien", pensó mientras se dirigía a su habitación, no perdería más el tiempo y los nervios intentando que el vago de su hijo entrara en razón. Haría que su marido se ocupara del asunto, y esta vez, sería de una vez por todas.

~3~

Era increíble lo poco que había cambiado el barrio en diez años. Lo único que realmente Tess había echado en falta eran las papeleras, pero no se trataba de un cambio natural. Su padre le había explicado que había sido resultado del 7-J, el atentado terrorista que había costado 52 vidas humanas y más de 700 heridos ocurrido el 7 de julio de 2005; temiendo que fueran usadas para esconder explosivos, las autoridades habían decidido quitarlas. Por lo demás, todo continuaba más o menos como lo recordaba: bonito, ordenado, y muy, muy familiar.

Como ciudad, siempre le había resultado atractiva. Además, le gustaba su naturaleza cosmopolita, había crecido allí y en ese sentido, opinaba que la integración multicultural seguía siendo una asignatura pendiente para los americanos: coexistían, sí, pero con claras fronteras que ninguna de las partes atravesaba.

Londres le gustaba. Especialmente, tras un buen aguacero como el de aquel día, que la había obligado a posponer su sesión diaria de footing hasta bien entrada la mañana. Aquellos chaparrones limpiaban la atmósfera habitualmente cargada de la ciudad y llenaban el aire de aquel aroma tan refrescante... que casi se olvidaba del otro inconveniente inevitable...

La ráfaga húmeda interrumpió los pensamientos de Tess, y añadió diminutos lunares color barro a su inmaculado conjunto rosa.

Casi se olvidaba, sí... Hasta que algún conductor desconsiderado le recordaba las *desventajas* del Londres lluvioso.

Y no se trataba de cualquier conductor, observó tras recuperarse de la sorpresiva ducha y ver que el vehículo -una moto roja que le era muy familiar- torcía a la derecha pocos metros más adelante, en la entrada de garaje de la casa de los Taylor, sin hacer el menor ademán de ofrecer una disculpa. Era como si no se hubiera percatado de que la había salpicado.

O como si no le importara...

—¿Pensando en las musarañas? —oyó que Dakota le decía cuando ella pasó frente a su casa. Lo escuchó perfectamente a pesar de que, como era habitual cuando salía a hacer deporte, llevaba su Ipod conectado.

Él se había quitado el casco, y continuaba sentado sobre la moto, acelerándola por momentos, y la seguía con una expresión en su mirada que dejó claro sus intenciones.

O como si lo hubiera hecho ex profeso, el muy canalla.

Tess se limitó a volver la vista al frente, y recorrer los escasos dos metros que la separaban de su casa. Entonces, ante la persistente mirada de Dakota que no la abandonó en ningún momento, ella abrió la portezuela roja y continuó camino por el sendero.

El tejido elástico rosa se ajustaba a la figura femenina como un guante. La parte superior era como una camiseta con mangas muy cortas y un escote amplio, y la inferior, del estilo de las bermudas de ciclista.

Estaba muy buena, concluyó Dakota tras una minuciosa inspección, que no le permitió calcular el tamaño real de sus delanteras -el body las achataba-, pero sí las cualidades de su trasero; macizo y respingón pedía a gritos un buen sobeo.

—Está chulo el conjuntito —volvió a decir él, en un intento de que ella dejara de morderse la lengua y lo enfrentara. Tess giró la cabeza y lo miró como por casualidad. Él le regaló una sonrisa ladeada, y añadió—: Muy tentador.

¿Tentador? Una carcajada estuvo a punto de delatarla, que consiguió reprimir en el último instante. No podía creer el descaro de la criatura. Aquello era inédito. Simple y llanamente, increíble.

Y además, continuaba mirándola desde su moto. Se había inclinado hacia adelante, y apoyado los codos sobre el manillar, como si hubiera decidido ponerse bien cómodo. Había desafío en su mirada, sí, pero también expectación. Él no sólo quería molestarla, quería que ella respondiera al desafío.

Pues, sería una expectativa vana.

Tess se encogió de hombros y se señaló el oído derecho -el que él podía ver-.

Dakota no tuvo ningún problema en reconocer el cable blanco del MP4.

Tampoco el inconfundible hormigueo que le recorrió la espalda cuando ella cerró la puerta tras de sí, ignorándolo completamente.

Rosalyn miró con indignación el rastro de aceite mezclado con barro que decoraba la moqueta; empezaba en la entrada interior del garaje y desaparecía tras la puerta de la leonera. Y correspondía a un 46.

La mujer soltó la bolsa de la compra y sin quitarse el impermeable se dirigió hacia el salón como un ejército cargando contra el enemigo.

El sesentón rechoncho, que leía el periódico en el sillón que había junto a la ventana, levantó la vista y miró a su mujer por encima de las gafas.

—Estoy harta —sentenció ella. Avanzó hasta el hombre gesticulando—. Harta, Doug, *harrrrta*... Habla con él. Haz que entre en razón... Y sé todo lo duro que haga falta... Así no podemos seguir.

Doug apartó el periódico y se rascó la incipiente calva en un gesto de "Señor, dame paciencia".

—¿*Ahora* quieres que sea duro? —Llevaba años mordiéndose para no desencadenar una batalla conyugal de consecuencias imprevisibles.

Rosalyn meneó la cabeza con disgusto.

—Ya —dijo con retintín—. Si de ti hubiera dependido, lo habrías puesto firme cuando aún llevaba pañales...

—No se puede criar a un hijo sin normas, Rosalyn. Sin normas lo que sale es eso —dijo, señalando con un movimiento de cabeza la habitación donde dormía su hijo—: un vago redomado que sólo vale para limpiar carburadores y meter ruido con la moto.

—¡Para ti Dakota nunca ha hecho ni hará nada bien! —exclamó la mujer; sus ojos lo miraron, ceñuda por debajo del gorro impermeable que llevaba calado hasta las cejas—. Y, de acuerdo, es perezoso y muchas veces, un trasto, pero no es ningún inútil! Es muy hábil con esas motos. Entiende de mecánica y es inteligente... Y muy guapo —añadió de mala gana, como si una parte de ella regañara a la otra que no podía evitar lucir su orgullo de madre ante aquel innegable atributo de su único hijo.

Doug puso los ojos en blanco y reanudó su lectura. Aquella era otra de esas conversaciones que empezaban en un arrebato materno y acababan en nada.

—Pero... tienes razón —continuó Rosalyn, inesperadamente. El hombre volvió a mirar a su mujer—; se ha convertido en un vago, y ahora da igual de quién sea la culpa...

La mujer permaneció en silencio un instante. Conocía perfectamente a su marido; con él no había medias tintas. Y también conocía a su hijo; más que un vago redomado, era un rebelde consumado. De una conversación entre los dos... sólo Dios sabía que podía resultar.

Pero así no podían continuar.

—Habla con él, Doug —repitió, decidida.

Hacía tiempo, aquello le habría parecido una gran noticia. Quizás, cinco o seis años atrás habría celebrado tener la ocasión de hablar de hombre a hombre con su único hijo, y hacerlo con las bendiciones maternas.

Pero ahora eran otras circunstancias. Ya era demasiado tarde para enderezar a aquel muchacho.

Ahora sólo conseguiría que la distancia que los separaba desde que Dakota había salido de la pubertad se hiciera más grande.

Infinitamente más grande.

Tess volvió a dejar el móvil sobre el tocador y se sacudió el pelo húmedo tras quitarse la toalla con que lo sujetaba a modo de turbante. Las cosas se estaban desarrollando muy bien, mejor de lo que ella había esperado, pensó, mientras enchufaba el secador de pelo.

Antes de abandonar Boston, Gladys, su asistente, había conseguido hablar con la agente literaria de Diana Simmons. Ex-agente, en realidad, porque hacía años que había dejado de representarla -tantos como la escritora llevaba sin producir una obra nueva-. Aún así, lo políticamente correcto era iniciar el contacto a través de ella. Sophia Wallace se había comprometido a informar a su cliente de que la editora del nuevo sello romántico de Hartcourt Publishers estaba interesada en mantener una entrevista con ella. Ahora, apenas unos días después, Diana Simmons -seudónimo de Diana L. Austin, de los Austin de Texas- había dado luz verde a la entrevista para cuando Tess juzgara oportuno. Incluso había tenido el detalle de sugerir que ésta se desarrollara durante una de sus esporádicas estancias en la residencia familiar de Boston para que la editora no tuviera que trasladarse miles de kilómetros, al cuartel general de los Austin, el rancho ganadero donde Simmons vivía la mayor parte del año. Teniendo en cuenta que la mujer se había retirado del mundo tras el fatal accidente que la había dejado viuda, y que la propia agente le había advertido que no contara con despertar el interés literario de la escritora -estaba tan muerto y enterrado como su marido-, Tess había procurado no hacerse muchas ilusiones.

Naturalmente, que aceptara mantener la entrevista no significaba que también fuera a aceptar la propuesta que la motivaba, pero era un buen comienzo.

Tess observó complacida su propio rostro en el espejo. El cabello se arremolinaba bajo el potente chorro de aire caliente dándole un aspecto juvenil. Es que así se sentía, quince años más joven. Feliz de poder ir en vaqueros y zapatillas (era un cambio agradable a su "uniforme de editora", que no había cambiado con el ascenso de editora junior a editora senior). Feliz de estar en Londres. El zumo de naranja con que se desayunaba antes de ir a hacer footing le sabía a gloria, sólo porque era su madre quien lo preparaba.

Convertirse en la editora de Diana Simmons, pensó, y una sonrisa inmensa estuvo a punto de tragarse su cara. Devolverla al lugar de honor que le pertenecía por derecho propio, y que tras cinco años de ausencia aún seguía vacante, era más que una ilusión. Era un privilegio, y al mismo tiempo, un sueño que Tess había acariciado durante mucho tiempo.

¿Quién le habría dicho a aquella universitaria emocionada tras leer una novela de la entonces novel Diana Simmons, que quince años más tarde se reuniría con ella, esta vez como editora, para proponerle volver a publicar?

Con semejante estado mental, lo que le apetecía era sentarse en el jardín a disfrutar de un buen libro aprovechando que había salido el sol. Cogió móvil y el equipo rosa con pintitas barrosas, gentileza de su vecino "Melenita de oro", y tras pasarse por el cuarto de la ropa sucia, atravesó el salón pequeño que daba al jardín posterior. Notó que la caja de herramientas estaba sobre la mesa camilla, pero allí no había nadie.

El móvil sonó justo en el momento en que Tess acomodaba el parasol sobre el sillón de teca del jardín. Miró la pantallita con una sonrisa, y respondió:

—Vaya, si es mi amigo, el locuaz...

A ocho mil kilómetros de Tess, el hombre afroamericano al que ella se había referido con un adjetivo tan gráfico, dejó caer su portentosa osamenta sobre la hamaca jamaicana y se desperezó con una sonrisa haragana.

—*Aparca esa flema, porque de inglesa sólo tienes un setenta y cinco por ciento; tu veinticinco italiano quería abrazos, muuuchos abrazos, Tess. Y tú lo sabes.*

Ahora lo sabía; antes, no. Porque de haberlo sabido, ella misma le habría avisado a su familia que planeaba unas vacaciones de cuatro semanas en Londres para el verano, en vez de presentarse sin avisar. Por suerte, Terry le había hecho el soberbio regalo de llamar a su familia y estropearle la sorpresa. Estropearle, entre comillas.

—Aguafiestas —gruñó la editora, con morritos de mentira. Una carcajada le llegó del otro lado de la onda y ella se ablandó al recordar la increíble emoción de aquella bienvenida que no olvidaría jamás—: Gracias, Terry... Fue increíble.

—*De nada. ¿Qué tal todo?*

—Mejorando por días —admitió Tess al tiempo que se repantigaba en el sillón—. ¿Sabes de qué me acabo de enterar?

—*Mmm... ¿De que tu hermana se ha echado novio, tal vez?*

Eso requería un milagro.

—Qué gracioso... No. Tiene que ver conmigo. Y con mi trabajo.

—*¿Hablando de trabajo durante las vacaciones? Chica, por Dios...*

—Me reuniré con Diana Simmons. Ha dado su acuerdo —dijo con una enorme sonrisa.

—*Tu viejo sueño, ya veo...* —replicó Terry alegremente—. *¿Crees que serás capaz de convencerla de que vuelva a escribir?*

—Espero que sí... Nos hacen falta historias como las suyas, voces como la suya... Obras de calidad. Ojalá pueda convencerla, no sabes cuánto lo deseo.

Terry se estiró hasta la mesilla donde había dejado su bote de cerveza y bebió un sorbo. Todas, absolutamente todas, las mujeres de su vida adoraban a aquella "vieja gloria" de la literatura romántica. ¿Sería una confabulación siniestra del destino que cada vez que estaba con una mujer, acabara oyendo algo relacionado con la Simmons? Para él no eran más que historias de negros y blancos de la América de la guerra civil. Historias empalagosas. A más inri, escritas por una de las herederas sureñas del poder blanco. Menuda ironía.

Pero para Tess constituía un hito en su vida, y él adoraba a Tess, de modo que la respuesta fue obligada:

—*Si puedo hacer algo, cuenta con ello. Por ti, estoy dispuesto a acompañarte a la entrevista vestido de esclavo y llamarte "amita Theresa"... Igual eso contribuye a que sus musas regresen ¡quién sabe!* —la carcajada de Tess le supo a música, pero alguien estaba llamando al timbre, y tenía una leve idea de quién era—. *Oye... Tengo que dejarte, Doña Dolores ya ha olido el rastro de su hijo y está tocando a mi puerta... ¿Cómo lo hace? ¡Acabo de llegar del aeropuerto, ni siquiera me he dado una ducha aún! Esta mujer es increíble... Te llamo más tarde, ¿de acuerdo?*

El tono quejumbroso de Terry no engañaba a nadie: adoraba a su madre, le encantaba la permanente disposición que mostraba hacia sus cinco hijos, y todo el mundo lo sabía.

—No olvides darle saludos de mi parte —replicó sin estar segura de que su amigo la hubiera oído. Del otro lado de la línea ya no había nadie.

Pero del otro lado del desnudo linde que separaba su casa de la del vecino, sí lo había.

Una voz, que Tess conocía demasiado bien a pesar de haberla oído tan pocas veces, le anunció el fin de la tranquilidad.

—El trasto ese suena a cada rato... ¿No has pensado en cambiar el tono? ColdPlay es una mierda.

Tess no hizo el menor intento de responder. Como si no le hablaran a ella, dejó el móvil sobre la mesa de jardín que tenía a su izquierda. A continuación, abrió la funda rígida que contenía sus gafas de ver, y se sentó más cómodamente en el sillón. Estaba feliz, Diana Simmons había dicho "sí" a la entrevista, y ningún vecino desconsiderado le estropearía el momento.

Qué-pasada-de gafas, pensó él al verlas. Redondas, pequeñas, con montura dorada... Le daban un aire hippy y le quedaban bestial.

—¿Quién era esta vez? —insistió Dakota, en tono de guasa total—. ¿El que monta toros?

Tess suspiró, lo espió brevemente por encima de los anteojos mientras abría el libro por la marca. Comprobó que él estaba de pie junto a la linde, con su vestimenta habitual de sepulturero y una sonrisa ladeada, mirándola detrás de sus gafas negras.

Se preguntó si había elegido aquella frase con intención de que su burla antiamericana sonara más despectiva, o simplemente, porque desconocía que de alguien cuya profesión era montar toros se decía que era "jinete de rodeos". En cualquier caso, no dejaba de resultar irónico viniendo de alguien a quien todos llamaban "Dakota".

Quizás, sí que él acabaría estropeándole el momento.

Tess volvió a ponerse de pie y empezó a recoger sus cosas para continuar leyendo en el salón.

—¿Qué? ¿Te llama tanto para controlar que nadie le levante a su hembra Hereford favorita?

Al oírlo, cada articulación del cuerpo de Tess se puso rígida. De haber sido una hembra Hereford lo habría embestido, sin miramientos, arrojándolo quinientos metros por encima de los tejados.

Más cerca, al otro lado de la pared que separaba el salón pequeño del jardín posterior, el padre de Tess también se quedó inmóvil. Reparaba la ficha del enchufe, próximo a la ventana que estaba abierta, y seguía con interés el monólogo del jardín. Le resultaba nuevo, y hasta cierto punto, divertido que aquel muchacho, que con los años se había convertido en un auténtico especialista en el arte de evitar a las mujeres Gibb, tomara la iniciativa de entablar conversación con Tess.

Lo que acababa de decirle, sin embargo, había sido bastante desagradable. A ver cómo reaccionaba su hija.

Los dos hombres se mantuvieron atentos a lo mismo durante los siguientes instantes.

Pero no hubo ninguna reacción.

Tess se limitó a entrar en la casa y cerrar la puerta tras de sí.

Tan concentrada como estaba en contener unas preocupantes ganas de trasmutar en hembra Hereford y embestir al vecino pelilargo, ni siquiera se percató de que su padre, junto al enchufe que había bajo la ventana, la miraba con la boca abierta.

Mientras tanto, en el jardín, Dakota festejaba la nueva retirada de su contrincante, con una risita estilo Patán[1].

---

(1) Patán es un dibujo animado de Hanna-Barbera. Se trata de un perro cuya característica principal es una risa entrecortada. Apareció por primera vez en la serie animada "Los Autos Locos" (Wacky Races, en inglés) (1968).

~4~

Abby salió del baño como una exhalación al escuchar el característico chirrido del portal del garaje de los Taylor. Era temprano para que el dueño de casa abriera el pub que regentaba en Hounslow, un municipio londinense situado al oeste de la City, de modo que lo más probable era que quien se dispusiera a marcharse fuera Dakota. Y en tal caso, Abby no quería desaprovechar la ocasión de un "encuentro casual" con el chico de sus sueños.

Atravesó el pasillo corriendo, cogió chaqueta y bolso al vuelo, y desde allí mismo, se despidió de sus padres con un grito de "hasta luego". Hizo una breve parada delante del espejo de cuerpo entero que había junto a la entrada para cerciorarse de que todo estaba en orden. Le había tomado un buen rato adornar su larga cabellera con un sinfín de delgadas trenzas enhebradas de hilos brillantes multicolores, pero había valido la pena. Realzaban una melena de por sí preciosa, y no era falta de modestia; como estilista podía decir, objetivamente, que tenía un cabello ideal. El brillo de los hilos azules y rojos destacaban sobre el rubio, y todo en conjunto contrarrestaba la dureza del negro que dominaba su cuerpo de cuello para abajo.

Abby dio el visto bueno a la imagen que devolvía el espejo, y entonces el "brum, brum" de un acelerador próximo, le puso una sonrisa en los labios. Era Dakota, no había dudas.

La joven y su vaporoso vestido de tafetán de reminiscencias celtas fueron al encuentro del motero.

Dakota se puso la cazadora y la cerró apenas un poco, lo bastante para que los lados no flamearan mientras conducía. Estaba harto de perder los encendedores, y era cierto que últimamente no los usaba mucho -apenas tenía bastante para poner algo más que el olor a gasolina en el tanque de Princesa-; las cosas no estaban para permitirse más vicios.

A continuación, guardó el pequeño macuto en una de las alforjas de la moto; la caja de herramientas en la otra. Hoy, con suerte, ingresaría unas cuantas libras en sus famélicas arcas. Un cliente de su amigo Evel acababa de comprarse una ganga; una Harley Ironhead del '57, prácticamente original, que necesitaba unos cuantos arreglillos. El costo no sería problema ya que el tipo estaba forrado, Evel le había tuneado[2] tres coches en poco más de un año. Con el dinero que sacara podría tirar hasta mediados de mes, cuando cobrara en el club. Esa moda nueva de pagar por quincenas no le gustaba nada, pero era lo que había...

Entonces, una voz interrumpió sus pensamientos. Una voz que le decía "hola, Dakota" y provenía de la casa de al lado...

Él, que estaba anudando el pañuelo que llevaba al cuello, levantó la vista hacia la voz con el disgusto pintado en la cara.

No reparó en el precioso vestido negro, que se ceñía al talle y caderas de la joven realzando unas formas femeninas que nueve de cada diez hombres encontraban sumamente apetecibles. Tampoco en el gran escote adornado con un pasacintas por el que discurría un angosta tira de terciopelo rojo sangre -el único detalle de color-, que revelaba parte de sus muchos encantos. Ni en la sombra negra que delineaba ambos párpados, dando profundidad a unos hermosos ojos grises. Ni en el rojo carmesí de sus labios...

Sólo reparó en que era ella, Abigail, fabricándose un encuentro casual, *otra vez.*

Pensó que si aquella niña tuviera la menor idea de cuánto lo enfriaban las mujeres que se lo ponían tan fácil, cruzaría de acera cada vez que lo viera venir. Lo encontraba cargante a más no poder.

Dakota ni siquiera se molestó en responder al saludo, y continuó preparándose. Se cogió el cabello con ambas manos, lo sujetó con una banda elástica y lo puso por dentro de la cazadora. A continuación, se calzó el casco y se sentó en la moto.

—¿Tan temprano? —continuó Abby. Se colocó delante de la rueda, figurándose que así, al menos, conseguiría retenerlo un par de minutos. Intento del que Dakota se percató al instante y le informó con una breve mirada que no tendría éxito; no se quedaría de cháchara con ella, ni aunque le pagaran por ello.

—Tan temprano —respondió.

—¿Has encontrado trabajo? —insistió Abby, ilusionada.

Pero al ver que él se dedicaba a calzarse los guantes y la respuesta demoraba en llegar, decidió continuar.

---

(2)Tunear: (del inglés Tuning) es, en el mundo del automóvil, sinónimo de la personalización de un vehículo a través de diferentes modificaciones de la mecánica para mayor rendimiento, cambios exteriores de la carrocería e incluso interiores de la cabina.

—Me dijo tu primo que tenías una entrevista en un club del Soho... Si no te contratan es que son idiotas... Cualquier disco se llenaría de chicas si tú estuvieras en la puerta... Qué mejor anuncio que alguien...

La mirada masculina se desplazó del guante a los ojos de su vecina, provocándole un ataque de timidez instantáneo.

—Como tú —concluyó Abby, mordiéndose por dentro al comprender, por el calor espantoso que sentía en la cara, que ahora no sólo el pasacintas era rojo.

—Son idiotas —le confirmó Dakota. Ni fumado le diría la verdad. Lo único que le faltaba era tener que aguantarla en el club, *además* de en la puerta de casa—. ¿Qué quieres, Abigail?

La joven se armó de valor. Saber que la respuesta sería la misma de siempre -no-, y que tardaría horas en sobreponerse al nuevo rechazo, requería una enorme dosis de coraje y determinación. Pero lo que sentía por él y la ilusión de conseguir que algún día dejara de ser un sueño y se transformara en realidad, era más grande.

El amor que no había dejado de crecer en veinte años resplandecía en los ojos de Abby cuando él la miró, reclamándole una respuesta:

—¿Pasarás cerca de Covent Garden? Me he despistado con la hora —mintió, ya que aquel día tenía turno de tarde—, y si no encuentro un alma caritativa, llegaré tarde al trabajo...

Pero Dakota no respondió, porque no estaba atento a lo que ella decía. Ni siquiera la miraba.

La insistencia con que aquellos hermosos ojos café observaban algo más allá de Abby hicieron que ella se volviera a mirar.

Tess acababa de llegar junto a la verja roja de su casa y tras detener el trote, hacía lo propio con el cronómetro que llevaba atado a la muñeca. Intentando recuperar el ritmo normal, se limitó a saludar a la pareja con un gesto de la mano.

"Qué oportuna", pensó Abby, respondiendo al saludo.

"Qué buena estás", pensó él, y puso en marcha la moto antes de que su mente empezara a enumerar las cien maneras en que estaría más que dispuesto a ayudarla a mantener ese tipazo de muerte.

—Me voy —dijo el motero cuando ya se había alejado un par de metros, dejando a Abby con la palabra en la boca.

En el momento que Tess se dio la vuelta para cerrar la puerta principal, notó que el vecino ya no estaba a la vista. Su hermana, sí; con la cabeza algo ladeada continuaba allí, de pie, mirando la estela de ruido que él había dejado tras de sí al marcharse.

Y ahora estaba en la cocina, excitada como un niño el día de Navidad, relatando a quien quisiera oírla, el *mini-encuentro* casual que había mantenido "con el chico más guapo del universo".

Tess contemplaba el panorama desde la mesada donde se había sentado a beber agua a placer para re-hidratar su sistema, seco tras cincuenta minutos haciendo footing. Junto a ella, Amelia continuaba preparando la comida que dejaría cociendo al cuidado de su marido, antes de irse a trabajar. No había hecho el menor comentario, y la expresión de su rostro parecía sólo concentrada en lo que hacía, pero a juzgar por la energía con que arrancaba los cabos a las vainas de las judías, el relato de Abby no era de su agrado.

El panorama era diferente con Richard. Él había apartado momentáneamente el periódico del día anterior al que estaba echando un vistazo final antes de ponerlo en la pila de reciclaje que lo convertiría en briquetas para la chimenea, y escuchaba la perorata excitada de su hija menor con aparente atención. Sus grandes ojos grises, que Abby había heredado, seguían cada uno de sus gestos.

Recuerdos de otras épocas, de otras conversaciones familiares regresaron a la mente de Tess. El interés de su padre le resultaba familiar. No era muy dado a manifestar su opinión, pero lo recordaba así; siempre dispuesto a escuchar atentamente a sus hijas. También a su esposa. La actitud de ésta, en cambio, no cuadraba con sus recuerdos. Amelia adoraba a sus hijas, pero ahora se mostraba crítica hacia la menor. A veces lo manifestaba en voz alta; otras, ensañándose con los cabos de las vainas vegetales. En cualquier caso, el mensaje era el mismo; no aprobaba el rumbo que Abigail había dado a su vida. Ni en lo profesional ni, especialmente, en lo sentimental.

En cierto modo, a Tess le resultaba comprensible. El talento creativo de Abby, su gran habilidad para el dibujo y la pintura, prometían mejores oportunidades que aquel trabajo cansado y mal pagado en una peluquería con que sufragaba sus caprichos y poco más. Y en cuanto al área sentimental, estaba claro que el amor era completamente ciego, algo sordo, y bastante tonto; él no sólo no era un buen partido. Mal que a su hermana le pesara, el vecino tampoco mostraba el menor interés ni por serlo, ni por parecerlo. La indiferencia con que la trataba era sumamente explícita, pero Abby, por alguna razón, no acababa de verlo claro.

—Me ha dicho que no lo contrataron en ese club, pero Amy está segura de que el puerta que había el sábado era él. Es verdad que iba con unos amigos en el coche y sólo lo vio de pasada, pero ¿cuántos tienen esos pelos divinos? Seguro que era él —sentenció, radiante, y le dio un bocado a la galleta de chocolate que sostenía en una mano.

—Pues, es raro que Dakota trabaje en una disco —comentó Richard—. Lo suyo es la mecánica...

—Lo raro —intervino Amelia, mientras se quitaba el primoroso delantal rosa—, es que nadie le diga a esta criatura —señaló a su hija menor con un dedo— que espabile de una buena vez por todas y deje de hacer la tonta. A él le interesas tú tanto como trabajar, que ya es decir, porque que yo recuerde, Dakota no ha tenido nada a lo que se le pueda llamar "trabajo" en veinticuatro años —Amelia soltó un bufido y se encaminó hacia la puerta—. Me voy al consultorio.

Tess vio el rostro hermoso de su hermana pequeña pasar de rojo a azul, y de éste a morado. Poco después Abby también abandonó la cocina. Entonces, su padre extendió una mano hacia ella.

—Ven —pidió con una sonrisa, invitándola a tomar asiento junto a él, en la mesa—, cuéntale a tu padre más de ese maravilloso nuevo puesto tuyo en la editorial...

Tess aceptó la invitación con una gran sonrisa; otro gesto que le resultaba familiar a engrosar una lista que empezaba a ser preocupantemente extensa.

A Richard Gibb le habría gustado continuar trabajando en el banco, como había hecho su padre, pero le había tocado vivir años de cambios, y la jubilación anticipada le había llegado hacía once años, con cuarenta y nueve -cuando apenas peinaba unas pocas canas en su espesa cabellera castaña-, dejándole pocas alternativas laborales en un país que entonces contaba con una importante tasa de desempleo juvenil. Lo peor había sido que su mujer tuviera que volver a trabajar para reunir un dinero decente a fin de mes, e inmediatamente a continuación en el *ranking* de "lo peor de estar jubilado por obligación"; aprender a ocupar tanto tiempo libre. Se había apuntado a cuanto cursillo se organizaba en el barrio, incluido uno de papiroflexia, y con el paso de los años había conseguido adquirir un amplio conocimiento en cosas inútiles, pero entretenidas. Finalmente, se había decantado por las "chapuzas"; estaba claro que no podría ganarse la vida con ellas, pero al menos se ahorraría unos cuantos cientos en fontaneros y electricistas.

Y de aspirante a fontanero o electricista, a cristalero había sólo un paso, pensó Richard con humor mientras echaba un vistazo a la ventana del galpón de herramientas situado al final del jardín trasero, que algún gamberro había hecho trizas de una certera pedrada. A ver qué tal se las apañaba con la chapuza del día. Tan pronto la acabara, se pondría con la puerta de la entrada. Estaba harto de la puerta roja de madera; la cambiaría por una estupenda verja de hierro.

En aquel momento, una voz que conocía muy bien le llegó alta y clara, seguida de otra que también conocía muy bien pero lo hacía en un tono... insólito.

Richard frunció el ceño. ¿Qué estaba sucediendo allí?

Tess pasó la hoja y espió por el rabillo del ojo los movimientos en la parcela contigua.

Confirmado, Melenita de oro acababa de repantigarse en un sillón, bote de Coca Cola en mano. Adiós tranquilidad.

—Vaya plan más guay... ¿Vas a pasarte las vacaciones leyendo en el jardín de la casa de tus viejos? —escuchó que él le preguntaba.

Él, según decían, era Scott -al que, inexplicablemente, todos llamaban *Dakota*-, pero ella seguía albergando serias dudas al respecto. Le resultaba imposible encontrar algún punto en común entre el púber desgarbado y con la cara cubierta de granos por el que su hermana bebía los vientos desde el parvulario, y el impertinente melenudo que ahora aceleraba la moto ex profeso cuando pasaba junto a Tess, en un alarde de desafío exhibicionista con el que además, cuando llovía, conseguía ponerla perdida.

Pero allí estaba, fuera quien fuera. *Otra vez.*

Tess volvió la cara hacia la alambrada desnuda, en otros tiempos cubierta por un tupido seto que una infestación por fitóftora había hecho necesario arrancar el último otoño. Él sonrió, burlón, pero su mirada, que ella estaba completamente segura de que sería del mismo tenor que la sonrisa, permaneció oculta detrás de unas gafas de sol negras, como el resto de su indumentaria. Notó que, a ratos, daba sorbos a su bebida.

Desde luego, a ella nada le gustaría más que poder leer tranquila, pero hoy no tendría esa suerte. No sabía si él salía al jardín posterior de su casa porque le gustaba disfrutar del esquivo sol londinense, o si lo hacía solamente porque sabía que a Tess le gustaba, y quería estropearle el momento.

—Y tu plan ¿cuál es? —replicó ella— ¿Invocar a las tinieblas vestido de gótico a las doce del mediodía? Conseguirás que se ponga a llover.

La primera reacción de Dakota fue sorprenderse. Por una vez, la mayor de las hermanas Gibb se dignaba a responder. Desde que había llegado de Boston, hacía un par de semanas, se había limitado a echarle miradas con mensaje y volver a su lectura.

—Joder, si hablas y todo... —dijo, divertido, mientras empujaba las gafas hacia atrás hasta ponérselas de diadema.

Por lo visto, estaban a punto de mantener una conversación como las personas normales, y si era así, él no quería perderse ni un solo detalle. Pero entonces, cayó en la cuenta de lo que acababa de oír, las palabras de Tess volvieron a resonar en su cerebro, y su segunda reacción fue urticante:

Aunque a la reina de las pijas se lo pareciera, él no era un jodido gótico.

Ella, en cambio, era justamente lo que parecía, y, al menos a Dakota, siempre le había parecido lo mismo; una repipi que hablaba raro, y miraba a todo el mundo con aires de superioridad.

Tess, en apariencia, tan ajena como indiferente a los pensamientos de su vecino pelilargo, había vuelto a concentrarse en el libro, y él, simplemente, no pudo resistir la tentación.

Dakota bebió un buen trago del bote, disfrutando anticipadamente de lo que vendría a continuación.

Entonces, un sonido grave, inconfundible, salió de su boca... De tal mal gusto, que hizo que Tess cerrara el libro de un golpe seco y se pusiera de pie, a un tris de decirle con todas las letras lo que pensaba de él.

En el último segundo, sin embargo, decidió que decir "eres un grosero" sólo causaría gracia a alguien acostumbrado al descaro y a la vulgaridad. De modo que, manteniendo la boca bien cerrada, le dio la espalda, y se puso a recoger sus cosas de la mesilla.

Él sonrió satisfecho. Volvió a colocarse las gafas y recostó la cabeza contra el respaldo, dejando que el sol le entibiara la piel.

—Por eso no me gustan las latas —comentó, malicioso—. Cada vez traen más gas.

Lo siguiente que oyó fueron los pasos de Tess, alejándose, y luego, un sonoro portazo.

—Qué genio... —añadió él, y suspiró. Lo malo era que le gustaban las *maduritas* ariscas. Cuanto más ariscas, mejor—. *Mmm...* Ganas me dan de...

Dakota meneó la cabeza y cambió el rumbo de sus pensamientos.

—*Déjate de tonterías, chaval.*

No se le había perdido nada en aquella historia. En lo que a él concernía, la hermana menor era un pelmazo y la otra, una pija insufrible.

Y lo mejor que podía hacer era tenerlo bien presente. Que no se le ocurriera olvidarlo.

Ni por una centésima de segundo.

Richard frunció la boca en un gesto de disgusto. Desde luego que estaba sucediendo algo, y no era nada bueno.

No era *nada bueno* que aquel chaval mostrara, de repente, tanto interés por frecuentar el patio trasero de su casa. Porque no sería nada bueno que Abigail descubriera que mientras con ella se mostraba tan poco comunicativo en la parte delantera de la casa, con Tess y en la parte trasera, Dakota sufriera de incontinencia verbal aguda.

Ex profeso, Richard dio un martillazo a lo que quedaba del vidrio de la ventana, que esparció montones de trocitos por el césped. Sorprendido por el ruido próximo, Dakota se incorporó quitándose las gafas y fue entonces, cuando vio al padre de Tess.

—Dakota —dijo Richard en una especie de saludo que portaba un mensaje escrito en su mirada: "cuidado con lo que haces".

—Señor Gibb —lo saludó, a su vez, el motero.

Como era habitual en él, no se dio por aludido.

Sin inmutarse siquiera, se acomodó en el asiento nuevamente, y volvió a ponerse las gafas.

~5~

—¡Qué temprano! —dijo Stella al ver a Abby en su cocina a las cinco de la tarde.

Solía pasarse a ver a sus tíos a diario, pero rara vez antes de las siete.

La joven palmeó cariñosamente el morro de Alfredo, que inmediatamente acudió a darle la bienvenida moviendo el rabo. A continuación, soltó el bolso sobre la mesa de la cocina y se acercó a la esbelta mujer de leggings de leopardo y cabello corto plagado de mechas violeta, a darle el consabido abrazo.

—Me debían horas de la semana pasada y me las he cobrado. Ya que no pagan horas extras... ¿Y tú qué tal?

—Esperando a tu tío, para variar —replicó, jocosa—. A él tampoco le pagan las horas extras, pero eso de intentar compensar el tiempo todavía no lo maneja bien, ¿sabes? ¿Te quedas a cenar?

Abby negó con la cabeza. —Hoy te será difícil sobornarme; en casa hay *ravioli...*

Stella puso los brazos en jarra.

—Pues, la cochina de tu madre no me ha dicho nada... —y justo en aquel momento empezó a sonar el teléfono—. ¡Ah! Quizás me ha oído...

Atendió la llamada, que, efectivamente, era la "cochina de su hermana", avisándole que en casa de los Gibb había "olla libre" de *ravioli.*

—¡Con salsa putanesca! —exclamó, histriónica, tras colgar el auricular y regresar a la cocina—. ¿Sabes qué, niña? El filete con patatas que se lo coma tu tío... Solo, como castigo por llegar tarde —se quitó el delantal, lo dejó sobre el respaldo de una silla, y cogió a su sobrina del brazo—. Tú y yo nos vamos a degustar ese plato de *ravioli a la putanesca.*

Abby sabía que aquello era una broma. Tío Tony se les uniría pronto, ya que venía de camino, y como tampoco estaría dispuesto a perderse unos *ravioli* amasados por su cuñada, el filete acabaría degustándolo el Gran Danés, y todo el mundo contento. Así eran las cosas en aquella casa desde que Abby tenía uso de razón. Stella le parecía una mujer jovial y divertida, que había tenido la suerte de casarse con alguien hecho a su medida; tío Tony era tan extrovertido como su mujer. A Abby le parecía increíble que Stella y Amelia fueran hermanas. Los doce años de diferencia que había entre las dos no tenía nada que ver; eran el día y la noche.

—Cuenta, querida ¿qué tal van las cosas con tu príncipe azul? —quiso saber la mujer. Tenía claro que algo le rondaba la cabeza a su sobrina.

La sonrisa enamorada hizo su aparición triunfal.

—Charlamos... a veces... No mucho, la verdad es que no es nada lanzado... —hizo una pausa. Las cosas iban muy despacio y no tenía nada nuevo que contar, ya que cada día era más difícil coincidir con él. Entonces recordó que lo del trabajo nuevo ya no era un rumor; estaba confirmado—. ¡Tiene trabajo! Está de *puerta* en una disco nueva, Club49. Me lo ha dicho Amy que estuvo allí el fin de semana pasado... Tengo invitaciones para ir.

—¡Oye, qué bien! Ahora, ya sabes dónde ir a bailar el próximo *finde* — apuntó la mujer con picardía.

—Ya... —hizo un gesto de desagrado con la boca—, pero todas mis amigas tienen plan... Y eso de ir sola... No sé...

—Pídeselo a Tess, seguro que se apunta.

Abby la miró con ironía, y Stella meneó la cabeza. Tenía razón, Tess no era lo que se decía alguien dado a ir de discotecas. Nunca lo había sido.

—Pues, llévatela sin decírselo —añadió con desparpajo—. Total, ¿qué es lo peor que puede pasar? ¿que no quiera entrar? —se acercó a hablarle en confidencia—. Si Dakota estará en la puerta, ¿qué importa que ella no quiera entrar? Además, tu hermana es demasiado educada... No va a montarte ningún numerito. Aguantará estoicamente mientras tú conversas con tu chico, y luego te pondrá verde en privado, cuando nadie pueda oírla...

Ambas mujeres se miraron sonrientes, y continuaron recorriendo mientras charlaban, las cuatro calles que separaban la casa de Stella de la de su hermana.

Tío Roberto venía insistiéndole que se pasara por la clínica desde que Tess había puesto un pie en Londres, y aunque no le apetecía nada la idea, no podía seguir posponiéndolo, ya que pronto regresaría a Boston.

Su reticencia no se debía a su tío, al que adoraba, sino a su profesión: sufría tal irracional miedo al torno que la sola idea de verlo, le provocaba náuseas, pero él hacía cerca de un año que había desembolsado unos cuantos miles de libras en la reforma, se sentía orgulloso del resultado, y no pensaba dejar que su sobrina mayor volviera a Estados Unidos, sin mostrárselo. De modo que aquella mañana, Tess había pasado su sesión diaria de footing a la tarde para dedicar la mañana a visitar la clínica odontológica del Dr. Roberto Baldini.

Ubicada en la planta baja de un señorial edificio del área de Mayfair, la costosa reforma había convertido el interior en un espacio cómodo y funcional. Al verlo, Tess no pudo evitar preguntarse cómo se las apañaría su madre, que aún seguía usando el correo de Su Majestad para comunicarse con ella, para desempeñar su trabajo en aquel lugar en que hasta el café lo dispensaba un inmenso robot ubicado en la gran sala de espera que daba a New Bond Street. Más tarde averiguaría que el curso acelerado de Windows con Internet al que su madre estaba asistiendo tres veces en semana, no había sido una elección libre, sino una imposición laboral. Lo cual, realmente, no extrañaba nada a Tess. ¿Cómo era posible, en estos tiempos, que un trabajador en activo no supiera siquiera encender un ordenador?

La visita resultó ser agradable y a las doce ya estaba de regreso en casa. Dos horas después de comer, Tess se había puesto el equipo de deporte y trotaba por Kew Road hacia sus jardines favoritos.

Quizás, hoy la suerte le sonriera, y no se encontrara con Melenita de oro.

No lo había visto en el parque. Tampoco durante el camino de regreso, y empezaba a creer que en esta ocasión, saldría bien librada, cuando alguien le habló.

—Hola, vecina ¿qué, haciendo footing?

Tess se detuvo y se volvió hacia la voz con resignación. Por alguna razón que no acababa de comprender su pelilargo vecino, con el que no había coincidido ni una sola vez en diez años, ahora era una visión recurrente, como si formara parte del paisaje.

Ella se miró su propia indumentaria deportiva en un gesto ostensible.

—Ya que la respuesta resulta obvia —dijo al fin con una expresión fingidamente interesada—, deduzco que en realidad no era una pregunta, ¿verdad?

Desde el suelo donde desmontaba una pieza metálica, Dakota soltó la carcajada. Se puso de pie, meneando la cabeza incapaz de creer que aquella mujer pudiera ser tan rebuscada —y que a pesar de serlo, le resultara tan *jodidamente* atractiva, aunque eso era harina de otro costal—, y se dirigió hacia ella, limpiándose la grasa de las manos con un trapo.

—Deduces bien —dijo con una sonrisa cautivadora—. Se llama hablar por hablar y la gente vulgar lo hace todo el tiempo ¿por qué no pruebas, a ver qué tal?

Ella jamás hablaba por hablar -¿acaso tenía algún sentido?-, lo que no creía, en absoluto, que la convirtiera en alguien especial. Y en circunstancias normales, se lo habría dicho sin ambages. Éstas, no lo eran.

Simplemente, porque Tess se había quedado atrapada en aquella sonrisa. En sus labios delgados, perfectamente delineados, que lucían húmedos y de un color rosado fuerte, como si llevaran carmín. Podrían ser unos labios de mujer, pensó. Pero no pertenecían a una mujer, y la media perilla -apenas una franja corta y estrecha de pelo que nacía debajo de su labio inferior y le llegaba hasta el final de la barbilla-, daba fe de ello.

Dakota la miraba sonriendo, entre expectante y divertido, y ella...

Tess era consciente de que él se estaba burlando, y lo hacía con descaro, pero su cerebro, era evidente, había decidido ignorar la burla y concentrarse en aquella boca que, inexplicablemente, encontraba... ¿apetecible?

Inglaterra, concluyó ella mirando a otra parte con una creciente sensación de bochorno, no le estaba sentando nada bien si podía encontrar algo "apetecible" en aquel *niño* descarado. Y cargó las tintas sobre la palabra "niño" en un intento de que su propio cerebro recordara que la criatura tenía *tan solo veinticuatro años*.

Sin embargo, Tess no consiguió apartar la mirada lo bastante rápido, que no pasó desapercibida a Dakota. Entonces, un relámpago, cargado hasta los topes de energía, atravesó al hombre de la media perilla y los labios de mujer, despejándole todas las dudas que tuviera al respecto: jugaría aquel juego. A pesar de que era la peor idea del mundo, *jugaría aquel juego hasta el final*.

Todo su lenguaje corporal se transformó en un segundo, pero Tess, ocupada en sus propios pensamientos, no se percató.

—Corriente —dijo ella mientras quitaba una pelusa imaginaria de su top negro, poniendo fin al incómodo silencio.

Él frunció el ceño.

—Corriente ¿qué?

—Se dice gente corriente —aclaró Tess—. Es lo más apropiado en este caso.

La sonrisa apetecible volvió a hacer acto de presencia, aderezada con una pizca inocultable de desafío, anuncio de la carga de profundidad que él estaba a punto de lanzar.

—Te gusto cantidad, ¿eh?

Ella alzó las cejas, sus ojos lo escrutaron como si todo él fuera un código cifrado.

Gustar era un concepto muy amplio, pensó Tess, y muy relativo; también le gustaban los mojitos y el tabaco, y hacía más de dos años que no probaba ni lo uno ni lo otro.

—Ya lo creo —replicó ella, en tono de guasa, dispuesta a practicar aquel arte insólito de hablar por hablar, ya que él decía que era tan "vulgar"—. Aún no he decidido qué me gusta más de ti, si tu corte de pelo estilo Kurt Cobaine después de un mal viaje, o tus modales exquisitos. Especialmente, cuando bebes latas de gaseosa —hizo una pausa para mirarlo, altiva—. Pero no te apures, cuando lo decida te lo haré saber.

No esperaba enojarlo -aunque, desde luego, le habría gustado-, y efectivamente, no lo enojó. Al contrario, lo vio asentir repetidas veces con la cabeza sin perder la sonrisa, y Tess tuvo la sensación de que él continuaría con las puyas, pero no fue así.

—¿Cuándo vuelves a Boston?

—Me voy el sábado —replicó ella, preguntándose a qué se debía aquel inesperado cambio de tema.

¿Tan pronto? La echaría de menos. Hacía siglos que lo más interesante que Dakota encontraba en la parcela vecina eran los tangas de la hija menor de los Gibb, secándose al sol.

Cuando había sol, claro.

Tres días no daban para muchas filigranas con una mujer como aquella.

Vale. Entonces, nada de filigranas.

—Así que la cosa está entre mi pelo y mis modales —comentó él, divertido, al tiempo que le daba la espalda y se dirigía al interior del garaje.

A Tess le pareció que él volvía para ocuparse de su "princesa" de hierro, su moto, a la que siempre estaba limpiando y sacando brillo, pero en aquel momento Dakota se quitó la camiseta, y un instante después, cuando ella aún no había tenido tiempo de recuperarse de la sorpresa, él se llevó una mano al cabello y lo liberó de la banda con que lo sujetaba en una coleta baja.

A continuación, se quedó tal como estaba, exhibiéndose con desparpajo, esperando pacientemente a que la medicina hiciera efecto.

Los ojos de Tess siguieron los trazos del dragón bicéfalo de dientes amenazadores, cuyas alas desplegadas rodeaban los hombros de Scott, como si estuvieran abrazándolo. Su sinuoso cuerpo, cubierto de escamas, zigzagueaba a lo largo del eje central de la espalda masculina, con una belleza transgresora propia de las obras de Don Ed Hardy [3].

---

(3) Famoso artista norteamericano del tatuaje que obtuvo gran reconocimiento por incorporar una estética japonesa a sus tatuajes.

Aquello era un festín visual en escala de azules, violetas y rojos, volcados sobre un lienzo excepcional.

Sin embargo, Hardy no podía haber sido el autor de aquel tatuaje. Entre otras razones porque ya que se había retirado antes de que Scott naciera.

Y además, ni siquiera alguien con semejante sentido de la estética, habría podido concebir una visión tan fantástica como aquella voluptuosa cola dentada de dragón desapareciendo bajo la cintura de los calzoncillos, que asomaban, sugerentes, por encima de los tejanos.

La sola idea de averiguar cómo sería el final del tatuaje la hizo suspirar. Entonces, Tess volvió a la realidad, roja de vergüenza, y Dakota, con una sonrisa radiante, se echó la prenda al hombro, dando por finalizado el espectáculo.

—Acabo de hacerte más fácil la decisión ¿a qué sí? —dijo, mirándola de soslayo antes de atravesar la puerta que comunicaba el garaje con la vivienda—. Por si no nos vemos de nuevo, que tengas buen viaje.

Vaya, si lo había hecho.

Tess acababa de descubrir que le encantaban los dragones.

En especial, los de cola dentada.

~6~

El "plan de hermanas" de Abby estaba funcionando bien. Tess había aceptado más por no contrariarla que otra cosa. La comunicación entre las dos nunca había sido fluida. El recelo juvenil de Abigail hacia la alta consideración que los "éxitos" de su hermana mayor tenía en casa habían enfriado la relación, y la distancia que las separaba -en años y en kilómetros- se había ocupado de hacer el resto.

Pero esta noche, Abby se mostraba especialmente alegre y parlanchina, y Tess disfrutaba del momento. La apetitosa cena que estaban compartiendo con buen vino en un restaurante céntrico de moda había llegado ya a los postres y Abby continuaba parloteando y sacando fotos con su móvil, sin cesar. Incluso había pedido al camarero que las atendía que les sacara una foto juntas. Él se había mostrado más que dispuesto y no había reparado en cumplidos hacia ella. Volvía a ser la Abby vital y extrovertida que guardaba en sus recuerdos, excepto por el riguroso luto que vestía de la cabeza a los pies.

—¿No quieres que saquemos algunas fotos con el tuyo? Así tú también las tienes —ofreció Abby tras comprobar la imagen del último disparo. En ella se veía a Tess llevándose el tenedor con un trozo de tarta a la boca mientras sonreía a la cámara.

Tess esperó a acabar de masticar el bocado para responder.

—No —sonrió—. Quiero darte una excusa para que me escribas.

—Ufff... No sé, no sé... Los ordenadores no son lo mío... Amy, Sara... todas mis amigas viven colgadas de Internet... Están en mil chats y tienen docenas de cuentas de correo... —dijo tras chupar la última sombrilla de su banana split—. Yo prefiero el cara a cara, y si no, los sms...

—Pues, hoy en día no son muchos los trabajos a los que puedes aspirar si no dominas la ofimática.

Abby frunció el ceño con expresión divertida.

—Trabajo en una peluquería ¿para qué quiero *dominar la ofimática*? Es lo que hay, aunque a nuestra querida madre no le guste la idea de que su hija menor sea peluquera... —especialmente cuando la mayor tenía un trabajo tan glamuroso, pensó pero se cuidó bien de no decirlo. No deseaba estropear sus planes para aquella noche con una discusión sobre las oportunidades de la vida y los trabajos dignos, que no le interesaba en lo más mínimo.

—¿Es lo que deseas? —quiso saber Tess—. ¿Ser peluquera?

Su hermana se encogió de hombros. —Sí, supongo... El sueldo es pasable, las horas son las normales del gremio y mi jefa me trata bastante bien... La mayoría de los días, a la siete estoy en casa ¿puedes tú decir lo mismo? —lo último se le había escapado y Abby se apresuró a echar un tupido velo—. Además, no pienso trabajar toda la vida... Algún día me casaré, digo yo...

Tess esbozó una gran sonrisa cómplice.

—¿Sí? ¿Te has decidido por algún candidato de los muchos que tienes? —preguntó sin ninguna malicia.

Era cierto que no le faltaban interesados. Tess había tenido ocasión de comprobarlo personalmente; ellos no sólo la llamaban al móvil, también al teléfono familiar si Abby no respondía. Varias de esas llamadas las había atendido Tess. Notó que la expresión de su hermana se transformaba completamente.

—Uy, sí... —dijo en un suspiro lleno de ilusión—. El candidato está *superdecidido*... Pero mejor, no toquemos ese tema porque me emociono y no paro de hablar y todavía nos queda mucho por hacer esta noche...

—Me dejarás dormir, espero —apuntó Tess riendo y apuró su taza de té verde—. Bueno, si tanto nos queda por hacer, tú soníele al camarero para que nos traiga la cuenta rápidamente que yo me ocupo de pagarla...

Abby soltó la carcajada.

—Oye, que no es para tanto —le dijo risueña a su hermana, y no acabó de volver la cabeza en dirección al joven de rasgos escandinavos que las atendía, que él ya estaba junto a ellas, todo sonrisas— ¿Nos trae la cuenta, por favor?

—Por supuesto —respondió él, con un sospechoso exceso de amabilidad—. Y todo lo que usted quiera.

Tan pronto el joven se alejó de la mesa, Abby miró a su hermana divertida.

—Pues, sí que ha sido rápido —comentó en voz baja.

Ambas soltaron la risa.

Después de regocijarse con los modelitos de lencería del escaparate de Ann Summers, y tomar un *gelato* en Amorino, Tess y Abby continuaron compartiendo charla y risas mientras serpenteaban por las calles del Soho, gastando las suelas de sus zapatos.

Abby no iba sin tacones ni siquiera hasta la puerta de casa, de modo que Tess, para no desentonar, calzaba unos carísimos estiletos de firma, que ahora comprobaba, dolían en directa relación a la pequeña fortuna que había pagados por ellos. Fortuna que estaba dispuesta a recuperar, aunque fuera parcialmente, tan pronto regresara a Boston por la vía más expeditiva: los subastaría en Ebay. Ni en sueños volvería a ponerse aquellos zapatos.

Tan duras estaban las cosas para sus doloridos pies, que agradeció la sugerencia de Abby de tomar una copa en un club. Llevaba unos cuantos minutos considerando seriamente sentarse en el suelo, así que un taburete le pareció ideal...

Hasta que reparó en el individuo que, bajo la luz azul que iluminaba la entrada del local más próximo, controlaba las invitaciones de los miembros masculinos que iban entrando; habría reconocido aquella melena incluso a oscuras.

Tess se disponía a volverse hacia su hermana con cara de pocos amigos cuando él levantó la vista de lo que hacía, y las vio.

Abby fue la más rápida de todos.

—¡Dakota! —exclamó, apurando el paso hacia él—. ¿Trabajas aquí?

Tess fue detrás de su hermana con la vista clavada en el suelo que pisaba. Empezaba a sospechar que el propósito de aquella noche con "plan de hermanas" tenía por objetivo acabar allí, y se sintió decepcionada. La habría acompañado si se lo hubiera pedido directamente; sin necesidad de fingir que quería pasar un rato a solas con ella.

Él le echó una mirada de disgusto a Abby, que sobrevoló la figura de Tess lo bastante para reparar en el vestido morado sin mangas y en los taconazos a juego que llevaba. Continuó controlando la invitación del último miembro, sin responder.

A pesar del cabreo de verlas allí y de saber que le tocaría aguantar a Morticia, no pudo evitar pensar que la hermana mayor tenía unas piernas de escándalo...

Piernas, caderas... y todo lo demás. Estaba para comérsela y no dejar nada.

Abby se restregó las manos en un gesto nervioso. No había esperado que la recibiera con fuegos de artificio, pero tampoco semejante vacío.

—¿Te acuerdas de él? —le dijo a su hermana mientras rogaba que dejara de llegar gente y así poder hablar unos minutos con Dakota—. Te lo presenté la semana que llegaste...

Por supuesto que lo recordaba. ¿Acaso creía que era tan común ver un ejemplar como aquel, con perilla de hombre, modales de cavernícola, y cabello largo como el de una mujer? Por no mencionar, un espectacular tatuaje del dragón bicéfalo con cola dentada... y aunque de muy buen grado habría borrado el recuerdo de su cerebro, él se había ocupado de impedírselo al convertirse en una imagen recurrente.

Cada segundo que pasaba, Tess tenía más claro que su hermana la había utilizado y eso le molestaba de verdad.

—Sólo querías que te acompañara ¿no? —le preguntó sin preámbulos. La expresión de su hermana constituyó suficiente respuesta. Tess meneó la cabeza, y finalmente añadió—: No tenías más que pedírmelo, Abby.

—No te enfades conmigo —replicó ella. Le apretó cariñosamente el brazo—. Por favor...

—No me enfado, pero habría preferido que fueras sincera —respondió Tess sin más, y procuró concentrar su atención en otra cosa para no pensar en lo estúpida que se sentía.

Había otros dos hombres junto al portero, charlando entre ellos. Compartían aspecto, aunque no largo de cabello -uno iba casi rapado, y el otro llevaba el pelo corto y un jopo en forma de cresta-. Dedujo que serían de la mismo tribu.

Entonces, Melenita de oro se dirigió a Abby.

—Trabajo aquí —dijo—. Y los dueños quieren la puerta despejada, así que...

El rostro de Abby pasó de blanco a morado, a juego con el vestido de su hermana. La sorpresa, o quizás, la decepción, hicieron que tardara en reaccionar.

Tess le clavó los ojos al portero. Aquella no era manera de tratar a nadie. Entonces, la mirada de Dakota cambió de ángulo y se posó sobre Tess, mucho más desafiante que antes:

—¿Se lo explicas tú o lo digo de nuevo?

Abby explotó.

—Oye, oye, guapo... Tranquilo, ¿eh? Que no he venido a verte a ti... ¿Me has mirado bien? A ver si te crees que no tengo plan mejor para el fin de semana, chaval...

El tono de la conversación atrajo la atención de sus dos colegas.

—¡Brum brum! —exclamó el del pelo rapado que respondía al nombre de Dylan, dándole un repaso más exhaustivo a Abigail—. Me apunto al plan que sea, nena...

Si Tess ya estaba perpleja ante la reacción de los tres sujetos que aunque miraba no acababa de convencerse de que fueran humanos, la siguiente respuesta de su hermana la dejó pasmada.

—*Brum-brum...* ¡Serás imbécil! —exclamó, y al volverse hacia su hermana, giró la cabeza con tantas ínfulas que uno de sus pendientes salió volando—. Vamos, Tess, *despejemos* la puerta. Entremos a tomar algo. Invito yo.

El hombre rapado avanzó hacia Abby dispuesto a demostrarle lo imbécil que era, pero una mano firme seguida de una mirada igual de firme, ambas procedentes del portero, lo devolvieron a su rincón.

Tess no quería entrar en el club. Estaba segura de que lo mejor era que se marcharan, pero aquella situación estaba resultando tan embarazosa que se limitó a asentir. Ambas se disponían a entrar, cuando el otro hombre -el del jopo en forma de cresta- que hasta el momento se había limitado a mirar, se agachó a recoger algo del suelo y a continuación le interceptó el paso a Abby.

—Está claro que Dakota no te ha mirado bien —le dijo con aire gentil al tiempo que le entregaba lo que guardaba en su mano—. Se te ha caído este pendiente...

Abby le echó una mirada displicente, y luego miró brevemente a Dakota. Ignoró por completo al tercero, cuyo móvil sonó en aquel momento. Él se apartó un poco para oír mejor.

—Eso, seguro —replicó, más altiva que coqueta y cogió el pendiente—. Gracias... ¿Te conozco?

Dakota puso los ojos en blanco. Apartó a su amigo de Abby con un gesto ostensible.

—Ni falta que hace —respondió. Los dueños querían la puerta del local despejada, y él, acabar con aquella tertulia malavenida cuanto antes.

La pequeña de los Gibb no se anduvo por las ramas. Sacó un bolígrafo del bolso y se dirigió al hombre de la cresta.

—¿Me prestas tu mano?

—Claro, ¿dónde quieres que te la ponga?

Ella sonrió, y le siguió el juego.

—Tranquilo, fiera... Sólo dámela ¿vale?

El hombre hizo lo que le pedían, y Abby, después de encontrar un hueco libre de tatuajes, garabateó su número de móvil.

Él leyó su propia mano con actitud desenfadada. La miró.

—¿Abby? —ella asintió, él se tocó el pecho—: Evel.

Dakota se cruzó de brazos, presenció la escena con evidente aburrimiento, y como efectivamente todo aquello lo aburría muchísimo, se dedicó a darle otro repaso -más exhaustivo- a Tess, que miraba para otra parte como si todo aquello no fuera con ella. Lo cual a Dakota le pareció *superdivertido*.

Aquella buenorra pegaba tanto en la escena como él mismo en el palacio de Buckingham, cenando con la reina.

—¿Te llamas Evel? —dijo Abby, coqueteando abiertamente.

Él negó con la cabeza.

—¿Y entonces, cómo?

Dakota se ocupó de responder.

—Se llama Brian Rowley, y está forrado el tío. Tiene más pasta que los ladrones y le van las rubias... Así que, tranquila, que te llama —le dio una palmada fuerte en el hombro a su amigo, que en lenguaje de colegas quería decir "corta el rollo ya mismo".

Acto seguido abrió la puerta del club en una gráfica invitación a que entraran o se largaran de una vez.

La total indiferencia de Dakota hizo blanco en Abby, a pesar de lo cual mantuvo el tipo. Antes de desaparecer junto a su hermana en el interior del club, le hizo un guiño a Evel.

Dakota notó que la mirada de su colega seguía con evidente interés los movimientos de las dos mujeres -en especial de Abigail-, hasta que la puerta se cerró, entonces emitió un silbido de aprobación.

—¿Esos parachoques son de serie? —le preguntó a Dakota.

Dylan que había vuelto al grupo tras atender la llamada, festejó la guasa con una sonora carcajada que al portero le hizo menear la cabeza.

—Ya te digo —replicó el rapado, riendo.

Tess se sentía como sapo de otro pozo. Era diez años mayor que la media de asistentes a aquel local cargado de humo y perfumes de moda, tan insoportables que costaba entender cómo se vendían tanto.

La música merecía párrafo aparte. No sólo porque todas se parecían tanto que era imposible distinguir cuando acababa una y empezaba la siguiente, sino por la monotonía del ritmo, agresivo y constante. Chicas y chicos se meneaban en la pista con más o menos sensualidad. No hablaban. Ni siquiera se cruzaban las miradas. Parecían sumergidos cada cual en su propia catarsis, ajenos a lo que los rodeaba.

Aunque habían elegido el rincón de la barra más alejado de la pista, Tess tenía serios problemas para seguir la perorata de su hermana, que se volvía más melancólica y empalagosa a medida que aumentaba el nivel de alcohol en su sangre. Con la tercera copa, la cosa rayaba en lo insostenible. Hasta el punto que una de las cuatro camareras que atendían la barra buscó el consentimiento de Tess cuando Abby empujó el vaso vacío y pidió otro gin tonic.

—¿Tenéis café aquí? —le preguntó Tess. La morena llamativa negó con la cabeza. Tamborileó sus dedos de uñas extra largas pintadas de oscuro.

—¿Café? —repitió Abby—. ¿Quién puñetas quiere café? Dije gin tonic. Gin. Tonic —hizo un esfuerzo por enfocar los dos ojos en la figura borrosa que tenía delante, pero al instante se fue de bruces contra la barra.

La mano de Tess la sostuvo justo a tiempo de evitar que su hermana pequeña dejara el molde de su maxilar superior estampado en el sky acolchado del borde de la barra.

La camarera volvió a mirar a Tess, y finalmente, hizo un gesto con la mano al tiempo que se dirigía al office:

—Dame un minuto... Quizás pueda conseguirte un instantáneo...

No quería ningún "instantáneo"... Abby hizo un intento de menear la cabeza, pero lo dejó a medias.

—Pufff... Siento hueca la cabeza... El vino siempre me cae fatal... —de pronto, empezó a moverse hacia adelante y hacia atrás, como si pensara—. Y con lo de ese gilipollas...

Abby se las arregló como pudo para ponerse de pie. Trastabilló y manoteó la barra para sujetarse. Mirando donde suponía que estaba la puerta de salida, exclamó a voz en cuello:

—¡Gilipooollas!

Tess se puso roja de vergüenza.

—Siéntate, Abby —le dijo, intentando sin éxito que su hermana volviera a sentarse.

—¿A qué es un gilipollas? —miró hacia la puerta y volvió a exclamar—. ¡Gilipo-o-llas!

Incluso a pesar del volumen de la música y de la gente que hablaba a los gritos, hubo quien se percató de que en la barra alguien empezaba a acusar los efectos del exceso de alcohol.

—Siéntate, Abby —insistió Tess, cada vez más violenta por la situación—. Y cálmate. Déjalo estar.

Abby enfocó su mirada, que se volvía más borrosa por momentos, en Tess.

—¿Que lo deje estar? Ni de coña. Ese rubito es *de muá*...

—Pues él no parece darse por enterado —replicó Tess, seria. Muy seria.

No pudo elegir un detonante mejor; el alcohol, la rabia y la frustración dieron por resultado un cóctel intragable de vocablos que salían atropelladamente de la boca de Abby, como piezas incompletas de una confesión de la que Tess sólo entendió dos palabras; "me besó".

—... Me empujó contra la puerta del garaje y me dio un morreo que... —Abby se detuvo para juntar aire y continuó—. ¡Qué beso! ¡Joder, qué beso!

La excitación, el brillo demencial de aquellos hermosos ojos grises sólo duró un instante. Al siguiente, Abby lloraba desconsolada con la frente apoyada sobre la barra.

Tess saltó de la butaca que ocupaba para consolar a su hermana. Evitó considerar de qué manera cambiaba las cosas saber que la indiferencia del vecino, al parecer, no había sido siempre tan indifente. Aquel no era el momento adecuado más que para sacar a Abby de allí y meterla en la cama.

—Me parece que mejor te pido un taxi, ¿no? —ofreció la camarera que estaba de regreso con un gran vaso lleno de café humeante y al ver el panorama se dio cuenta de que aquella crisis sólo la arreglaría un buen sueño.

Tess la miró agradecida y asintió con la cabeza.

—*Por favor.*

Hacía un buen rato que sus colegas se habían marchado y aunque el goteo de gente continuaría hasta la hora de cierre, ahora era lo bastante lento como para fumarse tranquilo el cigarrillo que le había dejado Evel. Un poco alejado de la entrada del club, Dakota se puso a buscar el encendedor en los bolsillos de su cazadora de pinchos.

Se estaba quedando sin piedra y fueron necesarios varios intentos hasta que obtuvo llama. La acercó al extremo retorcido, como la envoltura de un caramelo, y aspiró el humo mezcla de tabaco de liar y hachís. Tras un par más de caladas, aquella sensación familiar de blandura se extendió a todo su cuerpo. Estaba seguro de que hasta la uña del dedo gordo del pie se sentía "guay". Todo él se sentía así, a pesar de saber que Morticia se presentaría en el club cada maldita noche, ahora que había dado con un lugar del que él no podía largarse y dejarla hablando sola.

Menuda suerte la suya... Tenía a medio Richmond desesperado por meterle mano, pero la chica pasaba de todos y se dedicaba a toparse con el único que no le metería mano ni aunque le pagaran por eso...

Dakota soltó el aire en algo que fue mitad suspiro, mitad bufido. Le dio otra calada al pitillo, esta vez más largo. Tragó el humo y luego lo exhaló lentamente.

Lo de Abigail no era nada personal. Tampoco tenía que ver con que fueran vecinos, porque si en vez de ser Morticia, fuera su hermana...

Se acomodó mejor contra el muro de piedra que decoraba la entrada del club dándole aspecto de cueva, y descansó la nuca contra él. Volvió a llevarse el cigarrillo a los labios y aspiró el humo.

Si fuera la hermana mayor en vez de Abigail... Amigo, ¡qué fiesta se correría con ella! Menudo pedazo de mujer. Eso sí, le cerraría el pico con cinta de embalar para que no hablara.

Sonrió divertido al recordar las cosas que le había oído soltar por aquella boca de pecado. Para "comunicarse" con ella hacía falta llevar una edición actualizada del diccionario...

Aunque pensándolo mejor, de cerrarle la boca con algo sería con un buen beso... Ganas no le faltaban. Desde que había visto el brillo caliente de sus ojos al admirar su tatuaje de dragón, mucho más.

En aquel momento, un taxi se detuvo y casi simultáneamente, la puerta de la disco se abrió. Al ver que se trataba de Tess que, casi llevando a rastras el cuerpo de su hermana, abandonaba el club mientras alguien sostenía la puerta abierta, Dakota se apresuró a apagar el cigarrillo contra el muro, y volvió a guardar lo que quedaba de él en el bolsillo.

Cuando se dio la vuelta para ayudarla, Tess ya había llegado al bordillo.

—Joder, vaya pedo lleva... —comentó el portero, al tiempo que de dos zancadas se aproximaba a las mujeres y extendía los brazos para cargar a la menor—. Deja, ya lo hago yo...

Tess, al contrario, lo detuvo con tono definitivo.

—Apártate de mi hermana.

Dakota titubeó. Durante un instante, fue consciente del rechazo y la recriminación que había en la mirada femenina.

La reacción, urticante como solía ser en él, no tardó en llegar.

—¿Y a ti, qué coño de pasa?

Acto seguido, abrió la puerta del taxi. Tras depositar a Abby en el asiento, volvió a cerrarla. Se apartó el cabello de los hombros y miró a Tess reclamando una respuesta.

Ella, en vez de decir algo, lo usó a modo de pared. Apoyó la mano en su brazo para no perder el equilibrio mientras volvía a calzarse los zapatos que había puesto en el bolso para poder lidiar con el peso de su hermana. Y mientras lo hacía, pensaba si responder o ignorarlo. La confesión de Abby aún le quemaba en los oídos y no estaba segura del porqué.

—Nadie puede reprocharte que no estés enamorado de ella, pero no tienes derecho a jugar con sus sentimientos. No es de hombres, Scott.

—¿Que yo... qué? —se acercó mirándola a los ojos—. Nunca... N-U-N-C-A le dí el menor margen de nada.

—La besaste —replicó ella, enfrentándolo— y Dios sabe qué más...

Él soltó una risa irónica. ¿Besarla? Llevaba toda la vida esquivándola como si fuera la peste.

—¿Te has metido una raya, o qué? Nunca la he tocado.

Ella apartó la cara, instintivamente. Detestaba sus modales, su actitud de gallo de pelea...

—Ya —musitó, y se dio la vuelta dispuesta a entrar en el taxi para acabar con aquel momento tan sumamente penoso. Vio que su hermana dormía la borrachera despatarrada en el asiento de atrás y le pareció patética. Tan patética como él. Pero Dakota la retuvo por el brazo.

—Ya, y una mierda —le dijo. La acorraló entre el coche y su cuerpo.

No había tocado a su hermana porque nunca había sentido el menor interés por tenerla así de cerca. Ahora lo tenía. Le hervía la sangre y no era por rabia.

—¿Sabes? Ni a mí me importa tu hermana, ni a ti que ella diga que yo la besé. Porque no la besé. A ella, no. A ti, sí.

Tess lo detuvo poniéndole una mano sobre el pecho y el contacto los quemó a los dos.

A Dakota, le dio el incentivo que no necesitaba para intentar pegarse a ella y liberar eso que lo espoleaba desde hacía un mes. A Tess, el que necesitaba para enfriarlo y marcharse de allí.

—Por si no te has dado cuenta tengo once años más que tú, y yo no me acuesto con niños.

Unas ganas insoportables de demostrarle lo niño que era impulsaron a Dakota a forzar la resistencia de aquel brazo que lo mantenía a distancia. Ella atizó más fuerte, y esta vez fue asertiva.

—¿Vas a usar la fuerza? —lo miró directamente a los ojos—. Eso solo lo hacen los críos calenturientos y los cobardes.

Un pensamiento irreproducible dio paso a un deseo salvaje que se adueñó de Dakota, haciendo que durante un instante se debatiera entre dejarse llevar, o...

Al fin, él dio un paso atrás. La liberó sin decir una palabra.

Tess subió al taxi de inmediato. Le indicó al conductor que podía ponerse en marcha, y fue en aquel momento cuando se dio cuenta de que estaba temblando.

Dakota permaneció allí, como si alguien lo hubiera clavado al suelo, mirándola alejarse hasta que dejó de verla.

Entonces, dio media vuelta y entró en el club.

Tess había estirado el momento de embarcar hasta el final, pero la alarma de su móvil acababa de sonar, indicándole que había llegado el momento de marchar.

Sí, era hora de poner fin a aquellas conversaciones nerviosas de aeropuerto que encubrían mal la tristeza por la inminente separación. Charlas banales que, en el fondo, decían "¡cuánto te echaré de menos!", y le recordaban que, en realidad, nunca había dejado de hacerlo.

La distancia hacía que todos los recuerdos fueran tan vívidos, tan reales...

Tess exhaló un suspiro, y pronunció la temidas palabras:

—Bueno... Tengo que embarcar o se irán sin mí.

Lo dijo con una sonrisa que intentó que fuera jovial, pero sólo lo consiguió a medias.

El primero en abordarla fue su padre.

—Llámanos ni bien llegues. Da igual la hora que sea, ¿de acuerdo?

—Claro, papá —respondió. Él continuó sosteniéndola por un hombro, como si no estuviera preparado aún para dejarla marchar.

—Cuídate mucho, cariño, y escríbeme —Amelia la estrechó fuerte, esforzándose por contener las lágrimas—. Ahora que he aprendido cómo se enciende ese trasto, podré conectarme a Internet y escribirte desde la clínica... Y mándale recuerdos a Terry...

Pero cuando Tess finalmente pudo liberarse del abrazo materno, comprobó que ella estaba llorando. La acunó entre sus brazos, cariñosamente.

—Quédate tranquila, mami. Me cuidaré y te escribiré.

Sus ojos se cruzaron momentáneamente con los de su hermana. Los efectos secundarios del exceso de alcohol resultaban inocultables en su rostro juvenil. Tanto como el arrepentimiento de su dueña.

Cuando le llegó el turno, las dos hermanas se fundieron en un abrazo.

—Siento mucho lo de anoche —murmuró Abby, en un tono tan bajo que sólo Tess pudo oírlo.

Ella también lamentaba lo ocurrido... Todo, lo que Abby recordaba y lo que había ocurrido mientras ella esperaba, dormida, en el taxi.

Pero no la culpaba. Había sido al verla así, tan hundida, tan indefensa, que Tess había comprendido la intensidad de los sentimientos que Abby albergaba en su corazón por aquel antiguo compañero de pupitre.

Tess le acarició la mejilla por toda respuesta, y recibió de manos de su padre el maletín que contenía el portátil, y su bolso. Se los pasó por la cabeza en bandolera, uno a continuación del otro.

Durante un fugaz segundo pensó que estaría bien no tener que irse, pero apartó aquel pensamiento sin contemplaciones, y dio un paso hacia el control de pasaportes.

—Os llamo tan pronto llegue a Boston —dijo cuando ya se alejaba.

Y no se volvió. Superó la aduana, luego el control de seguridad y finalmente se mezcló con la nube de pasajeros cargados de bolsos en el área de embarque.

Sólo cuando estuvo segura de que no veía a ninguno de aquellos tres rostros que ya estaba empezando a echar de menos, exhaló un largo suspiro y, tímidamente, volvió la vista atrás.

Dakota se quitó las gafas de sol y las dejó sobre la mesilla del jardín. Estaba nublado, con aspecto de ponerse a llover.

Volvió la vista hacia la parcela contigua sabiendo que no encontraría a nadie allí.

"Nadie", pensó con ironía. Como si alguna vez le hubiera interesado algo de lo que sucedía en los cien metros cuadrados de jardín que lindaba con el suyo. "Nadie" quería decir Tess. Era lo único que le resultaba interesante de aquella vivienda, y la única razón por la que él había registrado en su mente la existencia de un patio que mirar.

Pero a esas horas estaba claro que "nadie" se había largado ya. Nada menos que al jodido Boston. A ocho mil jodidos kilómetros.

Los últimos momentos que habían compartido cruzaron el cerebro de Dakota, como un flash que no fue lo bastante rápido como para pasar inadvertido.

Todo volvió a ser real durante aquel fugaz momento: la rabia en los ojos de ella, la proximidad de su cuerpo, la inocultable excitación que lo había mantenido duro y ardiendo bastante rato después de que el taxi se alejara...

El rechazo de Tess, evidente y certero, que cada hora que pasaba, dolía menos...

Y aquella extraña sensación que lo invadía al darse cuenta de que no volvería a verla.

Las primeras gotas de lluvia empezaron a cubrir la superficie de la mesa con pintitas más oscuras.

Vaya mierda, pensó.

Al menos, hoy no se mojaría. Le tocaba librar.

Dakota recogió la gafas, echó un último vistazo al patio vecino y entró en la casa.

~7~

Septiembre de 2007.

El vuelo había aterrizado en el Aeropuerto Internacional de Logan a la hora prevista, y el taxi que la llevó a su casa, ubicada en el corazón de Boston Sur, el distrito más irlandés de la ciudad, efectuó el recorrido en tiempo récord; había salido de Londres a las doce del mediodía y aún no eran las ocho de la tarde cuando llamaba al ascensor en la planta baja de su edificio.

El piso, en el que Tess había vivido desde su llegada a Estados Unidos y que finalmente había comprado con ayuda de Terry hacía cinco años, estaba en la última planta de un edificio de cuatro, con tres viviendas por planta. Moderno, aunque construido con la fachada de piedra marrón típica de la zona, estaba ubicado en el vértice de la confluencia de dos calles, una de las cuales tenía trazado diagonal. Desde el balcón del salón principal de la casa de Tess podían verse ambas calzadas, y como las estancias salían a ambos lados del largo corredor que acababa en el salón, la mitad de su casa daba a una calle, y la otra mitad, a otra.

Tess empujó la maleta dentro del piso con un pie; ésta se deslizó sobre sus ruedas y dio contra el mueble colgador de la entrada. Soltó el resto de bolsas con cosas del duty free para amigos y compañeros de trabajo, y tras cerrar la puerta se encaminó al salón encendiendo luces por el camino.

Sonrió al comprobar que olía a ambientador y todo lucía impoluto. Madre e hijo habían estado de limpieza. Buscó dónde le habían dejado las correspondientes notitas en esta ocasión. Recorrió el ambiente con la mirada. Se dirigió a la cocina y al ver los pósits[4] en la puerta de la nevera, volvió a sonreír.

(4) Pósit (de la marca registrada Post It) hoja pequeña de papel, empleada generalmente para escribir notas, con una franja autoadhesiva en el reverso, que permite pegarla y despegarla con facilidad.

Dolores, la madre de Terry, le daba la bienvenida con un pote de sumario[5], y le decía que la esperaba el fin de semana para conversar. Que la llamara.

Tess apartó la silla de la mesa de pino de su cocina, y se sentó con los tres pósits de Terry. Leyó:

¿Qué tal el vuelo? Cuando leas ésto yo estaré en los Apalaches. Quédate tranquila, no se me ha perdido nada allí... jajaja Pienso estar de vuelta el sábado que viene. Ya te contaré.

Te dejé el ficus en el balcón, estaba medio chuchurrido el pobre. Acuérdate de entrarle cuando llegues.

Otra cosa. Llamó Gladys cuando estábamos en plena limpieza. No podía dar contigo en el móvil. Dice que Diana Simmons planea un viaje a Boston para no sé cuándo y te quiere recibir. Que abras el correo y le digas algo porque ella espera respuesta cuanto antes.

Mi oferta de acompañarte sigue en pie ☺

Besos,
T.

Tess rió de buena gana. Al fin se entrevistaría con la Simmons... Y la imagen de la cara de aquella mujer al verla llegar escoltada por una torre de ébano de dos metros... Realmente, estaría dispuesta a pagar por ver una escena así. Nadie en su sano juicio podría tomar a Terry por su sirviente negro, por más que interpretara el papel con maestría. Tenía aspecto de lo que era; un dandi que se había hecho a sí mismo.

Tess pegó las notitas sobre la mesa, una a continuación de la otra. Luego, recorrió la estancia con la mirada y suspiró.

Hogar, dulce hogar.

Dakota miró por encima del hombro al oír que unos pasos se acercaban, y maldijo para sus adentros cuando descubrió de quién se trataba.

Empujó la puerta del garaje hacia abajo con tal ímpetu que se cerró a la primera con un estruendo que hizo que su madre, que miraba la televisión en la salita, se asomara por la ventana para ver qué sucedía, y que Abby se detuviera, sorprendida.

---

(5) Sumario: popular guiso jamaicano compuesto de diferentes tipos de pescado y verduras, cocinado con leche de coco, pimientos y escalonia.

—¡Por amor de Dios, Dakota! Uno de estos días la vas a arrancar de las guías... Cierra más despacho, niño, haz el favor —con el rostro aún rojo por la subida de presión, vio a la vecina que reanudaba la marcha hacia Dakota. La saludó con un gesto de la mano.

—¡Hola, Rosalyn! ¡Hay que ver qué ímpetu tiene este hijo suyo! —comentó Abby cuando la mujer estaba a punto de desaparecer tras la ventana.

Él se limitó a echarles sendas miradas burlonas, y montó en su moto.

Menuda suerte la suya. Normalmente, tenía una pelmaza dándole la tabarra, pero por lo visto, hoy tocaban dos.

Notó que Abby se había detenido a distancia prudencial y lo miraba con cara de cordero degollado. Conociéndola, era capaz de quedarse allí toda la jodida tarde...

—¿Qué se te ofrece? —le preguntó mientras se calzaba los guantes.

Ella se encogió de hombros.

—Me pasé contigo el viernes...

¿El viernes? Llevas meses pasándote. Él sonrió, toda ironía, y decidió que mejor, seguía bien calladito.

—No te rías... No seas malo... Fue una casualidad, Dakota... Buscábamos un lugar donde tomar algo sentadas —le explicó, mintiendo descaradamente—. Mi hermana llevaba tacones muy altos y le dolían los pies...

La imagen de aquellas piernas de muslos y pantorrillas bien contorneados gracias al ejercicio, se clavó en la mente de Dakota haciendo que le sudaran las manos. Se quitó los guantes que acababa de ponerse.

—Ya —replicó, burlón—. Ahora entiendo por qué iba descalza, *cargándote.*

A Abby también la asaltó un repentino calor que tampoco estaba relacionado con que fuera verano.

De aquella noche no recordaba gran cosa. Sabía que había entrado al club por su propio pie, pero no tenía la más remota idea de cómo había salido de él; y al día siguiente, Tess se marchaba y ella no había tenido valor para sacar el tema.

Dakota continuó hurgando en la herida.

—O a lo mejor la priva te calentó la lengua y su pijería no aguantó el envite... Y se quitó los zapatos para poder correr más rápido...

En esta ocasión, Abby no pudo evitar una sonrisa avergonzada. Tampoco tenía la menor idea de lo que podía haberle dicho a su hermana. Hasta la segunda copa se recordaba bastante deprimida por la indiferencia que él le había demostrado; luego... Nada. Pero tratándose de Tess, pensó, el comentario de Dakota no estaba nada mal encaminado...

—Suena pija —replicó, ilusionada porque él, al fin, conversara con ella en vez de marcharse a toda prisa como solía hacer—, pero es agradable. No es nada afectada. Es sólo que habla así. Según mis padres es por su trabajo, pero no sé... yo creo que siempre fue igual, rebuscada para hablar...

Dakota se entretuvo frotando con un dedo una motita imaginaria del visor del casco. Por una vez, y con un poco de suerte, aguantar a Morticia le reportaría algún beneficio.

—¿Trabajo? —comentó—. ¿Es que le pagan para que nadie entienda nada de lo que dice?

Abby sonrió, risueña.

—Sí, a veces, hay que reconocer que te quedas pensando a ver si ha dicho lo que tú crees —festejó la gracia con una carcajada— ¡o todo lo contrario!

Dakota meneó la cabeza. Aquel gesto de incredulidad no tenía que ver con lo que decía Abby, sino con comprobar que su truco para sonsacar información no estaba funcionando. Seguía sin saber lo que quería saber.

—¿Es analista de la NASA? —preguntó en tono de guasa.

Abby lo celebró con otra andanada de carcajadas.

—Nada que ver... Harcourt Publishers, ¿te suena? —Dakota hizo un gesto de "quizás" con la boca—. Bueno, es una editorial de Boston. Tess es una de las editoras.

Vaya. ¿Editora? Eso explicaba unas cuantas cosas.

Dakota se calzó el casco. Ya sabía lo que le interesaba, y no tenía la menor intención de darle más charla a Morticia.

—Vale. Me largo —anunció.

Y como era habitual en él, se marchó sin esperar respuesta.

Dolores Nichols y sus cuatro hijas habían monopolizado el sábado de Tess. Y eso, a pesar de que ignoraban que el lunes por la tarde mantendría una entrevista con Diana Simmons. Sólo se lo había dicho a Terry, pero era información confidencial y él lo sabía. Todas ellas eran fans de la escritora y tenían todos sus libros, que habían releído hasta aprenderlos de memoria. Aún sin conocer la noticia, el tema "viaje a Londres" había sido suficiente para retener a Tess hasta bien entrada la tarde. No lo lamentaba en absoluto porque se sentía muy a gusto en casa de los Nichols. Eran personas que apreciaba mucho. Sin embargo, Terry no había podido regresar de los Apalaches según lo previsto, razón por la cuál, ahora se encontraba en casa de Tess, monopolizando su domingo.

Era una tarde soleada, con una temperatura agradable, y las puertas del balcón estaban abiertas de par en par. Los dos amigos conversaban afablemente en el salón. La primera parte de la conversación había estado dedicada a su cita del próximo lunes con la galardonada escritora, un suceso que tenía a Tess emocionada y nerviosa. Pronto, sin embargo, Terry desvió el tema a Londres y los Gibb. Primero, preguntó por Amelia y sus hermanas, luego por el cabeza de familia. Le tocaba el turno a la menor de las Gibb.

—¿Y tu hermana?

—Sigue igual: trabajando por un "mini-salario" en una peluquería y enamorada del mismo individuo desastroso desde hace quince años o más —meneó la cabeza con resignación—. Hay cosas que al parecer, nunca cambian... ¿Qué le verá?

Terry se acomodó en el sillón. Estiró sus largas piernas enfundadas en unas bermudas blancas que contrastaban con el tono de su piel y la camisa jamaicana de colores estridentes que vestía. Sus vivaces ojos negros se iluminaron de picardía.

—Algo le ve, seguro. ¿Quince años has dicho, no? —Tess asintió. Según Abby, eran veinte: ya suspiraba por él cuando iban juntos a la guardería—. Pues eso, algo *le ha visto* —sonrió con malicia— y tiene que ser algo muy apetitoso.

Desde luego. El muy cretino lo había negado, pero si bajo los efectos de la mejor droga de la verdad, su hermana había hablado de besos, era que había más. Aunque apetitoso, lo que se dice apetitoso...

—Para gustos, hay colores, eso está claro, pero lo que hace quince años no tenía mayor importancia, ahora la tiene. Abby ya no es una niña y debería saber que los chicos malos están bien para un noche de locura, pero no para enamorarse de ellos.

—¿Chico malo? —Terry movió las cejas sensualmente, Tess soltó una carcajada—. Mi especialidad, cuenta, cuenta... ¿cómo de malo?

La noche en el Club49 volvió a su mente. Recordó la intensidad en la mirada de aquellos ojos oscuros, el desafío mezclado con algo más que bien podía haber sido rabia. La sensación ardiente sobre la piel cuando él la acorraló entre su cuerpo y la puerta trasera del taxi...

Y el disgusto de darse cuenta por qué clase de persona Abby se había dejado encandilar; un donjuán descarado que no tenía el menor reparo en flirtear con su hermana mayor en sus propias narices.

—Lo bastante malo para intentar acortar distancias también conmigo —respondió.

Los ojos de Terry se abrieron como platos.

—¿Te metió mano? —preguntó cada vez más interesado.

—Lo intentó —Tess se levantó a buscar más limonada—. Habrá pensado que después de un mes de batalla dialéctica, tocaba probar el cuerpo a cuerpo.

El hombre siguió con la mirada a la mujer de vaqueros y camiseta de tirantes, que se alejaba descalza por el pasillo de parqué. De haberlo visto, Tess se habría dado cuenta de que el interés de Terry ahora se mezclaba con asombro.

—¿Mantuvisteis una *batalla dialéctica*? —logró decir, pasado el primer momento de consternación. Habló en voz alta para que ella lo oyera desde la cocina

Tess cogió los vasos rellenos y regresó al salón, riendo.

—A veces coincidíamos en el jardín —él frunció el ceño—. Mi casa y la suya están puerta con puerta. Vive al lado, ¿recuerdas? Algunos de los setos del linde enfermaron y su padre los arrancó, así que si yo estoy en mi jardín y él sale al suyo, nos vemos.

El moreno asintió. Se rascó, pensativo, su cráneo perfectamente afeitado. Ya había empezado a sonreír cuando finalmente expresó lo que pensaba.

—Y... —preguntó, con segundas— ¿os veíais mucho?

Tess se estiró a coger su limonada de la mesilla. Lo conocía muy bien, y sabía qué clase de ideas cruzaban la calvorota de su amigo.

—Casi a diario —bebió un sorbo—. Al principio, yo no me daba por aludida, pero al final... Toda la vida me ha encantado el jardín de mi casa. Me encanta sentarme allí con un buen libro y pasar la mañana, pero aparecía él y aunque yo lo ignoraba, seguía erre que erre, diciéndome cosas... De modo que dejé de ignorarlo. A veces, era entretenido —admitió.

—¿En serio?

Tess se recostó contra el respaldo de su sillón, riendo.

—No, Terry, ni siquiera lo sugieras. Lleva el cabello por aquí —dijo señalándose la mitad de la espalda—. Seguro que le compra la ropa al Ejército de Salvación —su amigo soltó la risa—, y todo su vocabulario no suma más de cien palabras, la mayoría de las cuales podrías pasarte la vida sin escuchar ni una sola vez, y no te habrías perdido nada. Por si fuera poco, sigue viviendo en casa de sus padres, trabaja de portero en una discoteca de moda y su plan de fin de semana es "quedar con los colegas" —Tess miró a Terry con ironía—. Y tiene veinticuatro años.

Su amigo asintió varias veces con la cabeza. Menuda historia.

—Pero era entretenido... —apuntó él, tentativamente.

A veces, sí. Pero no.

—Es un niño —miró a su amigo de reojo— del que además, mi hermana está perdidamente enamorada... Aunque fuera un clon de George Clooney que, por cierto, no lo es, no me subiría a ese caballo. Ni siquiera un rato, para ver qué tal se deja montar.

Terry se limitó a asentir, y se dedicó a su limonada. Poco después, conversaban de otros temas.

Tal vez fueran ideas suyas, pensó, o las ganas de verla compartir sus días con alguien distinto que amigos y compañeros de trabajo, pero tuvo la impresión de que aunque ella dijera lo contrario, *ya se había subido a aquel caballo*.

Que él recordara, Tess no había mantenido una "batalla dialéctica" con nadie. Ninguna persona le había interesado tanto como para animarla a aparcar, aunque fuera de manera temporal, su habitual reserva.

Era su estilo. La forma que había encontrado de no involucrarse en las cosas, de trazar una frontera imaginaria entre la estupidez ajena, y él. Llevaba años entrenándose en casa, y lo que sucedía fuera de ella no era más que una extensión.

Pero hoy el truco de largarse y dejar al personal con la palabra en la boca, no funcionó.

Douglas Taylor venía "rumiando" hacía días la conversación hombre a hombre que, con las bendiciones de su mujer, planeaba mantener con su único hijo. Ese que guardaba gran parecido con él —Rosalyn decía que eran como dos gotas de agua—, pero, desgraciadamente, sólo en lo físico. En los otros aspectos, tan importantes tratándose de un hijo varón, Dakota le resultaba un completo desconocido. Llevaba su sangre, ese era hasta el momento la única conexión que reconocía en él. Era un asunto que le calaba hondo, como padre y también como hombre, y sabía que si no medía las palabras, las cosas acabarían mal, algo que, desde luego, no deseaba. Esperaba el momento adecuado, uno en que con serenidad pudiera trazarle a Dakota los límites que nunca había tenido, al menos, en casa.

Él, sin embargo, parecía haberse confabulado con el rebelde que llevaba dentro para ponérselo más y más difícil. El alcohol nunca había sido un problema hasta ahora. Bebía sí, como todos los jóvenes de su edad, pero siempre se las había ingeniado para estar sobrio y presentable cuando sus padres lo veían. Al menos, todo lo presentable que un motero podía estar. Desde hacía algunos días, indefectiblemente alguna noche llegaba tarde y lo bastante borracho como para despertar a medio vecindario.

En esta ocasión, ya era de día, y Dakota traía moratones en la cara y un labio partido.

Doug estaba afeitándose cuando oyó el tono histérico de su mujer, seguido de golpes y cosas que se caían. Salió del baño tal cual estaba, con el torso desnudo y media cara cubierta de crema de afeitar, y cuando entró al saloncito de donde provenían los ruidos, la escena le revolvió el amor propio. Su hijo estaba despatarrado en el suelo, con aquella expresión risueña de los borrachos, rodeado de las cosas del desayuno que había tirado al suelo al arrastrar consigo el mantel en la caída. Su mujer forcejeaba por ayudarlo a ponerse de pie al tiempo que rezongaba.

Era una visión patética, que no le inspiró ni un ápice de lástima. Al contrario.

A la voz de "aparta, mujer", cogió a Dakota por las solapas y de dos movimientos lo puso en pie. Luego, reconocería que fue la rabia lo que le permitió manejar aquel cuerpo con semejante soltura.

—Estás como una cuba... —empezó a decir Doug, pero Dakota le apartó la mano, que sobre su pecho, intentaba mantenerlo firme, dispuesto a hacer lo que siempre hacía; irse.

—No tanto —farfulló. Quería añadir "como para dejarte que me des la brasa", pero algo le pasaba a su lengua... Era como una gran masa gelatinosa que pugnaba por salirse de su boca.

Y sus piernas tampoco parecían dispuestas a obedecer. Estaba bastante seguro de haberles ordenado dirigirse a su cuarto, pero allí seguían.

Douglas volvió a ponerle la mano sobre el pecho. Esta vez con una brusquedad que dejaba claro que su paciencia se evaporaba por segundos.

—No tanto ¿según qué baremo? A tu edad yo tenía dos trabajos y me ocupaba de mi madre ¿qué haces tú, aparte de emborracharte y meter ruido con esa pila de chatarra que conduces?

—¡Doug! —intervino Rosalyn, preocupada por el creciente enfado de su marido. Pero la mirada fulminante que recibió de él, le impidió continuar.

Aquella mirada le decía con claridad meridiana que se mantuviera al margen, y más cosas. Como que si la situación había llegado hasta aquel extremo era en gran medida porque ella siempre había sobreprotegido a su hijo, minimizando la importancia de todos sus errores.

Dakota quiso menear la cabeza, pero lo dejó en un intento. Cada movimiento, cada sonido, provocaba una sucesión de ecos amplificados en su cerebro. Siempre era igual cuando mezclaba bebidas.

Vale. No podía hablar, ni largarse, así que...

Su cuerpo cayó como un peso muerto sobre el sofá y su rostro se contrajo en un gesto momentáneo de dolor cuando aquel movimiento se amplificó por mil en su cerebro.

Doug sí que meneó la cabeza. Cada segundo que pasaba estaba más disgustado.

—Escúchame bien. Esto se acabó. Te buscas un trabajo decente y ayudas en casa, o te vienes al pub y ayudas a tu padre. Basta de vagancia. Basta de borracheras. Basta ¿me has oído, Dakota?

¿Aguantarlo también en el pub?

—Ni de coña —replicó, y a pesar de sonar gangoso, se entendió perfectamente.

Al menos, Doug lo entendió con claridad. Su paciencia llegó al límite. Asintió.

—Entonces, ya puedes ir haciendo tus petates porque no pienso mantenerte más.

En esta ocasión fue Doug el que se marchó, dando el asunto por concluido.

Madre e hijo se quedaron de una pieza.

Rosalyn, además, con el corazón en un puño.

La mujer que entró en la suntuosa biblioteca donde Tess había sido conducida por el mayordomo, era bastante diferente de la que vivía en sus recuerdos, excepto por aquellos profundos ojos marrones y los labios, a los que la cirugía plástica había dado un aspecto voluptuoso tan característico. Labios que entonces, cuando era Diana Simmons, lucían rojo bermellón, y ahora apenas mostraban una leve capa humectante de protector labial.

Su largo cabello de antaño, siempre a la moda, había dado paso a una melena corta, castaña y lacia, que enmarcaba su rostro dejando la frente despejada, y apenas le cubría la base del cuello. Cuando la mujer se aproximó para estrecharle la mano, Tess creyó adivinar una suave capa de rímel, negro como el moderno vestido sin mangas que lucía, pero a distancia normal no era perceptible.

Su piel, su rostro, su aspecto... resultaba considerablemente más joven de sus casi cuarenta años, pero en el fondo de sus ojos había un inocultable cansancio, como el que marca la mirada de un anciano.

Nada de lo cual cambiaba un hecho irrefutable: aquella mujer era Diana Austin -Diana Simmons en el mundo literario-, y la sola idea de estar en la misma habitación con alguien a quien admiraba tanto, la hacía sentir nerviosa, y a la vez, excitada como una niña.

—De modo que Adam Fairchild ha decidido volver a incluir literatura romántica en su catálogo —dijo la anfitriona a modo de bienvenida, al tiempo que con un gesto cortés del brazo invitaba a Tess a tomar asiento—. Estoy segura de que su decisión no ha estado basada en la preferencia... Si no recuerdo mal, jamás la ha considerado literatura —sonrió—, pero, bueno... las personas cambian, ¿no es así?

Tess se acomodó en el amplio sillón de estilo colonial y Diana hizo lo propio en otro que estaba a su derecha.

Hacía algunos años, Harcourt Publishers había mantenido una popular colección romántica formada por novelas cortas, pero la expansión de Harlequin había supuesto una competencia insuperable. Ahora, aprovechando el constante crecimiento del género, volvían a intentarlo con un planteamiento completamente diferente: diez títulos por año, principalmente de nuevas autoras, en ediciones económicas; dos reediciones en tapa dura.

Desde luego, la decisión no tenía que ver en absoluto con las preferencias del Director Editorial, y aunque el protocolo marcara que procedía un discurso sobre los valores morales que la novela romántica realzaba y de los que, por supuesto, Harcourt Publishers deseaba hacerse eco, estaba convencida de que Adam Fairchild y la escritora se conocían socialmente desde hacía años; sus familias frecuentaban los mismos entornos, y Tess no deseaba echar mano del protocolo, y menos ante alguien como Diana Austin.

—Yo he sido la primera sorprendida —concedió Tess con una sonrisa que dejó claro que tampoco se trataba de una decisión que la empresa hubiera considerado durante largo tiempo. Todo lo contrario.

—Me dijo Sophia que usted era Asistente Editorial de Lilian Furley, su mano derecha... Pasar de la narrativa femenina a la ficción romántica es un gran salto, señorita Gibb...

—Si me permite editar a Diana Simmons, entonces, es un gran salto, sin duda.

La mujer movió levemente la cabeza y esbozó una media sonrisa halagada.

—Sospecho que tendrá que pujar muy alto para que Ramdon House renuncie a los derechos sobre mis novelas publicadas...

Tess asintió. Había llegado la hora de hablar del verdadero motivo de su visita y por si cabía alguna duda, el sudor que humedeció sus propias manos, se ocupó de disolverlas.

—Pensábamos, más bien, en sus *próximas novelas...* —replicó la editora—. Empezando por *Siempre en mi corazón.*

Aquella novela habría sido la quinta y última entrega de su laureada serie romántica "Hombres de honor". Diana Austin había empezado a trabajar en ella cuando un accidente aéreo puso un abrupto final a su cuento de princesas particular, arrebatándole al amor de su vida. La muerte de su marido la había sumido en una tremenda depresión de la que cinco años después aún no había logrado recuperarse. Incluso se rumoreaba que, desde entonces, no había vuelto a coger la pluma.

La incomodidad de la anfitriona fue evidente. Empezó por un nervioso movimiento de la mano para verificar la hora, y continuó con ella poniéndose de pie.

—Disculpe mi falta de cortesía... No le he ofrecido ni siquiera un té helado... ¿me acompaña con uno, o desea alguna otra bebida?

—Un té helado será perfecto, gracias —se apresuró a decir Tess, y vio cómo la dueña de casa desaparecía detrás de una gran puerta, después de indicar que daría las instrucciones pertinentes al servicio.

Diana Austin no estuvo ausente más que unos pocos minutos, pero habían sido suficientes para que ella recuperara la compostura, y para que Tess comprendiera que si realmente deseaba resucitar a aquella escritora, tendría que dejarse de formalismos y hablarle en un lenguaje que ella pudiera comprender.

—Enseguida las traerán —dijo la mujer atravesando el salón con paso ágil hacia el centro. Tomó asiento nuevamente—. Bueno... volviendo al tema, sabrá que llevo varios años retirada del mundo literario... En realidad, del mundo en su conjunto, y no he considerado la posibilidad de regresar a él, pero cuando lo haga, *si lo hago*, por supuesto, se lo comunicaré.

Tess bajó la vista hasta el suelo de madera lustrada, impoluto, que a pesar de tener al menos medio siglo, parecía que nadie había pisado jamás. Había esperado ese momento mucho tiempo. Aquella mujer menuda aunque de presencia imponente, sin saberlo, había sido el catalizador de decisiones importantes en su vida. Quizás saberlo le hiciera redescubrir la magia, y *quizás entonces*, sus evidentes heridas empezaran a sanar.

—Sí, desde luego, me gustaría que lo hiciera. Las dos cosas; que considerara volver a escribir, y que me llamara... —Tess tragó saliva—. Soy una de sus muchas seguidoras que disfrutó releyendo cada una de sus novelas hasta ajar las páginas... Que corría a comprar la siguiente tan pronto salía a la venta... Y por supuesto, que continúa esperando con ilusión el día que Diana Simmons anuncie que ha concluido *Siempre en mi corazón*. Ha sido idea mía, no de la editorial, proponerle que vuelva a escribir.

El cansancio de los ojos de la anfitriona, por un instante, trasmutó en emoción.

—Le agradezco muchísimo sus palabras —replicó la mujer—, pero las cosas no son tan sencillas como parecen...

Tess asintió. Se tomó unos momentos para responder. Aquella emoción, inesperadamente, le había entrado directo al corazón, cerrándole la garganta.

—No lo dudo... Pero quiero que sepa que para mí será un honor acompañarla en su camino de regreso al lugar que le corresponde. Si así lo decide, claro... —la editora volvió a respirar hondo y sonrió, intentando dominar la emoción que en aquel momento se adueñó de ella—. Ahora sí que necesitaría ese té helado...

Diana Austin esbozó una leve sonrisa, y educadamente, apartó la mirada.

~ 8 ~

Quizás fuera el jet lag. O la reunión editorial durante la cual se habían confirmado los rumores que circulaban desde hacía semanas, antes incluso de que ella marchara a Londres, acerca de que los resultados del primer semestre no habían salido según lo previsto. Todos los departamentos habían recibido las nuevas medidas a implementar con efecto inmediato. En su caso, se reducía a una: la línea daría un giro claramente erótico a las próximas publicaciones, lo cual, para empezar, suponía que el trabajo hecho hasta el momento no servía. Debía volver a comenzar. Tess se sentía agotada, y lo único que le apetecía era tumbarse en el sofá con una buena taza de café caliente, y no hacer nada.

Pero su realidad de empleada de una editorial cuyas ventas no "iban según lo previsto" no incluía sofá. Café sí, los litros que fueran necesarios para mantenerla espabilada y atenta al montón de manuscritos por leer que no dejaba de crecer.

Tess miró la montaña de lectura pendiente que se apilaba sobre la mesa, y suspiró.

Durante un instante tuvo la intranquilizadora sensación de que toda su existencia se reducía a una pila de manuscritos por leer. Sólo eso, y nada más. Como una autómata giró ciento ochenta grados y se dirigió al aseo. Primero, necesitaba un buen baño.

"¿Y una vida?", no pudo evitar pensar mientras se dejaba caer sobre la tapa del váter y miraba ausente cómo el agua llenaba la bañera, "¿qué tal una vida, para variar?".

Por lo visto, el cansancio la ponía melancólica. Tess meneó la cabeza, molesta con sus propios pensamientos, y se dispuso a dejar que el agua se ocupara de devolverle el tono vital. Todo estaba en orden, se repitió con seguridad, y mejor que estaría tras un baño reparador.

Pero no fue así. Cuando Tess regresó al salón vistiendo un albornoz negro y su cabello aún húmedo envuelto en una toalla, su bienestar sólo era aparente.

La misma taza de café humeante sobre la mesilla, el mismo bolígrafo azul en una mano y la misma mirada que, tras unas gafas redondas de montura metálica, seguían las líneas del grueso texto encuadernado con espiral. La misma imagen cotidiana intentando invocar a las mismas sensaciones cómodas, conocidas.

Sin conseguirlo.

Tess inspiró profundamente. A continuación, liberó su cabello del turbante de toalla y sacudió la cabeza. Fue un gesto intencionado de sacudirse aquella descorazonadora sensación que se negó a definir.

Simplemente, no podía permitírsela.

"Y ésto, tampoco puedo permitírmelo", pensó al abrir su correo, como todas las mañanas, y ver aquel breve comentario de Gladys al principio de un mensaje que aunque había llegado a su dirección electrónica profesional, evidentemente, no era de naturaleza profesional.

Con una perturbadora quemazón que empezó en las mejillas y no tardó en adueñarse de toda su cara, los ojos de Tess recorrieron las diecinueve palabras de su asistente:

Habrá que decirle al Sr. Dakota que no publicamos obras en cirílico. ¿Te ocupas tú? Si necesitas traducción, grita.

En un instante, las miradas risueñas del pool de secretarias, que la habían seguido por el pasillo enmoquetado que llevaba a su despacho en aquella quinta planta diáfana del céntrico edificio propiedad de Harcourt Publishers, cobraron sentido. Ahora, sólo le faltaba descifrar el mensaje oculto en aquel incongruente conjunto de abreviaturas y emoticonos, para comprender la razón del adjetivo "risueñas".

Sin embargo, un instante después de aquel primer instante embarazoso, sus ojos regresaron al remitente donde estaba la única palabra legible del mensaje, y...

Los hombres con los que se suponía podía compartir afinidad ya que eran profesionales independientes de su edad, vivían en la ciudad y estaban disponibles, sólo parecían interesados en comprobar *manualmente* si habían acertado su talla de sujetador. Y éste, que no era de su edad, ni tenía una profesión -fuera independiente o de otra clase- ni vivía en el país...

Tess puso las gafas sobre el escritorio y se restregó sus ojos cansados a los que había hecho trabajar hasta tarde la noche anterior.

Hacía mucho que ella había dejado de entender el mundo que habitaba.

Vivía en él, eso era todo. Rodeada de extraños, cuyas reacciones le resultaban mucho más crípticas que aquel mensaje en "cirílico", como lo había llamado Gladys.

Y, realmente, casi le daba miedo saber lo que decía. Por no mentar que, tras la última actuación en vivo y en directo del *Sr. Dakota*, lo único que Tess estaba dispuesta a aceptar de su parte, como mucho, eran sus disculpas.

Algo que, sabía, aquel niño descarado no le ofrecería jamás. Tan segura como que se llamaba Theresa, que él no creía que hubiera nada por lo que disculparse.

Sí, pedir que le descodifican aquel mensaje le producía tanta preocupación... Como curiosidad. Estuviera dispuesta a admitirlo, o no.

Tess respiró hondo. Copió el texto ininteligible y lo pegó en el cuerpo de un nuevo mensaje que abrió en su cuenta privada de Gmail. Completó el campo del destinatario, y añadió:

1. No me escribas a mi dirección profesional. Los mensajes los filtra mi asistente.

2. Tampoco me escribas a mi dirección personal.

3. Soy editora, no experta en códigos. Por lo tanto, no tengo la menor idea de lo que dice tu mensaje.

4. Tampoco quiero tenerla, a menos que contenga una disculpa: es lo único que aceptaré de ti.

5. Y será lo último.

Tess

Pulsó enviar sin siquiera releer lo que había escrito. Antes de sopesar si lo dicho tenía el tono acorde o no.

Antes de que la melancolía, que parecía resuelta a quedarse, la devolviera a paisajes de verdes intensos y olor a kebab...

En aquel momento, alguien tocó a la puerta y entró sin esperar respuesta, y Tess se descubrió cerrando el portátil, como si acabaran de sorprenderla visitando páginas pornográficas en horas de trabajo.

Era Adam Fairchild, su jefe, que irrumpía en su despacho con aspecto de perturbado mental.

—¿Por qué tengo a la "cuatro-ojos" ladrándome al teléfono a las ocho y cuarto de la mañana? —vociferó y al ver el borrón de rímel en torno a los ojos de Tess, añadió—: ¿Qué te has hecho en la cara?

Tess manoteó la taladradora, que usó a modo de espejo, la cual le permitió comprobar que, sin proponérselo, había conseguido reproducir el mismo estilo de maquillaje de Alice Cooper.

—Me molestaba la vista y olvidé que llevaba rímel —explicó mientras con ayuda de un pañuelo al que había humedecido la punta, intentaba adecentar su cara—. A Leslie, como es natural, no le ha parecido bien nuestro repentino cambio de línea editorial. Le dije que no había nada que yo pudiera hacer al respecto.

El fornido cincuentón de pelo repeinado hacia atrás (y reteñido) apoyó sus manos sobre el escritorio y se inclinó hacia la editora, quien no pudo evitar considerar con cierta preocupación si éste no cedería bajo el peso de sus ciento y mucho kilos, esparciendo por todo el despacho las pilas de manuscritos que había dedicado media noche a clasificar.

—Los autores y sus agentes son tu problema, así que no me pases el muerto a mí. Llama a Leslie y dile que si quiere que alguna de sus autoras publique en esta casa, tendrá que adaptarse —sentenció el Director Editorial, con aspereza, y acto seguido, abandonó el despacho sin darle tiempo a Tess a responder.

¿Adaptarse, había dicho? Leslie Lawrence era una importante agente literaria, y un encanto de persona demasiado educada para "ladrarle" a nadie. Había sido a petición suya -de Adam Fairchild-, que la agente había dedicado todo el verano a procurarle manuscritos que ahora, tres meses más tarde, no encajaban en la nueva línea editorial. La impaciencia patológica del Director Editorial, de la que Tess estaba al tanto por su antigua jefa, provocaba trastornos y pérdidas de tiempo que no todo el mundo estaba dispuesto a tolerar sin más. Debió haber esperado a que la colección tuviera editora y dejar que ella se ocupara, en vez de agitar el avispero cuando "relanzar la colección romántica" no era más que un punto a considerar en el orden del día de una de las tantas reuniones que la Junta había mantenido el primer trimestre de aquel año.

Entonces, la puerta volvió a abrirse, y su asistente asomó la cabeza.

—Tu extensión comunica, pero, por lo que veo, no estás hablando —dijo la pelirroja pecosa, con una sonrisa que a Tess le dio muy mala espina—. ¿O es tu forma de decirme que no quieres saber nada de él?

Tess elevó ambas cejas al mismo tiempo; Gladys se dispuso a hacer las pertinentes aclaraciones.

—Tengo al *Sr. Dakota* en línea.

Tess esperó a que la puerta volviera a cerrarse, y ella se encontrara a solas para dejar que una clase nueva, y hasta cierto punto, inesperada, de inquietud se expresara. Nueva, porque no era la misma que sentía cuando tenía un proyecto importante entre manos. O cuando sugería cambios en un manuscrito de un autor nuevo en la editorial. O cuando quedaba con un hombre y era una cita. A esta inquietud no la tenía registrada.

E inesperada porque... ¿Cómo podía imaginarse que aquel crío descarado que sus padres tenían por vecino la llamaría desde... nada menos que Inglaterra?

El sonido del teléfono la devolvió a la realidad.

Y a la inquietud.

—Theresa Gibb —dijo, a sabiendas de que quien estaba al otro lado de la onda, sabía perfectamente con quién hablaba.

A ocho mil kilómetros de ella, en una de las cabinas del locutorio abierto todo el día en el que trabajaba su amigo Muhamad, Dakota esbozó una gran sonrisa.

—*Vale, guapa, ésto va a salirme por una pasta, así que sin rodeos ¿te parece? Tú quieres una disculpa y yo...* —él hizo una pausa premeditada a ver qué sucedía, tras la cual continuó—. *No sé por qué te enojó tanto y si te digo la verdad, no acabo de creérmelo del todo...*

No era cierto que tuviera que pagar por la llamada. Con Muhamad, al igual que con la mayoría de personas con las que se relacionaba, mantenía un sistema de trueque: pagaba en reparaciones de moto gratuitas, o con descuentos. Mucho más ahora, después del ultimátum de su viejo. Lo estaba esquivando a base de llegar cuando todos dormían y marcharse antes de que se levantaran, pero era cuestión de tiempo -medido en días- que tuviera que "hacer sus petates".

Del otro lado de la onda no se escuchaba absolutamente nada, lo cual en parte a Dakota le gustaba y en parte, no. La mayoría de las veces, las de su especie acababan gritándole, incluso insultándole, pero si había algo que jamás hacían era escucharlo en silencio. Y no sabía cómo tomarlo. Qué significaba. ¿Era bueno, o malísimo?

—*No besé a Abigail. En la vida le he tocado un pelo a tu hermana y me da igual lo que ella diga porque si le hubiera metido mano no tendría ningún problema en admitirlo, pero resulta que no. No la besé. Y a ti, tampoco. Así que no entiendo a qué toda esta historia... Peeero si tu quieres una disculpa, hoy están de rebajas... ¿Qué? ¿Me disculpas, o voy a tener que arrastrarme hasta Boston?*

Tess prefirió ignorar lo poco que le gustaban aquellas expresiones a las que Melenita de oro era tan afecto. A un hombre con una voz tan viril se lo podía pasar por alto...

Aunque no fuera un hombre adulto, sino un jovencito.

—Me refería a una disculpa honesta.

—*¿Por qué esperas una "disculpa honesta"? Hice contigo lo que hace cualquier tío cuando le va una mujer; y tú, lo que hacéis vosotras cuando no queréis rollo. Prácticamente me mandaste a la mierda, guapa... Y yo no espero que te disculpes por eso...*

No había hecho tal cosa, aunque desde luego, ganas no le habían faltado. Tess estaba a punto de aclarárselo cuando vio que la puerta de su despacho volvía a abrirse y Gladys le indicaba que tenía a la agente literaria Leslie Lawrence al teléfono. La "cuatro-ojos" como la llamaba el Director Editorial.

—De acuerdo. Acepto tus disculpas aunque no sean honestas, y te agradezco la llamada, pero ahora tengo que cortar.

Dakota dijo un gráfico "mierda" en mímica. ¿Por qué todos los momentos con aquella mujer duraban lo que un suspiro?

—*Ya te digo* —replicó él, con desparpajo—. *Voy a tener que vender un riñón en el mercado negro para pagar esta llamadita... Bueno, que sigas igual de buena que la última vez que te vi ¿vale? Besos, guapa.*

Tess permaneció varios segundos cual estatua de mármol después de que el bip-bip-bip de llamada cortada fuera todo lo que quedaba de Dakota. Con el auricular en la oreja, sin atinar a moverse.

Perpleja total.

¿Igual de *qué*, había dicho aquel crío descarado?

Ella no era una "tía buena". La única Gibb que encajaba en esa descripción se llamaba Abigail, no Theresa.

El rostro de Tess pasó de la perplejidad al bochorno sin solución de continuidad, y todo su cuerpo acusó recibo.

Especialmente sus mejillas, dos circunferencias perfectas color fuego, que habrían sido la envidia de cualquier payaso.

Tess se dejó caer contra el respaldo de su sillón ergonómico, esbozó una media sonrisa de resignación mientras escuchaba el ultimátum amistoso de Terry que la llamaba desde el aeropuerto. Un ultimátum que, en resumidas cuentas, venía a decir "me da igual el tamaño de la pila de pendientes, como llegue y no te vea en Sissy's K con una copa en la mano, te voy a buscar a la oficina".

—*... Y el sábado, Dolores nos espera a comer, así que no te comprometas con jefes, secretarias o cualquier otro workaholic de esos a los que te has vuelto tan aficionada, ¿estamos, preciosa?*

—No soy freelance, y si toca trabajar, mala suerte, pero no te preocupes, hoy a las siete estaré en el bar, y el sábado degustaré los manjares de Dolores Nichols... ¿algo más, precioso?

Terry hizo un mohín irónico. Con labia no iba a arreglarlo en esta ocasión.

—*Sí: no llegues tarde porque lo que he dicho, lo he dicho muy en serio. Me preocupas, Tess.*

—Estoy bien... —se quejó ella—. Siempre es así estos meses del año... Estoy acostumbrada...

Ya, ya. Eso lo había oído antes, y además se quedaría sin cobertura de un momento a otro.

—*Sissy's K. Siete de la tarde. Copa en la mano, ¿de acuerdo? Te dejo porque se corta.*

Ella volvió a poner su móvil sobre el escritorio, luego echó un vistazo al reloj.

Apenas, hora y media, pensó. Sus ojos cansados recorrieron la pila de manuscritos que hacía un par de días ella había dejado a Gladys con un pósit celeste a modo de instrucción y dos palabras "NO INTERESA". Por lo visto, el cambio de política editorial tenía efectos retroactivos. ¿Darle una "ojeada" -una *tercera* ojeada- con mente abierta?

Por más amplitud de miras que empleara en este nuevo vistazo, seguirían siendo historias poco originales, de pobre calidad. Demasiado sexo, y muy poca narración. Y aunque el nuevo giro claramente erótico no le importaba, la descompensación, sí. Literariamente, casi todos los elementos eran justificables -mientras se justificaran-, excepto la falta de calidad. Y en esos manuscritos, no la había. Leerlos nuevamente sólo le proporcionaría otra ocasión de seguir encontrando cosas a cambiar. Resultaba evidente que la dirección editorial no quería correr riesgos, pero... habría preferido saberlo antes de aceptar el puesto.

Tess apartó la pila de su vista. La dejó junto al escritorio, en el suelo. La tercera ojeada no se la daría esa tarde.

A continuación, tecleó su contraseña en el portátil. Hizo doble clic en su bandeja de correo. A pesar de la lista de nuevos mensajes que dominaba la mitad de la pantalla, sus ojos no se movieron de la línea que identificaba el correo que aquella mañana la había tomado por sorpresa.

Todo había sido una sorpresa. El mensaje, aunque no hubiera sido capaz de comprenderlo. Él. La llamada...Tras titubear unos instantes, Tess hizo clic sobre el correo electrónico. Éste se abrió, ocupando toda la pantalla.

A primer golpe de vista, continuaba resultándole ininteligible.

Emoticonos, abreviaturas... Palabras que, o bien estaban mal escritas, o eran neologismos. Tan nuevos que nadie conocía. Sólo tres palabras tenían sentido: "hola chica" y la firma; "Dakota".

Tess frunció el ceño. Hasta el momento, la sorpresa había sido recibir aquel mensaje, pero ahora surgían preguntas cuya respuesta le resultaba más preocupante.

¿Por qué le había escrito? Y ¿cómo había averiguado dónde hacerlo?

¿Qué se proponía aquel caradura?

La editora permaneció mirando la pantalla durante unos instantes mientras el recuerdo de aquella última noche en Londres volvía a su mente por enésima vez.

Muy a su pesar, era un pensamiento que regresaba con frecuencia. Primero había sido la sorpresa por un tratamiento que no estaba acostumbrada a recibir por parte del otro sexo. Jamás había conseguido sentirse estimulada por un completo extraño, de modo que sus parejas sexuales eran viejos conocidos con los que mantenía una amistad con beneficios. Resultaba satisfactorio pero carecía de vehemencia. Aquel avance había rezumado vehemencia.

Luego, su propia reacción... Sentirse abordada de aquella manera le había provocado vergüenza y rechazo a partes iguales. Vergüenza por el penoso espectáculo, porque Abigail estaba allí, porque alguien pudiera verlos y diera pie a habladurías... Rechazo por la forma en que la había tratado, por la vulgaridad de sus palabras, por sus alusiones abiertamente sexuales, como si Tess estuviera no sólo disponible sino también dispuesta. Como si no fuera once años mayor, vecina de sus padres, hermana de Abigail...

Sólo pensar en que aquel sujeto hubiera intentado "acortar distancias" con ella, la ponía de mal humor.

Sin embargo, lo que encontraba más irritante de todo era que cada vez que el pensamiento volvía, también lo hacía el penetrante olor a cuero de aquella horrible cazadora de pinchos.

Penetrante. Persistente.

Inolvidable...

Era como si él estuviera allí mismo, a su lado.

Tess exhaló el aire en un bufido, y pulsó la tecla suprimir, enviando aquel perturbador mensaje directo donde le correspondía estar.

En la papelera de reciclaje.

~9~

Sissy's K estaba situado en el corazón de Boston Central, en uno de sus famosos "brownstones" -edificios de estilo victoriano o colonial cuya fachada tenía el característico color marrón de la piedra arenisca utilizada en su construcción-. Constaba de dos plantas, decoradas al típico estilo de las tabernas, que siempre parecían en plena efervescencia, en las que se podía disfrutar de una amplia variedad de cervezas y cocina americana a buen precio, amenizada con los espontáneos que se unían al karaoke en la planta baja, o con música de moda a cargo del disc jockey más conocido de la ciudad, Dj Dan.

Tess había conseguido llegar casi puntual -sólo diez minutos de retraso-, y desde luego, el plan no le apetecía para nada, pero sabía reconocer cuándo Terry abandonaba su habitual tono relajado para convertirse en un padre protector, y su amigo había sonado definitivamente paternal al llamarla desde el aeropuerto.

Todos estaban ya allí cuando la editora entró en la ruidosa taberna. Un grupo ecléctico en la treintena, compuesto por Jade y Rubi Orson, hermanas gemelas y dueñas de una tienda exclusiva de lencería erótica; Lance Williams, un diseñador gráfico que había empezado trabajando para una gran editorial, y ahora tenía un floreciente negocio que daba servicio a varias de las empresas más importantes del país; Michael Lenvin, uno de los todopoderosos críticos literarios en plantilla del *Boston Review*...

Y Terry Nichols, por supuesto, el intrépido fotógrafo al servicio de la archiconocida National Geographic. El único de los cinco profesionales que aquella tarde la acompañaban, que vestía vaqueros y zapatillas. Aunque en él, todo había que decirlo, lucían cual Armani a la última.

El primer cuarto de hora fue como Tess había imaginado que sería: preguntas acerca del viaje a casa, burlas por su acento, que se había "britanizado" tras cuatro semanas en Inglaterra, y cómo no, curiosidad por averiguar si el reencuentro con las raíces había sido completo, o sólo se había limitado al ámbito familiar. Tema este último que también, como era de esperar, había suscitado un debate que sus amigos, evidentemente, encontraban muy interesante, ya que media hora después seguían hablando de lo mismo, a pesar de los repetidos intentos de Tess por desviar la conversación.

Lo peor de todo era que ella solía disfrutar de la compañía de las cinco personas con quienes compartía un rato distendido alrededor de la pequeña mesa elevada. Pero hoy no.

Aunque habían hablado por teléfono en varias ocasiones desde que había regresado de Londres, hacía veinte días, era la primera vez que conseguían reunirse todos, y se alegraba de verlos, pero tenía demasiadas cosas en la cabeza.

No conseguía concentrarse. Una parte de ella estaba allí con una cerveza en la mano; el resto divagaba de una preocupación a la siguiente.

Un comentario de Terry la devolvió al aquí y ahora de forma estrepitosa.

—Bueno, tampoco pidáis milagros... Un mes en familia después de años de ausencia no le habrá dejado mucho tiempo libre para profundizar en las relaciones interpersonales con sus compatriotas... —esbozó un gran sonrisa—. Aunque, por lo que sé, mantuvo algunas "batallas dialécticas entretenidas"...

La mesa entera se convirtió en un vivo cotorreo que a la editora le tomó un buen rato silenciar.

—De ese tema no pienso hablar —se apresuró a anunciar antes de que las puyas volvieran a empezar, lo cual tardó escasos dos segundos en suceder.

Tess meneó la cabeza y cuando sus ojos se cruzaron con los de Terry, éste le hizo un guiño cariñoso. Sabía, sin embargo, que aquel comentario era un mensaje especialmente dirigido a un destinatario en particular; el crítico literario, que según Terry "estaba muy interesado" en ella.

Desde luego, no se trataba de un tema del que a Tess le apeteciera hablar. A esta altura de su vida, el suceso "Dakota" le parecía anecdótico. Le había sucedido a ella, sí, pero de alguna forma, le resultaba extraño, ajeno. No podía ser una mujer como ella, la que protagonizara aquel insólito "triángulo amoroso" de película B, compartiendo elenco con su hermana pequeña, y un motero de veinticuatro años en el papel estelar de galán.

Pero aunque se negara a hablar del tema, aunque a ella le pareciera grotesco e irreal, no lo era. Grotesco sí, pero definitivamente real. Tan real como el mensaje en cirílico que él le había enviado, como su llamada desde Londres...

Como aquel timbre de voz escandalosamente viril.

Él tenía su teléfono; también su correo. Insistiría. Era lo que le había visto hacer durante todo el mes que había pasado en Londres.

Le darían igual sus negativas, sus silencios... Él insistiría.

Tess no pudo evitar una sonrisa irónica al darse cuenta de que ya no quedaba ni rastro de sus felices y relajados días en Londres. Los de Boston eran ajetreados y estresantes. Cuando no estaba ocupada en dar terceras ojeadas a historias insufribles, descifraba mensajes en cirílico de un "admirador" adolescente.

No eran ni siquiera las nueve cuando la editora, aduciendo un dolor de cabeza, se marchó del bar.

El desenfado de las bromas del grupo no ocultó en lo más mínimo que ahora, no sólo Terry estaba preocupado por Tess.

El dolor de cabeza había sido una excusa para poder marcharse a casa, pero quizás acabaría teniendo uno de verdad, pensó la editora, ya que no hacía más que darle vueltas a los mismos asuntos en vez de dormir.

Ni había comido nada, ni tocado siquiera el maletín del trabajo, que continuaba arrumbado exactamente donde lo había dejado al llegar. Por supuesto, tampoco se había acercado a menos de dos metros de su ordenador portátil. Tan solo se había dado un largo baño con sales tras el cual, luciendo el conjunto de dos piezas regalo de tía Stella, se había ido al dormitorio en compañía de una botella de cuarto litro de agua con gas.

Dos horas más tarde, continuaba insomne y el agua se había acabado.

Y seguía sin comprender por qué Melenita de oro la había llamado desde Londres.

Por más que le daba vueltas, no lo entendía. Aquello, sencillamente, no tenía ningún sentido.

En Londres, y aunque Tess ni siquiera pudiera imaginarlo, Dakota estaba haciendo lo mismo; echado sobre la cama también le daba vueltas a los asuntos que tenía en la cabeza, que en su caso se limitaban a dos. Uno, cómo conseguir atraer la atención de la mayor de las Gibb. Dos, cómo evitar el programa de control policial al que su viejo lo estaba sometiendo, que bajo el lema "vagos, fuera" empezaba a tenerlo asfixiado de verdad.

¿Por qué lo hacían todo tan complicado? ¿Vendría en el lote de "convertirse en alguien responsable"?

Le gustaban las motos, y era bueno arreglando motores, pero los trabajos de mecánico de Harley no sobraban. Llevaría tiempo volver a ponerse un mono, pero no estaba en el paro. Tenía un trabajo. No era gran cosa. Le daba para tirar. Aunque eso sí, le ponía los vicios demasiado cerca y, a largo plazo, eso no le convenía. Pero sólo era un arreglo temporal.

Y en cuanto a ella, ya podía jugar a hacerse la indiferente lo que le viniera en gana. *No era indiferente, y él lo sabía.*

Dakota se levantó de la cama y abrió el portátil.

Lo que había entre ellos no tenía nada que ver con la indiferencia.

Al revés, era una atracción bestial.

Antes o después, la explosión sería inevitable.

Al final, el insomnio había ganado la batalla, arrojando a Tess fuera de la cama. Había ido a la cocina a buscar más agua y de regreso, efectuó una breve parada en el salón.

Tess escrutó la bandeja de entrada de su correo con el ceño fruncido. De pronto, recordó que la razón por la cual el mensaje en cirílico no estaba allí era que más temprano, lo había eliminado.

Torció la boca en una mueca de disgusto, pero su mente no demoró en verle el lado positivo a esa decisión.

¿Para qué releerlo? Dijera lo que dijera, daba igual. Provenía de la persona equivocada, porque por más que Melenita de oro no fuera capaz de comprender algo tan básico: *aquello no tenía sentido.*

Tess asintió con un movimiento de cabeza, reafirmando la veracidad de su pensamiento que daba interiormente por zanjado, al fin, aquel incómodo asunto.

Entonces, la página se refrescó mostrando que acababa de recibir otro mensaje.

La mirada titubeante de la editora se posó sobre la columna del remitente, y aquella extraña sensación de vacío que se inició en la boca del estómago al reconocer las seis letras, rápidamente se extendió por todo su cuerpo. Tal como había supuesto, él *estaba insistiendo.*

Pronto, sin embargo, la sensación empezó a desaparecer, como chupada por la boca de una potente aspiradora, a medida que las palabras del asunto cobraban sentido:

Tu viejo ha puesto una verja nueva. Mola :)

Así que al fin su padre lo había hecho, pensó Tess. Por lo visto, llevaba años "amenazando" con el tema, y posponiéndolo. Su madre y su hermana no habían dado mayor importancia a que Richard hubiera empezado a hacer los acabados de la nueva puerta de hierro forjado que sustituiría la portezuela roja de la entrada. Según ellas, hacía mucho tiempo que estaba en el galpón de las herramientas, esperando el día de mostrarse en público.

Seguramente habría sido motivo de bromas, y de reunión familiar para celebrar no tanto la nueva puerta, sino otro paso más en la carrera de Richard Gibb por convertirse en un "manitas".

Al parecer, Amelia Gibb no llevaba tan bien el tema de la ofimática, pensó Tess con una sonrisa en los labios, había prometido escribirle desde la clínica dental pero los mensajes tardaban en llegar.

Estaba a punto de hacer clic en el correo, deseosa de saber más de su familia, cuando volvió a tomar conciencia de quién lo había enviado.

Por un instante, se sintió confusa. Nuevos porqués acudieron a su mente, aumentando no solo la confusión sino la lista de interrogantes, y su desconfianza.

Retiró la manos del teclado.

Aquello no tenía sentido, se repitió al tiempo que cerraba el programa y volvía a apagar el portátil.

Ningún sentido.

Evel miró de soslayo a Dakota, considerando si debía intervenir o no. Él acababa de despacharse la tercera pinta consecutiva de lager de la última hora, y no tenía visos de conformarse con tres.

Últimamente bebía más de la cuenta aunque, hasta el momento, siempre lo había hecho en el Ace Café, el reducto de moteros y forofos del tuneo que ambos frecuentaban desde hacía tiempo, pero esta noche no se había cortado: se había quedado en el Club49. Hasta las dos, en su puesto de portero; luego, sentado a la barra como un cliente más.

Parecía normal, el tipo despreocupado con la burla a punto de siempre, pero no lo estaba. Este tipo sabía muy bien que elegir el lugar de trabajo para divertirse no era una buena idea. Sin embargo, allí estaba, ayudando a gastar las existencias de cerveza negra como un parroquiano más.

Estaba claro que algo le sucedía, y Evel sospechaba que tendría que ver con su casa, pero no estaba seguro. Dakota y sus padres siempre habían mantenido una relación tormentosa, y que él supiera, su amigo nunca había sentido la necesidad de ahogar las penas en alcohol. Sencillamente, Dakota nunca tenía penas. Pero algo sucedía, y fuera lo que fuera, tendría que sonsacárselo porque otra costumbre inveterada de su amigo era que de "sus cosas", nunca soltaba prenda.

El club todavía estaba bastante concurrido para ser jueves. Pronto anunciarían la última consumición. Si conseguía sacarlo de allí, quizás todavía fuera capaz de volver a casa por su propio pie.

Hacía un buen rato que Dakota había dejado de tontear con la camarera de las uñas de gato. El corto paseo por el cuarto de las bebidas había consumido el siempre efímero interés que él tenía por sus acompañantes femeninas, que engullía y agotaba igual que había hecho con las pintas; sin saborearlas.

Pero las saboreara o no, tenían efectos secundarios.

Dakota se había quitado la cazadora, que descansaba a su lado, sobre el mostrador de la barra. También se había recogido el pelo con una banda elástica, en una coleta baja.

Su camiseta negra de cuello redondo y sisas deshilachadas que imitaban el efecto de una prenda a la que han arrancado las mangas, se le ceñía al centro de la espalda en un lamparón de sudor, y la piel de brazos y rostro lucía húmeda.

En aquel momento, la mano con uñas de gato dejó otra pinta de cerveza frente a Dakota que él no hizo además de rechazar.

—Voy a tener que llevarte y no me apetece —dijo Evel al tiempo que ponía su palma sobre la jarra—. Estoy reventado.

Dakota apartó la mano de su amigo y acompañó el gesto con una mirada explícita. Bebió un par de sorbos y volvió a dejarla sobre la barra. Esta vez, el gusto amargo de la bebida le revolvió el estómago.

Era la señal. Hora de dejarlo y volver a casa. Si no lo hacía, lo siguiente sería un espantoso dolor de cabeza que acabaría con él de rodillas en el baño, con la cabeza metida en el váter...

Y su viejo dándole la murga con lo del trabajo, las responsabilidades, y eventualmente, un puñetazo. Así de calientes estaban las cosas en casa...

Joder. Dakota apartó la jarra de un movimiento brusco, haciendo que parte del contenido se desparramara sobre la barra, y salpicara su cazadora.

—*Joder* —farfulló, esta vez en voz alta, mientras limpiaba las marcas húmedas del cuero, y se ponía de pie.

El motero del jopo en forma de cresta y el equipo anti-lluvia negro siguió a su amigo hacia la salida, en silencio. Lo conocía lo bastante para saber que lo mejor era asegurarse de que llegaba a casa sano y salvo, sin añadir más leña al fuego.

Tenía que largarse de allí, decidió Dakota. Meterse en la cama.

Tenía que cambiar de trabajo o acabaría como la Amy Winehouse repitiendo "I don't wanna go to rehab, no, no..."

Allí dentro había demasiado vicio, y con cada cerveza y cada porro, y el consiguiente polvo, empezaba a desvariar. Su mente volvía sobre el mismo pensamiento una y otra vez, y ese sí que era un pensamiento que le convenía mucho menos que tener tantos vicios al alcance de la mano.

Hacía cinco días que él le había vuelto a escribir.

Cinco jodidos días. Y "doña repipi" no había dado señales de vida.

Mierda.

Estaba pasando *olímpicamente* de él, y Boston no quedaba justamente a la vuelta de esquina.

¿Qué opciones le quedaban más que aguantarse y tragar?

Fácil, se dijo con socarronería al escuchar el eco de aquel pensamiento tan poco propio de alguien como él; no aguantarse.

Y no tragar.

~10~

Tess había decidido que ya era suficiente por un día y tras cambiar clase de yoga por un baño de sales, se encaminó directamente al salón. En pantuflas y vistiendo un conjunto de dormir compuesto de pantalón corto y camiseta de tirantes color negro con ribetes fucsia, pasó delante del contestador automático cuya luz parpadeante indicaba que había mensajes que ignoró. Cogió una tónica de la nevera, un posavasos con la imagen del Big Ben, y se repantigó en el sofá rojo, la única pieza de todo el mobiliario que conservaba desde sus primeros tiempos en Estados Unidos. Era un armatoste, una reliquia en deficiente estado de conservación que casaba mal con el estilo más bien moderno de su piso, pero Tess se había encariñado con él. Tenía reposapiés como el de su rincón favorito en casa de sus padres.

Mientras se inclinaba a recoger el mando a distancia que estaba sobre la pequeña mesa de acrílico y cristal negro, su mirada sobrevoló brevemente la pila de manuscritos que había junto a su maletín. Sabía que tenía otros tantos en el lector digital, aunque éste no estuviera a la vista, recordándole todo lo que tenía pendiente por hacer. Los ignoró igual que había hecho con los mensajes del contestador. Hoy necesitaba una tregua.

Una tregua a la monotonía. Una tregua a esa sucesión de trabajar-comer-dormir que era todo en lo que parecían consistir sus días.

Una tregua de sí misma, pensó molesta al tiempo que encendía el televisor, que últimamente parecía ejercitarse en el arte de encontrar cosas de las que quejarse, de hacer montañas de un granito de arena.

Tess meneó la cabeza.

Simplemente, se sentía cansada. Eso era todo. A su vida no le sucedía nada extraño. Era normal, como la de cualquier otra persona trabajadora del mundo.

Tras varios segundos de *zapping*, se decantó por las noticias, a pesar de saber que su atención pronto se desviaría. Siempre había preferido casi cualquier cosa a ver la televisión.

Y así fue. Su concentración se había mantenido en las noticias nacionales, empezó a tener blancos importantes cuando se trasladó a Oriente Medio, y se ausentó definitivamente tan pronto le tocó el turno a la previsión meteorológica.

Aunque no dejaba de ser irónico admitir que se sentía cansada cuando hacía poco más de tres semanas que había vuelto de vacaciones, eso era lo que sucedía. Sin darle tiempo a su cuerpo para que reprogramara el reloj biológico, desde el primer día, Tess se había sumergido en una agenda trepidante con jornadas de trabajo que rara vez acababan antes del anochecer.

Los comienzos en un nuevo puesto siempre eran duros. A su vida no le sucedía nada, insistió. Era como la de todo el mundo. Igual que la de Terry. Incluso igual que la de Abby...

Excepto por el hecho de que su corazón no suspiraba por ningún príncipe azul. Ni de ningún otro color, para el caso. Pero quitando esos momentos de éxtasis contemplativo del vecino de al lado, la vida de Abigail también era una sucesión de trabajar, comer y dormir.

Y soñar despierta.

Su hermana se pasaba gran parte del tiempo soñando despierta, se dijo con una sonrisa al recordar cómo se habían iluminado sus hermosos ojos grises aquella madrugada al escuchar el rugido del motor de una moto acercándose. Había salido despedida de la silla, como si hubiera pulsado algún botón eyector, y corrido hasta la ventana desde la cuál podía verse una parte del garaje de la casa vecina.

"Esa cazadora me vuelve loca" había dicho Abby, un pensamiento en voz alta envuelto en un suspiro. Tess meneó la cabeza, enternecida. No era solamente aquella estrafalaria prenda de cuero cubierta de pinchos metálicos lo que su hermana tenía en tan alta estima. Por un segundo, consideró que quizás fueran esas ensoñaciones, esos momentos llenos de ilusión, los que marcaran la única diferencia real entre la vida de Abby, y la suya.

Pero el segundo pasó fugaz, sin dejar rastro. No pensar en lo que no le convenía también era un arte que Tess ejercitaba, diariamente, desde hacía quince años.

Deseaba saber más acerca de la nueva verja en casa de los Gibb, sin embargo, un vistazo al reloj la convenció de lo inapropiado de usar el teléfono para averiguarlo. En Londres eran las cuatro y media de la madrugada.

Aunque quizás... ¿Seguiría el mensaje de Melenita de oro en la papelera, o el sistema ya lo habría purgado?

Rápidamente, se estiró a coger el portátil, lo encendió y esperó con creciente ansiedad -y aparente calma exterior- que aparecieran los iconos del escritorio. Lanzó el navegador y entró en su correo personal. Al instante, vio que no le haría falta revisar la papelera; él había vuelto a reenviar su email original y el texto en el asunto constituía todo un mensaje por sí mismo:

¿Estás jugando a pasar de mí? Eres genial, bollito.
Contigo me mondo :)

¿Bollito? Igual que le había sucedido con el anterior mensaje, la expresión de Tess pasó de la perplejidad al bochorno en milisegundos.

Finalmente, y a pesar de que jamás lo reconocería aunque ello le costara morir quemada en una pira, su boca se torció en una leve, casi imperceptible, mueca de sonrisa.

"Tenemos un gran problema de comunicación. Te dije, y pensaba que lo había hecho con bastante claridad, que no me escribieras, pero por lo visto, no me has comprendido. Y en cuanto a mí, entiendo muy poco de lo que escribes -me pregunto si hablamos el mismo idioma-, y nada de por qué lo haces. Si no te importa, prefiero que no intentes explicarte: lo más probable es que tampoco lo comprendiera. ¿Sería mucho pedirte que no siguieras insistiendo, por favor? Gracias. Tess".

Dakota rió de buena gana. Empinó el vaso de agua hasta que vio el fondo y volvió a dejarlo sobre su viejo escritorio junto a los anillos que acababa de sacarse. Se secó la boca con el dorso de la mano y sintiéndose totalmente despejado, como si no hubiera bebido tres pintas de cerveza, se dispuso a responder. Esta vez su mensaje sería *hiperclaro*.

Si había abierto el portátil tras regresar del club, hecho polvo como estaba, había sido más por hábito que por esperar que ella le hubiera respondido. Le gustaba dar vueltas por Internet antes de acostarse, echar un vistazo a los mensajes recibidos de los foros de moteros y fans de Fuel y Muse de los que era miembro, chatear un rato con colegas internautas. Muy de tanto en tanto, también visitaba alguna página porno... Otros leían, él prefería surfear la web. Media hora lo dejaba listo para ir a la cama y dormir como un topo. Aunque con Tess, la cosa era distinta. Aquella mujer lo *entretenía demasiado*.

Demasiado.

Y ella decía que tenían "un gran problema de comunicación"... Qué graciosa. El único problema que tenían era que cuando quisieran estrellarse uno contra el otro y echar un polvo histórico, alguno de los dos tendría que pegarse un viajecito de ocho mil kilómetros. Ya se veía intentando convencerla para echar mano del sexo virtual, porque a mil y pico de libras el pasaje... Dakota soltó la carcajada al pensar qué cara se le quedaría a la editora cuando él le pidiera que conectara la webcam...

Diosss... ¡cómo le gustaba esa mujer! Porque estaba buenísima... Y porque sabía que conseguir llevársela al huerto no iba a ser nada fácil. Haría falta un trabajo de muñeca muy fino.

"Fino, fino, fino...", pensó al tiempo que una sonrisa ladina se adueñaba de su cara y él empezaba a aporrear las gastadas teclas de un portátil que ya tenía cinco años de uso cuando llegó a él como parte de pago por el arreglo de una moto.

Dices que no nos entendemos? Jajajaja Eso no te lo crees ni tu... HACES que pasas de mi y yo HAGO que me lo trago... Tu sabes que si de verdad pasaras de mi no te habrias puesto al teléfono... ni habrias contestado a mis mensajes.... Pero tranquila porque en esta vida todo tiene arreglo... Te cuento el truco? Mira... Me vuelve loco cuando una mujer se hace desear... así que si quieres que me aburra y te deje en paz ya sabes lo que tienes que hacer...

Ves como sí que nos entendemos? Muac. Cuídate bollito.

Pulsó enviar, pensando en la cara de Tess al leerlo. Pagaría por poder verla. Qué pena que vivieran tan lejos...

Dakota se quitó la camiseta y la arrojó a un rincón después de hacer un bollo con ella. Se pasó los dedos por el pecho desnudo y confirmó que la piel estaba pegajosa. Había sudado bastante en el club, lo que sumado a la bebida y al ejercicio físico que había hecho en el lavabo de señoras, lo había dejado convertido en un cerdo. Levantó uno de sus brazos y se olió la axila. Necesitaba una ducha con urgencia, pero había conseguido llegar a su cuarto sano y salvo -léase, sin aguantar las charlas de su padre y/o madre- y no quería arriesgarse a despertarlos intentando llegar al baño a oscuras. Si encendía la luz, su madre, que acostumbraba a dormir con un ojo abierto, lo sabría. En fin, tendría que aguantarse.

Con parsimonia se quitó las botas y los calcetines, que siguieron el mismo destino que la camiseta. Extendió la piernas, dejando que las plantas de sus pies se refrescaran al acariciar el suelo y se deslizó hacia abajo en la silla. Apoyó la nuca contra el respaldo y dejó que su cabello colgara a modo de manto. Cerró los ojos.

Estaba hecho polvo. Tenía que dejar los vicios, ya. Las cosas se le estaban yendo de las manos y uno de estos días se le acabarían yendo del todo. Y no habría marcha atrás. Estaría jodido de por vida.

En aquel momento, el caracol vestido a lo Michael Schumacher que tenía seleccionado como notificador de que había recibido un email, apareció en pantalla anunciándose con el sonido característico.

Dakota levantó la cabeza justo cuando el caracol emprendía su rauda carrera fuera de la pantalla dejando volutas de humo virtual tras de sí.

Sonrió al ver que la estrategia había funcionado, e hizo doble clic sobre la línea del mensaje que se abrió con efectos 3d ante sus ojos. Leyó:

Vaya, qué sorpresa más grata. Tienes cabello de mujer, modales de cavernícola y vistes como un sepulturero, pero al menos, cuando te lo propones, sabes expresarte por escrito en un lenguaje (más o menos) comprensible como lo haría un individuo normal.

De acuerdo, entonces, asumiré que eres normal y te diré lo que le diría a cualquier otro hombre normal en estas circunstancias: es irrelevante lo que tú creas, la cuestión es que no tengo ni el tiempo ni el interés de mantener una relación en el ciberespacio. Por más que insistas, por más que yo me avenga a responderte para que "te aburras y me dejes en paz", pertenecemos a entornos diferentes -a generaciones diferentes- y tú vives en Londres y yo en Boston. ¿Qué sentido tiene seguir en contacto?

Si me permites un consejo, harías bien en ocupar tu tiempo con Abby. Es preciosa, buena persona, vive al lado de tu casa. Y tiene tu edad.

Tess

Dakota soltó una carcajada que retumbó en el silencio de la noche, y que inmediatamente intentó acallar tapándose la boca. No quería despertar a sus padres, pero es que lo de Abby era el no va más... "¿Preciosa, buena persona y vive al lado de tu casa?"

Genial.

Mucho antes de que Dakota fuera consciente de que lo hacía, sus dedos habían vuelto a aporrear el teclado:

¿Te estás quedando conmigo, bollito?

~11~

Octubre de 2007.

El pool de secretarias al completo había dejado de prestar atención a sus asuntos para atender los elegantes movimientos del "amigo de la editora" mientras éste se dirigía a su despacho, prodigándose en sonrisas y comentarios gentiles con aquellas mujeres que conocía desde hacía años. Ajeno a la mirada divertida de Tess, que en el puesto de su asistente le daba las últimas indicaciones antes de marcharse a almorzar. *Nada ajeno* al interés que despertaba entre el público femenino aquella combinación de exotismo caribeño con modos de alta sociedad bostoniana que Terry se había dedicado a cultivar con esmero desde que descubriera cuán productiva era.

Sólo él podía darse el lujo de vestir una camisola llena de colorines y unos pantalones azul eléctrico, y no desentonar en absoluto, sentado a una mesa del exclusivo *Dbar*, tomando el brunch como cualquier otro miembro de su selecta clientela. Tess echó un vistazo a su propia vestimenta compuesta de chaqueta y falda color petróleo. Odiaba el aspecto serio y formal de su indumentaria de trabajo, le resultaba aburrida, y normalmente no reparaba en ello... Excepto cuando quedaba a comer con Terry en días de semana, y la contraposición era tan evidente que saltaba a la vista. Si de ella dependiera, también se vendría a trabajar con una camisola de colorines. Eso pondría una nota alegre en las reuniones de dirección, que normalmente no destacaban por ser divertidas, y últimamente eran soporíferas. A veces, no podía evitar preguntarse qué relación guardaba la pasión por los libros, por descubrir nuevos tesoros y exponerlos al mundo, con lo que ocurría en esas reuniones. Aún no había encontrado una respuesta.

En aquel momento, Terry detectó su presencia, junto al puesto de Gladys, y tras guiñarle el ojo a modo de saludo a la asistente de Tess, habló en tono irónico:

—¿Ya estás lista? No me lo puedo creer...

La editora le regaló una sonrisa burlona y se encaminó a su despacho, el último con mamparas de vidrio, situado inmediatamente antes de la sala de juntas.

—¿Ya son las doce? —le preguntó con segundas a su amigo que la seguía a corta distancia. Sabía que faltaban diez minutos, porque como siempre, su obsesión por la puntualidad lo había hecho llegar antes.

Terry se dejó caer en el pequeño sillón azul de estilo moderno que había en el despacho de Tess, y estiró la piernas.

—¿Estarás lista entonces? —la miró con un ojo entrecerrado—. La respuesta es no. ¿Qué problema tenéis las mujeres con la hora? ¿Por qué hay que esperaros siempre?

La editora interrumpió la nota que estaba escribiendo y a continuación, cogió un bombón de la gran copa de cristal de su escritorio y se lo dio, arrojándolo por el aire.

—Calla, y endúlzate.

Él hizo un mohín y se dispuso a pelarlo.

—Ya soy bastante dulce —la miró, burlón—. Y *muy* puntual.

—¿Libras esta semana? —continuó ella.

—En teoría. Pero también se suponía que libraba la semana pasada y en la ciudad estuve sólo un día; el resto en los Apalaches, conversando con las ardillas coloradas.

—¿Y qué tal fue? ¿Te hicieron muchas confidencias? —bromeó ella. Vio que su amigo meneaba la cabeza sin ocultar lo mucho que le molestaban esos cambios de agenda de última hora que aunque le alegraban la cuenta bancaria, coartaban su libertad personal, algo que Terry valoraba en extremo.

—¿Alguna noticia de tu casa?

—Richard Gibb ha instalado una puerta nueva en el jardín —respondió Tess.

Terry se incorporó un poco en el sillón.

—Y por lo que veo Amelia Gibb ha conseguido enviar un correo electrónico... Seguro que hubo fiesta en el 139 de Old Elm Street...

Era una deducción lógica, sin duda, pero no había sucedido exactamente así. Tess no se había enterado de las nuevas sobre la verja por su madre, pero si decía tal cosa, tendría que explicarse y...

¿Deseaba explicarse?

En realidad, la pregunta correcta era otra: ¿existía la alternativa "no explicarse"? Terry era su amigo, el único con el que compartía sus asuntos personales sin censura, y lo que no deseaba era que empezara a haberla.

—No fue mi madre, sino su joven y pelilargo vecino...

Terry le obsequió una mirada sorprendida.

—¿Habéis continuado la "batalla dialéctica" por email? —y cuando lo dijo ya estaba sonriendo.

A Tess, en cambio, no le produjo ninguna gracia. Cada vez que recordaba aquella sorpresiva llamada desde Londres, las puyas de las secretarias, las miraditas pícaras...

—No sólo por email... —empezó a decir justo antes de que sonara el teléfono—. Disculpa.

La voz de Gladys por el manos libres le informó que la llamada era de Diana Austin, más conocida en el ámbito literario como Diana Simmons.

—Señora Austin... ¿Qué tal está? ¿Desde dónde me llama?

Terry no pudo evitar concentrarse en la conversación. La expresión, la actitud, el lenguaje corporal de su amiga había cambiado tanto en un instante...

—*Desde casa... Me refiero al rancho... La de Boston es confortable y bonita, pero hay demasiadas fiestas, demasiados agasajos... Cuando estamos allí tengo que vestirme de gala cada noche y nunca he conseguido acostumbrarme a ello... Imagino que estará a punto de irse a almorzar... como yo misma, pero no he querido demorar más este asunto... Seré breve, no le robaré mucho tiempo...*

La voz femenina rezumaba acento sureño y amabilidad a partes iguales.

—Ah, no se preocupe —echó un vistazo a su amigo antes de continuar, quien le mostró el reloj en un gesto nada disimulado de que se estaba haciendo tarde—. Es temprano para mi hora de almorzar... —dijo, y no quiso volver a mirar a Terry—. Cuénteme.

Él cruzó una pierna sobre la otra de forma ostensible, apoyó un codo sobre ella y sostuvo su barbilla sobre la palma abierta. Tess sabía que la estaba mirando, y también lo que estaba pensando, pero llevaba años soñando con aquel momento. Todo lo demás podía esperar.

—*He decidido acabar la novela* —el rostro de Tess se iluminó con una sonrisa radiante—. *Sólo pongo dos condiciones, y no son negociables. La primera: no leeré ni firmaré ningún documento editorial hasta que la novela esté acabada, cuando sea que ello ocurra. La segunda: quiero que sea usted la editora a cargo, la responsable del proceso de principio a fin. No trataré con ninguna otra persona de la editorial, y en especial, no trataré con Adam Fairchild. Bajo ninguna circunstancia.*

La voz sureña había hecho una pausa, obviamente requiriendo una respuesta, pero lo primero que salió de la boca de Tess fue un suspiro.

—Vaya... Deme un momento para que me recupere de la sorpresa... —sonrió de puro nervio—. Claro, por supuesto, a mí me parece bien... En realidad, me parece mucho más que eso: un honor que acepto encantada, pero debo plantearlo a la dirección editorial.

—*Por supuesto... De acuerdo, entonces, espero su llamada* —concedió la escritora, y su voz denotó que sonreía cuando añadió—. *¿He sido lo bastante breve?*

—Desde luego —convino Tess sin ocultar lo halagada que se sentía—, un momento tan importante para mí, y tan breve... Gracias, señora Austin.

—*He vuelto a escribir. Soy yo quien le da las gracias* —tras una breve pausa, la voz sureña sonó recuperada, firme—. *Mis padres me esperan para comer y no empezarán sin mí. Hasta pronto, señorita Gibb...*

No había acabado de desconectar la llamada, y radiante se disponía a elevar ambos brazos en un signo de victoria cuando Terry se adueñó de una de sus manos, y con la que le quedaba libre manoteó el bolso de Tess.

—¡Enhorabuena, felicidades, lo has conseguido! —le dijo de carrerilla al tiempo que la hacía incorporar y tiraba de ella hacia afuera del despacho—. He oído la conversación de cabo a rabo así que *no quiero que me la vuelvas a contar*. Lo que quiero es *comerrr...*

—¡Qué insulso! —se quejó medio en serio, medio en broma— ¿Quién puede pensar en comer con semejante noticia?

—Hambriento, más bien. Y para que te quede claro, después de haber saciado mi hambre, lo que querré serán todos los detalles de la comunicación virtual con el "joven y pelilargo vecino" de tu madre —concluyó él, apuntándola con un dedo—. Todos ¿me has oído?

—Te he oído.

Terry asintió, satisfecho, y caballerosamente se hizo a un lado para dejarla pasar primero.

—Entonces, andando, guapa.

Y aunque Terry no se libró de la explosión de alegría provocada porque la escritora hubiera aceptado la propuesta, eso hizo Tess: satisfacer la curiosidad de su amigo, contándole todos los detalles de su "comunicación virtual con el joven y pelilargo vecino" de Amelia y Richard Gibb...

Prácticamente todos los detalles, pero no todos.

Le contó lo de su llamada desde Londres, y su seudo-disculpa, que Terry escuchó con total interés, mientras se despachaba unos tacos en un conocido mejicano que había cerca de la editorial.

También le contó acerca del primer mensaje que él le había enviado. Y sobre el reenvío que había tenido lugar unos días después ante la falta de respuesta por parte de Tess. Y luego, brevemente, le habló acerca de lo que ella había respondido.

Obvió, completamente, decir que la comunicación había continuado entre ellos, en un intercambio más o menos fluido durante los dos días siguientes. Él, incluso, le había enviado una foto de la nueva verja de los Gibb, que había sacado con su móvil... Y otra en la que aparecía él, en primer plano, con el cabello suelto y luciendo su sonrisa ladeada de chico terrible. Se la había enviado a Tess, adjunto a uno de sus mensajes. El texto, sumamente explícito, decía: "para tu salvapantallas".

Tampoco tenía intención de contarle a Terry que, en una reacción nada habitual, había estado a punto de enviarle una suya con otro mensaje: "para que te la tatúes en el pecho y que el dragón no se sienta tan especial".

Y por supuesto, ni siquiera bajo los efectos de una dosis de Sodio Pentotal, admitiría jamás, que no había eliminado la foto de Scott de su disco duro. No la había puesto de salvapantallas -ni pensaba hacerlo-, pero la conservaba.

Mucho menos aún admitiría que, a pesar de que todo aquello fuera una auténtica sinrazón, llevaba tres días sin noticias suyas, y no había podido evitar preguntarse qué estaría ocurriendo.

Sin embargo, aunque los últimos días Dakota no había pensado en Tess, la razón era de naturaleza completamente diferente. Tampoco había pensado en Princesa, ni en la Harley del cliente de Evel, que se había comprometido a poner a punto y que llevaba desde el domingo en su garaje, ni en el Club49 donde a pesar de que trabajaba de portero, llevaba tres días sin aparecer...

Tampoco pensaba en lo que se le había venido encima, ni en lo que tenía por delante. Simplemente, la realidad lo había superado con creces, dejándolo en blanco.

Aquella madrugada de hacía cuatro días, Dakota había acabado su turno en el club, borracho y peleón. Había increpado a todo el mundo y, eventualmente, alguien había acabado zurrándole en los lavabos. No había sido una pelea propiamente dicha, ya que Dakota apenas podía mantenerse en pie y Evel, que se había pasado un rato por el club a última hora, había intervenido a tiempo. Aún así, el calvo con pintas de ser miembro de la Hermandad Aria, había conseguido partirle la boca.

Literalmente.

El ego de Dakota, sin embargo, sangraba mucho más que su cara y, como cada vez que eso ocurría, su lado rebelde y pendenciero había cogido el relevo. Tan mal se habían puesto las cosas, que Evel había desistido de llevarlo a casa en moto y lo había metido dentro de un taxi a empujones.

Cuando llegaron al domicilio de Dakota, las cosas se pusieron mucho peor.

Su madre no tardó en aparecer en el baño donde Evel intentaba, infructuosamente, meter a Dakota bajo la ducha a ver si el agua helada lo enfriaba y se iba a dormir la mona. Detrás de Rosalyn había aparecido Doug, el padre de la criatura. Cuando Evel vio la expresión de aquel rostro rubicundo ante el cuadro dantesco que dominaba su baño, supo que se armaría una buena.

Y así fue.

Sólo que esta crisis familiar no acabó como solían hacerlo las de su clase -cada uno desapareciendo tras un portazo después del ultimátum y los insultos de rigor-, sino a bordo de una ambulancia con Doug Taylor paralizado por un ataque cerebrovascular agudo.

Una hora más tarde, el enfermo era trasladado a cuidados intensivos con pronóstico muy grave, su mujer yacía en una camilla, sedada tras sufrir un ataque de nervios, y Dakota, fresco como si no hubiera bebido más que agua, vomitaba de miedo en el baño del hospital, mientras Evel le sujetaba el pelo para que no se lo pringara.

Y ahora, cuatro días más tarde en los que apenas había ido a casa a darse una ducha y recoger los papeles que le habían pedido para el ingreso hospitalario, Dakota escuchaba el último parte médico de boca del especialista asignado al caso.

Un montón de palabras sin sentido que no le decían nada, y que tras noventa y seis horas en vela no hacían sino irritarlo muchísimo.

—A ver —intervino Dakota en un tono iracundo que invocó el silencio inmediato y atrajo las miradas de los residentes que acompañaban al médico—. No entiendo nada de lo que dice. ¿Puede caminar, hablar, entender...?

Sus ojos sobrevolaron brevemente a su madre. Ella continuaba sentada en el banco de madera del corredor que había junto a la habitación de su marido, con una mano sobre la boca, llorando en silencio. Había pasado del ataque de nervios al desaliento.

El hombre de rasgos hindúes movió negativamente la cabeza. Dakota exhaló un suspiro, apartó la vista y se restregó la frente con actitud cansada.

—No puede caminar —explicó el médico—, su lado derecho está paralizado en un setenta por ciento. Puede oír... Es capaz de registrar los sonidos con el oído derecho, pero no habla. Es posible que su cerebro, temporalmente, no consiga relacionar lo que oye con... digamos, la palabra correcta que representa esa idea y por eso no pueda entendernos —hizo una pausa—. Soy consciente de lo mal que suena lo que le estoy diciendo, pero tiene que comprender que en estos momentos lo único que podemos hacer es mantenerlo estable y confiar en que pasen las horas y el ataque no vuelva a repetirse. Si tenemos suerte, y no ocurre lo peor, su padre podrá recuperar parte de sus funciones... con rehabilitación, con terapias... Con tiempo.

Dakota alzó la vista, y enfocó en aquel hombre de mediana edad que le estaba dando la peor noticia de su vida.

—¿*Parte* de sus funciones? —se animó a preguntar, aunque no estaba del todo seguro de desear oír la respuesta.

El hombre volvió a asentir.

—Quedarán secuelas, eso es inevitable, y necesitará ayuda. Pero de ellas nos ocuparemos en su momento. Ahora, le recomiendo que se lleve a su madre a casa. Ha sufrido un shock importante y ya le he dicho a ella que no debería estar aquí hasta que se recupere. Una enfermera se ocupará de su padre hasta que usted regrese. Sería preferible que algún pariente acompañara a su madre, que no estuviera sola en casa, hasta que se ponga bien. Y también estaría bien que alguien le ayudara a usted. Debe haber alguien junto al enfermo todo el día, aquí en el hospital sólo podemos poner personal que lo releve un par de horas, tres como mucho... ¿de acuerdo? Si necesita algo, avíseme.

Dakota se limitó a asentir con un suave movimiento de cabeza. Permaneció mirando cómo el médico se alejaba y luego volvió la cabeza hacia el enfermo. Yacía boca arriba con los ojos cerrados. De su cuerpo salían varios cables que lo conectaban a diversos aparatos. Parecía tranquilo, notó, excepto por los temblores convulsivos que lo sacudían de tanto en tanto, disparando las gráficas y acelerando los monótonos sonidos que emitían las máquinas. Era su padre, estaba allí...

Y a la vez, no estaba.

Estaba tan ausente como la mujer que, en el banco del pasillo, continuaba llorando en silencio.

En otras palabras, Dakota acababa de quedarse solo, al timón de los Taylor, en medio de una tormenta fenomenal.

~12~

El sonido de la lluvia sobre las tarimas de madera del balcón era tan fuerte que, por momentos, la obligaba a subir el volumen del televisor. Boston había amanecido con el cielo de un color rosado que, poco a poco, se había vuelto plomizo y desde hacía horas llovía sin tregua, ofreciendo un tímido alivio al inusual calor de los últimos días. De todas formas, pensó Tess, miraba "Sentido y sensibilidad" por enésima vez, y además de saberse los diálogos de memoria, también la tenía en DVD. Jugaba con el volumen del mando a distancia por hacer algo...

Algo distinto de trabajar. Aquella semana había decidido que, al menos los domingos, no pensaría ni haría nada relacionado con la palabra trabajo. Desde que había regresado de Londres, raro era el día que su jornada laboral acababa antes de las ocho de la noche, lo que ponía el recuento por encima de las sesenta horas semanales. Sin contar fines de semanas. Una locura.

Pero hoy la climatología se estaba confabulando contra ella. No era mucho lo que podía hacer una adicta al trabajo encerrada en su casa, mientras fuera caía un aguacero de cuidado.

Tess exhaló un suspiro, se sujetó el cabello por encima de la nuca con ambas manos para aliviar un poco el calor. Vestía un short y una liviana camiseta de tirantes, e iba descalza. Y aún así, sentía la piel pegajosa por la fina capa de sudor. Desde el sillón frente al televisor echó un vistazo alrededor en busca de algo que hacer, pero hacía rato que había agotado la lista de posibles entretenimientos: la casa estaba impoluta, la colada acabada y los azulejos del baño estaban tan relucientes que habría podido usarlos a modo de espejo para depilarse las cejas, algo que, por cierto, también había hecho.

Estupendo, pensó. Ya no le quedaban cosas por hacer, ni amigos a los que llamar -había hablado con todos; con Terry dos veces-, ni películas que mirar. Incluso había llamado a casa. Había encontrado sólo a su padre -Amelia estaba en casa de tía Fina, y Abby en la peluquería-, pero la conversación, aunque agradable, no se había extendido; Richard Gibb se recuperaba de una gripe y estaba bastante afónico. Le costaba hablar y se notaba. Eran las cuatro de la tarde y todo lo que tenía por delante era permanecer en su querido y desvencijado sillón, contemplando las paredes.

Su mirada aburrida planeó peligrosamente sobre el portátil que descansaba sobre la mesilla de acrílico y cristal negro. Sabía positivamente que en su interior hallaría todo un mundo excitante y nuevo que explorar, pero había tomado una decisión, y la mantendría.

Tess se dirigió a la cocina, abrió la nevera. Se sirvió un vaso de agua tónica bien fría y bebió, sedienta. Echó otro vistazo alrededor. Todo estaba en orden. Volvió a llenar el vaso y regresó a la salita.

Sus ojos volvieron a sobrevolar el portátil, y esta vez no siguieron de largo. Echar un vistazo al correo personal no se consideraba "trabajar", se dijo, animada, al tiempo que lanzaba el navegador.

Quizás, incluso, se llevara la agradable sorpresa de encontrar un mensaje de su madre, pensó. Y evitó pensar, en cambio, que eso no sucedería. En casa de los Gibb había un ordenador, pero ninguna conexión a Internet, y de escribirle, algo que empezaba a encontrar francamente dudoso, su madre había dicho que lo haría desde la clínica dental donde trabajaba, que, naturalmente, los domingos estaba cerrada.

También evitó pensar que, en realidad, la única sorpresa que esperaba encontrar aunque era "made in England", provenía de un remitente diferente, que no llevaba el apellido Gibb.

Sin mensajes nuevos. No había novedades ni de Inglaterra, ni de cualquier otra parte.

Tess hizo clic sobre el último recibido que mostraba el clip característico de los emails que traían archivos adjuntos. El propio mensaje le recordó que hacía siete días que lo había recibido. A pesar de su creciente malhumor y del tiempo transcurrido, aquellas tres palabras -"para tu salvapantallas"- volvieron a disparar las mismas reacciones: primero, sorpresa ante semejante desparpajo; luego; ganas de responder con frescura equivalente.

Aquella sonrisa ladeada que seguía sin poner de fondo de escritorio, bailó frente a los ojos de Tess cuando hizo clic sobre el enlace que abrió el archivo adjunto, a pantalla completa.

Melenita de oro era procaz y engreído... Pero sincero.

Tess asintió repetidamente, con movimientos suaves de la cabeza, reafirmando sus propios pensamientos.

Sin duda, lo era.

Había transcurrido una semana desde la última comunicación y estaba claro que su efervescente pero efímero interés había pasado.

Tal como le había anunciado, él "se había aburrido y la estaba dejando en paz".

Los Taylor no contaban con una familia numerosa como sus vecinos, de modo que Dakota no tuvo que pensárselo mucho a la hora de decidir a quién pedirle el enorme privilegio de ocuparse de su llorosa madre por unos días; la tía Emma.

Durante la última década, desde que muriera Thomas, el único hermano de su padre, Dakota sólo había visto a su viuda una vez al año, cuando se reunían en casa de la abuela paterna Dorothy, en Newcastle, para Navidad. Pero ella también había fallecido y su funeral, hacía tres inviernos, había sido la última ocasión en que tía y sobrino se habían visto las caras. Con Duke, el hijo menor de Emma y Thomas, había coincidido en algún bar, en un par de conciertos, y alguna vez, se habían cruzado por la calle. Compartían edad, apellido y poco más. Al mayor, William, hacía siglos que no lo veía. Se había alistado en la RAF[6] y rara vez pasaba en tierra dos días seguidos, era todo cuanto sabía de él.

Algo había distanciado a Thomas y Douglas Taylor mucho antes de que el primero falleciera. Su padre nunca le había hablado del asunto, pero por comentarios que Dakota había oído de su madre y de la abuela Dorothy, el distanciamiento había partido de Thomas.

Eran "rollos de familia" que jamás habían entrado en la breve lista de intereses de Dakota.

Mucho menos ahora, que acababa de enterarse de que hacía seis meses que su padre estaba solo al frente del pub. Se había visto obligado a despedir al empleado que tenía desde hacía veinte años, por no poder pagarle.

Nadie se estaba ocupando de la única fuente de ingresos de la familia Taylor.

Joder...

Dakota se inclinó hacia adelante, apoyó el peso del cuerpo sobre las palmas de las manos, que descansaban sobre el borde de la pileta del baño, y bajó la cabeza. Las gotas de su cabello, aún mojado por la ducha, se escurrieron en parte por la resbalosa superficie blanca, y en parte a través de su espalda desnuda, humedeciéndole la cintura de los vaqueros.

Alguien debía ocuparse del pub.

Alguien debía ocuparse de su madre; tía Emma trabajaba en una fábrica

(6) RAF: Royal Air Force. Fuerza aérea del Reino Unido de Gran Bretaña.

medio día y no podía contar con ella más que unas pocas horas algún día en semana, aunque le había asegurado que los fines de semana estaba a su disposición para lo que hiciera falta.

Alguien debía estar en el hospital, con su padre. Ya lo había dicho el médico: el paciente necesitaba estar acompañado las veinticuatro horas del día, y ese servicio no podía ofrecerlo el hospital.

"Joder", farfulló Dakota.

Salió del baño con paso rápido, poniéndose una camiseta, y entró en su habitación. Se calzó las botas, cogió su cazadora y su móvil y pasó delante del portátil sin mirarlo siquiera.

Tenía una montaña de cosas que hacer, y no atinaba a decidir cuál debía hacer primero. Después de despedirse de su tía, se detuvo brevemente junto a la habitación de su madre; ella dormía bajo los efectos del somnífero que le habían suministrado.

Cuando salía de casa a bordo de Princesa, vio fugazmente por el rabillo del ojo que Abigail le hacía señas con una mano. No tuvo claro si se trataba de un saludo o le estaba pidiendo que se detuviera un momento. En cualquier caso, él siguió de largo.

Su presencia sólo le trajo a la mente un pensamiento: Tess.

Pero no podía ocuparse de eso ahora. No tenía ni el tiempo ni el ánimo.

Su vida se había convertido en un problema que no tenía la menor idea de cómo resolver, lo que lo hacía sentir irritado y confuso al mismo tiempo.

No, ahora lo que debía hacer era volver al hospital, junto a su padre, y una vez allí, decidiría el siguiente paso.

Además, pensó mientras devoraba kilómetros y el viento castigaba su rostro, de aquella mujer lo quería todo.

Todo.

Excepto consuelo.

~13~

Noviembre de 2007.

Reuniones, llamadas, notas de prensa, entrevistas... A poco más de tres meses de que Harcourt Publishers estrenara su resucitado catálogo de ficción romántica con la publicación del primero de los doce títulos programados, el "ala oeste" -como llamaban a la sección que albergaba a la editora del sello romántico y a su staff- era un bullicio. Tess apenas paraba en casa más que para dormir y sus jornadas laborales, que nunca se habían caracterizado por ser normales, ahora rayaban en la locura. Sin embargo, el "London blues" que cada año se instalaba en su ser cuando Boston encendía las luces navideñas, en esta ocasión, había llegado temprano. A veces le resultaba increíble cómo hasta el más mínimo suceso se las arreglaba para tirar de la madeja de sus recuerdos y cuando quería darse cuenta, sonreía abstraída en algún momento festivo del pasado. Navidad y Nochevieja en casa de su familia eran días ajetreados, intensos, para lo bueno y para lo malo. Siempre lo habían sido. Ese toque emocional propio de la ascendencia italiana por parte de madre se ocupaba de ello.

Y el pragmatismo de la rama paterna ponía el punto de moderación necesaria.

Tess exhaló un suspiro. Londres, otra vez. Desde que había regresado del último viaje, raro era el día en que aquella ciudad que había abandonado hacía quince años, no volvía a su mente. Lo curioso era que cada vez que se planteaba seriamente la alternativa de regresar, la respuesta surgía espontánea, sin dudas, y era siempre negativa. No deseaba volver a instalarse en Europa. Estaba bien en Boston, tenía un buen trabajo y una buena vida...

Sin embargo, no dejaba de pensar en su familia, en su barrio tranquilo y apetecible... En lo mucho que le gustaba Londres, especialmente en las Fiestas...

—Tienes el teléfono mal colgado —oyó que Gladys le decía, asomada a la puerta de su despacho—. Adam quiere hablar contigo.... ¿vas ahora o me invento algo?

Tess se estiró para poner el auricular en su sitio. Un grueso manuscrito se había deslizado desde la bandeja de entrada sobre su mesa, y hecho tope contra el moderno terminal, dejando el auricular mal colgado. Echó un vistazo a la hora. Las reuniones no planificadas del día empezaban pronto; no eran ni siquiera las nueve de la mañana.

—Voy ahora mismo, gracias. Ah... Gladys, espero una llamada de Diana Austin. Si estoy en una reunión, la interrumpes, ¿de acuerdo?

La joven asintió con la cabeza y volvió rápidamente a su puesto a informar al Director Editorial, que en teoría esperaba en línea, una respuesta. En la práctica, había cortado y ella se había levantado en balde. Tess, que se dirigía a la oficina de su jefe, vio como Gladys echaba maldiciones al terminal rojo que había sobre su escritorio y no pudo evitar sentirse identificada. Adam Fairchild tenía la irritante costumbre de hacer correr a todo el mundo con asuntos "que no podían esperar" cuando, en realidad, era él quien no podía esperar; era un impaciente patológico.

La editora se detuvo un instante frente a la puerta cerrada del despacho del director editorial. Abotonó la chaqueta del elegante traje de falda que vestía hoy. Se pasó una mano por el cabello para asegurarse de que ningún mechón se había soltado del moño con que lo sujetaba. Después de asegurarse de que todo estaba en orden, golpeó dos veces con los nudillos. Esperó respuesta y cuando la tuvo, entró al lujoso despacho.

Su jefe, que estaba de pie mirando por el gran ventanal que daba a Boston Common -el parque público más antiguo de la ciudad- mientras hablaba por teléfono a través de un microauricular, se volvió brevemente y le indicó con un gesto que tomara asiento.

Hablaba de una gala benéfica que tendría lugar en la víspera de Navidad y lo hacía con alguien de sexo femenino. Eso había sido todo lo que el interés de Tess le había permitido averiguar antes de sumergirse nuevamente en su "London blues".

En este caso, el catalizador de su viaje de regreso al pasado había sido el portaplumas de cristal del escritorio. O más bien, el anagrama que lucía, que Tess podía ver con detalle desde su asiento: un reluciente escudo negro y anaranjado con las palabras Harley Davidson en blanco.

Fue cuestión de segundos que la imagen de Princesa apareciera en el centro de su mente, con sus cromados brillantes y aquel rojo reluciente...

Y su piloto, vestido de cuero negro con la melena al viento...

Como los héroes de las novelas que editaba, sólo que en vez de un corcel, montaba una Harley, y en vez de armadura, llevaba una cazadora de pinchos...

Un anti-héroe, pensó con ironía, cuyo interés por la heroína había sido pasajero, como correspondía a su naturaleza y a la época.

Seguía sin comprender por qué había insistido tanto en mantener un contacto con ella, para luego desaparecer del mapa al cabo de dos emails. Tampoco era que le hubiera dedicado mucho tiempo a pensar en el tema, pero dudaba mucho que semejante "espantada" hubiera sido resultado de la reflexión. Él, evidentemente, no pertenecía a la especie pensante. Era de los que primero hacían y luego, si era inevitable, pensaban. Por lo tanto, lo más probable era que hubiera encontrado alguna otra cosa con la que entretenerse.

Una, que estuviera "más buena" y además viviera en Londres.

Bueno, se dijo al tiempo que apartaba su vista del anagrama, bien estaba lo que bien acababa.

Durante un instante, una parte de Tess fue consciente de que algo no cuadraba entre aquel último pensamiento y la forma en que se sentía. Porque la mezcla de desilusión y melancolía que la invadió no podía "estar bien". Pero la parte de Tess que reparó en ello fue muy pequeña, y el instante, más que fugaz.

En cualquier caso, su atención pronto se centró en otra cosa: Adam Fairchild, que acababa de finalizar su conversación telefónica y ahora se dirigía a ella:

—¿Cómo es que Sophia Wallace no sabe nada del asunto?

Tess siguió con mirada interrogante al fornido cincuentón mientras él se dirigía hacia el colgador para ponerse la chaqueta.

—¿A qué te refieres?

Él se volvió, malhumorado.

—¿Y a qué va a ser? Tu idolatrada escritora no le ha dicho a su agente que ha aceptado nuestra propuesta... ¡Joder, ni siquiera le ha dicho que sus musas han regresado!

Rezumaba ironía y vulgaridad, pero Tess reparó especialmente en la forma en que él se refería a la propuesta. No había sido "nuestra", sino "suya". De Tess. Él no había mostrado el menor interés por la idea cuando ella se la había planteado al aceptar el nuevo puesto. No había participado en el tema ni entonces ni después. Tanto era así, que Tess seguía sin comprender del todo que la editorial se hubiera avenido, sin más, a las condiciones de la escritora. Incluso ella misma preferiría asegurarse la primicia del regreso de la Simmons con algo más que su palabra, ¿por qué la editorial no?

—¿Has estado hablando con Sophia? —quiso saber Tess. Él siempre decía que "los autores y sus agentes" no eran asunto suyo.

Adam Fairchild dejó de arreglarse la corbata y le clavó la mirada.

—Oye, aquí el que pregunta soy yo. Dile a tu querida Diana que lleva suficientes años en este negocio para saber que no puede saltarse a su agente.

Y si pensaba dejarla, tendrá que hacerlo después del nuevo contrato. Yo no me la voy a jugar porque una Austin crea que puede ir por la vida haciendo lo que le da gana. En Texas, quizás. En esta editorial, no.

Las dos cejas de la editora se elevaron al mismo tiempo por encima del marco dorado de sus gafas, provocando que la impaciencia del director editorial rozara el límite.

—Deja de mirarme así, ¿quieres? Y dí algo... —meneó la cabeza— Joder, los británicos debéis tener batido de fresa en las venas...

Y algunos americanos tenían unos modales realmente horribles.

—Personalmente, no creo que tenga el menor interés en saltarse a nadie —respondió la editora—, pero hablaré con ella. Profesionalmente, no creo que le guste saber que has estado hablando con Sophia, lo cual es comprensible, porque a mí tampoco me gusta. Si los autores y sus agentes no son asunto tuyo, que no lo sean. Mucho más en este caso, Adam. ¿Tengo que recordarte que más de la mitad de la junta directiva de esta editorial tiene algún tipo de asociación económica con los Austin? —hasta ese momento, su voz había sonado normal, educada y sin emoción, pero ahora el rostro de Tess mostró la primera sonrisa desde que había llegado al despacho—. Y de llevar algo distinto de sangre en las venas, me inclino por una buena cerveza. Real ale [7], por supuesto.

Adam Fairchild torció la boca en un gesto irónico que tuvo poco de sonrisa.

—Resuélvelo, Tess —sentenció al tiempo que abría la puerta, dispuesto a irse. Entonces su teléfono empezó a sonar—. ¿Te importa contestar? Tengo una reunión con el departamento comercial y llego tarde.

Cuando acabó la frase, ya estaba en el pasillo de camino a los ascensores, de modo que la editora no se molestó en responder que, "por supuesto, no le importaba contestar el teléfono".

Se puso de pie, miró el ostentoso aparato telefónico que continuaba sonando con insistencia, y consideró la situación.

Bien visto, tampoco le importaba *no contestar*.

Tess giró ciento ochenta grados sobre sus impresionantes tacones de doce centímetros y salió del despacho.

---

(7) Real ale: cerveza acondicionada en barril, servida por presión mecánica (sin gas artificial añadido), a temperatura de bodega, de consumo habitual en Reino Unido.

El asunto también había llegado a oídos de Diana Austin, de modo que cuando Tess recibió su llamada, las dos mujeres acordaron hablarlo personalmente mientras almorzaban, aprovechando que la escritora se hallaba en Boston para ayudar a su madre con las distintas campañas benéficas en la que la familia tomaba parte cuando se acercaba la Navidad.

A pesar de que el tema añadido a última hora gracias a la falta de discreción de su jefe no era precisamente agradable, Tess disfrutó muchísimo de aquellos cincuenta minutos en compañía de alguien que llevaba años admirando.

El personaje Diana Simmons, la autora de éxito, siempre le había resultado atractivo. Era amable con los medios, afectiva con sus fans y muy medida en sus comentarios relativos a cuestiones no relacionadas con su trabajo. La persona real, Diana Austin, era una mujer elegante, refinada y, especialmente, educada. Desde el primer momento, Tess se había sentido a gusto en su compañía, y tenía la impresión de que a ella le sucedía otro tanto.

El diálogo sobre distintos temas sociales había fluido ágil entre las dos mujeres y sólo a los postres, la escritora abordó la cuestión de su agente literaria.

—La pobre Sophia parecía al borde de un infarto cuando me llamó esta mañana... No me explico cómo se las arregló para no sacarme de la cama en plena noche... —al ver la expresión interrogante de Tess, aclaró—. Ayer coincidió con Adam Fairchild en una cena de rotarios[8] a la que, por cierto, yo también habría asistido si mi vuelo no hubiera llegado a Logan con tanto retraso...

Diana Austin esperó a que el camarero se retirara después de servirles el café para continuar.

—Supongo que sobran las aclaraciones pero me gustaría... —dejó la frase a medias y miró a Tess con una sonrisa amable—. Propongo que nos tuteemos...

Tess también sonrió.

—Claro.... Es una buena propuesta...

Ambas rieron al ver que, pese a estar de acuerdo, ninguna tomaba la iniciativa de ponerla en práctica. Las dos habían evitado usar nombres propios.

La escritora volvió al tema espinoso.

—Me considero una persona agradecida, y a Sophia le debo cosas que ningún dinero podría pagar. Es cierto que no había hablado con ella acerca

(8) Rotario: miembro del club filantrópico de origen norteamericano llamado Rotary Club.

de tu propuesta, Tess. Ni siquiera se lo he dicho a mis padres.... Pero pensaba hacerlo cuando llegue el momento. Cuando tenga el manuscrito a punto, se lo entregaré a Sophia junto con mi pliego de condiciones. Será entonces, y ni un minuto antes, cuando estaré dispuesta a hablar de contratos y presentaciones —exhaló un suspiro y al volver a mirar a la editora, había emoción en su mirada—. Verás... Este momento es mío. Llegó cuando había dejado de esperarlo... Y ahora, no quiero que nada lo estropee. Es muy, muy importante para mí.

Decir "importante" era una fórmula de compromiso. Una forma de comunicar el gran valor que tenía haber recuperado esa parte de su vida sin ahondar en lo que había supuesto haberla perdido.

Tess no podía imaginar su existencia sin la magia de conectar con una historia inédita, sentirse maravillada por ella y desear mejorarla y compartirla. Y aunque una perla así fuera una entre un millón, la ilusión de hallarla era el motor que la llevaba de un manuscrito al siguiente, en una búsqueda sin fin.

No era sólo "importante"; era fundamental, y la respuesta surgió, espontánea.

—Lo sé.

Diana asintió con la cabeza. Fue un gesto de agradecimiento ante la comedida respuesta de Tess, que en aquel momento agradeció mucho más aún. Inspiró profundamente y cuando volvió a mirarla, sonreía.

—¿Pasarás la Navidad en Londres?

No había más que decir al respecto y ambas lo sabían. Como también sabían que entre las dos acababa de nacer la amistad.

—¿Dos jet lags en tres meses? No, la pasaré con un viejo amigo y su familia aquí, en Boston.

—¡Cómo te envidio! —replicó Diana, completamente recuperada del momento emotivo anterior—. A mi padre no lo saca del rancho en Navidad ni una estampida de vacas locas...

—No me envidies —dijo Tess con una sonrisa resignada—. A los míos no he conseguido sacarlos de Londres en quince años.

Diana meneó la cabeza. Extendió un brazo y apoyó su mano sobre la de Tess, un gesto afectivo que a ella la tomó por sorpresa.

—Me alegro de haberte conocido, Tess.

La editora apretó suavemente los dedos que descansaban sobre su mano.

—Yo también me alegro.

Dakota detuvo el coche en el jardín, frente al garaje, lo más cerca posible de la puerta de entrada de su casa. Echó un vistazo a su padre, que en el asiento del acompañante miraba, con expresión indefinible, la casa de la que había salido en ambulancia hacía mes y medio. ¿Le hacía feliz regresar al hogar, recuperar un poco de intimidad? ¿O le daba exactamente igual? No tenía la menor idea de lo que pensaba o sentía su padre, y él no podía decírselo; el habla, que había perdido con el ataque, regresaba muy lentamente, y desde entonces, su rostro rara vez mostraba emociones.

Rosalyn fue la primera en apearse del vehículo y abrir la puerta del lado de su marido. Se agachó junto a él, que se limitó a mirarla, y le habló con ternura:

—Ya estamos en casa, cariño... Se acabaron el pollo hervido y la sopa de verduras, te lo prometo... ¡Pobrecito mío, estarás harto de la comida del hospital!

De la comida, de las curas, de hacer de caso práctico para los estudiantes de medicina, de tener que mostrarle sus partes nobles a una enfermera distinta cada mañana cuando venían a asearlo...

De mostrarlas y no poder usarlas, pensó Dakota. Eso tenía que ser frustrante.

Y un segundo después de pensarlo, se llamó idiota. Su viejo estaba jodido. Nada de lo que le estaba pasando era motivo de broma...

Pero tomarse las cosas en plan guasa era un recurso para seguir cuerdo.

—Venga, niño... Espabila que tu padre se me va a quedar helado...

Dakota agachó la cabeza para mirar a su madre. La ternura que usara al dirigirse a su marido, ahora se había evaporado de su voz, pero no de su sonrisa.

—Si tienes prisa, guapita, llama a Alfred —contestó él, desde su asiento, mientras se recogía el pelo con una goma.

—¿Y ese quién es?

Dakota se apeó del coche. A continuación, se quitó la cazadora y la dejó sobre el asiento. Abrió el maletero y sacó la silla de ruedas, y mientras la abría, se dispuso a explicarle el chiste a su madre. Era lo que le tocaba hacer siempre, y en aquel preciso momento, se sintió agradecido. Lo que tenía por delante en los próximos diez o quince minutos era cargar con su padre desvalido, un pensamiento por sí solo terrorífico, así que necesitaba ración doble de humor.

Mejor, triple.

Qué coño, pensó, lo mejor de todo sería un whisky con una raya de coca, en vez de dos piedras de hielo. Pero eso, dadas las circunstancias, no era una alternativa. Llevaba tanto tiempo sin tocar los vicios, como su padre alimentándose a base de pollo hervido y sopas de verdura. Sencillamente, no podía perder la cordura; nunca había tenido mucha, y la necesitaba toda.

Con una sonrisa divertida, Dakota empujó la silla hasta donde estaba Rosalyn.

—¿En serio no sabes de quién hablo? —mientras lo decía, acomodó el cuerpo de su padre para poder moverlo del asiento del coche hasta la silla.

Rosalyn, más pendiente de lo que su hijo hacía que de lo que decía, no respondió. Sin darse cuenta, agarró con firmeza las empuñaduras de la silla temiendo que se moviera y su marido acaba por los suelos.

—Vale, papá —dijo Dakota, tras pasarse los brazos de Doug alrededor del cuello—. Agárrate fuerte... Uno, me ayudas a ponerte de pie. Dos, nos damos la vuelta. Tres, te dejas caer sobre la silla, ¿entendido?

Su padre asintió con un leve pestañeo y Dakota respiró hondo.

A la voz de "uno", lo sacó del coche. El dolor en los riñones le informó del esfuerzo que estaba suponiendo soportar el peso de aquel hombre que medía lo mismo que él, y pesaba diez kilos más. La frente de Dakota se perló de sudor.

A la voz de "dos", lo alzó por la cintura apenas un poco, lo bastante para poder ponerse de frente a la silla sin que su padre perdiera la verticalidad. Cada uno de sus músculos y tendones debían estar trabajando a destajo, porque oía perfectamente los latidos de su propio corazón y estaba tan caliente que la piel le ardía. Fugazmente, fue consciente de la expresión en el rostro de su madre; había más que preocupación en ella. Era como si estuviera conteniendo el aliento.

Pero la siguiente etapa sobrevino de inmediato y por necesidad; ya casi no podía con el peso de su padre. Miró por el costado de su hombro que la silla estuviera donde debía, se inclinó un poco hacia adelante y lo dejó caer.

—¡Tresss...! —dijo en medio de una exhalación. Tuvo que cogerse de los apoyabrazos para no caer encima de su padre.

Volvió a incorporarse y echó la cabeza hacia atrás, respirando a todo pulmón. El pulso demoró unos cuantos segundos en serenarse, y a medida que volvía a ser consciente de sí mismo, lo primero que notó fue que estaba empapado en sudor, era como si acabara de salir de una sauna.

Miró a su padre.

—¿Seguro que no te dabas atracones de hamburguesas cuando las enfermeras se daban la vuelta? —Doug hizo un gesto con la boca, algo que a Dakota se le antojó que era un intento de sonrisa—. Pesas un montón, chaval.

Rosalyn le echó los brazos alrededor del cuello. Le dio tres besos, uno en cada mejilla, y un tercero en la frente. A Dakota, siempre con su punto burlón, le pareció que en todo caso sería una muestra de alivio porque su marido no hubiera dado con los huesos en el suelo.

—No se te ocurra cebarlo, guapa, porque el nene no lo va a cargar, ¿vale? —le dijo riendo, al tiempo que se la quitaba de encima como hacía siempre—. Y a ver si estamos más al día, porque anda que no saber quién es Alfred...

Rosalyn no sólo estaba aliviada, sino también agradecida. Y en cierto modo, feliz. Feliz por Doug, porque estaba vivo y de regreso en casa.

Y feliz por Dakota. Nunca había podido contar con él para nada, siempre había sido el eterno ausente que cuando aparecía no hacía más que traer molestias o problemas. Ahora, lentamente y no sin resistirse, se estaba convirtiendo en un adulto.

—Dime, a ver... ¿Quién es ese señor tan importante? ¿Uno de esos moteros amigos tuyos? —y esta vez, los tres besos fueron para su marido.

Dakota meneó la cabeza, y mientras subía la escalera que conducía a la casa, tirando de la silla de ruedas peldaño a peldaño con la consabida pausas para recuperar el resuello, se dedicó a explicarle a su madre, que "ese señor tan importante" era un personaje de ficción. El más famoso de los mayordomos; el hombre que estaba al servicio de Bruce Wayne, más conocido como Batman.

Después de acomodar a Doug en el salón y cambiarse la camiseta, Dakota se despidió de sus padres. Antes de regresar al pub, que había dejado a cargo de su amigo Evel, tenía que hacer otra cosa.

Se subió al coche y salió del jardín como si fuera a marcharse, pero se detuvo veinte metros más adelante, y aparcó. Sacó del maletero una gruesa carpeta de gomas y volvió a cerrarlo. Caminó hasta la casa de los Gibb, y antes de abrir la nueva verja negra, echó un vistazo a su propia casa. En el salón, su padre miraba la televisión donde él lo había dejado, de espaldas a la ventana. A su madre no la veía. Supuso que seguiría en la cocina, preparando algo de comer.

Cerró la verja tras de sí y se dirigió con paso decidido hacia la casa. Subió los ocho escalones, intentando concentrarse en lo que lo había traído hasta allí.

Y especialmente, negándose a pensar en la última vez que había estado con Tess. No recordó aquel impulso bestial que lo había llevado a acorralarla contra el taxi.

Ni qué alucinante había sido la sensación de tenerla tan cerca, de sentirla temblar.

Menos aún, en el evidente rechazo de las palabras que ella le había dedicado, que a él, sin embargo, le habían sonado a otra cosa...

No hizo nada de eso, pero ni aún así pudo evitar aquel vacío que le dio vuelta el estómago al tomar conciencia de que habían transcurrido tres meses desde entonces.

Tres meses. Parecían tres siglos.

Sacudió la cabeza en un esfuerzo consciente de apartar aquella sensación, y a continuación tocó el timbre.

Con suerte, conseguiría lo que había venido a buscar.

Y con mucha suerte, lo haría sin toparse con Morticia.

Richard Gibb no ocultó su sorpresa al abrir la puerta y verlo en su zaguán.

—¿Tu padre está bien? —le preguntó.

—Sí, sí... Le han dado el alta. Acabamos de traerlo. Está en casa.

—Ah... Bueno, me alegro... Mándales recuerdos míos a los dos... Pasa, por favor...

Dakota lo miró con una expresión que el padre de Tess encontró sumamente explícita.

—Estoy solo —le aclaró con una sonrisa comprensiva al tiempo que abría la puerta, invitándolo a entrar.

Siguió al dueño de casa hasta un saloncillo interior que en el semi-adosado que ocupaban los Taylor, la madre de Dakota usaba a modo de salita de planchado. Richard le ofreció un café, que él rechazó.

—Bueno, tú dirás...

Ya se sentía bastante incómodo antes de que sus ojos repararan en el retrato que había en la pared. Ahora, además de incómodo, se sentía imbécil. Sólo le faltaba ponerse a babear como un Boxer ante un trozo de carne.

Era Tess. Alguien la había sorprendido con una foto de primer plano mientras ella leía. Seguramente la habrían llamado y cuando ella levantó la vista... Clic.

Aquellos increíbles ojos de color indefinible sonreían detrás de sus gafas redondas, como las de John Lennon.

Richard siguió el curso de la mirada de su invitado, con un gesto ostensible. Éste se apresuró a desviarla, y empezó a hablar atropelladamente.

—Sí, sí... Disculpe, es que llevo unos días movidos... Esta mañana me mandaron ésto de la gestoría —le dio una palmada a la carpeta de gomas que había dejado sobre la mesa—, y si le digo la verdad, no me entero de nada... Llamé al gestor pero no fue muy útil... Me dice lo que ya sé sin necesidad de mirar estos papeles. Y no me dice lo que necesito saber... —tras una pausa, continuó—. Recordé que usted antes trabajaba en un banco y... ¿Cree que podría echarle un vistazo a ésto y decirme si lo mejor es dar el cerrojazo y salir corriendo... —el padre de Tess sonrió— o todavía queda alguna esperanza?

Richard asintió. Se quedó con la carpeta, pero no la abrió. En cambio, miró a su interlocutor.

—¿El pub lo estás llevando tú sólo?

—Sí. Se suponía que mi viejo tenía un empleado, pero cuando le dio el ataque hacía seis meses que ya no lo tenía.

—Entiendo... Y si ahora tu papá está en casa.... ¿Cómo está él?

Dakota hizo una mueca de resignación.

—Está vivo, que ya es decir... Yo pensé que no salía de ésta. Con la rehabilitación va mejorando, pero no se apaña él solo para casi nada...

—¿Y hay alguien que ayude a tu mamá?

—Yo —replicó, burlón—. Soy hijo único así que me toca.

—Pero si estás en el pub, pasas muchas horas fuera de casa... A eso me refiero.

Dakota suspiró.

—Mire... Voy día a día, paso a paso. Acabamos de traerlo. Ya pensaré la forma de partirme en dos, ¿vale? Ahora, lo que necesito es saber qué hay aquí —tocó la carpeta.

Fue entonces cuando el padre de Tess tuvo el primer indicio, que luego se confirmaría cierto al revisar los papeles, de la difícil situación a la que aquel joven con pintas de motero llevaba seis semanas plantándole cara en solitario

—Cuenta con ello.

Dakota asintió y se puso de pie.

—Gracias. Y ahora me voy... —sonrió— antes de que usted vuelva a estar acompañado.

Richard Gibb lo guió hasta la salida, donde se despidieron.

Y mientras lo veía alejarse por el jardín, pensó en lo extraño que le había resultado estar hablando de asuntos serios con aquel joven al que precedía el ruido de sus cadenas y colgantes. Cubierto de cuero y con el cabello atado en una coleta baja, pegaba más como extra de la película Easy Rider[9], que como cabeza de familia, en funciones, de los Taylor.

Qué vueltas daba la vida.

---

(9) Easy Rider: laureado road movie estrenado en 1969 sobre dos jóvenes que cruzan Estados Unidos en motocicleta para asistir al carnaval de Mardi Grass.

Último día del mes, y para peor, viernes. Estaba agotada.

Llevaba una semana durmiendo apenas tres o cuatro horas por noche, trabajando contra reloj para entregar todo el material a la imprenta; las últimas -últimas, de verdad- correcciones, con las bendiciones editoriales de Dios, sus ángeles y querubines. Adam Fairchild había sugerido (forma socialmente correcta del verbo ordenar) una última modificación... ¡a la portada, que contaba con la aprobación de *tooodo* el alto mando desde hacía semanas, por amor de Dios...!

Tess exhaló un suspiro. Presionó dos veces sobre el mando del dispensador de jabón y puso las manos bajo el grifo cuyo caudal estaba controlado por células fotoeléctricas.

Cada vez que recordaba que semejante jaleo se había organizado en torno a un manuscrito que ella había rechazado sin haber conseguido acabar de leer el primer capítulo... La novela que estrenaría el resucitado catálogo de Harcourt Publishers pertenecía a la pila de la "tercera ojeada". Increíble.

Al final, tuvo que reconocer, había quedado bastante satisfecha del resultado. Teniendo en cuenta el material del que había partido, podía haber sido mucho peor.

Dejó que el aire caliente le secara las manos. Seguramente, cuando sus hormonas volvieran a la normalidad vería el tema con mucho más gusto. La regla siempre la alteraba. Bastante. Y en esta ocasión, se le había sumado todo.

En fin, pensó, la primera novela, que se publicaría en febrero, ya estaba en el horno, y la próxima semana tendría la galerada corregida de la que saldría en marzo. Todo estaba bajo control. Eran las siete de la tarde, y había acabado su jornada laboral. En breve estaría en Sissy's K, disfrutando de la compañía de sus amigos.

No estaba mal para tratarse del último día del mes, y para peor, viernes.

Tess se echó un vistazo en el espejo. Hoy, su cuerpo le había pedido encarecidamente que dejara la falda y los tacones para mejor ocasión, de modo que llevaba unos elegantes pantalones color crema, unas botas de caña alta con un tacón moderado, y un jersey de mohair negro, de cuello vuelto. Había necesitado toneladas de maquillaje para que su rostro luciera un aspecto natural -a persona viva, y no a zombi-, pero a estas alturas del día empezaba a mostrar sombras oscuras bajo los ojos. El cabello, al menos, estaba bien, pensó mientras volvía a ponerse las gafas después de limpiarlas. Sedoso, con los rizos naturales cayendo sobre sus hombros en una melena de aspecto ordenado, y el flequillo en una onda bien formada, sobre el lado derecho de su rostro, dejándole la frente libre.

En aquel momento, sonó su móvil. Tess lo sacó del bolsillo de sus pantalones, y sonrió al ver de quién procedía la llamada.

—Ya lo sé, no me lo digas... —se adelantó la editora—. Te acaban de llamar para que sustituyas a alguien en un documental que se filma en alguna parte del globo y tienes que embarcar ya mismo. ¿Es eso?

Primero hubo un suspiro; luego, la voz quejosa de su amigo Terry.

—*Casi. Pero la fecha de embarque es el veinte.*

—¿De diciembre? —se quejó Tess.

Otro suspiro.

—*Sí. De diciembre* —otro bufido—. *Me acabo de enterar.*

Tess puso morritos.

—¿No puedes negarte? Es que... Me había ilusionado tanto con pasar la Navidad en tu casa...

—*Puedo* —dijo él—, *pero no debo. ¿Sabes cuánto vale la matrícula de Maddy?*

Tess sonrió. Maddison, la menor de las cuatro hermanas de Terry, soñaba con ser arquitecta. Era una estudiante excelente, el orgullo de Dolores Nichols, y cómo no, el ojito derecho de su hermano mayor. Haría cualquier cosa por esa niña.

—Entiendo —respondió Tess, formalmente, y a continuación sobrevino la broma—. Es eso, o prostituirte en el distrito gay, ¿no?

La reacción de Terry fue inmediata, que entre risas, se dispuso a hacer las aclaraciones pertinentes.

—*Oye, oye, oye, que mi bisexualidad no da para tanto, preciosa. Si hay que prostituirse, prefiero el papel de gigoló.*

Ambos soltaron la carcajada.

—*Tuve que aceptar, Tess* —continuó Terry—, *pero con suerte estaré de regreso la víspera de Nochevieja... y de todas formas... ¿por qué no pasas la Navidad con mi familia? ¿Qué más da que yo no esté? A ti te ven más que a mí, y ya sabes que en casa te adoran...*

Tess torció la boca. Ella también quería mucho a los Nichols, pero sin Terry no sería lo mismo. Además, no quería ser la invitada de piedra en casa ajena. Por más que esa casa no le fuera ajena. Quería el confort de lo conocido.

—Lo pensaré, ¿de acuerdo?

—*De acuerdo... ¿Estarás en Sissy's a las siete y media, o tendré que ir a buscarte a la editorial y llevarte a la fuerza?*

—Allí estaré, amigo mío. Allí estaré —se despidió Tess.

Varios minutos después de que colgaran, la editora continuaba en el mismo lugar.

Llevaba semanas consolando su "London blues" agudo a base de recordar, cada vez que éste la asaltaba, lo bien que lo pasaría esta Navidad en casa de los Nichols.

Ahora, el consuelo se había esfumado, dejando un paisaje invernal, desolador como pocos recordaba. Y la idea de tener que internarse en él durante los siguientes veinticuatro días le resultaba insoportable.

Tess inspiró hondo.

Insoportable.

Volvió a coger su móvil con decisión y seleccionó un número de la agenda.

Aquella tarde tampoco llegó a tiempo a Sissy's.

~14~

Londres, diciembre de 2007.

Tess lo vio primero y la reacción fue instantánea: de los ojos al estómago donde hizo acto de presencia un nudo que hacía al menos veinte años que no la visitaba, y de ahí a las manos, que dentro de los guantes, nadaban en sudor como si no estuvieran a tres bajo cero y lo que cubría las aceras y tejados de Londres, no fuera nieve.

Dakota miraba el escaparate de una tienda de jabones artesanales. Típico Londres en vísperas de fiestas navideñas, había un mundo de gente alrededor de él, pero Tess no veía nada más que aquel hombre alto vestido de gótico, dueño de una melena que más de una mujer envidiaba.

Durante un segundo consideró la posibilidad de escabullirse y evitar el encuentro. Desde que había llegado, hacía un par de días -y antes de que la persistente niebla sembrara el caos en los aeropuertos londinenses dejando a miles de pasajeros en tierra debido a la cancelación de vuelos-, apenas lo había visto de pasada, en una ocasión. El día anterior. A Tess le habría gustado detenerse un momento, especialmente después de saber, con dos meses de retraso, lo que le había sucedido a su padre, pero entonces, él no pareció verla y cuando el semáforo le dio paso, se alejó velozmente. En cualquier caso, ella iba con su hermana y detenerse no habría sido una buena idea. Abby estaba convencida de que Dakota estaba saliendo con una chica. Decía que algunas noches, lo oía llegar muy tarde. A pesar de lo cual, continuaba enviándole mensajes subliminales -y de los otros- que él ignoraba con la misma insistencia.

Pero ahora Tess estaba sola y hacía frío. Iba a resultar casi obligado sugerir continuar la charla a cubierto. Y eso era una pésima idea. Abby seguía suspirando por él, era su hermana y Scott *seguía* siendo un anti-héroe.

Uno once años más joven.

Decidida, Tess se volvió dispuesta a batirse en retirada, pero él la vio.

Dakota, por el contrario, no tuvo que pensarse si se acercaba o no. Cuando Tess fue a completar el giro, él ya estaba junto a ella, ocupando todo su campo visual.

—¿Ejerciendo de Santa Claus? —le preguntó—. ¿Cuándo has llegado?

Sin esperar a que ella acabara de reaccionar, se inclinó a darle un beso en la mejilla. Algunos mechones de su pelo acariciaron la nariz de Dakota, permitiéndole confirmar que aquel suave olor a flores que percibía no era del champú o del acondicionador.

El empujón de algún transeúnte apresurado despertó a Tess del sueño límbico con una intensa sensación de torpeza. Todavía tenía todo el vello de su cuerpo erizado y dijo lo primero que le vino a la mente, mientras juntaba coraje para mirarlo.

—Sí... Bueno, no... Sólo miraba... Me gustan los escaparates navideños... Me he traído los regalos de Boston... ¿Llegar? *Mmm...* Anteayer... ¿Y tú, qué haces?

Cuando finalmente sus miradas se encontraron, una sonrisa de chico malo le comunicó cuánto estaba disfrutando de aquel encuentro inesperado.

—De compras —respondió él, divertido por haberla puesto nerviosa con un simple beso en la mejilla— y algunos ratos, haciendo relaciones públicas... Medio mundo está por aquí hoy —ahora lo empujaron él—. Y otros ratos, tratando de que no me arrastre la marea... ¿Te quedas mucho tiempo?

—No... Me marcho después de Navidad. El miércoles.

—¿Tan rápido?

Sí, era un viaje relámpago surgido de una decisión relámpago. Tan pronto supo que no sería posible pasarla en Boston en compañía de su amigo Terry; una llamada a la agencia de viajes y un cargo en su tarjeta de crédito le habían procurado una Navidad en Londres en compañía de su familia.

Tess asintió con la cabeza varias veces y una sonrisa incómoda en el rostro. Debía marcharse; permanecer allí no era buena idea. Había un auténtico tráfico de gente en las calles que circulaba en doble sentido, lo que al añadir serios obstáculos a la comunicación le estaba poniendo en bandeja a él...

Primero fue una gota, luego otra, y dos segundos después, una cortina de agua fina pero persistente a través de la que Tess pudo ver con total claridad que la sonrisa de Dakota se hacía inmensa.

Cuando quiso darse cuenta, estaba sentada a la mesa del StarBucks de Covent Garden, frente a él, tomando café.

—Espero que no te importe el lugar... Es lo que estaba más cerca...

—No me importa —respondió—. Me gusta StarBucks. Es mi café favorito.

Él asintió. Chupó la pajita de su Iced Latte.

—¿En Boston es igual? La lluvia, quiero decir.

—No tanto —sonrió con picardía—. No acabas tomando café con el primero que te cruzas gracias a un chaparrón inesperado. Normalmente, se anuncia con más tiempo.

Dakota pensó que aunque no se hubiera puesto a llover, Tess no se habría librado del café. Estaba a punto de proponerlo cuando cayó la primera gota. Pero ella parecía empezar a recuperarse del otro acontecimiento inesperado del día, el de antes de la lluvia, y él no deseaba estropearlo. Le apetecía saber tantas cosas de ella...

—No tienes pinta de ser de las que van aceptando invitaciones tal que así —dijo mientras se deslizaba un poco hacia abajo en su asiento y estiraba completamente sus piernas. Luego se cruzó de brazos—. Yo me libro porque somos vecinos que si no...

Los ojos de la editora siguieron los movimientos de aquellos brazos como si estuvieran encantados. Llevaba la sudadera negra arremangada hasta casi el codo, dejando al aire una piel blanca de vello rubio, y unas muñecas pobladas de pulseras delgadas con cuentas.

Tess echó un vistazo a su alrededor. Una de las tres chicas que ocupaban la mesa próxima, dejó de hablar al ver que ella las miraba, y entre risas y cuchicheos siguieron a lo que estaban tan pronto Tess apartó la vista. Se preguntarían qué hacía un "chico como él" con una "anciana como ella", era evidente. Lo cual no hizo más que confirmarle sus propios pensamientos; no debía permanecer allí por más tiempo.

—Escucha... —empezó a decir. Dakota alzó los ojos por encima de su vaso de café y la miró, haciendo que ella deseara que la tragara la tierra. ¿Qué estaba haciendo allí con aquel niño guapo que apenas acababa de cumplir los veinticuatro? ¿Acaso había perdido el juicio?—. Creo que esto no es una buena idea.

Y no acabó de decirlo, que ya estaba manoteando sus cosas para irse. Se habían encontrado por casualidad, era cierto, pero ella sabía perfectamente cuáles eran sus pretensiones, ya que él, en ningún momento, se había molestado en ocultarlas.

—Lo mejor es que me vaya —añadió con decisión.

—¿*Qué* no es una buena idea? —apuntó él, risueño, al tiempo que tiraba suavemente de su manga, instándola a que volviera a sentarse— ¿Esperar a que deje de diluviar mientras tomas café en un Starbucks?

Tess suspiró. Se sentó a regañadientes, pero no se quitó el abrigo porque no pensaba quedarse. No debía quedarse. Diría lo que tenía que decir, y luego se marcharía. Diluviara, o no.

—Vivo en Boston, soy mucho mayor que tú, y mi hermana, que vive aquí y es de tu misma edad, está enamorada de ti.

—¿Y...? —replicó él, de lo más fresco.

—No seas cruel... —lo reprendió, como si se tratara de su hijo adolescente—. Y no te atrevas a tomar sus sentimientos a la ligera.

Él, sin embargo, lo tomó como solía tomarse todas las cosas; a broma.

—¿*Cruel*? —dijo Dakota, aguantando la risa— Joder, deberían multarte por hablar así...

Pero a Tess no le hizo ninguna gracia. Se limitó a bajar la vista mientras esperaba que las carcajadas cesaran, cosa que no tardó en suceder.

—A ver, ricura... —empezó a decir él con un tono no exento de cierta ternura—. Primero, paso de tu hermana, y segundo, estoy aquí contigo porque quiero...

Al ver que ella seguía con la vista baja, Dakota dejó la frase a medias. Extendió una mano y atrajo su barbilla, obligándola a mirarlo.

Ambos se estremecieron.

Y ambos intentaron ocultarlo a su manera: ella apartó la cara, evitando el contacto; él continuó hablando con su inseparable sonrisa burlona pegada en la suya:

—Que yo sepa, no te he pedido nada. Solamente te he invitado a un café... Así que, no le busques la quinta pata al gato, ¿vale?

—No lo has hecho, pero lo harás —sentenció Tess, y lo miró directamente a los ojos, ignorando el calor que le arrebolaba las mejillas.

Vaya.

"Esto es poner la directa —pensó Dakota al tiempo que se recostaba contra el respaldo, alucinado—, y lo demás, son chorradas".

La estudió un buen rato, en silencio, sin salir de su asombro. Desde la última vez que se habían visto, cuatro meses atrás, algo había cambiado en la forma en que se relacionaban. Esta conversación no tenía nada que ver con la "batalla dialéctica" que habían compartido en el verano a través de la valla que separaba los patios traseros de sus respectivas casas. Tampoco con el tono de los "consejos sentimentales" que le había ofrecido por email. Entonces, al recordarlo, él cayó en la cuenta de otro detalle. Tess le había asegurado que no volvería a Londres por Navidad, que no planeaba "disfrutar de otro jet lag" en mucho tiempo.

Pero era Navidad, y ella estaba en Londres. Tomándose un café con él, aunque dijera que era una mala idea.

El corazón de Dakota lo festejó con un redoble antes siquiera de que la pregunta acabara de tomar forma en su mente...

¿Había regresado por él, para volver a verlo?

Al primer redoble siguió otro, y otro más...

Y luego, una sucesión de estremecimientos, anunciándole que el número de revoluciones se acercaba peligrosamente al límite...

Y finalmente, una sonrisa incrédula... Cuando él se descubrió agradeciendo que aquel bendito lugar estuviera tan lleno de gente, y que ella, la mujer culpable de ponerlo como una moto, fuera alguien tan poco dado a los numeritos. De otra forma, el espectáculo estaría servido.

Sin embargo, cuando instantes después, Dakota volvió la vista hacia ella, él ya no sonreía. Lo vio incorporarse en la silla e inclinarse hacia adelante sobre la mesa, hasta que ambos estuvieron muy cerca. Tess arqueó las cejas en un gesto característico que solía poner cuando aquel niño impertinente decía algún sinsentido, o ella intuía que estaba a punto de hacerlo.

Pero mientras él permanecía en silencio, sus ojos se ocupaban de desnudarla, y ahora le devoraban los labios...

Dejando a Tess, literalmente, sin aire.

—Dime una cosa, nena... —murmuró, al fin. Su mirada ardiente se desplazó de la boca femenina, a sus ojos— ¿tengo pinta de ser de los que lo piden?

Ella tardó en sobreponerse al devastador efecto de aquel avance inesperado.

Tardó en conseguir que su respiración volviera a la normalidad, y también en lograr que el cerebro fuera capaz de centrarse nuevamente.

Con la vista fija en la pajita con la que removía su Mocca Frapuccino, a salvo de la intensidad de aquella mirada que aún la hacía temblar, Tess se tomó su tiempo, sabiendo que recuperaría el control de sus emociones. Así había sido siempre: no había llegado tan lejos en su vida y en su profesión por ser alguien voluble, precisamente.

Y así continuaría siendo.

—Lo harás, Scott —respondió cuando estuvo segura de que su voz sonaría firme y serena—. Y yo te diré que no. Porque vivo en Boston, soy mucho mayor que tú, y mi hermana está enamorada de ti... ¿Podrás soportarlo?

Ella se puso de pie y cogió sus cosas.

—*No tienes pinta* de ser de los que soportan que una mujer les diga que no.

Tess se alejó sin que Dakota hiciera el menor ademán de detenerla.

Su mirada, en cambio, dominada por el fuego que aún ardía en su interior, la siguió hasta que ella abandonó el local y se mezcló con la multitud que atestaba la calle.

La acera estaba escurridiza, convirtiendo el andar en un complicado juego de equilibrio. Sin embargo, Tess recorrió los primeros cincuenta metros sumergida en sus propios pensamientos, sin darse cuenta ni de la dirección que había tomado ni de que la lluvia la estaba empapando. Unos pensamientos que, básicamente, se reducían a una imperiosa necesidad de alejarse de allí, a protegerse de una situación en la que sabía que no debía verse involucrada. De unas sensaciones que no le convenía sentir.

No comprendía lo que había ocurrido en aquel café. Qué había dado lugar a aquel contacto, a aquella mirada cuyo sólo recuerdo la hacía estremecer, pero todo su ser se había puesto en retirada, como si la acechara un flagrante peligro.

Entonces, lentamente, Tess regresó a la realidad.

Estaba en Russell Street, frente al teatro Fortune, helada de frío, empapándose bajo un aguacero de cuidado... Recordó que en su bolso llevaba un paraguas plegable, y forcejeaba con él, que se había atascado y no acababa de abrirse, cuando sintió que una mano la asía por el antebrazo y la apartaba del medio de la acera, hacia la marquesina de una tienda próxima.

—¿Siempre dejas colgados a los tíos que te invitan a un café? ¿O es solamente a mí?

Oír aquella voz grave, *supermasculina*, le produjo un escalofrío que la recorrió a sus anchas movilizando reacciones en sectores de su cuerpo que dormían hacía meses. Tess no hizo el menor intento de responder. En cambio, se entretuvo retomando su forcejeo con el paraguas, decidida a volver a largarse. Pero Dakota se lo quitó de las manos de un movimiento limpio y con la otra, tras hacerla elevar su barbilla, señaló los ojos femeninos y luego los propios, exigiéndole con desparpajo que no evitara el contacto visual.

Tess no tenía tiempo y normalmente, tampoco ánimo para cafés o comidas, a menos que fueran por razones de trabajo. Procuraba ver a sus amigos, al menos una vez en semana, pero hacía meses que no tenía una cita. Y no era que lo echara en falta, pero hasta aquel preciso instante no había caído en la cuenta. Naturalmente, no tenía la menor intención de decirle eso.

—A los treinta y cinco, no quedas con un hombre para tomar café —respondió con desparpajo equivalente, pero se aseguró de retirar la mirada rápidamente y ponerla en su bolso, del que sacó un paquete de Kleenex.

Dakota se lo quitó de las manos, nuevamente, y volvió a exigir contacto visual, esta vez con palabras.

—Mírame.

Tess respiró hondo y con actitud más molesta que resignada, obedeció. Mantuvo su mirada en aquellos impactantes ojos marrones, a sabiendas de que la analizaban. La atravesaban de parte a parte, brillantes, cargados de la misma intensidad que la había hecho huir del Starbucks. Una intensidad que hacía años que no veía en los ojos de un hombre. Al menos, no cuando la miraban a ella.

—Te estoy mirando —se las arregló para decir, bastante compuesta.

—Si supieras cómo me pones cuando me evitas, dejarías de hacerlo... Me vuelves loco... *Muy, muy loco...*

El rostro de la editora se coloreó de un rojo fuerte al comprobar, por la expresión del joven, que aquellas palabras, excesivamente gráficas para su gusto, eran, además, veraces.

Pero ese punto desafiante que las reacciones de Dakota despertaban en Tess, hizo su aparición. Y lo hizo de una forma inesperada.

—¿Yo? ¿Es que tu interés ha resucitado? Tras dos meses sin "mensajes en cirílico" —las comillas fueron visuales— pensé que seguir tu consejo había surtido efecto...

El color de la cara de Tess subió un tono más en la escala de rojos.

"A que te como la boca en pleno Russell Street", pensó él, y su lenguaje corporal fue tan explícito que la reacción de Tess no se hizo esperar.

—¿Vas a usar la fuerza? —inquirió con un tono que Dakota interpretó como un "a que te cruzo la cara en pleno Russell Street", y que en vez de refrenarlo, lo excitó aún más.

Lo mismo le había dicho aquella noche -la de la borrachera de Abby-, junto al taxi. Entonces, él lo había dejado correr. Ahora, no.

—Me pones como una moto —dio un paso hacia ella, obligándola a elevar aún más el mentón para poder mantenerle la mirada—. Me pones como una jodida moto aunque no digas ni hagas nada. Y eso es algo que tu hermana no conseguiría de mí aunque se metiera en mi cama en pelota picada.

Tess tragó saliva. Sentía la boca pastosa y una extraña opresión en el pecho. Su cuerpo no parecía el de siempre. Los estremecimientos la sobrevenían en una sucesión continuada, cada vez más intensos, cada vez más evidentes. Una parte de ella se preguntó si él se daría cuenta; la otra, aún luchó por mantener el tipo.

—¿Que Abby no conseguiría...? —preguntó con aparente naturalidad, e hizo un mohín irónico—. Ya. En cualquier caso, no te preocupes, estoy segura de que se te pasará. Así es la naturaleza masculina; todo en vosotros es intenso, pero efímero.

Eso mismo venía repitiéndose él desde hacía cuatro meses. Que se le pasaría.

Pero no sólo no se le había pasado; había ido a peor.

La mirada ardiente de Dakota la escrutó durante una eternidad.

—¿Y a ti? ¿También se te va a pasar? —al ver el gesto interrogante de Tess, añadió—. Estás temblando. ¿Cuánto hace que un tío no te pone a temblar así?

Mucho.

Muchísimo tiempo.

—Hay tres grados bajo cero y estoy empapada —explicó ella al tiempo que se apartaba el paso que él había avanzado. Era una pésima excusa y ambos lo sabían—. ¿Ahora quieres hacer el favor de dejar este juego tonto y devolverme mis cosas para que pueda marcharme?

No era ningún juego.

El sexo en un lavabo de los "afterhours" era un juego. Los rollos de un fin de semana con alguna gatita, o con varias, en las kedadas[10] de moteros de Harleys eran un juego.

Esto no.

Cuando la tenía delante no pensaba en lavabos mugrientos ni en alivios rápidos, entre porro y porro, allí donde le pillara.

A Tess quería desnudarla despacio. Lamer cada centímetro de su piel. Comérsela entera. Saber cómo era cuando se abandonaba al placer...

Con Tess quería otras cosas porque ella le hacía sentir otras cosas.

Dakota tomó una mano femenina y la apoyó en su pecho. Dejó que lo que atravesaba la fina tela de algodón que los separaba de un contacto directo, entrara a través de las yemas de los dedos y le ofreciera las respuestas que, evidentemente, ella necesitaba.

Tess pestañeó varias veces intentando aclarar la vista que en un instante se había vuelto brillante. Sentía el aire tibio de la respiración de Dakota sobre su frente. Cerca, muy cerca. Él se había agachado, había bajado la cabeza para adaptarse a su altura.

Como si se preparara para decirle algo al oído.

O para besarla.

Instintivamente, Tess se humedeció los labios.

—¿Lo sientes? —preguntó él, en un murmullo suave—. ¿Te parece un juego?

---

(10) Kedada: (quedada) reuniones, concentraciones, etc. generalmente concertadas a través de Internet.

Seguía lloviendo, y la marquesina apenas les ofrecía un tímido cobijo. La gente pasaba a prisa frente a ellos; la mayoría ni siquiera reparaba en la extraña pareja que concentrada en su propio universo, y a pesar de tener un paraguas, no lo abría.

Bum-bum, bum-bum, bum-bum...

Por supuesto que lo sentía, repicando con fuerza bajos sus dedos, como si a través de ellos estuviera intentando comunicarse con el otro corazón.

Tess cerró los ojos y exhaló un suspiro triste.

Por supuesto que lo sentía.

Su mano abandonó suavemente el pecho, pero antes de apartarse, recorrió la barbilla masculina, en una caricia delicada.

Él se estremeció visiblemente. Quiso retenerla. A ella, a su caricia, aquel momento... Pero Tess había retirado ya la mano, sus ojos seguían, ausentes, el flujo de transeúntes, y la expresión de su rostro había adquirido la seriedad propia de quien está a punto de confesar algo realmente importante.

Habían pasado de página.

Se habían acabado las ironías y los tira y afloja. Lo que saliera de aquellos labios, esta vez, sería la verdad sin remilgos.

Y Dakota...

Dios, se moría por oírla admitir lo que él la hacía sentir.

En aquel momento, vio que la mirada femenina regresaba a él. Sus ojos claros estaban brillantes cuando enfocaron en los suyos.

—No estoy preparada para esto, Scott —murmuró Tess.

Durante un instante, Dakota se quedó inmóvil, intentando asimilar aquella respuesta inesperada.

El sonido de su nombre fue como otra caricia que enturbió sus sentidos. Era un sonido hechizante que suavizaba la contundencia del mensaje. "Scott" sonaba a promesa de una noche ardiente, enredado entre sus piernas; las otras cinco palabras...

Lo devolvían a la casilla uno.

Estaban en la casilla uno. Otra vez.

Dakota inspiró profundamente, dejando que su pecho se expandiera a tope.

—Vale —concedió.

Y meneó la cabeza en un gesto resignado que consiguió arrancarle a Tess una sonrisa culpable; sabía que acababa de decirle lo único para lo que ningún hombre tenía réplica.

~15~

"No estoy preparada para esto". ¿Por qué le habría dicho algo semejante? Ni lo pensaba ni lo creía. Sabía perfectamente que todo aquello no era más que un juego para él, uno en el que ella nunca había tenido el menor interés. Pero de aquellas palabras, cualquier hombre deduciría que lo había, que ese interés existía. Tess no dejaba de darle vueltas al tema.

Tras aquella frase desafortunada, ante la que él se había mostrado dócil como un gatito, se habían despedido. Esta vez sin besos en la frente ni en ninguna otra parte. Si había habido miradas impactantes, Tess no lo sabía porque se las había arreglado para evitar aquellos ojos perturbadores. Lo cual era de agradecer, ya que por lo visto, bajo su influencia a ella le daba por decir cosas realmente preocupantes...

Y ahora estaba allí, en pijama y pantuflas de Hello Kitty, sentada a la mesa de la cocina de la planta alta, devanándose el seso, mientras su padre echaba un vistazo al mecanismo de apertura de su paraguas plegable, ese al que tenía que agradecerle haberse pasado por agua aquella tarde.

—Pues ahora parece que va bien —dijo Richard tras verificar que el mecanismo no se atascaba—. ¿Había fallado antes? Porque cuando empiezan a dar problemas, lo mejor es tirarlos...

Tess levantó la vista de la taza que sostenía entre las manos y miró a su padre.

—Perdona, ¿qué decías?

—Así me gusta... Siempre bien atenta a lo que dice tu padre... —replicó echándole una mirada tierna—. ¿Mucho agobio en el trabajo?

—Sí, supongo... Lanzar un nuevo catálogo implica... —su móvil sonó indicando que había recibido un mensaje y Tess no completó la frase.

Cogió el aparato mientras calculaba mentalmente que por la diferencia horaria podía ser de Terry, incluso de Adam Fairchild. Aún no había verificado el correo electrónico y si había algo urgente...

Pero el mensaje no provenía de Estados Unidos, sino de la parcela contigua. Escueto y terriblemente preocupante, decía:

Estoy en el zaguán de tu casa. Sal o toco el timbre.

Tess abandonó la cocina sin hacer el menor comentario y corrió escaleras abajo. En un segundo, había olvidado que no estaba sola, que había dejado una frase a medias... Se olvidó de todo ante lo que le pareció una intromisión descarada, un atrevimiento inaceptable de un individuo a quien no le importaba nada más que sí mismo.

Abrió la puerta de calle dispuesta a decirle lo que pensaba de él, palabra por palabra, pero al verlo, imponente bajo la luz del farolillo del zaguán, dijo poco y en un tono que sonó a cualquier cosa, excepto regañina.

—Mis padres están dentro y Abby llegará de un momento a otro... ¿por qué haces ésto?

Él tampoco dijo lo que tenía pensado decir. Meneó la cabeza. La miró.

—Ni puta idea de porqué he hecho semejante gilipollez... ¿Te imaginas la que organizaría Morticia si me viera aquí?

Tess reprimió la sonrisa, pero sólo lo consiguió a medias.

—¿La llamas Morticia?

Él le echó una mirada burlona. Sin un gramo de maquillaje y con un vestuario bastante distinto del que usaba para hacer footing parecía otra mujer. Pero el efecto que producía en él era exactamente el mismo.

—¿Qué ha sido de los conjuntitos que me molaban tanto?

Tess se cerró el impermeable, un poco incómoda. Lo había cogido del perchero. Era de su padre así que le quedaba inmenso. Y mientras ella lucía aquellas pintas deplorables, él parecía salido de un figurín -de moda underground, pero figurín al fin-. Iba en zapatillas y vestía de negro, como era habitual: pantalones pitillo y una camisa holgada con cuello oriental cuyos primeros botones estaban desabrochados, revelando que debajo llevaba una camiseta del mismo color. Pensó que, a pesar de la cazadora de pinchos, le parecía poco abrigo para el frío que hacía, pero el pensamiento quedó atrás tan pronto reparó en su cabello. Lo llevaba suelto, partido al medio con una raya alta sobre el lado derecho de la cabeza, y caía sedoso rodeándole hombros y espalda. Nadie habría dicho que dos horas antes estaba chorreando agua en Russell Street.

—Están en la maleta —respondió—. Sólo los llevo cuando hago footing.

Él asintió. Se puso las manos en los bolsillos de los pantalones y permaneció en silencio un momento, mirándola.

—¿Harás footing mañana?

Tess se cruzó de brazos en un gesto de frío, a sabiendas de que estar helada y temblar no tenía que ver con la climatología. Se sentía nerviosa, inquieta. Abby podía llegar en cualquier momento. O sus padres salir a ver qué ocurría...

No, se dijo, no era sólo eso. Era él, su presencia, su proximidad...

Y su voz. Aquella voz grave, profunda, escandalosamente masculina... Que no casaba nada con su aspecto de niño.

—Claro —replicó—. Salgo a correr todos los días.

Él volvió a asentir.

—¿A las siete? —no añadió un "como siempre", pero Tess tuvo entonces la certeza de que los encuentros que había creído casuales, no lo eran y eso la hizo sentir de forma más extraña aún.

—Sí, a las siete.

Una sonrisa divertida iluminó la cara de Dakota. Debía estar muy enfermo, y tenía que ser un virus malísimo el que estaba destrozándole el cerebro. No había otra explicación para lo que estaba sucediendo. No había otra explicación para seguir a un metro de distancia de aquella mujer cuando lo único en lo que podía pensar era en las ganas que tenía de darse un festín con ella.

De ella.

—Vale. Mejor me voy antes de hacer otra gilipollez... —dijo Dakota con un punto humorístico.

"Sí, será lo mejor", fue el primer pensamiento que cruzó la mente de Tess. Seguido de un "vaya..." cuyos puntos suspensivos no se molestó en analizar. Finalmente, sobrevino la sorpresa.

—¿Otra...? —le preguntó en un murmullo, y tragó saliva sin completar la frase.

Dakota, al borde de las escaleras, paró en seco y se volvió. Sus ojos la recorrieron con avidez. Era la misma mirada que la había desnudado en el Starbucks, llena de admiración, de pasión, de deseo...

Con el corazón desbordado, Tess lo vio avanzar hacia ella, decidido. Invadir su espacio vital, forzándola a retroceder hasta que encontró la pared a su espalda. Entonces, sus brazos la rodearon en un abrazo intenso, que buscaba intimidad, del que ella no hizo el menor ademán de liberarse. Sus manos la tocaban sin pudor, en una exploración ardiente y descarada, mientras Tess, abrumada por la intensidad de lo que sentía, permanecía inmóvil, dejándolo hacer. Sin responder a su pasión, pero sin hacer nada para evitarla.

Dakota se dobló sobre ella, sus labios se abandonaron al fuego que ardía en sus entrañas, buscando adueñarse de ella, saciarse de ella a pesar de saber que eso no sucedería. Su lengua ascendió desde el hueco del cuello, saboreándola centímetro a centímetro en movimientos circulares. Su aliento jadeante, mezclado con saliva, dibujó un rastro húmedo que, zigzagueante, ascendió imparable. Avasallador, como él.

Excitante, apasionado como él. Arrasándolo todo a su paso.

Tess echó la cabeza hacia atrás. La apoyó contra la pared, exhaló envuelta en un suspiro.

Él empujó una rodilla entre las piernas de Tess, volvió a empujar, y mientras su boca se adueñaba nuevamente de la boca femenina, una mano seguía el mismo camino que la pierna, entre sus muslos.

Ella jadeó y contrajo los hombros cuando sintió que sus pezones, desnudos bajo la seda del pijama, se erizaban. El único brazo con el que él la sostenía, se cerró alrededor de su cintura mientras él devoraba sus jadeos, le comía la lengua, exploraba cada rincón de su boca con una avidez inédita.

—¿Qué tengo que hacer... para que me toques? —susurró él de forma entrecortada.

Se apartó un poco para poder mirarla. Con los ojos entornados y aquel rubor en las mejillas, sus labios entreabiertos...

—Dios... —murmuró, y volvió a hundirle la lengua en la boca.

Ella, instintivamente, tomó su rostro entre las manos, como si quisiera guiar sus besos....

O evitar que él se apartara.

Dakota empujó su propio cuerpo contra ella, atrapándola entre él y la pared, en un avance posesivo y sexual que los encendió a los dos.

—Joder... —dijo con desesperación, en susurros envueltos en besos cada vez más calientes—. ¿Y ahora... cómo hago para despegarme de ti, eh? Dime cómo...

Dakota siguió besándola y Tess no respondió. No sabía la respuesta. No tenía la menor idea de cómo acabar con ese momento que ninguno de los dos deseaba concluir. Y tampoco qué ocurriría cuando tuviera que alejarse ocho mil kilómetros de él.

En aquel preciso instante, no quería pensar en eso. No quería pensar en nada. Quería seguir allí, sintiendo lo que sentía.

La mano de Dakota profundizó el contacto íntimo entre las piernas de Tess, y exploraba la zona, atraído por la humedad cálida que, a través del delgado tejido de seda, le mojaba los dedos cuando el sonido de una voz, los dejó paralizados.

"¿Tess? ¿Qué haces allí fuera con este frío?"

Era su madre, que la llamaba desde alguna estancia de la casa.

Tras un primer momento de confusión, Dakota se apartó, jadeante. Tragó saliva e intentó recuperarse.

Tess reaccionó con cordura y tino.

—Hablo con mi jefe —respondió en voz alta al tiempo que le hacía señas a Dakota de que se marchara rápido y en silencio—. Dentro, la señal se pierde a cada momento...

—Mañana a la siete —dijo él en un tono que sugirió que no se le ocurriera no ir.

Ella asintió varias veces con la cabeza.

—Vamos, vete, vete...

Dakota se volvió a regañadientes y se alejó con paso rápido.

Tess inspiró profundamente un par de veces, se arregló el cabello y la ropa, y entró en casa.

Cuando Richard oyó que la puerta se cerraba, miró por la ventana con curiosidad.

Reconoció al instante la figura esbelta de cabello largo que, bajo la luz de las farolas, atravesaba la parcela vecina con grandes zancadas.

Y prefirió no hacerse preguntas.

Tess tampoco quiso hacérselas. Horas después, sola en su cama, continuaba completamente desbordada por sus emociones, unas emociones que siempre se había jactado de mantener bajo control. Sabía positivamente que toda decisión que tomara en esas circunstancias sería una decisión equivocada.

Y también sabía, porque ahora había tenido ocasión de comprobarlo, que cuando se trataba de Scott Taylor, las resoluciones que tomaba, inexplicablemente, se convertían en pólvora mojada en su presencia.

~16~

Londres, 24 de diciembre de 2007.

Aquella mañana, la Puerta Richmond, que permitía el acceso motorizado al parque, mostraba a los escasos transeúntes, una atracción inusual y pintoresca: un hombre vestido con chaqueta y pantalones a prueba de agua, que descansaba parcialmente sentado sobre una gran moto roja aparcada en línea paralela a la porción izquierda del muro. Contemplaba el panorama a través de la visera levantada de su casco, ajeno a la lluvia que resbalaba de él y se deslizaba por su traje. Llevaba veinte minutos allí, pasándose por agua.

Dakota sacó el móvil del bolsillo interior de su cazadora. No había mensajes ni llamadas perdidas y eran las ocho y doce minutos. Estaba claro que hoy la editora no saldría a correr "como todos los días". Había efectuado su recorrido habitual y otros dos alternativos que le había visto usar en las vacaciones de verano, y nada. La lluvia fina, pero persistente que caía de manera intermitente desde la madrugada no podía ser la razón; la había visto capear peores temporales en su práctica saludable. Así que el motivo de que no viera ni rastro de ella en ninguna parte, estaba relacionado con él.

Tenía su lógica, rara porque las mujeres eran muy raras, pero la tenía, y no era que le gustara haberse caído de la cama a las seis y media de la mañana un día que libraba para quedarse de florero en el Parque Richmond, pero le encantaba el "mensaje oculto en la botella".

Dakota se cerró la chaqueta hasta arriba, y puso en marcha a Princesa.

Su famosa sonrisa ladeada volvió a iluminarle el rostro cuando el pensamiento atravesó su mente.

"Anoche te dejé K.O, ¿eh?".

Pues como diría la editora, *había sido mutuo.*

Todo aquello había sido inesperado para Tess, el encuentro fortuito en Covent Garden, la conversación que habían mantenido, aquel sms -doblemente, por el contenido y porque ignoraba que él conociera su número de móvil-...

Y por supuesto, lo que había sucedido en el zaguán...

Cada vez que el recuerdo acudía a su mente, y lo hacía constantemente, pasaba de la confusión a la vergüenza, con largas paradas en un resabio amargo por haberse colocado en una situación que no conducía a nada, y que de saberse...

No era capaz de imaginar las consecuencias si aquello trascendía, y llegaba a oídos de Abby.

Se sentía física y emocionalmente desbordada por las circunstancias, exhausta por no haber pegado ojo en toda la noche, y completamente segura de que no habría resistido el recorrido de siete kilómetros; se habría desmayado de agotamiento a mitad de camino.

O de la impresión de volver a verlo después de lo que habían compartido la noche anterior, en la penumbra de aquel rincón escondido.

Dios santo... ¿Qué habría sucedido si su madre no hubiera interrumpido aquel apasionado intercambio de besos y caricias?

No podía volver a verlo. Era de sentido común evitar todo nuevo contacto hasta que volara de regreso a Boston.

Sí, desde luego, lo más seguro y conveniente para todos era que se mantuviera a distancia prudencial de Scott un par de días más...

Empezando por aquella misma mañana y su sesión diaria de footing, a la que renunció sin pensárselo dos veces.

Sin embargo, haber renunciado a ella no alivió a Tess, en absoluto.

Al contrario.

Se pasó el resto del día temiendo que él la llamara, o peor aún, que volviera a presentarse en su zaguán y...

Tess se tocó el bolsillo del elegante vestido corto, tipo jumper, para cerciorarse de que su móvil no estaba sonando. La casa estaba llena de gente desde primera hora de la tarde, y como era habitual en todas las reuniones multitudinarias, la música estaba tan alta que todo el mundo hablaba a los gritos.

Los hombres se habían reunido en el salón principal, en torno a la televisión, que casi se oía más alto que la voz de Rihanna cantando su súper hit, Umbrella.

La cocina de la planta baja, el doble de tamaño de la que había en el primer piso, era el centro femenino de operaciones. Amelia y Fina amasaban *fetuccini* para dieciséis personas, mientras Stella e Isabel se ocupaban de la salsa pomodoro. A Tess y Abby les había tocado el postre; la primera batía claras a punto de nieve, mientras la segunda, más pendiente de lo que sucedía en la parcela vecina, montaba nata junto a la ventana.

—Abby, cariño, deja en paz a tu príncipe y bate que si no, no se hace...

La voz de Stella rebosaba picardía, pero no fue eso lo que provocó que Tess la mirara sobresaltada. Seguía sumergida en sus propios pensamientos de los que la palabra "príncipe" la había sacado abruptamente.

Pero cuando empezaba a tranquilizarse al comprender que el tema no iba con ella, y justo cuando la música dejó de oírse, su móvil empezó a sonar. De Rihanna a Coldplay, el cambio no podía pasar inadvertido.

A esas horas, aquel día, sólo podía tratarse de una persona. El "príncipe" de Abby estaba llamando a Tess. Horror de horrores.

La editora recorrió la distancia que separaba la cocina del baño, en el aire.

Entró, cerró la puerta y atendió la llamada con los nervios de punta.

—*Quiero verte* —oyó que le decía una voz terriblemente masculina que conocía tan bien como el escalofrío que le recorrió el cuerpo al oírla.

—No.

Ahora el escalofrío lo recorrió a él. "No", sin más.

Joder. A Morticia no había Dios que se la quitara de encima, y la hermanita mayor, que él se moría por tener encima -o debajo, lo mismo le daba- le soltaba un "no", y se quedaba tan fresca.

—*Quiero verte* —repitió él.

Desde el otro lado de la onda le llegó un suspiro malhumorado.

—¿Te basta con una foto? —dijo con aquel punto desafiante que a él le encantaba, aludiendo a la que él le había enviado a ella hacía unos meses.

Un segundo escalofrío le recorrió el cuerpo. Según iban sus reacciones físicas, no le bastaría. En todo caso, sería un mal apaño. Pero en aquel momento, que se disponía a ponerla contra la espada y la pared sin piedad, oyó que algo rompía el silencio del otro lado de la línea.

Toc. Toc. Toc.

"¿Estás ahí, Tess? Tía Meg está al teléfono..."

—Sí, mamá, sí... Dile, por favor, que en un momento me pongo... —respondió ella en voz alta, y luego en un susurro, se dirigió a Dakota—. Tengo que colgar. Escucha... Hoy no es posible. Toda mi familia está aquí. Mañana hablamos, ¿de acuerdo?

Dakota hizo una mueca de disgusto. Soltó, en mímica, el mismo taco que soltaba siempre que volvía comprobar lo difícil que era todo con aquella mujer; un sucinto "mierda".

Sin embargo, cuando habló, una vez más, sus palabras mostraron otra cosa.

—*Vaaale...* —sonrió—. *Feliz Navidad, bollito.*

Tess llegó a escucharlo a pesar de que ya se había alejado el aparato del oído.

Llegó a oír aquel tono divertido que él siempre parecía dispuesto a sacarse de la manga en el momento más inesperado. En esta ocasión, creyó reconocer un dejo suave, hasta cierto punto dulce, que tuvo un efecto certero en ella.

Tan certero, que volvió a ponerse el móvil junto a la oreja.

"Feliz Navidad a ti también, Scott", murmuró antes de cortar la comunicación.

La tarde fue amena, entrañable como la recordaba Tess. El Trivial y el Monopoly, juegos favoritos de los mayores, dieron paso a los de los más jóvenes, la Wii y cómo no, Super Mario Bros. En ningún momento faltaron las charlas y las risas, ni aquel ambiente festivo que las Baldini lograban crear con media docena de globos y unas cuantas guirnaldas. Para Tess eran mujeres excepcionales, todas ellas. Y hoy, además, lucían espectaculares, elegantes y recién salidas de la peluquería donde Abby había dado rienda suelta a su creatividad. Salvo Amelia que se negaba a renunciar a su estilo "Lady Di", todas estrenaban corte y color. El más llamativo era el de Stella; un rojo fulgurante, muy a tono con la época. El más logrado, en opinión de Tess, era la melena escalada con reflejos caoba de tía Isabel, la esposa del único hombre Baldini de la familia, que la madrileña lucía con garbo. Y el más socorrido, el suyo. Tess no era dada a las innovaciones cuando se trataba del cabello. No disponía del tiempo necesario para mantener un corte exigente o un tinte, por lo que siempre se decantaba por una media melena, con su rizado y color natural. Pero hoy, y sólo por contentar a su hermana pequeña, había permitido que ella le hiciera un recogido que le dejaba la cara completamente despejada. Dos broches de terciopelo, un millón de horquillas, y laca a discreción. Cuando acabara la noche y pudiera lavarse el cabello se sentiría más a gusto, pero tenía que reconocer que le agradaba el resultado final.

Era Navidad, y desde luego, el árbol -adornado con tantos complementos que se había caído dos veces- y el pequeño pesebre de barro pintado a mano ocupaban un lugar preponderante en el gran salón que miraba a Old Elm Street, como correspondía a una familia de tradición católica. Pero, de alguna manera, tuvo que reconocer, siempre era Navidad en aquella casa.

Tess conversaba con su padre, y casi se había olvidado del preocupante asunto del vecino de al lado, cuando escuchó que Stella hablaba -a voz en cuello- con alguien desde la ventana del salón, que había abierto de par en par, a pesar del frío que helaba hasta los pensamientos.

Padre e hija volvieron la cabeza para ver como Abby se asomaba, comedida, junto a su tía.

El rostro de la editora fue palideciendo poco a poco cuando comprendió lo que sucedía.

—¡Eh! ¡Feliz Navidad, chicos! ¿Por qué no pasáis a brindar con nosotros? —ofreció Stella, *superanimada*.

Y más palideció aún cuando escuchó la voz de Dakota que respondía:

—¡Feliz Navidad! Aceptaría, pero mi madre está a punto de servir la cena. Salimos a por leña... ¡Vaya frío!

—¡Venga Dakota! ¡Una copita y os vais! —lo animó Abby, loca de alegría ante la sola de idea de tenerlo en el salón de su casa aunque fueran cinco minutos.

Él volvió a rehusar, amablemente. Abby insistió. Stella, ni corta ni perezosa, salió de la casa, atravesó el jardín y cuando regresó, traía un motero a cada lado.

Si fuera creyente, le daría gracias a Dios y a todos sus santos por aquella oportunidad de salirse con la suya que le había llovido del cielo, pensó Dakota mientras seguía a la mujer del pelo rojo a través del pasillo. A pesar de que tendría que soportar a Morticia, las ganas de ver a la hermanita mayor tiraban de él con la fuerza de diez locomotoras. Hasta tuvo que parar de golpe para no llevarse por delante a la tía de Tess cuando ésta se detuvo a la entrada del salón en vez de entrar.

Para la editora, en cambio, las cosas eran distintas. En medio del intercambio de saludos dirigido por Stella, y sus propias ganas de que la tierra se abriera y la tragara entera, reconoció al chico que había entrado junto con Dakota.

Lo recordaba de aquella noche memorable en la que Abby había perdido completamente la chaveta, y ella había tenido que cargarla, borracha como una cuba, de regreso a casa.

Aunque la cualidad de "memorable" se la había dado otro suceso, que ahora prefería no recordar.

Dakota había detectado la figura de Tess antes incluso de entrar al salón.

La visión de aquel nuevo peinado, tirante, que le daba un aire tan sexy... Y aquel vestido negro, entallado...

Y aquellas piernas de infarto, sumado al subidón del día anterior -que seguía sin bajar-, fue como una corriente eléctrica que le recorrió la espalda y se clavó en la entrepierna. Empezó a sudar sólo con pensar en lo que ocurriría si no apartaba los ojos de aquellas pantorrillas.

Y los apartó.

No era la clase de tipo al que le importara la opinión ajena ni el que dirán, y sí era de la clase que hacía lo que le daba la gana, sin contemplaciones. Por eso sabía perfectamente que si en este caso no lo hacía -atravesar el salón y fundirse con Tess en un abrazo-, no era por él sino por ella. Estaba más tiesa que un paraguas, de pie junto a su padre quien, dicho sea de paso, tampoco parecía muy relajado.

¿Desde cuándo los "subidones" lo ponían tan compasivo? Que él supiera, no tenían ese efecto.

"Deja de pensar en subidones, chaval" se dijo.

Mejor deja de pensar, y punto.

—Abby, ¿por qué no traes dos copas para Dakota y... ¿Evel? —Amelia miró al joven del jopo en cresta con expresión dudosa, y éste fue a contestar afirmativamente, pero la intervención de Stella lo dejó con la palabra en la boca.

—Fina, ve tú, por favor —dijo Stella echándole una mirada con segundas a Amelia. La niña tenía que quedarse. ¿O acaso pensaba que había organizado todo aquello por quedar bien con el vecino?

Abby miró a su madre de muy mala uva, y Dakota, que seguía la jugada con atención, anticipó el resultado. Había alguien que estaba deseando tener una excusa para quitarse de en medio.

Dicho y hecho.

—Voy yo —dijo Tess, y cuando lo hizo, Dakota tuvo que esforzarse para mantener a raya ojos y sonrisa. Aún así, su mirada la siguió con disimulo hasta que ella abandonó el salón.

Y continuaron atentos a la puerta. No quería perderse el suave vaivén de sus caderas al andar sobre aquellas botas tobilleras de tacón bien fino. Era un tipo de calzado que a la mayoría de las mujeres les quedaba bien, pero en Tess... Dios, qué piernas tenía esa mujer...

—¿Y qué tal sigue tu padre? —preguntó Amelia, ya que él, por lo visto, seguía igual que siempre: vestido de sepulturero, lleno de colgajos metálicos y con aquellas espantosas crenchas.

Evel codeó a Dakota para que regresara de Babia. Algunos se percataron de ello.

—Da la brasa igual que siempre —respondió él, con desparpajo—, así que supongo que se puede decir que está bien.

—Pues deberías dar gracias a Dios, porque no son tantos los que sobreviven a lo que tuvo tu padre... —comentó Fina en tono de regañina. Los modales de Dakota nunca habían caído bien entre las Baldini—. No hablemos de que se esté recuperando tan bien de las secuelas... Eso es casi un milagro...

Dakota se limitó a mirarla con el mismo desparpajo con que había hablado y no dijo nada. Que le hablaran a él de milagros, pensó con sorna, un mecánico de Harleys, en paro, reconvertido en tabernero de un pub con más agujeros en sus cuentas que el calcetín de un pobre. Daría para viñeta de cómic, si no fuera porque el pub "agujereado" era la única fuente de ingresos de los Taylor, y él -el mecánico reconvertido-, tras la baja forzosa del cabeza de familia, el único en condiciones de hacerse cargo de la situación. Aunque no tuviera ni zorra idea de cómo hacerlo.

—Abby ¿no le ofreces ningún dulce a Dakota y su amigo? —terció Stella, empujando suavemente a su sobrina hacia los jóvenes. Acto seguido, inició una maniobra de distracción—. ¿Sabes a quién le pasó lo mismo que a Douglas, Fina?

Pronto las hermanas se enzarzaron en una breve conversación acerca del hijo del pescadero, y Dakota se encontró con Abby intentando iniciar otra con él.

Dios, o quien fuera, le diera paciencia.

Casi prefería los detalles morbosos del pobre chaval que había caído fulminado encima de un cajón de gambas congeladas con la tienda llena de clientas. Habría causado una histeria colectiva, seguro.

—¿Brownies o cookies de naranja? —invitó Abby.

Dakota miró la primorosa bandeja decorada con motivos navideños sobre la cuál se alineaban perfectamente seis hileras alternadas de brownies y cookies; luego, a su portadora. Ella era todo sonrisas, y también estaba decorada con motivos navideños; llevaba un traje de Mamá Noel con gorrito y todo. El colmo de la seducción.

—Ni brownies ni cookies —replicó.

—Ya veo que no eres un chico muy dulce.... —comentó ella sin perder la sonrisa, y se giró hacia Evel—. ¿Y tú?

A él, en cambio, le encantaba el traje. La falda era corta. La chaqueta se ceñía lo justo. Y lo que había dentro de la falda y de la chaqueta, le gustaba muchísimo.

—Yo sí. Dulce a tope —respondió Evel con una sonrisa galante mientras se acercaba a coger un brownie.

Dakota meneó la cabeza. Vaya dos. ¿Dulce a tope, había dicho? Si no le ponía ni azúcar al café... Era capaz de zamparse la bandeja entera con tal de ligar con Morticia.

—Dulce... Romántico... *Forrado*... —apuntó Dakota, y miró a Abigail—. Es un chollo. Te lo digo yo que lo conozco desde hace años.

Abby le hizo un gesto burlón, volvió a dejar la bandeja sobre la mesa y se dispuso a ver si averiguaba lo que realmente quería saber.

—¿Habrá alguna fiesta en tu pub en Nochevieja?

—Sí... —empezó a decir Evel, entusiasmado con la idea de que ella asistiera.

—No —lo interrumpió Dakota, que no estaba nada entusiasmado con la idea de aguantar a Morticia también en Nochevieja—. Es una fiesta privada. Me alquilan el pub para...

Entonces, él dejó de hablar.

No acabó la frase y su mirada cambió de ángulo. La entrada de Tess en la sala con una copa de alguna bebida burbujeante en cada mano, y aquel contoneo *superdelicado* que le ponía el vello de punta, concentró toda su atención.

Otro codazo de Evel, esta vez más fuerte, lo devolvió a la realidad.

—Sírvete, muchacho —dijo Amelia ofreciéndole una de las copas que había traído su hija. La otra se la entregó al amigo.

En aquel momento, desde el fondo del salón donde estaban sus cuñados, llegaron risitas y comentarios que empezaron a extenderse.

—¿Qué? —dijo la madre de Tess, volviéndose con los brazos en jarra—. ¿Qué estáis murmurando por ahí?

Sonó la primera carcajada. Luego otra, y al final, el marido de Stella habló aguantando la risa al tiempo que señalaba con un dedo la ramita que colgaba de la araña, justo encima de ella.

—Estás bajo el muérdago, cuñada —logró decir Tony, y explotó en carcajadas. Sabiendo lo que ella pensaba del "pelilargo" vecino, antes besaría a Alfredo -su perro Gran Danés-, que a Dakota.

Las risas arreciaron.

—De eso, nada —intervino Richard, quien menos esperaban que lo hiciera, y mirando al vecino con una sonrisa, añadió—: Tengo dos hijas solteras; no se te ocurra besar a mi esposa.

Los ojos de Dakota pasaron revista a las "dos hijas solteras"; a una estaba a punto de tragársela una sonrisa, y la otra acababa de bajar la cabeza tras cruzarse de brazos, como si tuviera frío. Apostaba el cuello, y no lo perdía, a que Bollito estaba buscando alguna grieta en el suelo por donde desaparecer sigilosamente.

Y lo peor fue que darse cuenta de lo mal que lo estaba pasando Tess, hizo que él se ablandara como un merengue recién batido.

—¿Tanto tienes que pensártelo? —intervino Stella, risueña—. Chico, que no se diga...

No tenía que pensárselo. El "merengue" en que se había convertido, estaba a punto de desmoronarse a cachos y ponerlo todo perdido de pegotes pringosos.

Dakota apuró su bebida.

—Feliz Navidad a todos —dijo con su sonrisa ladeada y le entregó la copa vacía a Amelia—. Tenemos que irnos. Me esperan para cenar... Vamos, Evel.

Todos respondieron al saludo y Stella se adelantó para acompañarlos a la salida. Abby tardó menos de un segundo en unirse a su tía.

En aquel momento, la mirada de Dakota se cruzó con la de Tess, antes de que él y su amigo abandonaran la estancia...

Y saltaron chispas.

Fue un instante y un millón de voltios que los atravesó a los dos, de parte a parte.

Un milisegundo rabiosamente intenso...

Que no pasó desapercibido a Richard. Y tampoco a Fina, que picada por la curiosidad, se apresuró a seguir a Tess al saloncito contiguo donde estaba la alacena, con la excusa de ayudarla a poner la mesa para cenar. Y una vez allí...

—¿Has visto cómo te miraba Dakota? —oyó que su tía le comentaba en voz baja.

Claro que lo había visto, y todavía seguía preguntándose cómo era que no había explotado en llamas por combustión espontánea. Aún temblaba. Pero si había conseguido salir bien librada de aquel momento, no iba a estropearlo ahora con palabras.

—¿A mí? —respondió con fingido desinterés mientras repasaba la vajilla con un paño—. Claro que no. Te habrá parecido...

Fina le quitó el paño de las manos tras echarle una mirada con mensaje, y prosiguió la tarea de su sobrina.

—Oye, niña... Puede que esté un poco oxidada, pero soy una mujer y sé reconocer ese tipo de miradas cuando las veo...

En realidad, no era necesario ser mujer -u hombre- para hacerlo; bastaba con tener dos ojos útiles en la cara, pensó el padre de Tess que había seguido a tía y sobrina con toda la intención de intervenir en la conversación, y cortarla de raíz. Ya sólo faltaba una segunda cuñada arrimando leña al fuego.

—Y yo soy un hombre —dijo quitándole a Fina el paño de las manos, y poniéndose a la faena—, y te aseguro que a ese chaval lo único que le interesa es de color rojo y duerme dentro de su garaje.

Fina meneó la cabeza, miró a su cuñado con cariño. Se estiró a coger otro trapo del cajón de los manteles.

—¡Qué sabrás tú! En eso estoy de acuerdo con Stella; los hombres no veis nada aunque lo tengáis en vuestras propias narices...

Ni falta que hacía. En este caso, menos aún. —Ya que vosotros os ocupáis de esto, voy a ver si mamá necesita ayuda con la cena —dijo Tess, ansiosa por acabar con aquel asunto.

Richard miró cómo su hija desparecía de la habitación, y continuó repasando la vajilla junto a Fina que seguía citando ejemplos domésticos de ceguera masculina, usando a su propio marido de ejemplo, y su total incapacidad para encontrar el bote de ketchup en la nevera, a pesar de que siempre estaba en el mismo lugar del mismo estante. O sea, el que caía justo delante de sus ojos.

No pensaba rebatir la torpeza del escocés tranquilo y bonachón que Fina tenía por marido, ya que era ampliamente conocida por todos los miembros de la familia. Pero no estaba de acuerdo con la generalización. Hacía meses que *él* se había dado cuenta de que Dakota había descubierto algo que le interesaba, *fuera* de su garaje. Era más, estaba bastante seguro de ser el único de la familia que se había percatado.

Pero seguía teniendo la esperanza, por el bien de todos, de que se tratara de un interés pasajero.

Mientras tanto, en el jardín de la casa vecina...

—Es un bomboncito... —comentó Evel, señalando el comedor de los Gibb con un movimiento de cabeza.

Dakota sabía que no se refería al mismo en el que no dejaba de pensar desde hacía cuatro meses. Hizo una mueca de "no es para tanto" con la boca.

—Te dio su número, ¿no?

Evel se cerró su chaqueta "waterproof" de seiscientas libras, y empezó a calzarse los guantes.

Mientras conversaban, los dos hombres se dirigieron lentamente hacia la moto que estaba aparcada frente a la casa.

—Lo hizo para fastidiarte —apuntó Evel con simplicidad—. Está por ti, no por mí.

Sí, para su desgracia la niña era de ideas fijas y ésta se le había puesto entre ceja y ceja cuando iban al colegio y años después, allí seguía.

—Pues yo paso, ya lo sabes... —replicó Dakota.

Su amigo le echó una mirada irónica.

—De la menor, sí...

Los puntos suspensivos no le gustaron. No era asunto de Evel, por más amigos que fueran. Dakota se limitó a ignorar ambas cosas; el comentario y la mirada de su amigo, y cambió de tema.

—¿Cuándo vuelves del campo?

Evel asintió, dándose por aludido. Conocía perfectamente el blindaje de Dakota, pero cumpliría haciéndole saber lo que opinaba de aquella historia de locos, que no conocía a fondo, pero intuía:

—Te estás metiendo en la boca del león, tío, pero tú sabrás... ¿Que cuándo vuelvo? Cuando consiga librarme de las zarpas de mi viejo... No sé, el jueves con suerte.

Dakota volvió a ignorar su comentario.

—Vale. ¿Te pasas por el pub?

—A ver si puedo. Tarde, eso sí...

Los amigos se despidieron y Evel se alejó a bordo de su moto. Dakota aún permaneció allí unos instantes, con las manos en los bolsillos de su abrigo y la vista perdida en algún punto del suelo que pisaba.

Desde que el ataque de su padre lo había puesto al mando operativo de los asuntos familiares, no hacía más que vivir metido en el pub -con breves pausas para ayudar a su madre en el traslado o aseo del enfermo-, comer y dormir. La lluvia se había ocupado de lavar a Princesa porque él escasamente lo había hecho más que para repostar... Hacía dos meses que no se pasaba por el Ace Cafe a tomar una cerveza con los colegas, más aún que no se enrollaba con alguien... Era el período de abstinencia más largo que recordaba haber tenido desde que se había iniciado en el sexo compartido, hacía más de una década. Lo que explicaba muy bien su acelerón en el zaguán de los Gibb el día anterior.

Dakota sonrió para sus adentros. Meneó la cabeza.

¿Otra vez con eso? Ya le gustaría que la razón de aquel avance hubiera sido el clásico subidón agravado por semanas de sequía. Todo sería mucho más fácil así.

"Te estás metiendo en la boca del león...", le había dicho Evel. Qué ironía.

No era un león, sino una leona. Y ya se había metido en su boca.

Y lo único en lo que podía pensar desde entonces, era en encontrar la manera de volver a meterse en ella.

Dakota soltó un bufido. Regresó sobre sus pasos hasta la leñera y se agachó a recoger un último lote de troncos para la chimenea. Entonces, uno de ellos rodó empujando a los demás a su paso y pronto la ordenada pila quedó esparcida a sus pies. De mala gana, los apiló uno a uno. Mientras los acomodaba en sus brazos, echó un vistazo rápido a la ventana de la cocina de los Gibb. La luz estaba encendida y se oían voces, pero allí no se veía a nadie. Entonces, se percató de lo que estaba haciendo... ¿Esperaba que Tess estuviera apostada en la ventana, mirándolo a escondidas?

Tenía que haber perdido la chaveta para esperar algo así. Acomodó mejor los troncos y cerró la puerta de la leñera con el pie.

Loco o imbécil perdido, pensó.

Pero ni con esas pudo evitar dar otro vistazo a la ventana antes de entrar en casa.

Sin embargo, aunque él no la viera, Tess estaba allí, "mirándolo a escondidas".

No era su tipo, no tenía la edad adecuada, ni la formación adecuada, ni la personalidad adecuada... Y por si fuera poco, Abby estaba perdidamente enamorada de él.

Sin ninguna duda, Scott Taylor era el hombre menos conveniente del universo para Tess.

Pero, inexplicablemente, allí estaba ella, junto al cristal...

Incapaz de apartar los ojos de la esbelta silueta masculina que atravesaba el jardín de la casa vecina.

Desde el salón, su hermana Abigail tampoco podía apartar los ojos de Dakota. En su caso, en cambio, no había nada inexplicable en lo que hacía.

Él era perfecto, con su andar insolente, y su cuerpo espigado, y aquella increíble melena rubia...

¿Cómo no iba a mirarlo?

Abby exhaló un suspiro enamorado. Esperó hasta que Dakota desapareció de su vista y el jardín quedó desierto para apartarse de la ventana, y regresar a la mesa donde su familia empezaba a tomar asiento para cenar.

~17~

Aquella mañana Tess tampoco había acudido a su sesión de footing. Era su último día en Londres, ya que el vuelo que la llevaría de regreso a Boston salía a media mañana del miércoles. Sabía, sin embargo, que Scott no se quedaría de brazos cruzados. En cualquier momento sonaría su móvil, o peor aún, el timbre de la puerta, y ella tendría que inventar alguna excusa para atenderlo y rogar que nadie se diera cuenta... Además, realmente, no podía marcharse sin dejar aquel asunto aclarado. Si es que había alguna forma de aclarar semejante locura, cosa que dudada... Especialmente, después de lo ocurrido la última vez que habían estado a solas...

Pero mientras tecleaba el mensaje, no podía dejar de pensar que estaba intentando enmendar un error con otro más grande, y el nudo que tenía en el estómago, no dejaba de recordarle que aquello, por más que ella insistiera en lo contrario, no era un encuentro para aclarar nada, sino una cita.

Dakota estaba en la cama todavía cuando sonó su móvil, anunciando que había recibido un mensaje. Manoteó el aparato de la mesilla de noche sin encender la luz y cuando leyó el contenido, se sentó en la cama de golpe, completamente espabilado. "Saint James, puesto de refrescos junto a las pistas de tenis. Hoy. 10 am. Tess".

Miró qué hora era y saltó de la cama, sumergiéndose en una actividad frenética.

Le quedaba menos de una hora.

Se duchó en tiempo récord. Previendo que el clima seguiría igual de inclemente que en los últimos días, se puso pantalones de cuero negro y un jersey a juego, y como sabía que no le daría tiempo a secarse el cabello si se lo lavaba, lo peinó cuidadosamente sujetándolo en una coleta baja. Entonces no lo tuvo en cuenta, y tardaría varios meses más en hacerlo, pero la "normalidad" de su aspecto aquella mañana lo hizo resultar, por primera vez, atractivo a ojos de Tess.

Ella no llegó puntual; él sí. En circunstancias normales, le habría soltado un chascarrillo. Un "llegas tarde" que resaltara que Tess, que todo lo hacía bien, había hecho algo mal. Le gustaba picarla, meterse con ella, hacerla enfadar...

Hoy, en cambio, era diferente. No había una valla metálica que los separara, ni ella corría vestida con un equipo de deporte mientras él la seguía a bordo de Princesa intentado, infructuosamente, mantener una conversación... Estaban en aquel parque porque ella lo había citado allí, Tess se acercaba con su habitual paso seguro... Llevaba el cabello suelto y un abrigo azul marino largo a media pierna, de corte militar, que estilizaba su figura, y unas botas de tacón muy alto. Estaba preciosa.

Era preciosa.

Hoy todo era diferente, así que permaneció en silencio, mirándola.

—Gracias por venir. Espero no haberte sacado de la cama... —murmuró Tess.

Dakota se bajó de la barandilla donde estaba sentado y se volvió para coger los dos vasos de plástico que había apoyado sobre el pequeño muro de piedra, detrás suyo. No le importaba admitir que, efectivamente, dormía cuando recibió su mensaje porque tampoco le importaba en lo más mínimo que ella supiera que pudiendo salir, había preferido quedarse en casa la noche anterior. Siempre había hecho lo que le daba la gana y le traían al fresco las conclusiones que la gente quisiera sacar del tema. Pero, aunque a él siguiera sonándole a cuento chino aquel "no estoy preparada para esto", el agobio de Tess no sólo lo entendía perfectamente, lo percibía alto y claro, real como la vida misma. No le daría más en que pensar, sugiriendo que la razón de no haberse ido de juerga estaba de alguna manera relacionada con ella.

—Tranquila, no me has sacado de la cama —le ofreció uno de los vasos—. Toma, caliéntate un poco.

Tess aceptó el café de buen grado, y no porque sintiera el frío de aquella inclemente mañana invernal. Estaba helada, sí, pero era de los nervios, y tener una razón para apartar la mirada de aquellos increíbles ojos castaños, era estupendo si además le daba algo en lo que ocupar sus manos. Tomó el vaso con cuidado de evitar cualquier contacto casual, pero a pesar de los nervios no pudo dejar de reparar en lo que él había dicho; tampoco de sentir curiosidad, y desear saciarla. ¿"No lo había sacado de la cama" porque ya se había levantado para ir a trabajar, o porque aún no se había acostado?

—¿Abres hoy? —le preguntó con cautela al tiempo que empezaba a andar lentamente por el camino de gravilla.

Dakota la siguió. Ella mantenía un ritmo demasiado lento para él, que a pesar de haber reducido ostensiblemente el gran alcance de sus habituales zancadas, aún necesitaba detenerse a menudo para no dejarla atrás.

—No. Para cuatro locos que irán, no me compensa.

Él la vio asentir y dar un sorbo a su café. Sus ojos quedaron momentáneamente atrapados en el rápido movimiento de aquella lengua que humedeció los labios femeninos. Otro tanto sucedió con el cerebro, que registró la siguiente pregunta de Tess como en una letanía:

—¿Y para qué te has levantado tan temprano un día que no trabajas? ¿También haces footing?

Todo en ella lo atraía, lo evidente y lo que descubría a medida que pasaban tiempo juntos, a través de gestos tan normales como apartarse el cabello de la cara o retirar los restos de café de sus labios. Lo atraía hasta el punto de concentrar toda su atención, como si no existiera nada más.

—¿Yo? —negó con la cabeza—. Pero a veces me gusta ir a verlas correr... Hay una en especial que se pone unos conjuntos que son la bomba...

Tess volvió la cabeza para mirarlo con el remordimiento pintado en la cara. La primera reacción de aquella mañana también había sido renunciar a su sesión de footing, intentar evitarlo. Más tarde, había comprendido que no podía seguir rehuyéndolo, que necesitaban hablar de lo sucedido...

—¿Has estado esperándome, con el frío que hacía?

Dakota tuvo que hacer un esfuerzo titánico para no desayunársela, a modo de dónut para acompañar el café.

Había momentos en que no sabía a ciencia cierta qué conseguía detenerlo. Tampoco sabía qué era, exactamente, lo que lo ponía al borde del desenfreno de aquella manera. ¿Qué era eso que conseguía arrancarlo de *esta* realidad y sumergirlo en *otra* donde sólo estaba aquella mujer, el sonido de su voz, la forma en que sus labios se separaban cuando ella acercaba el vaso a su boca...?

Tess lo miró tímidamente, pero de inmediato apartó la vista. Él se había detenido, sus ojos le estaban desnudando el alma y ella...

De pronto, sentía las mejillas ardiendo y las manos empapadas en un sudor helado. Reanudó la marcha con los ojos brillantes al tiempo que meneaba la cabeza, en un gesto que bien podía ser de incredulidad o, lisa y llanamente, de vergüenza.

Y pensar que ella había acudido a intentar aclarar lo sucedido en el zaguán, que sumado a lo sucedido la noche anterior, había empezado a dar que hablar entre algunos miembros de su familia... Con lo ocurrido hacía un momento quedaba claro que se empezaban a acumular las cosas a aclarar.

—No puedo mantener una relación contigo. Porque es un locura y porque no soportaría romperle el corazón a mi hermana... Así que, por favor, no me lo pidas... —dijo sin tener la menor idea de dónde había sacado el valor para hacerlo y empezó a andar rápido, como si quisiera alejarse de allí. De él.

—Eh, eh, eh... —dijo Dakota con suavidad al tiempo que la detenía tomándola por un brazo—. Tranquila, ¿vale?

Ella liberó su brazo sin mirarlo. No era rechazo y él lo sabía, pero le dolió como si lo ignorara. La reacción sobrevino al instante.

—Vale, yo no te lo pido y tú no me rechazas ni me evitas. Porque ya sabes cómo me pones cuando lo haces, ¿o no?

Tess sonrió de mala gana. Aquello era un *gran* círculo vicioso.

—Es que cuando no lo hago, acabo entre tus brazos... Lo cual equivale a mantener una relación contigo.

Él se mantuvo en silencio unos instantes.

—Tienes razón —concedió, y una sonrisa ladeada apareció en su cara—. ¿Recuérdame cuál era la pega? Porque si te digo la verdad, a darte un buen achuchón yo no le veo ninguna.

Tess no rió el comentario y Dakota, en un principio, no insistió. Durante algunos minutos continuaron andando en silencio, uno junto al otro. Finalmente, ella se ocupó de depositar en un cubo próximo los dos vasos vacíos bajo la persistente mirada masculina, y regresó a su lado.

—No sé qué es lo que sucede entre nosotros —empezó a decir con la mayor calma posible—. Te aseguro que no soy la clase de mujer que... —¿qué se implicaba con adolescentes? Dios, sin llegar a decirlo ya le sonaba patético.

—¿Que sale con un tío si él le va, como hace todo el mundo?—apuntó Dakota.

Lo había dicho con el mismo desparpajo con que siempre apostillaba los comentarios de Tess. Y con un punto de humor. Porque en el fondo, encontraba divertida la gran ironía de la situación.

¿Cuántas eran las probabilidades de que a él una mujer le interesara lo bastante como para repetir cita? No había que pensarlo mucho para acertar la respuesta; ninguna. Las probabilidades eran cero. Normalmente, ni siquiera se acordaba de las caras -no digamos de los nombres- de las chicas con las que pasaba un rato. Pero de ésta, que hacía todo lo posible por pasar desapercibida y ni siquiera vivía en el país, no sólo podría hacer un retrato a mano alzada con los ojos cerrados, es que por más que lo había intentado, no conseguía dejar de pensar en ella.

Tess, a pesar de ser consciente de que la estaba mirando, se tomó su tiempo para responder, y cuando lo hizo, eligió cuidadosamente las palabras.

—Soy editora. Es un trabajo absorbente. No es mucho el tiempo libre de que dispongo, y normalmente, suelo emplearlo en ver a mis amigos —aclaró—. Y como estaba diciendo, no soy la clase de mujer que se toma este tipo de cosas a la ligera.

Lo miró buscando descubrir qué recepción tenían sus palabras, pero su expresión continuaba tan relajada como siempre y sólo lo vio secarse una gota que acababa de caerle en la frente. A la primera siguieron otras.

—Chica —dijo Dakota con expresión divertida—, como no echemos a correr, vamos a acabar caladitos otra vez —le ofreció su mano—. ¿Qué te parece si hacemos footing hacia una cafetería?

Ahora era él quien tenía razón.

¿En qué estaría pensando para citarlo en pleno parque, a cielo abierto?

Tess miró primero la mano extendida, y luego, a su dueño.

—¿Crees que necesito ayuda para correr?

—¿Con esos taconazos? *Síii...* —dejó caer, con malicia y le hizo un guiño—. Casi estoy por llevarte en brazos...

Volvía a tener razón. Calzaba unos soberbios tacones.

¿En qué estaría pensando para elegir semejante calzado con las pésimas condiciones meteorológicas de los últimos tres días?

Aunque teniendo en cuenta los recientes acontecimientos, quizás había sido *otro* intento inconsciente de acabar en sus brazos.

"Esta vez, literalmente", pensó con sorna, tras lo cuál decidió que lo mejor, era dejar de pensar.

Tess le echó una mirada socarrona y de muy mala gana, aceptó la mano que él le ofrecía.

La lluvia los corrió y de qué manera. Tras unas tímidas primeras gotas, sobrevino un aguacero que no tenía nada de tímido. Chocaba con violencia contra el suelo. Pronto, las aceras empezaron a cubrirse de charcos y entre el agua que levantaban los coches al pasar, y la lluvia, las previsiones de Dakota se cumplieron. Cuando finalmente lograron llegar a la cafetería, estaban casi tan calados como la tarde de Covent Garden.

El pequeño local de estética retro en rojo y negro estaba concurrido, y apenas consiguieron acomodarse en un extremo de la barra. Tess se sentó en el único taburete que quedaba libre, de espaldas a la barra. Dakota, de pie frente a ella, ocupaba prácticamente todo su campo visual. Tanta cercanía no era lo más aconsejable en aquellos momentos, pero tenía su lado positivo; entre tanta gente, y oculta tras el cuerpo de su acompañante, era difícil que alguien reparara en ella.

Él se inclinó hacia adelante para llamar a la camarera y su jersey pasó tan cerca de la nariz de Tess, que la hizo pensar que si se esforzaba un poco sería capaz de identificar la marca de suavizante que su madre había añadido a la colada. Olía muy bien.

Tanta cercanía no era nada aconsejable.

Entonces, él le preguntó qué quería tomar, hizo el pedido y volvió su atención a Tess.

—La próxima vez quedamos directamente en un lugar que tenga techo, ¿te parece bien? —comentó, risueño, al tiempo que retiraba de la frente femenina una gota que se había escurrido del cabello—. Ya está. Era una gota, nada más.

—¿Qué te hace pensar que habrá una próxima vez? —fue decirlo en voz alta y caer en la cuenta de que según habían ido las cosas entre los dos hasta el momento, lo más probable era que hubiera una próxima vez. Y una próxima a la próxima...

Tess no pudo más que sonreír y él hizo lo mismo. Al final, ambos reían.

Pronto, ella volvió sobre el tema.

—Olvidémonos, por un momento, de que Abby es mi hermana y de que yo soy quien soy... Me marcho mañana. No sé cuándo regresaré, pero seguro que pasarán varios meses antes de que vuelvas a tener la ocasión de verme en carne y hueso. Y suponiendo que tú continuaras interesado en invitarme a tomar un café, cosa que dudo, y que yo lo aceptara, cosa que también dudo mucho, volvería a marcharme en poco tiempo porque vivo en Boston... ¿Ves el sinsentido?

—Pues, no —respondió de lo más fresco.

—¿Cómo que no? Es obvio.

—No tenemos ninguna relación, pero podemos tenerla, y cuando la tengamos ya veremos la manera de seguirla teniendo si eso es lo que queremos... ¿Por qué le das tantas vueltas a todo?

Tess alzó las dos cejas, lo miró con una expresión llena de ironía.

—Alguien tiene que poner un poco de sentido común en todo esto ¿no te parece? No puedes, simplemente, dejarte llevar... Las cosas no se hacen de esa manera.

La sonrisa ladeada volvió a hacer acto de presencia.

—Pues, tú verás, pero a mí me parece que "dejarnos llevar" se nos da de fábula ...

Las mejillas de Tess enrojecieron, y en aquel preciso instante, tuvo ganas de matarlo.

—Soy once años mayor que tú, Scott. No creo que busques una relación seria con alguien como yo, y yo, desde luego no busco ninguna. Pero si lo hiciera, sería de naturaleza seria y con alguien de mi edad... Hace falta bastante más que atracción física para mantener el interés en otra persona cuando la magia de la novedad se esfuma. Eres demasiado joven para saberlo, pero créeme yo lo sé.

Él se acercó suavemente. Buscó su oído.

—¿Te apuestas algo a que dentro de diez años sigo manteniéndote igual de interesada?

Tess se apartó bruscamente. El calor de su aliento, aquella voz grave que resultaba mucho más magnética en un tono susurrante, su insolencia...

Todo eso que debería haberla impulsado a ponerse de pie y marcharse de allí, a protegerse de aquel individuo sin escrúpulos...

Sólo consiguió apartarla unos cuantos centímetros.

Y confundirla.

Y hacerla sentir terriblemente vulnerable...

Dios, ¿qué estaba haciendo aún allí? ¿Por qué no se alejaba a kilómetros de él, antes de que fuera demasiado tarde?

Entonces, Dakota miró a otra parte, sonriendo divertido.

—Me encanta cuando picas —afirmó con su habitual desparpajo.

Tess gruñó por dentro.

Las ganas de matarlo crecían imparables en su interior. Cuanto más lo miraba, mayor era el deseo de infligirle una muerte lenta y dolorosa a aquel crío insolente.

Su voz sonó bastante contenida cuando habló:

—¿Es que todo es una broma para ti?

Casi todo, ella no. Pero prefería que la conversación continuara en plan broma, que ella se relajara. Que lo pasaran bien.

—*Es que me encanta cuando picas...*Venga, no te pongas seria, bollito...

La conversación se vio interrumpida por la camarera, que dejó las dos consumiciones sobre la barra, y ninguno la reinició cuando ella se marchó.

Él le acercó su café. Puso un terrón de azúcar al pocillo de Tess, y dos al suyo.

Ella siguió con la vista los movimientos precisos de Dakota. Sus pensamientos, en cambio, estaban en otra cosa.

Recordaba lo mal que le sentaban sus bromas cuando hablaban a través de la valla que separaba ambas parcelas, durante el verano. Él le caía mal, le resultaban desagradables sus modales, y en general, su presencia.

Ahora, en cambio, y aunque a veces tuviera unas preocupantes ganas de matarlo, la incomodad que sentía no estaba relacionada con él, sino con las implicancias derivadas de ello.

Scott tenía la piel lustrosa, limpia de marcas o pelos, excepto por sus largas patillas y su media perilla, un delgado listón rubio de bordes perfectamente rectos que empezaban debajo de su labio inferior y acababa en la curva de la barbilla. Aquel rostro anguloso, sin siquiera una sombra de barba, era varonil, agradable de mirar.

Demasiado agradable de mirar, tuvo que admitir, pero no le gustó tener que hacerlo, así que reparó en la mano que ahora removía el café con una cucharilla.

No quedaban rastros de la grasa de motor con que siempre parecía llevarlas manchadas en el verano. Era una mano de hombre normal; ni sucia ni excesivamente cuidada.

Y aquella espectacular mata de cabello continuaba igual de larga, sólo que ahora, recogida en una coleta baja y bastante mojada por la lluvia, le daba un toque... ¿masculino? Sonaba a auténtico contrasentido, desde luego, pero esa era la impresión que le daba.

Sin cadenas ni cazadoras de pinchos lo encontraba atractivo.

Y eso le resultaba difícil de aceptar y de entender. ¿Cómo habían llegado hasta este punto?

Y lo que era peor, ¿qué sucedería a partir de ahora?

Dakota, consciente de que la mirada femenina lo estaba estudiando, sonrió para sus adentros y soltó el bombazo.

—Tengo varias fotos de perfil —la miró sonriente—. A ver si me acuerdo de mandarte una con el próximo mensaje...

Esperó ver aquel típico gesto que le encantaba. Ese que ella ponía cuando algo no le cuadraba. Todo el mundo fruncía el ceño, pero Tess no. Ella alzaba las dos cejas al mismo tiempo y aquellos ojos preciosos se clavaban en su interlocutor, en un gesto que equivalía a cargar armas y no dejar títere con cabeza.

Pero pasaron los segundos, y en cambio, lo que llegó fue una pregunta:

—¿Habrá más mensajes en cirílico? Vaya, qué suerte la mía...

En idioma repipi y con sus formas casuales de siempre, pero sí, ella volvía a sondearlo acerca de sus dos meses de silencio online.

Esta vez, Dakota acusó recibo. Si quería una explicación, se la daría.

—Lo de mi viejo fue un follón —admitió—. De pronto, las veinticuatro horas del día no me alcanzaban para todo lo que tenía que hacer.

Hizo una pausa. Realmente, no quería entrar en detalles. Todavía le seguía costando asumir el giro de trescientos sesenta grados que había dado su existencia a cuenta del ataque de su viejo. No tener más remedio que pasar por eso le parecía un precio bastante alto ya, para además usar el poco tiempo libre que le quedaba, hablando del tema.

—Además, para vérselas con una tía lista como tú hay que estar en forma —sonrió—, y yo estaba hecho polvo...

—¿Y por qué querrías "vértelas" con una mujer tan lista... *que vive en Boston*? Sería mucho más fácil y conveniente que semejante esfuerzo lo dedicaras a alguna otra que viviera aquí. Aunque no fuera tan lista. ¿No crees?

—Es verdad —volvió a conceder, aunque el tono desafiante que empleó al hacerlo no pasó desapercibido a Tess—. Pero lo fácil me aburre y hacer lo más conveniente... No sé... Digamos, que no es uno de mis puntos fuertes...

Tess no se molestó en esconder su desagrado.

—Eso es una majadería.

—¿Una *qué*? —y cuando lo preguntó ya se estaba partiendo de risa.

Tess respiró hondo.

—Una estupidez —aclaró, armándose de paciencia.

—Ya... ¿Y desde cuándo la piel entiende de eso? No funciona así.

—De acuerdo —dijo ella con suficiencia—. Me marcho mañana y pasarán meses antes de que regrese. ¿Tu piel "entiende" ésto?

Se miraron en silencio durante unos instantes. Entonces, Dakota asintió.

—Vale —dijo en el mismo tono que ella había dicho "de acuerdo"—. Diez minutos contigo, una vez al año, son que mejor que nada. Eso es lo que entiende mi piel y el resto de mí. Y aunque fuera solamente *un* minuto, seguiría siendo mejor que nada.

Touché.

Tess bajo la vista.

—Lo que ocurrió la otra noche en el zaguán no debe volver a suceder —murmuró sin mirarlo.

Eso tampoco funcionaba así. No había ningún interruptor que pudiera ponerse en "off". No había ninguna manera de evitar que aquello volviera a pasar. Y a medida que compartían tiempo juntos, Dakota estaba más seguro de que lo verdaderamente milagroso era que no hubiera vuelto a ocurrir cada cuarto de hora desde aquella primera vez. Pero sabía que no debía decirle eso, de modo que asintió.

—Entendido.

Y Tess sabía que él no lo decía en serio, pero de alguna forma se sintió reconfortada. Eso la animó a continuar.

—Y yo no puedo mantener una relación contigo, así que no me lo pidas —añadió.

Dakota sonrió.

—Vale. Yo no te lo pido y tú no me rechazas ni me evitas.

En otras palabras, casilla uno.

Tess puso los ojos en blanco.

¿Había dicho ya que aquello era *un gran círculo vicioso*?

~18~

Habían continuado en aquella pequeña cafetería del área de Saint James hasta cerca de la hora de comer, conversando. Él, aunque de forma escueta, le había hablado del pub familiar, de que estaba costando mantenerlo a flote. Su padre había hecho grandes progresos desde el ataque; había recuperado parcialmente el habla y estaba re-aprendiendo a leer, pero seguía necesitando ayuda para moverse. Su madre estaba más animada, lo que suponía un alivio al cuadro de depresión y apatía original que había requerido tanta atención como el enfermo.

Con su habitual sentido jocoso de la vida, Dakota había concluido su breve exposición diciendo que el único "auténticamente jodido" (sic) era él, que en un abrir y cerrar de ojos se había quedado sin juergas, sin concentraciones de moteros, y sin tiempo siquiera para darle cera a Princesa.

No había sido tan escueto a la hora de preguntar.

Aquello había sido un interrogatorio estilo policial, recordó Tess mientras el oficial verificaba su pasaporte en el Control de Heathrow.

Aunque le había costado bastante convencerlo, al final se habían marchado cada uno por su lado, y a pedido de Tess, no habían vuelto a verse. Un corto sms deseándole buen viaje que la había despertado temprano por la mañana, auguraba una partida sin más sobresaltos.

También había conseguido que nadie de su familia fuera al aeropuerto en esta ocasión. Despedirse era duro y además, los aeropuertos tenían ese punto emocional que hacía casi imposible contener el llanto.

Ahora sólo le quedaban ocho horas de vuelo por delante, y estaría de regreso en su vida. Boston. La editorial. La pila de manuscritos...

Tess tomó el pasaporte de manos del oficial, recogió su bolso, y se puso a la cola del control de equipajes.

Echó un vistazo a su indumentaria para asegurarse de que los sensibles detectores, secuela de los atentados terroristas de 2001 y 2005, no la retendrían más de lo necesario.

Vestía vaqueros modernos pero clásicos en cuanto a corte, sin tachuelas ni apliques metálicos, una camisa blanca de mangas largas, entallada, con botones de pasta, botas vaqueras de color crudo, ningún cinturón, y, muy importante, sujetador sin aros. La cazadora estilo aviador que llevaba plegada en un brazo, y el bolso de mano contenían el único metal que portaba, en sus cremalleras. Con un poco de suerte, no tendría que desvestirse.

Cuando le llegó el turno, depositó móvil, llaves y reloj en una bandeja, y cazadora y bolso de mano en otra. A continuación, pasó por el arco que, afortunadamente, permaneció silencioso. Una vez del otro lado, esperó a que sus cosas salieran por la cinta. Se puso la cazadora, el bolso de mano atravesado en bandolera, y guardó móvil y llaves en el bolsillo superior. Pasaporte y tarjeta de embarque en el bolsillo frontal del bolso. Por último, ajustó la malla del reloj alrededor de su muñeca y entró en el área de pasajeros.

Miró alrededor con cierta desazón. No le apetecía marcharse y acababa de descubrir que los aeropuertos ejercían una influencia negativa sobre su ánimo.

Otra semana larga aquejada de jet lag. Otra semana tomada por asalto por toda clase de aromas que, indefectiblemente, le recordaban a Londres, aunque no vinieran a cuento...

Tess exhaló un suspiro.

Fue en aquel momento que sintió que le tocaban el hombro y se volvió.

—¿Tienes tiempo para un café? —dijo Dakota, festejando con una gran sonrisa haberla dejado petrificada en el sitio de la sorpresa.

Tess demoró unos cuantos segundos en reaccionar. Sus ojos, llenos de asombro, recorrieron la imponente figura vestida de negro. Con sus largos cabellos, aquel aspecto de gótico, y su sonrisa de chico malo atraía todas las miradas, no sólo la de Tess; era imposible no reparar en él.

—¿Cómo has conseguido entrar aquí? —replicó ella, al fin.

En esta ocasión no se elevaron sus cejas. Ella lo miraba con el ceño fruncido y unos ojos brillantes en los que Dakota quiso ver más ilusión que preocupación.

Y era cierto. Aunque no estaba dispuesta a admitirlo en voz alta, le gustaba ese elemento de sorpresa que había en él. Era imprevisible y eso constituía un cambio radical al tipo de entorno al que estaba habituada Tess, en el que todo sucedía con una naturalidad carente de espontaneidad, y desde luego, de sorpresa.

Pero dadas las circunstancias, también le preocupaba; hacía falta una tarjeta de embarque para atravesar los controles.

Dakota sabía lo que ella estaba pensando, y aunque no lo hubiera sabido, lo habría podido leer en la expresión de su cara: confusión, sorpresa y preocupación, a partes proporcionales. Decidió disfrutar del momento un poco más antes de mostrar sus cartas.

—Por la puerta, como todo el mundo —respondió, risueño, y echó un vistazo alrededor—. *Mmm...* Starbucks, tu favorito... ¿Hace un Mocca Frapuccino?

Tess miró aquella cazadora de pinchos que lucía Dakota, bajó la vista hasta las botas repletas de hebillas y volvió a sus ojos.

—¿Vestido así? Ja, ja, ja. Tú no has usado las mismas puertas que usamos los demás... Te habrían desvestido —sonrió— y detenido hasta revisar cada pincho y cada hebilla.

Él la tomó de una mano y tiró de ella suavemente, instándola a ponerse en marcha hacia la cafetería.

—*Shhhh...* Me escapé —le dijo en voz baja.

Tess se detuvo. Lo miró exigiéndole una respuesta.

Dakota meneó la cabeza.

—¿En serio creías que iba a dejar que te fueras sin intentar volver a verte?

Ella apartó la vista. Técnicamente, lo esperaba. Esperaba que él se hubiera avenido a dejar las cosas como estaban. Porque así, era más fácil.

Pero claro, según había dicho, a él "lo fácil lo aburría".

—Pues, sí —respondió—. La verdad es que creí que lo harías.

No era cierto.

Dakota sabía con toda certeza que ella se avenía a unas reglas de juego por corrección, por evitar hacerle daño a gente que le importaba, pero no porque deseara hacerlo. Al contrario, estaba seguro de que lo que de verdad quería era que él *no* dejara las cosas así. Que no se perdiera aquel momento de conexión, que no se diluyera y quedara en el olvido.

Pero ahora también sabía, a pesar de su juventud, incluso de su inmadurez, que ella no estaba preparada para eso. No estaba preparada para dejarse llevar por lo que sentía. De hecho, lo había confesado, palabra por palabra.

Aquel "no estoy preparada para ésto" definía con total claridad la batalla que estaba librando consigo misma, en su interior.

Otra sonrisa de chico malo brilló en aquel rostro anguloso cuando habló.

—Dime una cosa, bollito... Desde que me conoces ¿cuántas veces me has visto dejarlo estar? —la tomó de la mano nuevamente—. Venga, vamos a por ese frapuccino que me muero de hambre... Todavía no he desayunado, ¿sabes?

Aquella fue la primera vez que a Tess no le pesó que cada año fuera necesario estar en el aeropuerto con mayor antelación a la salida del vuelo.

Los noventa minutos de que dispuso hasta que la alarma de su móvil sonó, indicando que era la hora de embarcar, se le pasaron volando. Y aunque casi dio un respingo al oírla, en realidad, no deseaba irse.

Pero *debía* irse... De modo que se esforzó por sonreír.

—Es la hora... Y no quisiera volver a Boston sin saber cómo has conseguido pasar a la zona de pasajeros. Tengo curiosidad. ¿A quién has sobornado y cuánto le has pagado? —le preguntó cuando ambos se habían puesto de pie y salían del Starbucks. Tess fue brevemente consciente de que los miraban, pero se apuró a apartar el pensamiento de su mente.

Efectivamente, varias miradas repararon en la pareja. No sólo porque él resultara atractivo al público juvenil que ocupaba buena parte de las mesas, también porque quien no hubiera reparado en su atractivo, sin duda lo habría hecho en su indumentaria. Al igual que Tess, se preguntaban cómo se las habría ingeniado para pasar por los detectores con semejante cantidad de chatarra encima.

—Siempre hay gente dispuesta a hacerle un favor a un tío como yo —respondió él con su desparpajo habitual al tiempo que le hacía un guiño.

Tess aminoró el paso hasta que finalmente se detuvo en medio del pasillo central. Según lo que había visto hasta el momento, él era perfectamente capaz de colarse en la cabina del avión, y ella no deseaba arriesgarse a algo así. No sólo porque se organizaría un buen jaleo que llamaría la atención, también porque marcharse era ya lo bastante duro. Ya se habían despedido una vez, tendrían que volver a hacerlo, y Tess no quería retrasar más el momento.

Dakota también se detuvo frente a ella. La gente que pasaba a prisa empujando sus carritos para dirigirse a la puerta de embarque, apenas los esquivaba.

—Ten cuidado con los favores —dijo Tess—. Ya sabes que luego hay que devolverlos.

En algún momento de los últimos segundos, la mirada de Dakota había empezado a traspasarla, pero Tess sólo fue consciente cuando sintió que su propio cuerpo se ablandaba, lentamente, como nieve fundiéndose al sol...

Impulsivamente, él la atrajo hacia sí y sus labios se pegaron a la frente femenina. Las palabras salieron a trompicones, con urgencia, envueltas en besos furtivos.

—Dame cinco minutos. A solas. Y después, te vas.

Toda ella temblaba perceptiblemente. Era algo que sucedía al margen de su control, y, desde luego, de su voluntad. La voz de Tess también sonó temblorosa y urgente.

—Te dije que ésto no debía volver a suceder...

Ahora era Dakota quien temblaba. Estaba tan próximo, que Tess sentía sus estremecimientos fundiéndose con los suyos.

—Y yo te dije "entendido" —él bajó la cabeza y sus labios al hablar, rozaron la nariz de Tess—. Cinco minutos, nena. Por favor.

Sus miradas se encontraron. Ardían. La pasión que bullía en los dos, y de la que sus miradas no eran más que un tímido eco, hacía imposible mantenerla, y...

Él ya había empezado a besarla antes de llegar a uno de los baños de señoras próximo. Una mopa atravesada en la puerta la mantenía abierta y un cartel de "cerrado por limpieza; disculpen las molestias" indicaba que ese servicio no estaba habilitado para el uso.

Eso no detuvo a Dakota, que apartó la mopa de un manotazo y sin dejar los labios de Tess, la alzó en volandas. A trompicones, entraron en el último cubículo de la doble hilera de seis y él cerró la puerta con su propio cuerpo.

Tess, que hasta el momento no había pronunciado ni una sola palabra, continuó en silencio. Abrumada por lo que sentía, por la manera apabullante en la que él dominaba cada avance, cada caricia, cada beso de aquel interludio apasionado que compartían en el último lugar en el que ella, de tener la suficiente lucidez para pensar, habría esperado compartirlo.

Pero si la había tenido -lucidez, o cordura- en algún momento desde que habían salido del Starbucks, ya no la tenía. Él la devoraba a besos... Jamás la habían besado así, y ella deseaba que él continuara, que no se detuviera.

Eso era todo cuanto su mente era capaz de discernir y poco más...

La descarga de una cisterna próxima, el agua corriendo... Su voz que murmuraba "si tengo que sobornarte para que me toques, dímelo"...

Su voz... El calor de su aliento, como una lengua de chocolate caliente bajando entre sus pechos... *Diossss, era hechizante.*

Otro susurro suyo. "¿Tengo que sobornarte?".

Esta vez la hechizante lengua caliente avanzó por el vientre de Tess, y se extendió entre sus muslos.

Jadeó, casi un gemido que a Dakota le arañó la piel. Excitado, la aprisionó contra la pared, insinuándose contra su cuerpo en un gesto deliberadamente sexual, y a continuación, la elevó por la cintura mientras volvía a adueñarse de su boca, loco de pasión.

Entonces, el encantamiento que mantenía a Tess inmóvil, se rompió.

Ella se agarró a él con brazos y piernas, y se entregó a aquel momento con tanta intensidad como Dakota.

Más caricias apasionadas. Él la sostenía con un brazo, y su mano libre se abría camino sorteando el bolso que Tess llevaba colgado en bandolera, por debajo de su cazadora, tirando de la camisa para sacarla de la cintura de los pantalones... y a ratos, dibujando el contorno de sus nalgas, y perdiéndose entre sus muslos.

Más besos ardientes. Él le exploraba la boca con la lengua, le mordía los labios en un claro anuncio de que eso era sólo el comienzo de un largo recorrido, la hacía desear con anticipación... Pero cuando la oía suspirar, volvía a hundirle la lengua en la boca, forzándola a una máxima apertura...

Y el ciclo volvía a comenzar. Con más pasión por parte de él; con más deseo y más anticipación por parte de ella. Sin embargo, el recorrido nunca continuaba más allá de su boca, provocando...

Mucho más deseo.

Mucha más pasión.

Él pasó su lengua sobre el mentón de Tess, enrojecido por la fricción de la perilla masculina sobre la piel; ella se estremeció anticipando que esta vez, sí... Esta vez, el recorrido continuaría a través de su cuello, y cuando notó que él ascendía en vez de bajar, gimió.

No fue un sonido tímido, ni un suspiro que sonó fuerte.

Gimió con toda el alma, y se pegó a él, reclamando más. Él, en un primer momento, respondió de buen grado, pero...

Despacio, con suavidad, Dakota dejó de besarla, y volvió a ponerla en el suelo. Luego, pasó junto a ella y se dejó caer sobre la tapa del inodoro. Descansó la cabeza contra la pared.

Tess permaneció inmóvil, con los ojos cerrados, intentando recuperar su centro. Los latidos del corazón sonaban como martillazos dentro de sus oídos, y aún sentía las contracciones de su útero.

Dejó que sus pulmones se llenaran de aire y exhaló en un suspiro. Entonces, se animó a volver la cabeza para mirarlo.

Su útero volvió a contraerse al verlo.

Él aún temblaba, y sus párpados cerrados se movían perceptiblemente. Todo él se estremecía. Respiraba por la nariz y por la boca, de forma agitada.

La mirada de Tess descendió por su cuerpo, tímidamente. Su vientre volvió a contraerse ante la visión de aquella mano masculina presionando su propio miembro por encima del pantalón.

Entonces, Dakota habló sin abrir los ojos.

—No te acerques ni digas nada... Vete.

Ella tragó saliva. Forzó la vista sobre el pomo de la puerta, intentando, desesperadamente, recuperarse.

—*Vete* —volvió a decir él, con urgencia. Su respiración seguía agitada.

Tess inspiró profundamente, abrió la puerta del baño y salió.

Sus primeros pasos fueron titubeantes, pero enseguida empezó a correr.

Corrió fuera del baño.

Y a través del túnel que llevaba al pasillo central.

Corrió cada vez más rápido, cada vez más desesperada, por las cintas mecánicas que conducían a su puerta de embarque.

Y una vez allí, siguió corriendo.

~19~

Boston, 26 de diciembre de 2007.

Después de la nevada que había colapsado Londres, a Tess le resultó sorprendente encontrar un tiempo tan benévolo a su regreso a Boston. Llovía, y hacía frío, pero al menos, no nevaba. De todas formas, pensó, tras ocho horas de vuelo respirando en la atmósfera extraña que creaba la despresurización de la cabina, le habría dado igual si fuera helaba. Necesitaba respirar otro aire.

En esta ocasión, se alegró de haber dejado el coche en el parking del aeropuerto; la cola de gente esperando taxi era larga, debido al incremento de viajeros en estas épocas.

Atravesó la ciudad sin problemas. Había mucho tráfico, pero circulaba con fluidez. Mientras esperaba que el semáforo le diera paso, volvió a controlar su móvil por enésima vez.

Cuando llegó a la entrada de garajes de su edificio, abrió con el mando a distancia. Espero a que la pesada puerta se elevara, y entró. Aparcó en su plaza y volvió a verificar el móvil.

Sin mensajes.

Tess bajó del coche y abrió el maletero para sacar su equipaje. Había sido un pensamiento recurrente desde que volviera a conectar el móvil tras desembarcar.

Era un pensamiento general, amplio e "inofensivo", que englobaba a todos los conocidos y allegados susceptibles de enviarle un mensaje, pero en realidad, Tess sabía muy bien en quién estaba pensando cuando se decía que seguía sin mensajes.

Pensaba en quien no debía pensar.

Sin mensajes.

Tess soltó un bufido. De pie frente al maletero aún abierto, bajó la cabeza y apretó los párpados.

No podía creer que hubiera acabado encerrándose con él en el baño de señoras del aeropuerto. ¿Es que había sufrido un ataque de locura transitoria?

Pero más increíble aún era descubrirse pensando por qué no había mensajes suyos.

El vuelo se le había hecho eterno y al aterrizar, ni siquiera había esperado a que se apagaran los indicadores para volver a conectar su móvil, ansiosa por saber de él. Y ésto no podía catalogarse de transitorio.

De locura sí. Locura total e irreversible.

Sacó su escaso equipaje, compuesto de una maleta pequeña con ruedas y un bolso de mano, cerró el maletero y accionó el mando que activaba el mecanismo de cierre.

Se dirigió a los ascensores. Los dos acudieron a su llamada, sin pasajeros. Subió al más próximo, pulsó el botón del último piso y no tardó en sumergirse en sus pensamientos nuevamente.

No era el tipo de persona que se dejaba llevar por las emociones. No era una mujer pasional, sino muy escrupulosa. Desde que tenía uso de razón, concretamente. Sin embargo, la protagonista femenina de la escena erótica del baño de señoras en el aeropuerto de Heathrow había sido ella. De modo que, a la luz de los últimos acontecimientos, quizás haría bien en revisar lo que creía saber de sí misma.

La que echaba en falta noticias de su galán veinteañero también era Tess, la escrupulosa.

Dios, todo el asunto era de risa.

¿Por qué demonios esperaba que él la llamara o le escribiera como si fuera la "cita perfecta", que *no* era?

Vivían en distintos continentes. Por Dios bendito, nadie en su sano juicio tiene una cita con alguien que vive al otro lado del mundo.

Tampoco con alguien que es once años más joven, aunque viva en el apartamento de abajo de su casa.

Cuando el ascensor se detuvo en la última planta, Tess arrastró la maleta con ruedas por la alfombra roja y se detuvo frente a la puerta de su casa. Abrió los tres cerrojos y entró.

Dejó las cosas en el recibidor y avanzó por el pasillo hacia el interior de la vivienda. Encendió luces.

Era una mujer lógica. Por lo tanto, sabía perfectamente por qué llevaba horas concentrada en los mensajes que *no* recibía de Scott; era para evitar pensar en lo verdaderamente preocupante de la cuestión. Es decir, lo que había sentido mientras estaba entre sus brazos.

Al llegar al salón vio que la luz del contestador automático parpadeaba. Se acercó a él con paso titubeante y un nudo en la boca del estómago.

Pulsó una tecla y empezaron a reproducirse los mensajes. El primero era de Terry saludándole la Navidad e informándole de que regresaría a Boston la víspera de año nuevo, con tiempo para organizar algún festejo familiar al que esperaba que ella asistiera. A continuación, había varias llamadas que parecían equivocadas. No habían dejado mensaje. Entonces, una voz grave resonó en la estancia, devolviéndole, inexplicablemente, una sensación de seguridad que hacía años que no sentía:

"¿Sabes a cuántas T. Gibb he sacado de la cama hasta dar contigo? Como empeñé un riñón para pagar la última llamada que te hice a la oficina, estoy pensando en hacerme donante de esperma porque la cuenta me va a salir por un pico... —la risa de Dakota retumbó en el salón y le arrancó una sonrisa—. *Supuse que llevarías el móvil apagado en el avión y quería decirte que abras el correo. Te he mandado esa foto que te prometí...* —la sonrisa de Tess se hizo más grande ante una nueva muestra de vanidad masculina. Menudo engreído—. *Bueno, la verdad verdadera es que me moría por escucharte... y se me ocurrió que si tenías contestador, a lo mejor la voz de la grabación sería la tuya... Las otras cinco llamadas sin mensaje también son mías...* —aquella risa increíblemente varonil volvió a colarse hasta el último rincón de la casa—. *¡Qué locura! Dicho está, pero que sepas que si alguien me pregunta voy a negarlo y como en la peli, esta grabación se autodestruirá en treinta segundos, ¿vale? Te dejo, bollito... Escríbeme, ¿eh? Y sé buena".*

El pitido de fin de mensajes sorprendió a Tess con el corazón palpitando, y un movimiento casi reflejo; su dedo volvió a pulsar la tecla de reproducción.

Desde la gran sala de reuniones le llegaba el sonido de la música. En esta ocasión, la selección incluía rock alternativo, influencia del nuevo amor de Gladys, un "dj muy conocido" de un local "underground" del centro. Eso, al menos, era lo que ella decía.

El último día laborable de cada año tenía lugar el cóctel de la empresa. Se trataba de una reunión informal que se celebraba en la sala de juntas de Harcourt Publishers, a la que estaba invitado todo el personal de la editorial. Un par de horas de conversación amena, con snacks y bebidas, de cuya coordinación se ocupaba un departamento diferente cada año. Éste, cómo no, le había tocado al "ala oeste", el departamento de Ficción Romántica.

Tess echó un vistazo a la hora. Como siempre, en esta ocasión también llegaba tarde.

Una entrevista telefónica de último momento para la radio, que además se había extendido más de la cuenta, era la culpable de la cara de pocos amigos que Gladys mostraba la segunda vez que entró en su despacho para recordarle que en la sala de juntas se celebraba un evento al que debía asistir.

La cuestión era que había más cosas que debía hacer aquel día, y no le gustaba la idea de marcharse a las tantas. Quería darse un baño de espuma, cenar tranquila a una hora razonable, y luego, con una buena taza de café, sentarse a responder su correo personal. Tía Stella vivía el furor de Internet tras estrenar el ordenador con conexión que le había dejado Papá Noel, y al parecer, le escribía a todo el mundo diariamente. A Tess le resultaba novedoso y sumamente agradable enterarse de tantas cosas cotidianas de los Gibb después de años de imaginar cómo serían sus días.

Pero aunque prefería no pensar en ello, también le resultaban novedosos y agradables los otros dos mensajes -plagados de emoticonos- que había recibido de Londres, aunque no de su familia, desde que había regresado a Boston hacía tres días.

Tess levantó la vista de las notas de gastos que aprobaba cuando oyó que entraban en su despacho. Vio a Adam Fairchild avanzar hacia su mesa. Aún llevaba la gabardina puesta.

—El tráfico está insufrible hoy.... —se quejó él—. ¡Media hora en el maldito taxi para hacer veinte calles! Seguro que andando llegaba antes...

El hombre hablaba mientras abría el maletín que había puesto sobre el escritorio de Tess, y extraía un grueso sobre de color marrón.

Se lo entregó a la editora.

—Lectura para que te entretengas estos días de fiesta. Será una birria, pero viene bendecido por la mitad de la junta directiva, así que habrá que hacerle un hueco.... Una "mini-campaña" en bolsillo de nóveles neoyorquinos, o similar. Piensa en algo.

Otra aficionada con contactos poderosos, pensó Tess. Tras quince años trabajando en el mundo editorial, este tipo de excepciones no le resultaban extrañas. Se trataba de manuscritos que llegaban a la editorial por vías alternativas y que seguían un circuito diferente del resto de sus similares. Sabía que irritaban a sus antiguas jefas, lo había visto repetidas veces a lo largo de los años. Entonces, Tess era asistente editorial y sólo en una ocasión, cuando su antecesora en el cargo, por motivos de salud, le había confiado la labor de editarlo, había tenido la ocasión de averiguar el porqué de dicha irritación: solían ser historias mal narradas y mal presentadas que exigían ingente labor editorial. Muchas horas de trabajo que apenas conseguían lavarle la cara a una novela mediocre.

Mientras Adam cerraba el maletín, Tess rasgó el sobre y sacó el lote de hojas encuadernadas con espiral.

El primer folio estaba en blanco excepto por el título en tamaño extra grande. Tess arqueó las cejas.

—¿"Un hombre inolvidable"?

Su jefe hizo una mueca irónica.

—Qué original, ¿verdad? Por cierto, ¿sabemos algo de Diana Simmons?

—Está a punto de marcharse a Europa. Quedamos en que me llamaría cuando regrese, hacia mediados de enero.

—Pero ¿tiene ya un primer borrador, por lo menos? A la Junta le gustaría que la novela saliera en el próximo catálogo.

Tess consideró lo que había oído. Durante cuatro meses, *la Junta* se había mostrado completamente indiferente por lo que había en perspectiva en cuanto a Diana Simmons. La escritora había dicho que no firmaría ningún contrato hasta que acabara el manuscrito y según Adam Fairchild, los directivos "no habían pestañeado" siquiera. Lo lógico habría sido presionar, intentar obtener al menos un pre-contrato, algo que les asegurara la primicia de su retorno al mundo de las letras. Pero lo habían dado por bueno, sin más. ¿Por qué ahora este súbito interés por "presionar"?

—No lo sé —respondió la editora—. Aunque teniendo en cuenta que lleva años alejada de la escritura y que no es lo que se dice una escritora prolífica, me inclinaría por un "no".

El hombre se mostró evidentemente contrariado, pero maquilló sus palabras.

—A ver si consigues que se ponga las pilas, ¿de acuerdo?

Tess no tenía ninguna intención de hacer semejante cosa. ¿"Ponerle las pilas" a Diana Simmons? En absoluto.

Tampoco tenía intención alguna de decírselo a su jefe. Ella también maquilló sus palabras.

—Lo intentaré.

—Perfecto. ¿Vienes a la fiesta?

—Sí, sólo necesito cinco minutos más. En cuanto acabe con ésto, me uno a la celebración.

Adam Fairchild asintió y salió del despacho quitándose la gabardina.

Los cinco minutos se habían convertido en veinte cuando Gladys volvió a entrar al despacho, decidida a poner fin a la sesión de firmas. A pesar del bonete de papel glasé y la nariz de payaso, su actitud al tomar a Tess de la mano y tirar de ella fuera del despacho, era de todo menos festiva.

Dentro de la sala, la plantilla en pleno incluida parte de la junta directiva, celebraba el fin de otro año para la empresa. También lucían bonete multicolor y nariz postiza, pero pronto descubrió que no se trataba de una iniciativa voluntaria.

Gladys se había alejado de su lado tan solo un momento y al regresar traía ambas manos ocupadas. Le ofreció el vaso de ponche que traía, y a continuación, le colocó el bonete y la nariz, con sorprendente rapidez.

—En este recinto, hoy está prohibido hablar de trabajo. ¿Comprendido, jefa?

Tess se acomodó mejor aquel incómodo apéndice de plástico rojo que le habían puesto en mitad de la cara.

—¿Crees que si lo hiciera, alguien me tomaría en serio con este aspecto?

Gladys soltó la carcajada.

—¡*Ayyy*, qué poco me fío de ti, Tess! Venga, sólo tienes que sacrificarte una hora. Para la siete, la mayoría ya se habrán largado y tu podrás volver a tu pecera llena de manuscritos. Sé buena por un ratito, ¿quieres? Yo enseguida vuelvo...

La joven desapareció de su vista antes de que Tess pudiera responder.

Curioso, pensó, era la segunda vez en cuarenta y ocho horas que alguien le pedía "que fuera buena". Se preguntó si se trataría de una señal divina para recordarle que últimamente no se estaba portando bien.

Y ese simple pensamiento fue suficiente para devolverla a Londres y a algunos de sus rincones oscuros que parecían ejercer una atracción definitiva sobre ella...

De ahí al motorista de la cazadora de pinchos, sólo la separaba una secuencia, y los siguientes minutos que transcurrieron hasta que finalmente pudo marcharse, sólo su cuerpo permaneció en la sala. Su mente fluctuaba entre las conversaciones de turno con el personal o los directivos que se acercaban, y los recuerdos de los últimos momentos que había compartido con Scott.

Tal como había predicho su asistente, apenas quedaba un puñado de personas cuando dieron las siete, la mayoría personal del pool de secretarias.

Tess recogía unas cosas en su despacho cuando Gladys se asomó a la puerta.

—¿Te marchas ya?

—Sí. Con trabajo pendiente para acabarlo en casa —respondió con una sonrisa recriminatoria de la que su asistente acusó recibo con un mohín culpable.

—Ha sido una semana muy ajetreada... Siento no haber podido pasarte antes todas esas notas de gastos...

Tess hizo un gesto de "da igual" con la mano. Aunque no hubiera tenido documentos que firmar, tenía un manuscrito "bendecido" del que ocuparse. Además, claro, de todos los otros manuscritos no bendecidos que no cesaban de llover en su despacho, cual maná del cielo.

—Por cierto —continuó Gladys—, ¿qué tal por Londres? No me has contado nada.

—Muy bien. Siempre lo paso de maravilla con los míos. Gracias por preguntar.

La expresión de Tess corroboró sus palabras, pero eso no era a lo que se refería Gladys, así que lo planteó de otra forma, por si acaso, como suponía, su jefa estaba esquivando el tema.

—Y... ¿Qué tal el señor Dakota?

La pregunta tomó completamente por sorpresa a Tess. Y no fue una sorpresa grata.

En segundos, su cerebro se puso a analizar las variables, las posibles explicaciones a por qué su asistente estaba relacionando un viaje a Londres para pasar la Navidad en familia, con "el señor Dakota".

—¿Perdona...?

—No te hagas la sorprendida porque sabes de quién hablo. Ese señor no pasa desapercibido, Tess. Una voz así no se olvida...

Desde luego que no. Ni su voz, ni su cabello, ni su pinta de gótico motorizado. Ni tampoco el vehículo que había elegido para "motorizarse"; aquella motocicleta roja pasaba tan poco desapercibida como su dueño.

Que ya era decir.

Lo de "señor" era harina de otro costal. A dos metros de distancia, Tess no veía "un señor", sino un veinteañero con unas pintas raras.

A menos de dos metros...

Unas intensas e inexplicables emociones tomaban el control y, entonces...

Tess no veía absolutamente nada.

No existía el sentido común, ni el raciocinio, ni nada de nada.

Sólo existía lo que él le hacía sentir.

Los recuerdos de los últimos momentos ardientes en aquel lavabo de Heathrow volvían en oleadas, y Tess se apresuró a apartarlos de su mente..

—Sé a quién te refieres. Lo que me sorprende es que pienses que hay alguna conexión entre mi viaje a Londres y el caballero de la voz inolvidable, porque no la hay.

Gladys ignoró el tono cortante y más que serio que había empleado su jefa.

—Es británico, como tú. Y el mensaje en cirílico empezaba diciendo "saludos desde Londres"... —sonrió con picardía— y cuando lo mandó, tú acababas de regresar de allí.... Igual que ahora.

Tess recogió el abrigo del perchero.

De pronto, tenía una imperiosa necesidad de acabar con aquella conversación.

—Como he dicho, no hay conexión entre las dos cosas —le rodeó el hombro, afectuosamente—. Que pases unas felices fiestas. Nos vemos el año que viene en el mismo lugar y con renovados bríos, ¿de acuerdo? Ah, enhorabuena por la organización del cóctel... Ha estado estupendo...

—Ya, ya... tú cambia de tema —replicó Gladys con picardía.

Tess se limitó a saludarla con la mano y desapareció tras la puerta de cristal.

Había llegado a casa sin mayores problemas a pesar del tráfico que solía circular con mayor lentitud debido a la nieve y al aumento de vehículos y transeúntes haciendo compras de última hora. Tras un baño y una cena frugal, Tess había ocupado su rinconcito preferido, pertrechada de lo necesario; manuscrito "bendecido", portátil, manta y taza con café.

Se arrellanó en su viejo sillón y combatió el frío ambiente, que la calefacción aún no había conseguido caldear, cubriéndose las piernas con su manta de pura lana Shetland. A continuación, sacó el manuscrito del sobre.

Pasó la página con el título, sin reparar en ella. Hizo lo propio con la que contenía la sinopsis y pasó directamente a la historia, leyó los primeros párrafos del comienzo.

Saltó las ciento cincuenta hojas siguientes hasta una con abundante diálogo. En esta ocasión, la leyó entera.

Repitió el proceso, saltándose otras cien hojas.

Confirmado. En palabras de su jefe; "era una birria".

Aquel mamotreto de incongruencias escritas en un lenguaje mediocre requeriría horas de trabajo.

Agotada y mortalmente aburrida ante la sola idea de lo que le esperaba,

Tess dejó el manuscrito a un lado. Tendría que fraccionar el trabajo en parcelas diarias. Algo semejante a una cuota obligatoria que le permitiera avanzar con disciplina, sin perecer en el intento de puro aburrimiento. Ya pensaría en un método efectivo por la mañana, después del desayuno.

Cogió el portátil y entró en su cuenta de correos.

De pronto, sin darse cuenta, Tess se había sacudido el agotamiento y no quedaba rastro del tedio. Tenía varios mensajes, dos de los cuales le interesaban especialmente. Uno era de tía Stella que le contaba que habían tenido que llevar a Alfredo al veterinario por el atracón de galletas que se había dado en Navidad. Decidió que lo leería con tranquilidad más tarde. El otro era de Scott. Lo abrió y leyó:

Saludos desde Richmond:

¿Qué tal por ahí? ¿Se te hielan los pensamientos igual que a mí? Hace un frío del carajo pero debo ser el único de mi familia que lo siente porque mi vieja sigue enserando las baldosas del zaguán... Joder! Un día de estos me voy a dejar la crisma ahí... Y mi viejo sigue podando las petunias o como se llamen las que están en la entrada.... Se queja de que este año con lo del ataque se le ha pasado la época... Dice no sé qué leches de la floración... Va en muletas, da el coñazo hasta para bañarse pero de la poda no se olvida... te lo puedes creer? Hay que joderse...

Tess sonrió. Eran madreselvas y eran preciosas, seguramente porque Douglas Taylor se pasaba todo el año pendiente de ellas, podándolas, abonándolas, quitando las flores marchitas, las hojas secas. Desde niña, el padre de Scott cuidando del jardín era una imagen recurrente en su memoria. Le alegró saber que estaba lo bastante recuperado del ataque como para volver a ocuparse de su viejo hobby.

Hablando de joderse, tampoco podré ir a la kedada suiza de mediados de enero. A la pobre Princesa le tocará seguir haciendo garaje un tiempo más... Después de lo que me costó convencer a mi primo para que se ocupara del pub ese fin de semana, van y lo llaman del paro... Empieza el dos enero en un hotel del Soho... Está bien que los curros no le suelen durar mucho, pero me da que esperar que lo echen en diez días sería como mucho esperar no?... Jajaja ... Algún día tienes que venir una kedada... Fliparías!!!! Joder, ahora que lo digo, algún día tendría que IR YO a una kedada... Desde lo de mi viejo las veo por youtube... Qué putada... Bueno, bollito, te dejo. Ya me contarás qué tal te trata el jet lag. Dakota.

Tess releyó el email un par de veces. En este nuevo mensaje de Scott tampoco había la menor alusión a lo que había sucedido entre ellos, ni frases de doble sentido, ni insinuaciones.

Se trataba de un mensaje normal, tan normal como lo habían sido los otros que había recibido desde que había regresado de Londres. Divertido, sin más.

"Era más que eso", pensó con una increíble sensación de alivio, "era como abrir la ventana en un día soleado y respirar la brisa fresca a todo pulmón".

Casi sin darse cuenta se encontró respondiéndolo:

Hola motero (aunque para mí sigues teniendo más pinta de gótico...)

¿Frío, dices? ¡Esto es la tundra! Llevo un buen rato en casa y todavía no acabo de entrar en calor.

El jet lag me trata espantosamente, gracias por preguntar. Cada vez lo siento más, ¿serán los años? Pero como no tengo intención de dejar de viajar, tendré que acostumbrarme a estar como un zombi un par de semanas al año.

Sí, en la casa de los Taylor cada uno tiene su peculiaridad: mamá nunca ve el suelo suficientemente brillante, ni papá su jardín lo bastante cuidado, y el nene trata a su Princesa de hierro como si fuera una de carne y hueso.

Son raros, pero entrañables.

Por cierto, son madreselvas, no petunias. Y "encerar" se escribe con "c".

(Lo siento, es deformación profesional).

Tess

Pulsó enviar y bebió un sorbo de café, que encontró helado. Se sentía extraña, de mejor humor. Aprovecharía la inesperada mejoría de ánimo para ponerse con el manuscrito, pero primero se serviría un buen café caliente.

Iba a hacerlo cuando entró otro mensaje de Scott. Hizo doble clic sobre él, ansiosa, y leyó:

De gótico nada, bollito. Si hubieras visto alguno en tu vida notarías la diferencia.

Y si me conocieras mejor sabrías que no trato a mi Princesa como si fuera una de verdad. La trato mejor porque ELLA ES LA MEJOR.. Lo que no quita que algún día piense diferente :)

Pero las dos cosas van a cambiar... Digo, lo de presentarte unos cuantos tenebrosos y lo de conocerme mejor...Oye, este ir y venir de mensajes es un rollo... Hay algo que se llama chat ¿sabes que digo? Ja-ja-ja... No te hago chateando... con tanta palabra a medias y mal escrita... Pero es más rápido y más divertido. Te apuntas a uno?

Tess se estiró a coger la mesilla para portátiles que había comprado en IKEA y puso el ordenador allí. Luego, subió las piernas al sillón, se abrazó las rodillas mirando la pantalla con una amplia sonrisa. Debía admitir que la idea de chatear era tan tentadora como la de conocerlo mejor. Puso las manos sobre el teclado. Al menos, tendría un trocito de casa cada vez que se conectaran. Compañía. Algo.

Sí, pero seguía siendo una pésima idea. Tess cerró los dedos. ¿Para qué quería conocerlo mejor? No era un buen plan, aunque la tentara tanto.

O quizás, precisamente por eso.

Bajó las piernas y enderezó la espalda, destensó los dedos un par de veces y pulsó responder.

> Sé lo que dices, listillo. Y aunque no me imagines chateando, he chateado. Mi alias en Messenger es… —Tess rió al imaginar la cara que él pondría cuando lo leyera—. (Quién lo diría) "london_princess". Ya ves, entre princesas anda el asunto… Me pregunto cuál será el tuyo. ¿Diablo negro o algo así? De acuerdo, me apunto. Dime día y hora, y allí estaré. Mejor tarde, después de las ocho hora de la costa este, porque antes, a veces, no estoy en casa.
>
> Y, por cierto, ¿sabes lo "rarito" que resultas cuando dices que una princesa de hojalata es mejor que una de verdad? ¿Cómo puedes saberlo? Corrígeme si me equivoco, pero tú no tienes pinta de ser de los que le gustan ese tipo de chica. Te va lo gótico, niño. Aunque lo niegues ☺.

Pulsó enviar y se fue a por el café caliente. Posiblemente fuera la peor idea del mundo, pero en aquel momento, aunque le pesara admitirlo, Scott era lo mejor que le había sucedido en todo el día.

Un poco de conversación divertida de vez en cuando le vendría bien. Y además ¿qué tenía de malo?

En Londres, Dakota apuró su cerveza y plegó los codos por detrás de la cabeza. Se estiró, perezoso, con una sonrisa satisfecha en los labios. Esta Tess, la de las charadas, le parecía tan distinta de la que le regalaba miradas críticas desde el otro lado de la valla del jardín hacía unos meses.

La otra le gustaba; ésta mucho más.

Y la idea de seguir en contacto, de quitarle las capas como a una cebolla y ver qué había debajo, qué clase de mujer era, en realidad, para tenerlo así de interesado, eso le gustaba casi hasta el punto de excitarlo. En el sentido de motivarlo, y en el otro. Porque aunque los dos jugaran a evitar hablar del tema, -él, por necesidades del guión-, lo del zaguán, aquella noche había sido muy sexual. Y por si cabía alguna duda, lo del baño de señoras en el aeropuerto lo había confirmado; entre los dos existía una atracción bestial.

Bestial.

Aunque ella "no estuviera preparada".

Pero eso era un tema que mejor apartar de momento, decidió. Ocho mil kilómetros eran muchos kilómetros, y ella, una pececita *muy escurridiza*.

Si quería pescarla, y joder si quería, tocaba seguir haciendo un trabajo fino.

Dakota miró la pantalla del portátil que refractaba su propia imagen, y se dispuso a contestar el mensaje.

~20~

Nochevieja de 2007.

"Bonete de papel glasé, otra vez. Qué bien", pensó Tess cuando la despampanante rubia vestida de odalisca que recibía a los clientes en la entrada del nightclub DistrictBoston le colocó aquel ornamento vistoso tras saludarle el año nuevo. Al menos, el color -plateado con adornos azul eléctrico- conjuntaba con su atuendo, un maravilloso vestido largo de noche, laminado, que se ceñía a su silueta y tenía anchos breteles que se anudaban en el cuello formando un generoso escote en "V", y unas sandalias a juego con plataforma y tacones transparentes, que emulaban el aspecto del cristal. En esta ocasión, no había nariz de payaso sino espantasuegras. Menos mal. El maquillaje, por una vez, le había quedado perfecto y no deseaba estropearlo con aquel apéndice de plástico rojo que le hacía llorar los ojos. Mucho menos hoy que llevaba lentillas.

Al ver a Terry, sin embargo, se sintió afortunada; le había tocado en suerte una estridente gorra de béisbol verde fosforito que se daba de puñetazos con el Armani azul petróleo que vestía. Y sabiendo lo quisquilloso que era su amigo para los detalles, no pudo reprimir una sonrisa maliciosa.

—¡Qué *trendy*!

—No me lo recuerdes...

Tess le palmeó el brazo cariñosamente. Además, lo más probable era que en aquel lugar pasara desapercibido; estaba lleno de gente y las luces de discoteca apenas dejaban vislumbrar siluetas en movimiento.

—Vamos a tener que lanzar bengalas para que nos vean —comentó Tess alzando la voz para que Terry pudiera oírla. Se refería a las gemelas Orson, a Lance Williams, y al crítico literario Michael Lenvin con quienes habían quedado.

—Todavía es temprano. Lance dijo que no llegarían antes de la diez. Me hará una llamada perdida para que me acerque a la puerta de entrada.

Él la tomó de la mano y la guió entre la gente hacia un rincón menos poblado al otro lado del salón.

El DistrictBoston era un restaurante que a partir de cierta hora también funcionaba como nightclub. Estaba ubicado en el llamado distrito del cuero, en Boston Central, y ofrecía una carta de platos y bebidas atractiva en un entorno especial. Una atmósfera muy *vintage*, en la que las formas esféricas y los patrones florales se combinaban con troncos de abedul alineados a lo largo de las paredes. Las banquetas de cuero blanco y los candelabros a juego le daban un toque romántico. Solía ser uno de los lugares más concurridos de la noche bostoniana, y aquella última velada de 2007 estaba al completo.

Cuando Terry regresó con las dos bebidas se encontró a Tess junto al ventanal que miraba a Lincoln Street. Recostada sobre el lado izquierdo, contra el cristal, miraba hacia fuera. Llevaba el abrigo, una capa de terciopelo negro, puesto sobre los hombros porque a pesar del calor que hacía en el ambiente, la temperatura exterior mantenía el cristal helado.

—*Ufff...* Se está mucho mejor aquí —dijo él poniéndose a su lado. Le ofreció su copa de champán

—Ya lo creo...

En aquel pequeño rincón apartado del local, estaba fresco y había mucho menos ruido. El sonido de la música se oía ostensiblemente más bajo, lo bastante como para percibir el tono de mensaje de un móvil, pero no era el de Terry.

—¿Queda alguien por saludarte? —comentó su amigo, divertido—. ¡Te ha llamado hasta tu jefe! Eso es acabar el año fastidiado...

Quedaba alguien. Aunque después de la tarjeta con un Papá Noel vestido de motero repartiendo regalos a bordo de una Harley -en vez del consabido trineo tirado por renos- que había recibido por correo electrónico, ya se daba por saludada.

Feliz 2008. Que tu primer pensamiento del año sea para mí. Dakota.

La expresión del rostro de Tess fue lo bastante significativa como para que Terry le arrebatara el móvil de las manos. Al leer el mensaje emitió un silbido.

—¿Dakota? ¿No es ese el mote de tu "pelilargo vecino" londinense? Por lo que veo, habéis estrechado el vínculo...

Tess recuperó su móvil y volvió a guardarlo en el bolsillo interior de la capa. A pesar de que junto al ventanal el ambiente estaba fresco, sentía la cara caliente. Lo cual significaba que la sensación de bochorno que la invadía debía haberse manifestado también en su rostro.

Llevaba días evitando el tema. Evitando pensar, negándose a sacar conclusiones, a hacer consideraciones de ninguna naturaleza. Era hora de hablar de ello. Y sólo podía hacerlo con Terry.

Tess levantó la vista hasta él, e intentó mantenerla a pesar de lo embarazoso que resultaba todo aquello.

—Seguimos en contacto, sí...

Muy en contacto, para ser precisos.

Entonces, recordó que la única vez que había hablado con Terry, ella había obviado muchos detalles jugosos. Se pasó una mano por la frente. No sabía por dónde empezar. ¿Cómo iba a explicar...?

—Me besó —admitió, sin preámbulos. Sintió cómo la sangre enrojecía su rostro centímetro a centímetro mientras la mirada de su amigo daba cuenta de la sorpresa—. *Varias veces...*

El gesto espontáneo de Terry de apurar su copa de champán hasta la última gota y acomodarse frente a ella, dispuesto a escuchar la historia, la hizo sonrojar aún más. Sentía la cara ardiendo.

—Entonces, *os besasteis* —precisó él con picardía.

Tess no estaba segura de su implicación real en el tema. A ese nivel, Scott era como un torbellino en el que ella se descubría inmersa sin ser demasiado consciente de sí misma o cómo había llegado hasta allí. Estrictamente hablando, no había rechazado explícitamente ninguno de sus avances, pero... ¿los había buscado?

Rebuscó en los escasos recuerdos claros que conservaba. La voz de Scott diciendo "¿tengo que sobornarte?" la sorprendió, tan real como si estuviera diciéndolo en aquel preciso instante. Una pregunta de Terry la devolvió al presente.

—¿Qué sucedió entre vosotros? —la miró con cariño—. ¿Te has acostado con él?

Tess negó de palabra y de hecho. Enfáticamente.

Fue una reacción que nació de lo más hondo de su ser, pero un instante después comprendió que el énfasis sobraba porque si no había ocurrido no era por ella. En el zaguán, había sido la intervención de su madre que había puesto fin al momento. En el aeropuerto, había sido...

Tess recuperó las imágenes de aquel día. Se vio abriendo los ojos y mirando la silueta desmadejada sobre la tapa del inodoro. Él tenía la nuca recostada contra el mosaico y los ojos cerrados. Respiraba de manera esforzada, con la boca abierta.

Había sido él quien se había apartado. No ella.

Tess respiró hondo y volvió a mirar a su amigo.

—No ha habido sexo, pero la tensión es... *Inmensa*. No sé lo que sucede... Te aseguro que nadie *jamás* me ha mirado como él me mira...

Apartó la vista cuando detectó la sonrisa tierna que le obsequiaba Terry. Era una gran sonrisa, que dejaba a la vista una dentadura perfecta, e iluminaba su piel color café. Tess bebió un sorbo de champán, por hacer algo.

—Sus avances son tan... *apabullantes*.... —tan apasionados, que su solo recuerdo, conseguía afectarla—. Pero tiene 24 años, Terry... Y Abby no hace más que suspirar cada vez que lo ve... Dios, menuda complicación...

Él festejó la confusión de su cerebral amiga. Era un cambio, para variar. Se alegraba de lo bien que le iba a nivel profesional, pero en lo personal siempre había pensado que Tess necesitaba más diversión, más citas, y desde luego, mucho más sexo.

—¿Y tú? ¿También suspiras cada vez que lo ves, o sólo te dejas apabullar?

Tess apuró el contenido de su copa y la dejó sobre una mesilla próxima.

—No suspiro. Y tampoco debería dejarme apabullar... Sé que no traerá nada bueno y sé que si alguien de mi familia se entera y esto llega a oídos de Abby, habrá problemas. Y he intentado disuadirlo, pero si no respondo a sus mensajes, me llama... y cuando creo que me he librado... —exhaló un suspiro—. Dios, me doy la vuelta y allí está, con su indumentaria estridente, en medio de la zona de tránsito del mismísimo Heathrow...

Terry soltó la carcajada.

—¿Se coló en la zona de pasajeros para verte?

Tess asintió, con las mejillas arreboladas y una tímida sonrisa que le comunicó agrado a su amigo. No molestia como había pretendido su tono.

—Vaya con el inglés... —apuntó Terry, con segundas.

—Vaya con el niño —lo corrigió ella—. Te recuerdo que tiene *solamente* 24 años.

Terry sonrió. El libertino sexy que vivía en él no pudo reprimirse.

—Pues en la cama, eso no es necesariamente una desventaja, querida, ¿no te parece?

No, desde luego. Lo que había conocido de Scott hasta el momento era más que suficiente para tener meridianamente claro que, en su caso, sería justamente lo contrario.

Pero no quería pensar en ello.

Ni tampoco hablar de ello.

La llegada de una gran limusina blanca que se detuvo en doble fila frente al ventanal, y de la que descendieron cuatro rostros familiares, la libró de responder.

—*Uyyy*... ¡menuda sonrisa te acaba de dedicar Michael! —exclamó Terry y le hizo un guiño a su amiga, que lo miró con una ceja enarcada. Él le devolvió una sonrisa radiante—. ¡Es Nochevieja, Tess! ¿No vas a tirar una canita al aire *ni siquiera en Nochevieja*? ¡Venga, anímate, que lo tienes enamorado desde hace siglos!

¿Enredarse con un crítico literario siendo editora? Le parecía una opción casi tan mala como hacerlo con Melenita de oro.

—¡Mira, mira, no te lo pierdas! —continuó Terry, de guasa—. ¡Vaya esmoquin más fashion! ¡Seguro que se lo ha puesto por ti!

Ella meneó la cabeza. Terry le daría la noche, estaba claro.

—Deja tus ideas brillantes para otro momento, ¿quieres? —replicó, burlona—. Enseguida vuelvo...

—¿Dónde vas?

Tess, que ya se había alejado unos cuantos pasos, se volvió con una sonrisa socarrona:

—Al baño —dijo—. A vomitar de placer ante la noche que me espera en tu compañía, querido amigo.

Él le guiñó un ojo, y Tess se alejó por estrecho pasillo hacia el Lounge, mientras su amigo y los cuatro recién llegados hacían el monigote, comunicándose por señas a través del cristal del ventanal.

El baño de señoras estaba tan concurrido como el resto del local, y tuvo que esperar un buen rato hasta que quedó libre uno de los escusados. Entonces, entró y pasó el cerrojo de seguridad. Se quitó la capa, y tras colgarla en una de las sujeciones que había en la pared, bajó la tapa de váter y se sentó.

Con las manos heladas de los nervios, seleccionó la opción "mensajes de texto" en su móvil, y empezó a escribir.

El MidWay parecía otro. Dakota había conseguido reproducir un entorno motero a base de piezas de recambio del taller de su amigo Evel y carteles con gráficos que se había bajado de Internet, que gustó a los frikis de Harley que le habían alquilado el pub para la Nochevieja. Eran un grupo mixto de treinta y dos personas pertenecientes a un club nuevo, que aún no tenía sede, más una docena de "colados" de los que nunca faltaban en este tipo de celebraciones.

El bullicio era tan grande que hasta a Dakota se le estaba poniendo dolor de cabeza, y aunque no era la forma en que le habría gustado pasar una fecha tan señalada —estar sobrio detrás de una barra, no tenía ninguna gracia—, estaba haciendo de caja en una sola noche, lo que en un mes. Después del puro de Hacienda por no presentar la declaración de impuestos a tiempo, no estaba en condiciones de ponerse selectivo.

"Dos pintas y un whisky" oyó que le pedían -a los gritos- desde el otro extremo de la barra. De esa zona se encargaba su primo, y él estaba allí, pero, por lo visto, demasiado ocupado tonteando con una de las invitadas. Como su urso acompañante -que echaba un pulso con otro motero un poco más allá- se percatara, iba a quedar un barman menos en la barra.

—¡Duke! —le gritó a su primo, señalándole con un gesto al motero que le había hecho un pedido—. ¡Dos pintas y un whisky! ¡Aligera, tío!

Vio que él asentía y empezaba a preparar las bebidas.

Dakota puso otra tanda de vasos a lavar, y se dedicó a colocar los limpios en su sitio, listos para volver a ser utilizados. En el sector de la barra que atendía su amigo Evel, bebían como cosacos. El pobre no daba abasto a servir.

"Podría ser así todas las noches", pensó. Era un buen local ubicado en Hounslow, que ocupaba la esquina y tenía entrada por las dos calles. En sus tiempos, cuando la ciudad no estaba plagada de cadenas internacionales de bares y restauración, el MidWay había funcionado bien. Pero se había quedado desfasado; era la típica taberna inglesa que no ofrecía más que bebidas a pesar de contar con doce mesas alineadas a lo largo del contorno externo del local, y ni siquiera tenía licencia para vender cervezas internacionales. Y a juzgar por lo que le había dicho el padre de Tess después de revisar los papeles, para sacar adelante el negocio, necesitaba liquidez: pedir un crédito. A ver quién se lo explicaba a Douglas Taylor...

Dakota soltó un bufido. Extrajo el móvil del bolsillo trasero de sus pantalones pitillo y miró la pantalla. Tenía tres mensajes, pero tras revisarlos, vio que ninguno era el que esperaba.

En aquel momento, sonó el teléfono del pub. Evel, que estaba más cerca, lo atendió.

—Es Abigail —dijo él, tapando el auricular—. Está ahí fuera.

Dakota frunció el ceño. Se acercó a su amigo.

—¿Fuera dónde?

Evel se limitó a señalar una de las puertas de salida del pub.

—Ni hablar. ¿Morticia, está ahí fuera? Ni hablar. Dile lo que te de la gana, pero quítamela de encima.

La música estaba lo bastante alta como para que Dakota no pudiera oír los gritos que daba Abby del otro lado del auricular, pero Evel llegaba a oírlos. Era una sucesión de "¿hola? ¿hay alguien? ¡Joder, no me dejes esperando que llamo desde un móvil! ¡Hola! ¡Hola! Serás capullo.... *¡Hoooooolaaaaaa!*".

—Venga, Dakota... Déjala entrar... ¿qué mas te da? Es año nuevo...

Ni año nuevo, ni leches.

—Lee mis labios, tío: ni-hablar.

Esta vez, el bufido fue de Evel.

—Te quiero, chaval, pero hoy estás insoportable. Que lo sepas —dijo su amigo. Notó que él ya no le estaba prestando atención.

Miraba la pantalla de su móvil con una sonrisa que no le entraba en la cara. En realidad, eso había sido hacía un segundo, ahora se alejaba de la barra en dirección al cuarto donde almacenaban las bebidas.

Evel volvió a ponerse al teléfono pensando en lo que le diría a la vecina de Dakota para negarle la entrada sin que se ofendiera.... Ella le gustaba, y mucho.

Primero, sin embargo, tuvo que soportar estoicamente los segundos extra que Abby se tomó para ponerlo verde por tenerla esperando.

Dakota entró a la bodega y cerró la puerta. Se apoyó contra la pared y volvió a leer el mensaje que acababa de recibir.

No te aseguro que seas el primero, pero el segundo, quizás, sí. Espero que no te importe. Feliz noche. Tess.

¿Feliz noche? ¿Aguantando la vela -a palo seco- a cincuenta moteros borrachos como cubas, con Morticia al otro lado de la puerta, y la única mujer que le interesaba a ocho mil kilómetros...? Ni un milagro conseguiría hacer que aquella noche fuera una "noche feliz"...

Dakota consideró la situación un instante, mientras jugueteaba con su móvil. Seguro que Tess estaría en una fiesta rodeada de glamour con una docena de tipos estirados peleándose por servirle una copa o sacarla a bailar. Semejante preciosidad de mujer, sola, entre tanto lobo hambriento...

Seleccionó el mensaje de Tess, pulsó "responder", y escribió:

Me importa. Sé que no debería, pero pienso en ti a todas horas.

Lo envió sin titubear, completamente consciente de que acababa de soltar una carga de profundidad. La primera, desde que se habían separado en aquel baño del aeropuerto. Y sabía perfectamente que una de las consecuencias posibles era que ella se asustara al comprobar que "estaba manteniendo una relación en el ciberespacio", aunque "no pudiera permitírselo" y huyera, despavorida. Que dejara de responder a sus mensajes, que al día siguiente no se conectara a la primera sesión de chat que compartirían, después de lo que les había costado ponerse de acuerdo sobre día y hora... Jodida diferencia horaria que lo complicaba todo...

Durante los minutos siguientes, un Dakota cada vez más enojado consigo mismo, llegó a pensar que había hecho la mayor estupidez de su vida, y estaba a punto de mandar un segundo mensaje con algún chascarrillo que quitara hierro al asunto, cuando recibió la respuesta de Tess.

Al leerlo, sintió cómo se le aceleraba el corazón. Los latidos eran como mazazos que sacudían todo su cuerpo.

Me gusta saberlo... Aunque no debería gustarme. Hasta mañana.

Lo leyó diez veces más, con la misma ansiedad y la misma emoción.
Finalmente, recostó la nuca contra la pared y exhaló un suspiro aliviado.

~21~

Mayo, 2008.

Había sido un día interminable y más que ninguna otra cosa, frustrante, pero ya se había acabado. Colocó en su lugar los últimos vasos limpios que aún quedaban en el lavavajillas y echó un vistazo alrededor. El millón y medio de cosas que había que hacer después de que se hubiera marchado del pub el último cliente, estaban hechas. Y eran solamente las doce y media de la noche ¿de qué se quejaba? Dakota soltó un gruñido.

Apagó las luces del salón y se dirigió a las escaleras que llevaban a la planta de arriba. Poco a poco, más por necesidad que por gusto, había ido adecentando la boardilla que durante años se había utilizado como rincón de trastos, y ahora, de vez en cuando, pernoctaba allí. Desde lo de su padre, prefería dormir en casa... Bueno, pensó con socarronería, lo que realmente prefería era irse de juerga sin preocuparse de nada más, como hacía antes, pero a falta de eso... Sí, prefería dormir en Richmond. Su madre decía que se sentía más tranquila al saber que su hijo estaba en la habitación contigua, y a él...

Teniendo en cuenta lo poco que dormía desde que se había visto obligado a convertirse en una persona "adulta y responsable", lo último que deseaba era tener que salir en plena noche para ir a Richmond a levantar a su viejo del suelo del baño porque su amor propio le impedía permitir que su mujer le ayudara, o estupideces por el estilo.

Pero hoy se quedaría en Hounslow. Estaba muerto por la falta de sueño... Y por las malas noticias.

Primero, los análisis y estudios de su padre. Por la mañana, lo había llevado al hospital, a la cita mensual con el especialista. El paciente evolucionaba lento pero seguro. Sin embargo, psicológicamente no estaba respondiendo bien. Seguía perdiendo los nervios con facilidad, lo que daba lugar a crisis cardíacas que sobrevenían por cosas sin importancia, y que en un hombre con sus antecedentes clínicos suponía un riesgo muy importante. Hasta el punto de que el médico le había indicado a sus familiares que evitaran irritarlo, y desde luego, preocuparlo. Por lo tanto, la necesaria conversación con su padre acerca de la situación económica del negocio familiar (que había intentado mantener con él hacía unas semanas y sólo había durado dos minutos: los que su padre había tardado en ponerse como un basilisco al oír las palabras "pedir un crédito"), había quedado en suspenso hasta nueva orden. De momento, por otro mes más.

Segundo, "la situación económica del negocio familiar": todo el asunto era la típica pescadilla que se mordía la cola. Dakota había podido poner en práctica los consejos del Sr. Gibb, excepto el último: inyectar liquidez. El resultado, de todas formas, había sido bastante aceptable; la mayoría de los meses, excepto enero, había cubierto gastos y sobraba algo. Como era un buscavidas nato, se las había ingeniado para rentabilizar su "tirón motero", y desde aquella fiesta privada de frikis de Harley, la última Nochevieja, cada domingo el club de moteros, que continuaba sin sede, se reunía en el MidWay. Dakota lo engalanaba con el mismo decorado que tanto les había gustado, y así, conseguía sacar un buen dinero extra. No lo bastante como para que los Taylor dejaran de tirar de sus ahorros, pero según el padre de Tess era un muy buen síntoma: las cuentas estaban saneadas. Ahora sólo faltaba empezar a ganar dinero de verdad. Para eso, sin embargo, eran necesarias otras medidas que pasaban por ...

Inyectar liquidez. ¿Y cómo se hace eso cuando estás sin blanca y al único capaz de conseguirla "no hay que preocuparlo"?

Después de dejar a Doug y Rosalyn en casa, Dakota había ido de bancos -a ver qué pescaba-, aprovechando que su amigo Evel se había quedado a cargo del pub. Los directores de las dos primeras entidades lo habían atendido con desconfianza, y tras cinco minutos de entrevista lo habían dejado con una pila de formularios y cero esperanzas de obtener siquiera una línea de crédito menor. El tercero, amigo de la infancia de su padre, y seguramente en deferencia a eso, no se había mostrado tan incómodo por su aspecto o por el largo de su cabello, pero ni siquiera lo había hecho pasar al despacho. Desde el mostrador de información y sin aproximarse lo bastante como para que la conversación fuera privada, le había dicho cuatro palabras: "que venga tu padre".

¿Su padre, ese al que no había que preocupar? Genial.

Después de meses de devanarse los sesos pensando cómo se las habría arreglado su viejo para mantener a flote aquel buque que hacía agua por todos los costados, de forma casual se había enterado que el hombre había capeado el temporal bastante bien hasta hacía un año con los campeonatos de billar para "la tercera edad" que se jugaban allí todos los fines de semana. Incluso había llegado a servir comidas los viernes, sábados y domingos, para los jugadores, amigos y familiares que se acercaban por el pub. Pero todo lo bueno se acababa, y la apertura de dos nuevos centros comunitarios con actividades para jubilados en las proximidades había dado al traste con la bonanza.

Dakota entró en la boardilla y cerró la puerta. Encendió la luz.

Esa no era una opción para él, pensó mientras escogía un cd pirata de la torre y lo ponía en el lector. El envolvente sonido de Glorius, de su grupo favorito, Muse, empezó a sonar. Tenía claro cuál era su ambiente, dónde se movía bien y con quién le interesaba estar, y no tenía la menor intención de salirse del libreto: mantendría a flote el negocio familiar hasta que su padre se recuperara, entonces él se dedicaría a seguir organizando campeonatos de billar o lo que le diera la gana, y Dakota volvería a engrasarse las manos arreglando motores. La ocupación de tabernero era un paréntesis, algo temporal. Pronto, se dijo, volvería a su vida normal; las motos, los colegas, las kedadas...

Y pronto sería verano otra vez, y Bollito volvería a Londres, a pasar unos días de vacaciones.

Fue pensarlo y sonreír. Chateaban semanalmente -todos los jueves- y se escribían emails casi a diario...

Y cada día que pasaba, acercándolo al verano y su regreso, las ganas de verla eran más grandes. A veces, no podía evitar burlarse de sí mismo, sólo le faltaba empezar a tachar los días en un calendario para convertirse en el rey de los patéticos. Se consolaba pensando que a Tess le pasaba lo mismo. Le decía "tengo tantas ganas de estar en Londres", pero él leía entre líneas; *tenía tantas ganas de estar con él*. En Londres o en cualquier otra parte, preferentemente, a solas y cerca. Cuanto más cerca, mejor. Él tampoco le decía "me muero por verte", y estaba más que claro que *se moría por verla*. No le decía nada que pudiera dar lugar a dobles lecturas, y no porque no deseara hacerlo... Después de los sms que se habían cruzado en Nochevieja, sólo en una ocasión él había sido directo: "estás para comerte", le había escrito en uno de sus mensajes. Era lo primero que le venía a la mente cada vez que pensaba en ella, y aunque sonara sexual, en realidad en él era el equivalente a un mucho más galante y mejor sonante "eres preciosa". No había sido intencional. Se le había escapado. ¿Conclusión? Ella había tardado dos días en responder, y él, que se consideraba un tío espabilado, había tomado buena nota del detalle; Bollito, seguía sin estar "preparada". Necesitaba más tiempo.

Muy bien, se lo daría. Hasta que volvieran a estar a dos metros de distancia. Entonces, *ya no le daría más tiempo*.

Era increíble. Sólo pensar en Tess, lo ponía de buen humor.

Sacó el BigMac que había puesto a calentar en el microondas y mientras le daba el primer bocado, se sentó frente al portátil, súper animado.

A ver qué le contaba hoy la editora.

En Boston, un día complicado acababa de complicarse aún más. La presión que su jefe había venido ejerciendo sobre Tess desde la última Nochevieja acerca del asunto Diana Simmons, había crecido cada mes que acababa sin señales del manuscrito, y desde que habían llegado a sus oídos rumores de que Random House sabía que la Simmons había renacido de entre los muertos literarios y trabajaba en un nuevo libro, se había vuelto insostenible. Cuando sonó el teléfono, acababa de decirle -ordenarle, más bien- a la editora que "comprara billete de avión para Austin, Texas, porque antes de que acabara la semana quería tener sobre su mesa, el manuscrito y un contrato de edición firmado por la Simmons".

Tess, ocupada en pensar de qué manera lograría salir de aquel entuerto, no prestó atención a lo que su jefe hablaba. Sabía que Diana había empezado con las correcciones de la novela, pero también sabía no sólo porque ella se lo hubiera dicho, sino porque era una de las tantas peculiaridades de escritor que salían a la luz en las entrevistas, que las revisiones le tomaban más tiempo que el propio proceso de escribir la novela. Siendo muy optimistas, la editorial podría contar con el manuscrito final después del verano. Quizás, pensó, pudiera convencerla de que le permitiera leer la primera versión mientras ella continuaba con las revisiones. De esa manera, ganarían tiempo en la obtención de un manuscrito final, y el Director Editorial tendría algo con que contentar a la Junta y dejaría de presionarla. Y quizás de esa manera, también evitara tener que desplazarse a Austin. Diana la había invitado en repetidas ocasiones a conocer el rancho de su familia, y desde luego, a Tess le habría gustado aceptar, pero el trabajo...

Siempre el trabajo, pensó. En aquel momento, oyó que su jefe estrellaba el auricular contra el cuerpo del teléfono al tiempo que soltaba un taco.

—¡Lilian está en el hospital. Se ha quebrado no una, sino las dos piernas! Cuatro meses de baja... ¿qué te parece? —miró a Tess, echando espuma por la boca—. Pues, lo siento pero te toca...

Se refería a Lilian Furley, la editora de la colección de narrativa femenina de la editorial, y antigua jefa de Tess.

—¿A qué te refieres? —le preguntó. En un instante, había pasado de sentirse preocupada por la situación de su ex-jefa, a preocuparse por su propia situación.

—No esperarás que deje el departamento en manos de una junior con ocho meses de experiencia, ¿verdad? Tendremos que ocuparnos tú y yo, Tess —sentenció él.

Tess deglutió el bufido justo antes de que saliera por su boca. Casi prefería ocuparse ella sola, que compartir responsabilidad con aquel hombre que no sabía distinguir entre lo urgente y lo importante.

—¿Cuándo prefieres que lo haga, antes o después de viajar a Texas? —replicó, con un punto casi imperceptible de ironía.

Adam Fairchild no se esforzó en contener el bufido malhumorado.

—Ufff... Tienes razón... Lilian ya podría haber elegido otro momento para ponerse de baja... —miró el reloj y volvió a bufar. Se puso de pie—. Tengo que estar en un cóctel en media hora y como no salga ahora mismo, llegaré tarde...

Tess también se puso de pie. Esperó pacientemente a que su jefe, que tras ponerse la chaqueta, guardaba unas carpetas en su maletín, dictara sentencia.

—De acuerdo, ésto es lo que harás —dijo al fin—. Hoy pásate por el hospital a ver a Lilian. Que te cuente lo más urgente. Así mañana a primera hora, vemos qué hay y nos organizamos para darle curso. Y habla con la señora Austin. Necesitamos ver un manuscrito, ya. Que mande lo que tenga...

Tess asintió.

—Muy bien.

El Director Editorial se detuvo junto a la puerta de su despacho y se volvió.

—Ah, Tess... *Que lo mande a través de su agente, ¿*entendido?

Ella volvió a asentir. De no haber estado tan preocupada por la tonelada de trabajo que se le venía encima y amenazaba con enterrarla viva, pensaría que aquel hombre tenía un problema de tipo personal con Diana Austin.

Mientras se dirigía a su oficina, decidió que a Gladys no le contaría las malas nuevas hasta el día siguiente. Ahora, tenía el tiempo justo para mandarle un mensaje a Scott y correr al hospital antes de que se hiciera más tarde y no la dejaran ver a Lilian Furley.

¿Qué tal estás? ¿Y tu padre, qué le ha dicho el especialista hoy?

Estoy a punto de marcharme, y tengo prisa, de modo que no me extenderé.

¿Que dónde me marcho? Al hospital. Mi ex-jefa ha tenido un accidente -por cierto, no sé de qué clase- y se ha roto las dos piernas. Vaya suerte la suya.

¿Que por qué tengo prisa? Estará de baja cuatro meses, y alguien tiene que ocuparse de su departamento. ¿Adivinas a quién le ha tocado ir a recoger el testigo al hospital? Vaya suerte la mía.

Y yo que soñaba con los doce fantásticos días que pasaría en mi querido Londres...

Lamentablemente, el viaje tendrá que esperar. Los cuatro meses de baja implican que hasta octubre, como mínimo, no puedo moverme de Boston. "Moverme" entendido en el contexto internacional, porque también hay un viaje a Texas planeando sobre mi cabeza, que en cualquier momento aterriza...

En fin, será mejor que me vaya cuanto antes o no me dejarán hablar con la paciente.

Hasta más ver, motero ☺

Tess

Dakota cerró la tapa del portátil, sin apagarlo, y se echó en la cama boca arriba.

¿Ella no iba a venir hasta...? No lo podía creer.

"Vaya mierda", se quejó en voz baja.

Apagó la luz y se volvió boca abajo. Enterró la cabeza debajo de la almohada.

Vaya. Mierda.

~22~

La baja laboral de su antigua jefa había contribuido a que los días de Tess adquirieran características muy próximas a la locura. Y esto era así no sólo porque la colección de narrativa femenina editaba un número mayor de títulos al año -incluía subcolecciones emblemáticas como IvoryPress, que daba voz a las escritoras afroamericanas más notorias del país-, sino porque en teoría, Tess se ocupaba de ella a medias con su actual jefe, el Director Editorial. En la práctica, no sólo la coordinaba íntegramente; además, deshacía los entuertos que los olvidos/ideas geniales de Adam Fairchild ocasionaban. Era un gran gestor empresarial y un gran relaciones públicas, y ambas cualidades lo habían mantenido a la cabeza editorial de Harcourt Publishers desde hacía once años, pero en el día a día del trabajo editorial era lisa y llanamente, ineficaz.

Si ya se sentía estresada antes de que Lilian Furley tuviera la ocurrencia de aceptar la invitación de su joven y multimillonario amante y marcharse a St. Moritz a esquiar -y romperse "no una, sino las dos piernas"-, ahora ni siquiera tenía tiempo de pensar en ello. Sólo el cuidado que ponía en su arreglo personal, más concienzudo para compensar los estragos de su nuevo estilo de no-vida, le ayudaba a mantener el ánimo (y sus frecuentes contactos con Scott, claro, pero tenía prohibido pensar en eso durante las horas de trabajo). También estaba resultando útil para despistar al personal de la editorial. Había quien creía que su aspecto esmerado se debía a la existencia de un "nuevo amor" en su vida.

¿A cuál vida se estarían refiriendo? Menuda ironía.

Aquella mañana hasta su asistente le había dedicado una mirada llena de picardía al verla llegar con el conjunto tan primaveral de falda corta de volantes y blusa sin mangas que alternaba, formando franjas, dos patrones florales diferentes, uno de fondo celeste muy claro, y otro de un dominante color turquesa. Un ancho cinturón elástico color azul eléctrico, un collar largo de cuentas turquesas, de dos vueltas, unas medias de color natural con efecto ultra brillante -sin puntera y con ligas-, y unas sandalias a juego, con plataforma y tacón de diez centímetros, completaban el atuendo. Maquillaje esmerado, como siempre, y cabello suelto daban el toque final.

Si todo lo que tenía por delante era enterrarse en toneladas de manuscritos, lo haría sintiéndose atractiva. Qué menos.

Tras repasar el carmín de sus labios, Tess cogió el maletín. Aún no había podido hablar con Diana Austin -le había dejado un mensaje, ya que la escritora no estaba en casa-, pero llevaba once horas encerrada en el despacho. Suficiente por hoy, pensó. Pasaría por la tienda a recoger un traje que había dejado para que lo limpiaran, luego una parada rápida para comprar provisiones, y a casa, a chatear con Scott.

Ya estaba en el pasillo cuando oyó que su teléfono sonaba. Titubeó un instante. Finalmente, volvió sobre sus pasos.

Era la llamada que estaba esperando.

—*Disculpa el retraso, pero acabo de llegar... ¿Cómo estás, Tess?*

La editora dejó el maletín sobre el escritorio y tomó asiento.

—Bien... Con mucho trabajo, pero bien. ¿Te has enterado de lo de Lilian Furley?

—*No...* —respondió la escritora—. *Aquí, en Austin, me temo que no me llegan muchos cotilleos de la alta sociedad bostoniana... Esto es el "lejano y profundo sur"...*

—Pues, se ha ido a esquiar a Suiza y ha vuelto en jet privado con las dos piernas fracturadas... ¿Qué te parece?

—*¡No! ¡Pobre, Lilian!*

—Y pobre yo —apuntó Tess, con resignación—. Estás hablando con la editora en funciones de la colección de Narrativa Femenina de Harcourt Publishers...

—*Ohhhh... ¡Tess, cuánto lo siento...! Pobrecita mía, estarás agobiadísima...*

La editora no pudo evitar sonreír ante aquella expresividad sureña de la que Diana Austin se contagiaba tan pronto abandonaba Boston y volvía a sus orígenes.

—Eso también —admitió—, aunque del agobio, el principal culpable se apellida Fairchild no Furley... —hizo una pausa—. Quiere un primer borrador de tu manuscrito, un avance... y lo quiere ya. Si pudieras darme algo...

Del otro lado de la onda, le llegó un suspiro. Tess maldijo para sus adentros. Odiaba presionar a aquella mujer.

—*Acabaré con la primera revisión en dos semanas...*

—No tengo dos semanas, Diana —replicó Tess—. No tengo ni siquiera dos días. Cuando sucedió lo de Lilian, me había pedido que fuera a verte, al rancho.

Hubo un incómodo silencio que a la editora le resultó eterno. Al fin, Diana habló:

—De acuerdo. Le enviaré a Sophia el primer capítulo para que te lo haga llegar, y espero que eso sea suficiente porque no habrá más, Tess. Hasta que acabe las revisiones no habrá más.

Fue como si toda la tensión de semanas, se liberara en un instante. La editora soltó un suspiro, y a continuación un explícito "¡qué alivio!", que hizo sonreír a su interlocutora.

—Y que te quede claro que lo hago por ti —añadió con aquel marcado acento sureño—. Nadie ha leído un manuscrito mío antes de que estuviera completamente terminado, revisado y corregido. Ni siquiera Sophia. Jamás.

Tess esbozó una gran sonrisa y le agradeció efusivamente el gesto. La conversación, que se extendió durante varios minutos más, volvió sobre el tema de Lilian Furley y su amante millonario, del que Diana -hambrienta de cotilleos tras un largo período en el lejano y profundo sur- quiso saber hasta el último detalle.

Conectaban. Había sido así desde el primer momento. Ella también estaba haciendo algo que nunca había hecho por una escritora; engañar al Director Editorial. Utilizaría el primer capítulo para fabricar un manuscrito completo, que Gladys se ocuparía de encuadernar.

Y cruzaría los dedos para que al verlo sobre la mesa de Tess, y quizás echar una ojeada a las primeras páginas, Adam Fairchild se diera por satisfecho, y la dejara en paz.

Al menos, un par de semanas más.

Tess echó un vistazo nervioso a su reloj de muñeca mientras recorría a prisa el pasillo hacia la salida. Siete y media de la tarde. Pulsó con insistencia el botón de llamada del ascensor. Hoy tampoco podría recoger la ropa del tinte y si quería conectarse al chat a tiempo, ni pensar en detenerse a hacer una compra, por más rápida que fuera.

Las puertas del ascensor se abrieron y Tess saludó al único ocupante, un hombre en edad de jubilación que levantó la vista del periódico para responder al saludo y volvió a sumergirse en la lectura. Lo conocía de vista porque alguna que otra vez habían compartido el mismo ascensor. Pero normalmente, se marchaba del trabajo lo bastante tarde como para ser la única ocupante.

Debería haberse acostumbrado a que sus jornadas laborales fueran tan extensas -además de intensas-, pero a medida que pasaba el tiempo, lo llevaba peor. Hacía meses que había tenido que dejar sus clases de yoga, harta de disculparse por asistir sólo a la mitad de las clases contratadas, y encima llegar con retraso y molestar a los demás asistentes. Las salidas con los amigos habían quedado reducidas al fin de semana y como esos eran los días de las citas -las citas de sus amigos, no las suyas que hacía tanto que no las tenía que formaban parte de los recuerdos del pasado-, ya no los veía con tanta frecuencia como antes. En resumidas cuentas, toda su vida social se limitaba a su amigo Terry, y al chat de los jueves con Scott, a las que por cierto, también solía llegar con retraso.

Cuando llegaron a la planta baja y las puertas se abrieron, Tess agradeció con un gesto la gentileza de su compañero de viaje, de dejarla salir en primer lugar, y se dirigió a la puerta de salida con paso rápido.

Al menos, aún había luz natural, lo cuál suponía un cambio al curso de la semana. Los tres días anteriores las elegantes farolas de hierro forjado que iluminaban la calle ya estaban encendidas cuando se marchó a casa.

Con suerte, en quince minutos, media hora como mucho, estaría frente al ordenador, lista para conectarse al chat, pensó con alivio mientras buscaba las llaves del coche en el bolso sin detener la marcha. No es que fuera un súper plan para un jueves por la noche, pero desde luego, para ella era satisfactorio. Le gustaba charlar con Scott, lo encontraba divertido y novedoso, y tras cinco meses de conversación asidua, ese rato que pasaban juntos a través de la distancia, se había transformado en hábito. Era un elemento más que componía sus días, uno que valoraba especialmente... A pesar de las implicancias, incluso de sus propias reticencias...

¿Dónde estaban las benditas llaves?

A punto de llegar al pie de las escaleras que conducían a la gran explanada del aparcamiento, seguía rebuscando en su bolso sin hallarlas. Decidió que lo mejor era detenerse, dejar el maletín y la rebeca sobre el murillo y buscar las llaves a conciencia, sin riesgo de torcerse un tobillo al tropezar en los empinados escalones.

Móvil, gafas de repuesto, espejo, agenda electrónica, billetero, llaves de casa, gafas de sol -como si viera la luz del día lo bastante como para necesitarlas, pensó con ironía-, monedero... Había vaciado medio bolso sobre el murito de piedra. Había de todo, menos lo que buscaba... ¿Tendría que coger un taxi? ¿Qué demonios había hecho con las malditas-llaves-del coche?

—¿Te ayudo a desparramar cosas, o te apañas solita? —oyó que alguien decía muy cerca suyo.

Esa voz...

Tess levantó la vista diciéndose que no podía ser, que tenían que ser imaginaciones suyas..., pero cuando vio aquellos impactantes ojos color café, aquella sonrisa ladeada...

El set de maquillaje que ella sostenía en la mano cayó al suelo, y Tess no hizo el menor ademán de recogerlo. Rebotó sobre el filo del escalón y cayó otros tres más abajo, desparramando el contenido, mientras ella, boquiabierta de la sorpresa, contemplaba al hombre que le había hablado, como si fuera una aparición.

Con expresión divertida, Dakota miró el reguero de barras de labios, polvos compactos y pinceles que decoraba las escaleras, y luego, a su dueña. Tras las gafas de ver redondas, unos ojos alucinados lo miraban sin acabar de dar crédito a lo que veían.

—*Oops*... Ya veo que no necesitas ayuda —dijo, satisfecho por una reacción que viniendo de una mujer como ella, valía más que si se hubiera arrojado a sus brazos.

Recogió rápidamente las cosas, una a una, las colocó dentro del set y a continuación, tomó la mano femenina y depositó el estuche sobre ella.

—Hola, bollito... Iba a preguntarte cómo estás, pero voy a darte unos minutos más para que te recuperes del shock...

Al oírlo, Tess se puso roja.

Fantástico. Acababa de quedarse pasmada otra vez, como la heroína de una novela romántica mala ante la visión de su héroe. Sólo que en este caso, el "mal de la tontuna" se presentaba con meses de retraso, y no exactamente por la misma razón.

El resultado final, no obstante, no variaba demasiado: resultaba igualmente patético.

No era su presencia masculina y singular la que la dejaba pasmada, sino su imprevisibilidad. No lograba acostumbrarse a esa cualidad suya de hacer cosas inesperadas y hacerlas de una manera nada convencional y al mismo tiempo con una naturalidad asombrosa. Indefectiblemente, la tomaba por sorpresa. Incluso Terry, que era la persona menos convencional y más desdeñosa de las reglas sociales que conocía, la llamaba para avisarle que pasaría a recogerla al trabajo. Scott, en cambio, cruzaba un océano y cinco usos horarios como quien se detiene en el pub donde se reúnen los amigos, de camino a casa.

La mirada de Tess, con cierta timidez y mucho disimulo, reparó en el aspecto de Dakota. Él se dio cuenta de que a la editora le gustaba lo que veía y tomó debida nota. Su elección de indumentaria no tenía que ver con ella sino con los controles en los aeropuertos norteamericanos, pero acababa de hacer un descubrimiento interesante.

Vestía de negro, como era habitual en él. Hoy, sin embargo, a Tess no le pareció ni un motero ni un gótico. Llevaba una camiseta negra de cuello redondo, de esas a las que parece que alguien le hubiera arrancado las mangas, unos pantalones pitillo cuyo único adorno era un cinturón con una gran hebilla plateada, y en lugar de las botas a las que Tess había empezado acostumbrarse, unas zapatillas de baloncesto. En esta ocasión no había pinchos ni tachuelas a la vista, tampoco cazadoras llamativas. Del gran macuto de cuero que había apoyado en el suelo, cerca suyo, colgaba un jersey negro de aspecto ligero, quizás de algodón. Y el pelo, otro de sus rasgos de identidad, lucía prolijamente peinado en una coleta baja

Bueno, quizás su presencia también tuviera algo que ver con la sorpresa; era atractivo, muy masculino, y sin duda, singular... *A su manera.*

—Estoy bien... —dijo al fin con un sonrisa suave, manteniendo a raya la ilusión que le hacía volver a verlo— aunque bastante sorprendida... ¿Puedo preguntar que haces en Boston? ¿Cuándo has llegado?

Eso era *parte* de lo que quería saber, no todo ni lo más importante. A ella le importaba el qué y el cómo, eso seguro, pero a pesar de que su compostura le impidiera hacer una pregunta tan personal, lo que más le importaba de todo era el porqué. Dakota lo sabía muy bien... Asintió y habló con su habitual desparpajo.

—Llegué el fin de semana —respondió, algo que, por supuesto, no se acercaba ni remotamente a la verdad—, pero he estado en la Harley Ride de Myrtle Beach, Carolina del Sur, haciendo caballitos con una moto prestada y bebiendo cerveza hasta caer redondo... Y ahora estoy aquí... —sonrió—. Me dije que estaría bien quedarme unos días en Boston y ver qué tal te va la vida...

Esto sí era cierto. Al menos, parcialmente. Su vuelo de regreso salía el siguiente martes a mediodía y lo que Dakota quería era pasar los cinco días con ella.

Tess volvió a asentir. ¿Unos días -en plural- en Boston? Bajó la cabeza en un intento de seguir manteniendo a raya la ilusión... Y de ocultar la sonrisa, que pugnaba por salir y delatarla.

Dakota no la ocultó.

—Vale —lo escuchó decir con aquella voz grave y viril—. Entonces, si te parece bien, podríamos ir a comer algo, ¿no?

Ella lo miró con los ojos brillantes y su sonrisa dulce, y él a duras penas logró contener el impulso de comérsela a ella, allí mismo.

—Digo... Si no habías quedado con otro tío y vengo yo a joderte el plan... —añadió con picardía.

Buen intento de sondear el horizonte, pensó Tess mientras volvía a guardar las cosas en su bolso.

—Ah, no te preocupes. Con él puedo quedar otro día —respondió, y lo miró, sonriente—. Vive aquí.

Tras otros diez minutos buscando las llaves, acabó descubriendo que, en un alarmante síntoma de falta de concentración, las había dejado puestas.

Algo de por sí inusual en una persona tan metódica y organizada como ella, comenzó a convertirse en preocupación cuando Tess erró por tercera vez consecutiva la entrada correcta para ir al centro del barrio Charlestown, a alguno de los muchos restaurantes étnicos. Los nervios por volver a ver a Scott, sumados al interés con que escuchaba cada palabra que él decía, hacían imposible atender a otra cosa. Lo que tenía sus bemoles considerando que era ella quien iba al volante.

Al final, decidió dejar el coche en un aparcamiento próximo al North End[11] y comer algo en cualquier local que se compadeciera de dos hambrientos lo bastante como para tomarles nota a esas horas.

Tuvo que ser en un italiano, pero le pareció que Scott disfrutaba de su lasagna, y, desde luego no parecía haberse percatado de las tres vueltas fallidas que había dado a bordo de un turismo.

El lugar era una pequeña *trattoría* con una decoración bastante típica: mesas y sillas oscuras de diseño básico, mantelería de tela a cuadros blancos y rojos, y una cesta con grisines y pequeños panes de diversas mezclas de harina, junto a la consabida botella de aceite de oliva virgen, en el centro de la mesa. Había fotos dedicadas de celebridades en todas las paredes. No era el *ristorante* favorito de Tess, pero sabía que se comía bien, y además, se había hecho tarde para intentarlo en algún otro sitio.

Otras tres mesas, aparte de la de ellos, tenían comensales y algo en común: las mujeres que las ocupaban habían reparado en el hombre que vestía de negro y llevaba coleta, y por extensión en la mujer que lo acompañaba. Algunas lo hacían con disimulo; otras no.

—De modo que planeas pasar una semana "haciendo caballitos con una moto prestada y bebiendo cerveza hasta caer redondo" en Carolina del Sur, y no me dices nada...

¿Planear? De eso, nada. Él planeaba muy pocas cosas. Ésta había sido un impulso surgido de la desesperación. No se sentía capaz de pasar otros cuatro meses sin verla y seguir cuerdo. La ansiedad lo estaba matando. Pero, por descontado, ésto no podía decírselo.

_____

(11) Nort End: es uno de los distritos históricos de Boston, conocido por ser el enclave de inmigrantes de origen italiano.

—Tú tampoco me habías dicho que habías quedado a cenar con ese otro tipo, ya sabes, *el que vive aquí* y eso que hoy tenías una cita en el chat, conmigo... —sonrió—. Y ahora que lo pienso... ¿no será por eso que siempre llegas tarde...?

Tess permaneció en silencio, mirándolo con su sonrisa pícara mientras esperaba que él le diera una respuesta satisfactoria.

—Hay muchas cosas que no te digo... —admitió Dakota con desparpajo, una gran verdad que él hizo que sonara con un sentido distinto—. Ni te interesa saberlas ni a mí, que las sepas.

Ella asintió. Acababa de acercarse a un campo de minas y él le había sacado la señal de "stop". Descubrió, con sorpresa, que eso no le gustaba, pero su parte pragmática y reservada no tuvo más alternativa que darlo por bueno.

—¿Y qué sucede en esas "rides" que tanto te gustan? —le preguntó, en un obvio cambio de tercio que él, interiormente, recibió con alivio.

Dakota se explayó a gusto, relatándole con detalle y mucho humor, un evento motero al que *no había asistido*. Había estado en muchos otros, y era cierto que se parecían. Los moteros de Harley eran moteros de Harley en cualquier parte del mundo; "Ride safe and enjoy"[12]. Cambiaban los colores y los paisajes; el espíritu que los unía a través de carreteras y caminos, no. Pero en ésta concentración en particular, la de Myrtle Beach que se celebraba todos los años en mayo, no había estado. Acababa de llegar a Estados Unidos, y la única razón que lo había traído hasta aquí, estaba sentada frente a él, siguiendo atentamente cada cosa que decía.

Tess casi no comió. Sentía un nudo en la boca del estómago y continuaba teniendo grandes dificultades para concentrarse en otra cosa que no fuera él. Sus palabras, que no cesaban de fluir, sus formas desenfadadas a las que empezaba a encontrar más y más refrescantes aunque en ocasiones la hicieran sonrojar, y también su aspecto, su presencia... Sin el sutil pero constante tintineo del metal que siempre adornaba su indumentaria, él resultaba no sólo atractivo, sino también un hombre "normal".

Excepto por su juventud, claro. Tess exhaló un suspiro. Eso nada podía cambiarlo.

—¿Te aburro?

Ella lo miró sorprendida, sin saber muy bien qué decir.

—¿Perdona...? —entonces recordó el suspiro y comprendió que él lo

---

(12) Ride safe and enjoy: (ride=montar en, conducir una moto) "conduce con precaución y pásalo bien".

había malinterpretado. Lo cual, bien visto, era una suerte—. No, no... Todo lo contrario. Es sólo que no te recordaba tan conversador...

Es que no era tan conversador.

Ella estaba preciosa. Preciosa, con su blusa escotada y el pelo ensortijado suelto y aquellos labios pintados de un alucinante rojo violáceo que parecían decirle "cómeme"... Cada vez que la miraba, se ponía malísimo, así que procuraba no mirarla demasiado, pero ella seguía allí, escuchando cada palabra que él decía como si no hubiera nada más importante en el mundo. Tenía la sensación de que como se le ocurriera parar de hablar, saltaría por encima de la mesa y le daría gusto al cuerpo.

Sería como en el baño del aeropuerto, sólo que sin el baño.

—¿Todo lo contrario? O sea que, entonces, te divierto.

Aunque aquello, más que sonsacar información, bien podía haber sido otro intento desesperado de *no* saltar por encima de la mesa.

Tess consideró el asunto unos instantes. Al final, habló con una sonrisa gentil en los labios y midiendo sus palabras cuidadosamente.

—"Me entretienes" se ajusta más. No todo lo que dices o haces me divierte, pero todo me resulta interesante. ¿Ves la diferencia?

"Ay, que monto el número...", pensó Dakota con un punto de desesperación, y se bebió la cerveza de una sentada ante una Tess, que ajena a sus pensamientos, lo observaba divertida.

—*Sip*. Veo la diferencia —respondió él después de limpiarse los labios con el dorso de la mano—. Pues te diré que es una suerte que "te entretenga". Así puedo seguir hablando sin parar toda la noche, y mañana, y la noche de mañana porque, ¿sabes?, si paro...

Los ojos de Dakota enfocaron en el rostro de Tess, que adquirió seriedad de forma instantánea.

—*Bum* —lo escuchó decir.

Era increíble lo que una sola palabra, una sola sílaba, podía conjurar.

Su voz resonó en cada célula de Tess y la mantuvo vibrando como un diapasón durante una eternidad.

Conjuró deseo, pasión, locura... Sentimientos que sólo estaban asociados a un único hombre en la vida de Tess; él.

Emociones tan intensas que lograban acallar sus preocupaciones, sus juicios, incluso su sentido del bien y del mal.

En ese espacio único que compartían no había lugar para más. Sólo ellos dos y eso que los atraía inexorablemente, fuera lo que fuera.

La editora tragó saliva. Bajó la vista hasta el mantel. Durante unos instantes intentó concentrarse en las letras azules y verdes del logo del restaurante que decoraban un ángulo próximo. Pronto, sin embargo, sobrevino la lógica con sus explicaciones descarnadas. Nadie, jamás, la había hecho sentir de esa manera porque -ahora estaba segura-, nadie, jamás, la había deseado tanto como él la deseaba.

Era así; un hecho irrefutable.

Volvió a mirarlo a los ojos.

—Entonces... —sugirió, con suavidad—. Quizás, sería conveniente que continuaras hablando hasta que lleguemos a mi casa.

Dakota inspiró profundamente. Se mordió el labio inferior en un gesto de contención. Y al fin...

—¿Te he dicho a qué se dedica mi viejo, ahora que ya no necesita las muletas?

Tess le regaló una mirada llena de dulzura.

—No —murmuró—. Cuéntamelo.

~23~

El único ocupante del ascensor resultó ser vecino de Tess y los acompañó las cuatro plantas. Dakota había dejado de conversar tan pronto bajaron del coche, en el aparcamiento, y el silencio, que parecía volverse más denso con cada planta que dejaban atrás, podía cortarse con serrucho cuando el ascensor llegó a su destino. Primero salió Tess, como correspondía, y a continuación, el hombre entrado en años y canas que vivía en el piso que estaba a la izquierda del de Tess.

Dakota fue el último en salir, con su macuto al hombro y los ojos clavados en el contoneo de la falda corta de volantes que iba un par de metros por delante. Llevaba veinte minutos sudando, y aquella no era precisamente una noche calurosa.

Los mismos que Tess llevaba tiritando, con la boca bien cerrada por miedo a que empezaran a castañetearle los dientes. En la vida se había sentido *tan* nerviosa.

El vecino atinó primero a la cerradura y se despidió con un correcto "buenas noches" antes de desaparecer detrás de la puerta de su piso. Tess no tuvo tanta suerte; la suya tenía tres cerrojos y, por lo visto, alguien le había cambiado las llaves; no conseguía atinar con ninguno.

—¿Puedo? —ofreció Dakota con naturalidad.

Ella lo miró con fingido desdén.

—¿Acaso crees que necesito ayuda para abrir mi propia puerta?

Los dos necesitaban ayuda. Un milagro. Algo. Él estaba a punto de convertirse en el sátiro de la coleta, allí mismo, sobre la señorial alfombra roja de su señorial edificio. Y ella, no atinaba con la jodida puerta.

—¿Sin gafas? Hasta dudo que me veas a mí... —bromeó él. Tess se las había quitado en el aparcamiento. Comentó que tenía algo en un ojo, pero para él era pura coquetería. No había vuelto a ponérselas. Decirle que sin ellas no veía un pimiento era una excusa socorrida.

Tess le dio el llavero y se hizo a un lado. Se cruzó de brazos con una expresión divertida en el rostro. Prefería que la tomara por corta de vista a que pensara que estaba nerviosa. Había verdades muy incómodas y aquel era un buen ejemplo. Tess veía perfectamente tanto los cerrojos como a él. Veía lo bastante como para haberse percatado de un detalle en el que hasta entonces no había reparado; Scott tenía los músculos bien marcados. No eran como los de un culturista, pero la silueta perfilada por los estrechos pantalones pitillo y aquella camiseta ajustada, que dejaba a la vista unos brazos de aspecto fuerte, distaba millas siderales del larguirucho delgado de antaño. No pudo evitar preguntarse si aquel descubrimiento se debía al ostensible cambio en el vestuario de él, o a que ella, definitivamente, lo miraba con otros ojos.

O a ambas cosas.

Dakota abrió el primer cerrojo. Tentó el picaporte; cerrado.

—Son tres —aclaró ella, sin mirarlo.

Él sí que la miró. Vivía en un elegante edificio con portero las veinticuatro horas. ¿Qué clase de persona echaba tres cerrojos a su puerta? La respuesta a esa pregunta, que no pensaba formular en voz alta, lo ablandó. La imaginó cerrándola por las noches y acurrucándose en su cama, sola, y...

Tuvo que apartar los ojos de aquella mujer que lo ponía al límite con nada, y volver a mirar la jodida puerta. Respiró hondo y se concentró en lo que hacía.

Probó dos llaves antes de dar con la que abría el segundo cerrojo. El tercero no se le resistió.

La abrió y se apartó del quicio para dejarla pasar, pero sus ojos enfocaron en Tess y no volvieron a dejarla.

La siguieron cuando ella pasó a su lado, pequeña miedosilla coqueta que no le llegaba al hombro a pesar de sus impresionantes tacones.

Los ojos de Dakota quedaron atrapados en el cuerpo femenino de curvas suaves pero notorias que avanzaba por el largo pasillo encendiendo luces al tiempo que anunciaba, a modo de presentación, las distintas estancias que iba dejando atrás, a derecha e izquierda. No reparó en que todas las paredes estaban cubiertas de fotos de familia hasta el punto de que había tramos en los que resultaba difícil encontrar un hueco libre. Tampoco en el orden evidente de todas las estancias por las que habían pasado. Ni siquiera se percató de que el mantel que cubría la mesa de la cocina era la Union Jack, la bandera británica. Sólo tenía ojos para ella.

Y Tess se dio cuenta. Volvieron los temblores, los nervios a flor de piel y...

—Me apetece un café y algo dulce ¿te apuntas? —lo dijo con una sonrisa incómoda que no pudo evitar, y como fue consciente de ello, se dio la vuelta sin esperar respuesta.

Se puso a la tarea con una energía desbordante.

Dakota se rascó la media perilla. No le apetecía un café y después de haber catado sus besos, sabía que nada fuera de ella, podía ser tan dulce... Y ella estaba nerviosa, y él muy caliente, y...

Carraspeó. —¿Dónde has dicho que estaba tu baño?

Un temblor la recorrió de la cabeza a los pies haciendo que parte del torrefacto cayera fuera del filtro de la cafetera. Por suerte, pensó, él no podía verlo.

—Frente a mi dormitorio. Es la tercera puerta a la derecha del pasillo.

Tan pronto sintió sus pasos alejándose, Tess se apresuró a limpiar de partículas oscuras, la superficie blanca de la mesada. Continuó intentando concentrarse en la tarea y no pensar.

Puso el café a hacer, rebuscó en su desértica alacena algún hidrato de carbono potente con el que calmar su creciente ansiedad (sabiendo que, en este caso, lo único que lo calmaría estaba hecho, en su mayoría, de moléculas proteicas; un metro noventa y pico de moléculas proteicas, concretamente). Entonces, recordó que en el armario del salón, donde estaba el juego de té, conservaba un paquete de budín inglés, de esos cerrados al vacío. Fue a por él. Con un poco de mermelada de frambuesa, pensó, quizás obtuviera una dosis de sacarosa suficiente para llegar hasta medianoche sin caer rendida en sus brazos. Luego, tendría que improvisar.

Cuando Dakota regresó a la cocina, unos cuantos minutos más tarde, el café estaba listo y servido, y Tess estaba frente a la mesada disponiendo porciones de pudin sobre una fuente redonda. Él se acercó silenciosamente, y se inclinó un poco por encima de ella, con la excusa de ver qué hacía.

—*Mmm*, púdin... qué rico... —su voz fue un murmullo ronco que dejó bien claro que no era en aquel postre tan inglés en lo que estaba pensando.

Tess volvió la cabeza, sobresaltada, y al verlo se sobresaltó aún más. Llevaba el cabello suelto, y algunas porciones lucían húmedas, al igual que la piel de su rostro, como si hubiera puesto la cara bajo un chorro de agua.

Notó aquel familiar aroma a almendras de su gel de baño, entremezclado con algo más que no llegó a reconocer.... pero aquel brillo salvaje que había en sus ojos no tuvo problemas en reconocerlo al instante.

Otro estremecimiento la recorrió entera, esta vez fue más intenso y más evidente, y Dakota acusó recibo: la distancia que los separaba se redujo quince centímetros.

Tess tragó saliva. Ahora también reconocía el aroma que en un principio no había logrado identificar. Era fresco, marino... Aftershave.

Él se inclinó un poco más, hundió su dedo en el bote de mermelada y luego se lo llevó a la boca. Tess ni siquiera pestañeó. Sus ojos, cautivados, siguieron el recorrido de aquel dedo untado de dulce que entraba hasta el fondo en la boca masculina, y luego, lentamente, volvía a salir limpio...

Volvió a estremecerse cuando sintió que un brazo de Dakota le rodeaba la cintura desde atrás y su mano ardiente, con los dedos extendidos, descendía por su vientre.

Él se pegó a ella y Tess... lo dejó hacer. Apoyó la espalda contra el pecho masculino, mientras él la rodeaba, en un abrazo posesivo.

Suspiró cuando sus dedos le dibujaron el contorno del pubis, por encima de la ropa, y se apretó aún más contra él, cuando se hundieron en sus labios vaginales.

Su erección empezó a pulsar, dolorosamente, y Dakota jadeó... Su aliento ardiente se extendió como la onda de una deflagración más allá de los pechos de Tess. La *hipersensible* red nerviosa de sus areolas reaccionaron al instante. Sus pezones se endurecieron.

Era una reacción en cadena. Una respuesta apasionada que provocaba más deseo y, ésta a su vez, otra respuesta aún más apasionada.

Los movimientos se sucedieron rápidos, con ansiedad y con anticipación. El cosquilleo de la falda contra sus muslos cuando él se la levantó hasta la cintura...

La presión de la tira del tanga cuando él la apartó para enredar sus dedos en el vello púbico...

El estremecimiento y la contracción de sus músculos vaginales al sentir la invasión de un dedo, y luego, de dos...

Quería mirar... Volver a experimentar el deseo de un hombre mientras lo veía crecer ante sus ojos... Volver a sentirse una mujer hermosa.... Pero sus párpados se negaban a abrirse. Habían sucumbido a la miríada de sensaciones que la embriagaban, a la pasión abrumadora que se había adueñado de él, mucho antes de haberse adueñado de ella...

Con el tercer dedo sobrevino un orgasmo que los sacudió a los dos, el primero que sentía estando en compañía de un hombre desde hacía muchos meses. Se agitó y todos sus músculos se contrajeron casi hasta el punto del dolor, esperando y deseando una pausa que le permitiera recomponerse, recuperar el aliento... Volver a su centro.

Una pausa que no tuvo. El suplicio de aquel dedo hostigando su clítoris pronto volvió a empezar con mucho más ímpetu. Dakota volvió a jadear, un quejido ronco y otra bocanada de fuego que la quemó entera cuando él empujó sus caderas a tope, haciéndole sentir su erección.

La mano crispada de Tess se aferró a aquel dedo intentando alejarlo, detenerlo...

—Espera... —susurró, apenas un hilo entrecortado de voz.

Pero él, al contrario, hostigó más fuerte. Frotaba y a continuación se hundía en su vagina, y así una vez y otra y otra...

—Espera... —insistió, de forma casi inaudible, abandonándose a aquel huracán de emociones.

—No... Siénteme... —murmuró él con sus labios pegados al oído femenino. Se dobló aún más sobre Tess y uno de sus dedos ahondó el contacto íntimo entre las piernas femeninas—. Y déjame sentirte...

Ella se estremeció. Instintivamente, cerró los muslos, aprisionando la mano masculina. Él frotó más fuerte.

—Mírame —volvió a jadear—. *Mírame, Tess...*

Haciendo un esfuerzo titánico, ella abrió los ojos y buscó su mirada. Y lo que vio en ellos la hizo temblar de deseo.

Al contrario que Tess, Dakota no había dejado de mirarla ni un solo instante. Quería grabar en su memoria cada gesto, cada sonido... Verla abandonarse al placer sabiendo que era él quien la ponía al límite... Hacía mucho tiempo que había perdido la cabeza por ella, y ahora, deseaba... necesitaba, vérsela perder a ella.

Él le robó un beso caliente, luego otro, y a medida que la pasión crecía entre los dos, su lengua se hundía más hondo forzando a la boca femenina a abrirse al máximo, y volvía a retirarse.

Con la última embestida de su lengua, sobrevino la locura. Tess lo mordió; fue un mordisco suave que detuvo el hurgar de aquel músculo inquieto y estimuló sus receptores nerviosos, llevando su excitación al máximo. Dakota la alzó en volandas, la hizo sentar sobre la mesada y le apartó las piernas con su propio cuerpo.

Cuatro manos torpes de deseo y ansiedad manipularon la gran hebilla del cinturón, el botón del pantalón y por último, la cremallera que ninguno de los dos se preocupó en bajar del todo.

Él liberó su miembro, rasgó con los dientes el envoltorio del condón que sacó del bolsillo trasero de sus pantalones y se lo puso, y ella, que ahora tenía los ojos tan abiertos como él, lo empuñó.

Sus miradas ardientes se encontraron tan solo un instante.

Al siguiente, él apartó la tira del tanga y se hundió dentro de ella hasta el fondo.

Durante cerca de hora y media, intercambiaron caricias, jadeos y fluidos corporales. La huella de ropa que, a modo de reguero, tapizaba el suelo, daba buena cuenta de lo sucedido; un primer encuentro caliente en la mesada, seguido de otro sobre la mesa y un tercero, en ciernes, casi a las puertas del dormitorio. Toda las prendas eran femeninas. Vestido de pies a cabeza, él apenas llevaba el cinturón desabrochado y la cremallera parcialmente abierta. A Tess, en cambio, le había quitado el cinturón, el collar, la falda, y ahora, la blusa, a través de la cabeza.

La mirada de Dakota se encendió al ver aquel sostén de raso azul eléctrico con bordes de encaje negro, sin breteles. Tenía que ser lencería de la cara, pensó fugazmente, hasta que reparó en lo escotado que era aquel instrumento de tortura masculina, y en cómo esos dos melones rebosaban de las copas... Pidiéndole que se los comiera con un poco de nata montada...

O sin.

Él suspiró.

—¿Te pones eso para ir a trabajar? —y cuando lo preguntó, una de sus manos ya le acariciaba los pechos.

Antes siquiera de que Tess pudiera responder, él volvió a adueñarse de su boca en un beso caliente que duró varios segundos.

—Sí... ¿por qué...? —murmuró cuando él dejó de besarla, pero enseguida Tess siguió jugueteando con sus labios, buscando sin pedirlo que él continuara.

"Jo-der...", fue todo lo que él dijo antes de volver a hundirle la lengua en la boca. Sus dos manos profundizaron las caricias sobre los pechos femeninos.

—¿Qué... qué sucede?

Él la estrujó aún más contra la pared. Una de sus manos bajó por el perfil, sobre las medias de nailon transparentes, hasta la pantorrilla, y volvió a subir, arrasadora, por la cara interna del muslo.

—Que debes tener a tu jefe empalmándose cada dos por tres...

A Tess no le gustó... *A una parte de Tess*, no le gustó. Fue la que reaccionó al instante, intentando apartarse física y emocionalmente de él.

—Dios... Menuda vulgaridad acabas de decir...

Él la miró sorprendido -¿desde cuándo decir la verdad era ser vulgar?-, pero al ver aquellos ojos brillantes y la piel enrojecida de sus mejillas, la abrazó mientras ella seguía gruñendo.

—Eres alucinante, bollito... —la abrazó aún más fuerte pensando en todas las próximas veces que, conociéndose y conociéndola, volvería a ver esas mejillas de payaso—. ¡Qué mujer! Me vuelves loco...

Tess se las arregló para apoyar las palmas sobre el pecho de Dakota, y mantenerlo a toda la distancia que permitían sus antebrazos.

La postura les resultó tremendamente familiar a los dos. Un momento de suma tensión, su espalda contra el taxi, el olor de la cazadora de cuero de Dakota... En un segundo, aquel primer contacto volvió a la mente de los dos. Tess, sin embargo, no se arredró; mantuvo la distancia.

—No me gusta cuando un hombre me habla así...

Él avanzó. Forzó la resistencia de Tess y se fundió con ella en un abrazo apasionado.

—Yo no soy *un hombre* —murmuró él, jugando con sus labios mientras la miraba para asegurarse de que la segunda parte de la frase quedaba flotando entre ellos, a pesar de no haberla pronunciado.

"Soy tu hombre" resonó como un eco en los oídos femeninos.

A Tess le gustó. Esto sí. Mucho más de lo que estaba dispuesta a admitir.

Las manos que antes habían forcejeado por mantenerlo lejos, ahora se entrelazaron alrededor del cuello de Dakota, buscando sin pedirlo, que él volviera a besarla.

Porque sus besos también le gustaban. Jamás la habían besado así. Adoraba su avidez, su entrega total, absoluta y sostenida en el tiempo... Muy a su pesar, Scott continuaba acumulando positivos de manera alarmante.

Esta vez el contacto fue más caliente, y la sucesión de besos, mucho más larga...

—Necesito aire —dijo Tess. Fue apenas un susurro y un débil intento de liberar sus labios del férreo dominio masculino, que no tuvo éxito. En realidad, necesitaba una tregua... La estaba volviendo loca... Pero con un poco de aire se conformaba. Con recuperar el aliento...

—Mentirosa... —murmuró él enredando besos y palabras—. Todo lo que tú necesitas lo tengo yo...

Dakota ni dejó de besarla, ni aflojó un ápice la tensión de su abrazo. Doblado sobre ella, la mantenía aprisionada entre su cuerpo y la pared, junto al quicio de la puerta.

—Vanidoso... —replicó ella, en un susurro.

Él se enderezó, de a poco, sin dejar de robarle besos.

—¿Tú crees? —le dijo al oído, y se apartó.

Empezó a quitarse la camiseta en una especie de striptease. O quizás, pensó ella, fuera la forma en que él hacía todas las cosas; con tanto descaro como sensualidad.

Los ojos de Tess siguieron el recorrido ascendente de la prenda, a través de un estómago semi lampiño y aquel pecho bien formado que, descubrió, encontraba increíblemente estimulante. Dakota liberó su cabeza del cuello de la camiseta y el cabello volvió a caer sobre sus hombros. Soltó la prenda y retrocedió un paso, ampliando el campo visual de Tess.

De manera ostensible, cogió la hebilla del cinturón con una mano y tiró, haciendo que el trozo de cuero se deslizara por la tela vaquera, fuera de las presillas que lo sujetaban. Toda la sensualidad explícita de aquel gesto no estaba dirigida a que Tess se fijara en el cinturón.

Y no fue en el cinturón en lo que ella reparó.

La cabeza de su pene, hinchado y enrojecido, asomaba del borde de los calzoncillos. No estaba a la vista siempre. Sólo cuando él tiraba con más fuerza del cinturón y la pretina se abría más de la cuenta.

Dakota contempló largamente a la mujer, que apoyada contra la pared, vistiendo un tanga diminuto y un sostén infartante, lo estaba desnudando con los ojos.

—Vale —murmuró, al fin—. Creo que estoy a punto de ponerte en un dilema...

La mirada de Tess ascendió despacio, transformada por el deseo que hervía en su interior.

—¿Qué quieres probar ahora? ¿Cola de dragón... —ladeó la cabeza— o rabo de Dakota?

Tess volvió a ponerse roja. Todo su cuerpo se tensó. De deseo y también de rechazo.

Durante un segundo interminable quiso *pegarle* por ser tan... tan...

Tan zafio.

Pero al siguiente, se abrazó a él con toda el alma y...

—Bésame... —exigió, con un punto de desesperación—. *Ah,* Dios... Bésame, bésame, bésame...

Oírla fue el fin de una contención que con ella, especialmente, nunca se le había dado nada bien.

La alzó en volandas, y torpemente, entre besos y caricias tórridas logró atinar con la entrada del dormitorio.

—Al fin... —murmuró ella, mordisqueándole los labios.

Él asintió. La dejó en el suelo. Tras darle la espalda, Tess se dirigió hacia la cama.

Los ojos de Dakota se regocijaron en la visión que tenía ante sí. Perfilaron sus hombros. Dibujaron la senda que bajaba por el centro de su espalda... Acariciaron el borde de las ligas, hasta que desparecían en el interior de sus muslos... Recorrieron la angosta tira de raso azul que le rodeaba la cintura, y que en su parte central, formaba un diminuto triángulo invertido que se adentraba, camino abajo, entre sus nalgas... hacia un rincón húmedo y caliente cuyo sólo recuerdo lo hechizaba como el canto de las sirenas.

Toda ella lo hechizaba. Desde el primer momento en que la vio, hacía tanto ya que le parecía un siglo.

Pensó en alto y su voz sonó teñida de pasión:

—Me lo has puesto *muuuy* difícil...

—Sí —concedió ella.

Con movimientos que él encontró terriblemente femeninos, Tess se echó de lado sobre la cubierta carmesí y lo miró.

Él empujó la puerta con una mano hasta que ésta se cerró. Avanzó hacia ella destilando testosterona por cada poro de la piel.

—Ya lo creo que sí —replicó.

Le había tomado la friolera de nueve meses llegar a tenerla donde quería; sobre una cama, para lamer cada centímetro de su piel y hacerle el amor sin prisa, hasta quedar rendidos los dos.

El pronóstico estaba cantado: la detonación se oiría desde Júpiter.

Y quizás, con suerte, también podría averiguar qué era eso, que Tess y solo Tess parecía tener, que lo mantenía tan irremediablemente colado por ella.

Horas después seguía igual de loco por Tess, y sin saber cómo se las había ingeniado aquella miedosilla coqueta para meterse en su sangre de semejante manera, pero había realizado un descubrimiento grandioso: el dragón bicéfalo que se había hecho tatuar en la espalda, ese que le había costado una auténtica pasta y un dolor inenarrable, estaba pagando beneficios.

Tess se había quedado embobada mirando aquella cola dentada que, afinándose, reptaba por su nalga derecha para acabar hundiéndose en la cara interior del muslo, en una punta triangular que señalaba al testículo.

Había dicho que le encantaba; "que untada de mermelada de frambuesa, era deliciosa".

Tess apartó los ojos de la silueta masculina. Él dormía boca abajo sobre el lado derecho de su cama, tal como había venido al mundo, y si continuaba mirando el final de aquel espectacular tatuaje un segundo más, era perfectamente capaz de proponerle a su dueño averiguar qué tal sabía aderezado con sirope de arce. En la nevera, tenía una jarrita de puro sirope canadiense, recién comprado.

Dios... Debía haber perdido completamente la cabeza para estar pensando en lo que estaba pensando. ¿Mermeladas, siropes...? Ésta no podía ser ella.

Por lo visto, la verdadera Tess, la centrada mujer de treinta y cinco años, se había volatilizado -de bochorno- con el primer comentario soez de su amante motero, y en su lugar, había dejado a esta demente aficionada a la gastronomía sexual...

En cuanto Tess apartó las sábanas y se puso de pie, una punzada dolorosa le hizo recordar que tenía algo que se llamaba estómago. La habitación estaba en penumbras, pero la luz del pasillo, que había quedado encendida, se colaba por el hueco de la puerta, parcialmente abierta. Era como si hubiera pasado un tornado por allí.

Un tornado llamado Scott.

La editora pasó por encima de la silla de tocador caída, sin considerar siquiera la posibilidad de levantarla y volver a ponerla en su sitio, y salió al corredor. Se recostó contra la puerta, tras cerrarla.

Aquella *no era su casa.*

Aquella *no era su vida...*

¿Qué demonios había sucedido?

Una mirada rápida al suelo del pasillo, tapizado por los despojos de la lujuria, la hizo salir disparada hacia el baño, donde entró como una exhalación y volvió a cerrar la puerta, poniendo una frontera real entre aquella locura, y ella.

Sentía el corazón aporreándole las costillas, y el estómago, revuelto. Apoyó las manos sobre el borde de la pileta. Bebió un sorbo de agua del grifo. Tenía la boca amarga y una sensación de náuseas.

Una buena ducha le ayudaría a recuperarse. Además, tenía que hacerlo; debía ir a trabajar.

Sí, pensó mientras se enderezaba y apartaba el cabello hacia atrás con ambas manos, la editorial, sus manuscritos... Su vida. Eso, su vida.

Pero en aquel momento, que abrió los ojos y vio la imagen que devolvía el espejo, un escalofrío horrible descendió por su espina dorsal.

El pelo enmarañado... los manchones emborronados de rímel... la inocultable rojez que rodeaba sus labios...

Un collage de imágenes aparecieron ante sus ojos, como flashes del pasado. La expresión llorosa de su madre al despedirse en Heathrow. La atenta mirada de su padre mientras ella le explicaba los detalles de su nuevo puesto en la editorial... El suspiro enamorado de Abby al alabar las virtudes de aquella estrafalaria cazadora de pinchos...

Dios... ¡¡qué has hecho, Tess?!

Las náuseas se convirtieron en arcadas, y éstas en vómitos convulsivos de bilis y pesar, que la pusieron de rodillas en el suelo...

Y al final, inevitablemente, en lágrimas.

Hacía diez minutos que había acabado de arreglarse, pero continuaba marcando con el cepillo y el chorro caliente del secador, la onda del flequillo, que estaba perfecta, demorando el momento de volver a salir nuevamente al pasillo y darse de bruces con la realidad.

Había necesitado una tonelada y media de base para cubrir el círculo de irritación que rodeaba su boca. En un par de días, se le empezaría a caer la piel. Siempre era igual cuando se resfriaba o tomaba el sol. A ver cómo se las arreglaba entonces para cubrir los "pellejos" levantados. Bueno, ya se ocuparía en su momento, decidió en un intento de no seguir pensando en su piel sensible y en la razón de que luciera en estado tan deplorable, a pesar del maquillaje.

Notó que ya no quedaba vapor empañando las superficies vítreas de la amplia y luminosa estancia. Todo estaba limpio y ordenado, excepto el interior de la enorme bañera redonda; un colchón de espuma blanca, resto del baño de burbujas que había tomado, aún cubría el fondo.

Llevaba allí, encerrada, más de una hora con un pequeño paréntesis para ir a coger ropa que ponerse del armario. No podía retrasarlo más. Apagó el secador, lo desenchufó y se inclinó a guardarlo en su sitio, el tercer cajón del mueble de fórmica -negro, como la cara externa de todos los sanitarios-. No se dio cuenta de que ya no estaba sola en el baño hasta que escuchó su voz, y para entonces, ya era tarde. Cuando se volvió a mirar, él estaba de pie, desnudo, de frente al inodoro, y acababa de levantar la tapa.

Al primer instante de perplejidad, su propia reacción volvió a dejarla perpleja.

—¡Por amor de Dios! —exclamó, indignada, al tiempo que abandonaba el baño como un meteoro—. ¡¿No te han enseñado a llamar antes de entrar?!

Lo siguiente fue un portazo. Y el ruido de unos tacones sobre el parqué, en fuga hacia la puerta del piso. Tess iba, literalmente, manoteando las cosas que necesitaba para largarse de su propia casa antes de sufrir, el que seguro sería, el primer ataque de nervios de su vida.

¿Cómo se le había ocurrido enredarse con semejante salvaje? ¿En qué demonios estaba pensando cuando decidió permitirle que pasara la noche en su casa? ¡Menuda insensatez!

La puerta del baño volvió a abrirse pronto, y un Dakota sorprendido asomó la cabeza, miró a un lado y a otro, y cuando la vio, también salió como una flecha detrás de ella.

—Eh, eh, eh... Tess... Espera un momento...

Él la detuvo por el brazo, y en esta ocasión ella lo liberó de un movimiento brusco.

—No me toques.

Dakota apartó las manos de forma ostensible.

—Vale, no te toco, pero espera un momento...

Tess asintió y no lo miró. Sabía positivamente que él y su dragón seguían desnudos, exhibiéndose. En aquel momento tomó conciencia de que algo que la noche anterior, dentro del dormitorio, le había resultado subyugante, fuera de él la hacía sentir increíblemente incómoda.

No pudo evitar cruzarse de brazos, como si fuera ella la que estuviera desnuda, intentando quedar menos expuesta.

—¿Quieres hacer el favor de ponerte algo encima?

Si lo hubiera estado mirando, habría visto el brillo en sus ojos, la sonrisa ladeada -más dulce que seductora-, la forma en que cambiaba todo su lenguaje corporal... Constituían un reflejo espontáneo y auténtico de la ternura que ella y sus reacciones provocaban en él.

Dakota desapareció unos instantes y cuando regresó junto a ella, vestía vaqueros y camiseta. Iba descalzo.

Tess lo espió por el rabillo del ojo. Decidió que lo mejor era irse.

—Hay un juego de llaves en el cuenco de cristal, junto al contestador. Si necesitas llamar a tu casa o conectarte a Internet, el inalámbrico y el portátil están en el salón... No tendré mucho tiempo para comer, pero si te apetece tomar un sándwich conmigo en el parque, llámame y nos coordinamos... Ahora, tengo que irme...

Él volvió a detenerla, ésta vez de la mano y con mucha más suavidad. El tono de su voz fue aún más suave.

—¿Qué pasa, bollito?

Tess suspiró, meneó la cabeza.

—Mi nombre no es "bollito".

Él sonrió.

—Venga, dime lo que pasa...

—Sucede que aunque a ti te parezca normal pasearte en cueros por casa ajena o irrumpir en un baño ocupado y hacer tus necesidades fisiológicas mientras me das los buenos días, a mí no me lo parece. *No me lo parece, en absoluto* —sentenció, ignorando la sonrisa incrédula que tornaba aquella cara masculina aún más atractiva—, y no creo que sea necesario añadir más.

Tess se agachó a coger el maletín, dispuesta a irse, y tentó el picaporte.

Dakota cerró la puerta. Volvió a tomarla de la mano.

—Has estado un montón de tiempo encerrada en ese baño —se agachó con la cabeza ladeada, buscando la mirada de Tess, quien se sintió descubierta y no pudo ocultarlo—. *Dime lo que pasa.*

Él le hablaba muy bajo, y muy suave, y muy cerca...

—*Diosss, Scott...* —Tess no completó la frase. Recostó la frente contra el pecho masculino, con aire derrotado.

Él la rodeó con sus brazos.

Sabría lo que ella había evitado decir aunque no hubiera oído el tono quejumbroso de las únicas dos palabras que sí había dicho.

"Tenían que hablar del tema", eso era lo que ella pensaba, y lo que le diría más tarde o más temprano.

Las mujeres siempre querían "hablar" de ese tema, y ésta, por más preciosa y diferente que a él le pareciera, no era una excepción.

Hablar no serviría para nada. Ya podía encomendarse al diablo o ponerse un jodido cinturón de castidad. Nada evitaría que él siguiera loco por cada uno de sus preciosos huesos. Nada evitaría que él siguiera deseándola como a nadie en el mundo. Ni que ella lo deseara a él de la misma manera.

Daba igual la diferencia de edad, o si a Morticia "se le partía el corazón". O lo que pensaran los demás, familia incluida. Lo que los unía era algo poderoso, y también daban igual las etiquetas. Daba igual cómo se llamara. Eso que los unía se llevaría por delante todo, y a todos.

No hacía falta más que echar la vista atrás y ver cómo habían sido las cosas hasta el momento...

A pesar de que ella dijera "no estar preparada para eso"...

A pesar de decidir que "aquello no podía volver a suceder", lo cierto era que *volvía a suceder* una vez, y otra, y otra...

Pero... Ya que no podía evitar el tema, al menos intentaría controlar cuándo y cómo sucedía. Quería ganar algo de tiempo. Una noche de locura, seguida de un día inolvidable que le permitiera inclinar la balanza en su favor. Luego, se enfrentaría al juicio final.

—El sábado, cuando tú digas, hablamos de ésto ¿vale? —ofreció él.

La intensa dulzura de la expresión de Tess no consiguió ocultar la gran preocupación que sentía, y que era patente en su mirada.

—¿Lo dices en serio?

Él asintió. Como para negarle algo... Cuando ella le hablaba en aquel tonito suave, lo desarmaba.

—Media hora como mucho. Y sin que sirva de precedente —advirtió en un vano intento de hacerse el duro.

Tess se acercó y lo besó en los labios.

—Gracias —murmuró en un tono aún más dulce que antes.

Ay, madre...

Dakota no llegó a decirlo en voz alta, pero Tess lo leyó en sus ojos. Esbozó una sonrisa tímida que a él le arrancó un suspiro.

—Será mejor que... —señaló la puerta con un dedo— me vaya...

"No lo sabes tú bien", pensó él.

Y en un gesto sumamente gráfico, volvió a asentir con la cabeza.

Tres veces.

~24~

Aquel viernes Dakota se las había ingeniado para hacer que a Tess le parecie-ra un día de cuarenta y ocho horas. Con su voracidad sexual, sus constantes ocurrencias -como si fuera un surtidor inagotable de ideas-, y aquella energía juvenil desbordante que lo mantenía siempre preparado para lo que se pre-sentara, realmente había conseguido convertirlo en un día diferente. Especial.

Habían compartido un sándwich en el parque al mediodía, cena en un sitio de ensueño, copa en Willy's Café (escuchando buen jazz, sugerencia que viniendo de un fan acérrimo de Muse y Fuel, le había resultado incluso más increíble que su elección de restaurante), baile en un local underground que, a pesar de estar a seiscientos metros de su casa, no conocía. Y como antesala de una segunda noche de "lujuria", de madrugada, también habían compartido baño de burbujas.

El detalle de presentarse en el dormitorio con un delantal por toda vesti-menta y un plato lleno de tortitas para desayunar, a primera hora de la maña-na, había puesto el broche de oro; Tess había pasado de desternillarse, a sen-tir un voraz apetito sexual en cuestión de minutos. Luego, había recuperado fuerzas con las tortitas.

No obstante, era sábado.

Y a juzgar por la forma drástica en que se había cortado el buen rollo, a Dakota le quedó claro que tocaba "hablar" del tema.

Qué poco le apetecía... Pero el silencio de Tess era tan denso que podía oírse.

Llevaban un buen rato paseando por la llamada Explanada del río Char-les, sin decir nada. Ella tenía la vista perdida en el horizonte.

Fue Dakota quien decidió, porque no le quedaba más remedio, poner fin a aquel incómodo momento. Se detuvo, miró alrededor mientras buscaba, in-conscientemente, alguna razón para posponerlo. Un marciano columpiándo-se en la única hamaca libre del sector de juegos... Una gresca entre los *breakers* que se exhibían junto a la estatua de Arthur Fiedler... Hasta un carterista que le robara el pasaporte le vendría como anillo al dedo. No sólo tendría que hacer la pantomima de perseguirlo; además, con un poquito de suerte, sería necesario retrasar su regreso a Londres unos días más y quedarse en Boston. Con ella.

Cualquier cosa habría valido...

Pero no. Todo estaba tranquilo, sereno... *y normal*. Ni terremotos, ni explosiones, ni un minúsculo tsunami asolando aquellas aguas pobladas de patos que constituían River Charles, un río del que los bostonianos se sentían la mar de orgullosos. Él, que no era de Boston, prefería el Támesis.

Joder.

Dakota respiró hondo. Se puso las manos en los bolsillos de los vaqueros y la miró.

—Vale. Dispara cuando quieras.

Desde luego, tenían que hablar. Sin embargo, era como si el viento se hubiera llevado las palabras. Tess no sabía qué decir. Se volvió hacia él y lo miró con el mismo gesto de preocupación mezclado con culpabilidad de la mañana anterior.

—No podemos hacer de cuenta que ésto no ha sucedido porque ha sucedido... Los mensajes, las charlas... Incluso aquellos besos furtivos, podrían considerarse, hasta cierto punto, un juego inofensivo...

—¿Aquellos besos fur.. *qué*? —la interrumpió Dakota, mofándose de ella y de lo que estaba diciendo, abiertamente—. Fueron morreos en toda regla, guapa. De inofensivos no tuvieron nada, y de juego *tampoco*.

Tess meneó la cabeza.

—Lo que quiero decir...

Él volvió a dejarla con la palabra en la boca. Avanzó un paso hacia ella, erguido sobre sus botas militares, sin hacer el menor ademán de facilitarle las cosas, y obligándola a que tuviera que elevar el mentón para poder mirarlo, lo cual la forzaba a una postura sumamente incómoda.

—Así, no —le dijo, taxativo—. No me vengas con el rollo de "pasó sin que yo me diera cuenta" porque a ese juego no voy a apuntarme. Te diste cuenta y me dí cuenta. Y no voy a negarlo, ni a disfrazarlo de ninguna manera, ¿vale?

A Tess le tomó varios segundos asimilar lo oído, y otros más, recuperarse de la impresión de escuchar hablar con tanta seriedad a alguien que rara vez lo hacía.

Rara vez, no. Era la primera vez que él hacía gala de un genio que, aunque ella siempre había intuido que tenía, jamás había visto antes.

Y además, todo cuanto había dicho era cierto.

Descorazonadoramente cierto. No había excusa, ni error, y poniéndolo en lenguaje llano, se había liado con un yogurín por el que su hermana pequeña suspiraba. Cosa que también sabía desde hacía mucho, mucho tiempo.

—Tienes razón —concedió—. Ven, sentémonos un rato...

Ambos se dirigieron hacia un banco próximo. Ella tomó asiento. Dakota se sentó sobre el borde del respaldo, con los pies apoyados sobre el asiento. Tess no tenía claro si se trataba de simple rebeldía o de un intento de marcar las distancias, pero tuvo su efecto. No le gustó.

Era un consuelo, pensó, que encontrara cosas en él que no le gustaban. Desde hacía dos días tenía la sensación de que era justo lo contrario; prácticamente todo le gustaba, y le gustaba cada vez más.

Hoy, para no variar, también vestía de negro; unos pantalones de tiro bajo llenos de remiendos -no por necesidad sino por moda-, una camisa, de un tejido liviano y cuello mao, que llevaba con los tres primeros botones desabrochados y los puños enrollados hasta el codo, y unos espantosos borceguíes que, en sus pies, curiosamente, no le disgustaban tanto. El cinturón de la gran hebilla con el anagrama de Harley Davidson y una gruesa cadena que iba de una presilla lateral delantera a otra trasera, completaban la indumentaria. Su otra gran seña de identidad, el cabello, iba suelto, partido al medio por una raya alta sobre la mitad derecha de la cabeza. Caía, sedoso, bastante más allá de sus hombros, sobre el pecho y la espalda. En otros tiempos no muy lejanos, lo había definido como "vistoso"; hoy tenía que admitir que tal adjetivo no le hacía ninguna justicia.

La persistente mirada de Tess también tuvo su efecto en él. Le fastidiaba ser tan blando con ella... Le fastidiaba no poder evitarlo. Y no es que fuera de tipo duro por la vida, pero una cosa era hacerse el blando -léase, con una tía buena y por conveniencia- y otra muy diferente, que una simple mirada de aquella mujer lo convirtiera en un bote pringoso de crema pastelera.

Joderrr...

—¿Qué? ¿Quieres que te mande otra foto de perfil, o ponerme cachondo? —le preguntó, y al ver como la cara de Tess pasaba de "blanco inglés lechoso" a "rojo bochorno total", sonrió complacido.

La reacción femenina, como era de esperar, *no se hizo esperar.*

—¡Scott...! Pero cómo eres tan... tan...

Tess dejó la frase inconclusa y miró a otra parte con las carcajadas de Dakota, que a su lado se partía de la risa, retumbándole en los oídos.

—Tan... ¿qué? *¿Tan directo?* —la pinchó él, aguantando la carcajada.

—Decir lo primero que te viene a la mente no es ser directo, Scott. En el mejor de los casos, es ser indiscreto.

—¿Y en el peor? —se mofó.

Un zafio.

Tess no respondió esta vez, pero su mirada se ocupó de informarle que esta parte de la conversación, pese a tratarse de él, ni la encontraba divertida, ni tampoco interesante. Hoy, él no la estaba entreteniendo en absoluto.

—¡Ay, si los pensamientos fueran fusiles de asalto...! Venga, no te enojes, bollito...

Él acabó por bajarse del respaldo del banco, aún riendo, y ponerse en cuclillas frente a Tess. Ella le echó una mirada de fingido desagrado.

—Mejor vuelve a tu sitio —le dijo—. Ya sabes lo que ocurre cuando la distancia que nos separa es menor de dos metros, y éste es un sitio público.

Dakota iba a responder que el aeropuerto de Heathrow también lo era y que "ser público" era precisamente lo que lo hacía más tentador, pero si "tenían que hablar", y era evidente que así era, prefería quitarlo del medio. Cuanto antes, mejor.

—Soy todo oídos... Venga, dispara.

—Es un tema muy delicado —lo miró con incomodidad—. Lo sería, aunque mi hermana no estuviera interesada en ti, porque nuestras familias son vecinas, y por la diferencia de edad. Si se enteran, la mitad inglesa de mi familia posiblemente se avendrá, pero lo verá mal. La mitad italiana... pondrá el grito en el cielo, el tema trascenderá, implicará a tu familia y ... En fin, ya te haces una idea...

Dakota asintió y siguió a la escucha.

—Por otro lado, y aunque me hace sentir muy mal callarlo, soy consciente de que este tipo de cosas no se hablan por teléfono. De modo que tendrá que ser en persona, y lamentablemente, ahora no puedo viajar. Pasarán varios meses antes de que regrese a Londres.

"¿Varios?", pensó Dakota. Oírlo fue como si alguien le hubiera puesto un lazo alrededor de la boca del estómago, y tras ajustarlo, tironeara de él. En esta ocasión, ni siquiera fue capaz de asentir con la cabeza, permaneció mirándola en silencio.

—Suponiendo que tengamos suerte y no se enteren hasta que hable con ellos personalmente...

Tess hizo silencio. Bajó la cabeza un instante y suspiró. Si era posible que un tema realmente delicado alcanzara un momento aún más delicado, éste, sin duda, era ese momento.

—¿Qué es lo que voy a decirles? —lo miró— ¿Qué es ésto que tenemos, Scott?

Pero cuando él intentó responder, ella le puso un dedo sobre los labios, y negó con la cabeza suavemente.

—No era una pregunta —le explicó con dulzura—. Era una reflexión en voz alta...

Pues, tenía gracia que ella hiciera *esa reflexión en voz alta*, cuando él estaba totalmente seguro de que Tess no aguantaría enterarse de la verdad; que la única razón de su viaje a Estados Unidos era verla, estar con ella.

Ni mencionar, claro, lo que había tenido que hacer para poder financiar ese viaje.

Y, por un momento, sintió rabia de que a Tess todo aquello le preocupara tanto...

Y a él tan poco.

—¿Y qué diferencia hay? Si no llevaras dándole al coco con ese asunto desde que llegué, no estaríamos aquí, robándole tiempo a la diversión en una mañana tan guay... Cualquiera pensaría que tienes un marido secreto al que darle cuentas de todo lo que haces...

O un montón de prejuicios, pensó. Y prefirió callar.

Ella le acarició una mejilla, suavemente.

—Nos separa un océano... Es demasiada distancia hasta para una de esas citas esporádicas que sólo tienes con alguien que te garantiza un sexo de película... Así que, lo más probable es que acabes buscándote una local, y yo haga lo mismo... Y que cuando llegue el momento de hablar cara a cara con los míos, tú y yo no seamos más que vecinos *sin beneficios*... Lo cual no evitará que tenga que decirles que en un tiempo sí los hubo. Al menos, a mi hermana, y que siga sin saber cómo explicarlo —Tess exhaló un largo suspiro—. En resumen, y por decirlo como tú lo dirías; estoy hecha un lío.

Toda la dulzura que Tess irradiaba a raudales por cada poro de su piel no consiguió amortiguar la sensación de que había más, de que a ella le preocupaban más cosas que no decía y que estaban relacionadas con él. Ya había tenido antes la misma sensación. Y en esta ocasión, pensó, no lo dejaría correr. De todo aquel rollazo que le había soltado, a él sólo le importaba una cosa, y no era ninguna de las que había oído.

—¿Estás segura de que no se te ha quedado nada en el tintero?

Ella lo miró pero no respondió. No estaba segura de entender a qué se refería. Él asintió, como si le hubiera leído el pensamiento e hizo las aclaraciones oportunas:

—Eres mayorcita y no creo que tengas un marido secreto al que darle explicaciones, pero, vale... Pongamos que te apetece darlas... ¿Qué es lo que no sabes cómo explicar? ¿Que hemos quedado, te has dado cuenta de que te gusto y de vez en cuando nos vemos? Puedo entender que se monte una buena, *tu hermana es muy dramática* ... Si lo sabré yo... Pero la explicación, nena, no tiene pérdida... Veinte palabras, y arreando... Y tú, con lo lista que eres, seguro que despachas el asunto con menos... Así que, ese no puede ser el problema...

Dakota se acercó más a ella, hasta que sus narices casi se tocaron, y se lo soltó sin preámbulos.

—¿No será que te da palo haberte enrollado conmigo?

Tess se apartó de inmediato.

—Estamos en un sitio público —le recordó—, y a menos que me expliques qué significa eso que has dicho, no podré responderte.

—Vergüenza —aclaró él—. ¿Te da vergüenza...?

Él no completó la frase porque no pudo; "vergüenza" le supo incluso más dura que "palo", mucho más real. Y no la reformuló en primera persona porque tampoco pudo. No pudo decirle "¿te doy vergüenza?", pero a eso se refería, y ambos lo sabían.

En aquel momento, Dakota supo algo más. Se avendría a lo que le pidiera, y de ella siempre le valdría todo, menos eso.

Tess meneó la cabeza.

—Pero ¿qué dices? Por supuesto que no.

Dakota la escrutó en silencio.

—¿Seguro? —le preguntó, al fin.

Durante un instante los ojos de Tess recorrieron el rostro masculino, en una mirada triste y a la vez, llena de ternura. De tanta ternura, que hizo que él volviera a sentirse blando, como si estuviera hecho de cera que se derretía por sectores, al paso de su mirada.

—Scott... ¿Cómo voy a sentir vergüenza...?

Él se estremeció. Físicamente, no pudo evitarlo, pero emocionalmente, le plantó cara de la única forma que sabía. O podía.

—¿Por qué me llamas así? Nadie me llama así. Yo soy Dakota para todo el mundo.

—Yo no soy todo el mundo, y para mí eres Scott —lo miró suavemente, y al fin, se sinceró con él—. *Me daba* vergüenza que me vieran con un hombre mucho más joven que yo, especialmente, uno que no pasa desapercibido...

Él alzó una ceja en un equivalente gestual a "no me hagas la pelota" que consiguió hacerla sonreír.

—¿Has notado cómo nos miran cuando estamos juntos? —continuó Tess con picardía—. Te miran y piensan "qué niño más mono", y luego me ven a mí y piensan "vaya, qué raro ¿no es un poco mayor para ir con la mamá?"... Pero ya me he acostumbrado a esas miradas —hizo un mohín cómico—. Bueno, eso *creo*...

Otro estremecimiento sacudió a Dakota. Y él volvió a plantarle cara.

—Sí, claro... Guapa, si de ti dependiera, me cortarías el pelo al uno, y me meterías dentro de un Armani color marrón habano... Y para que conste, soy más que "mono" y tú, la mujer preciosa que me lleva al huerto. Damos envidia, por eso nos miran.

De una forma casual, y muy al estilo motero, pero la estaba llamando "preciosa". Y eso le agradó.

Muchísimo.

Tess extendió una mano y le cogió un mechón de pelo. Movió la cabeza suavemente, a un lado y a otro, mientras con una gran sonrisa pícara, se hacía la pensativa.

—Al uno sería muy corto. Mejor al dos —reconoció al fin, empezando a reír.

Él la tomó por las dos manos y tiró de ella, haciendo que se acercara. A continuación, fijó la posición, cogiéndola por los brazos.

—¿Mejor al dos? —repitió, desafiante y volvió a tirar de ella, que tuvo que echar la cabeza un poco hacia atrás para no chocar con la de él—. Ven aquí, que te como esa boca divina que tienes...

Tess no pensaba resistirse. Hacía horas que habían salido de casa y ésto era lo más cerca que habían estado. Además, estaba convencida de que esos arrebatos de pasión que él parecía sufrir -y que a ella cada vez le gustaban más- debían ser contagiosos porque la idea de volver a sentir los besos voraces que él le daba, la excitaba en extremo. Estuvieran en un sitio público, o no.

—¿Te parece bien si no decimos nada a nadie... por el momento? —susurró Tess cuando él se disponía a besarla. Quería asegurarse de que las cosas quedaban claras para los dos.

—¿Otra vez con eso?

Él también habló en susurros, sin despegar sus ojos de los labios de Tess.

—Dímelo, por favor... ¿Te parece bien esperar a que yo hable con mi familia, personalmente?

Él soltó el aire en una exhalación. Era caliente, y hablaba de deseo más que de disgusto por un tema del que no le gustaba el cariz que estaba tomando. Pero a Tess sólo le supo a deseo, y tuvo sobre ella un efecto definitivo; sin siquiera darse cuenta, empujó el torso contra él, haciéndole sentir el contacto de sus pechos.

Dakota inspiró profundamente, y aunque se las arregló para mantener sus arrebatos bajo control y no hizo movimientos ostensibles, el brillo salvaje de sus ojos lo delató.

—En el minuto que pongas un pie en Inglaterra, se acaba esta tregua. Sin excusas.

Tess se apresuró a asentir con movimientos rápidos y cortos de la cabeza.

—Y si cuando llegue ese momento seguimos juntos, no habrá más apariencias, ni quedar a escondidas, ni montar películas para poder vernos, ¿está claro?

—Cristalinamente claro —respondió ella en un susurro sensual.

—Vale... Y ahora que el tema está hablado...

Dakota ya había inclinado la cabeza, y las últimas palabras pronunciadas habían planeado en vuelo rasante sobre la boca de Tess...

Pero en aquel momento, en que él se relamía disfrutando anticipadamente, y ella saboreaba la magia de los instantes previos a un contacto muy deseado...

"¿Tess? ¿Eres tú?", dijo una voz femenina, muy próxima a ellos.

Los dos se quedaron paralizados, inmóviles. Tal como estaban: ella sentada en el banco; él de cuclillas frente a ella, sujetándola por los brazos.

La voz le resultaba familiar y mientras intentaba ubicarla mentalmente, Tess volvió la cabeza en esa dirección.

—¡Eres tú! —confirmó la dueña de la voz, ahorrándole el trabajo de asociarla a una imagen—. Y por lo que veo, fenomenalmente bien acompañada...

Dakota miró a la pelirroja que les hablaba, con expresión divertida. Era joven, veintitantos, y a él su voz también le resultaba familiar.

Tess apretó los párpados, derrotada, mientras Dakota se ponía de pie, divertido por la situación.

—Vaya, sí que eres alto —dijo la pelirroja ofreciéndole su mano—. Yo soy Gladys, la asistente de Tess... ¿Y tú?

Él estrechó la mano a punto de soltar la carcajada.

—Dakota.

Entonces, vio como el rostro de la pelirroja se iluminaba con una gran sonrisa, y los miraba alternativamente a uno y luego al otro, sin salir de su asombro.

—¡Así que tú eres Dakota!

Él asintió con cara de no entender.

—Pues, sí...

—¡Pues, vaya con el señor Dakota! —exclamó Gladys mientras miraba a su jefa con cara de "qué escondido te lo tenías, ¿eh?".

Él frunció el ceño, pero al ver el rostro de Tess estalló en carcajadas otra vez.

El "blanco inglés lechoso" había vuelto a convertirse en "rojo bochorno total".

Al padre de Tess, el asunto le había olido mal desde el principio. Era más una sensación que algo que pudiera demostrar con hechos, pero el olfato rara vez le fallaba. Y cuando vio la moto del amigo de Dakota, aparcando frente a la casa de los Taylor, y a su piloto apearse y dirigirse con paso rápido hacia la puerta de entrada después de saludarlo a él con un movimiento de la mano, su eficiente nariz empezó a vibrar.

Si Dakota decía haberse ido a la Harley Ride de Myrtle Beach con su amigo Evel, y éste acababa de aparcar frente a la casa de los Taylor, ¿dónde estaba Dakota?

Richard echó un vistazo a su reloj de muñeca. Amelia y Abby, que habían ido a casa de Stella, estarían a punto de llegar. Él, desde luego, no les había mencionado a ninguna de las dos la conversación que había mantenido con Dakota la semana anterior, pero sabiendo que Abby acudía, de vez en cuando al negocio familiar de los Taylor, ahora regentado por su hijo con la ayuda de un primo, no tenía claro que llegar y ver la moto de Evel aparcada frente a la casa de los vecinos diera lugar a nada bueno.

Pocos minutos más tarde, oyó que la puerta de entrada vecina volvía a abrirse. Vio como Evel atravesaba el jardín y se dirigía al garaje, giraba la cerradura y abría la pesada puerta...

Y otra cuestión le dio que pensar; si Evel venía a casa de los Taylor cuando se suponía que estaba en otra parte con Dakota, era obvio que Doug y Rosalyn tenían una versión diferente acerca de dónde y con quién estaba su hijo...

Lo cuál, para empezar, confirmaba que Dakota había mentido, a unos más que a otros... La pregunta era ¿por qué un chaval con una facilidad pasmosa para encogerse de hombros y ponerse el mundo por montera, tenía la necesidad de mentir para poder desaparecer un fin de semana, algo que por otra parte, hacía desde los dieciséis sin tomarse la molestia de avisarle a nadie, ni siquiera a sus padres?

Richard dejó el periódico sobre la silla que había sacado al zaguán donde leía mientras esperaba a sus mujeres, y atravesó su propio jardín hasta el pequeño muro que, en la parte frontal, separaba ambas parcelas. Una vez allí, se asomó con la intención de hablar con Evel, pero otra cosa atrajo su atención: la moto de Dakota no estaba, como debía, en el garaje.

—Hola, Señor Gibb —dijo Evel mientras depositaba en el suelo la caja de herramientas que había ido a buscar, y volvía a cerrar la puerta.

Aquello le parecía cada vez más raro. Ni Dakota ni su amada moto estaban en casa, pero su amigo, el que se suponía que estaba con él al otro lado del mundo, se hallaba allí.

—¿Está todo en orden? ¿Doug está bien?

—Sí, sí... Los dos están bien. He venido a por las herramientas... Duke está intentando desatascar uno de los baños del pub...

Richard asintió.

—¿No te ibas a esa Harley Ride en Carolina del Sur con Dakota?

Notó una efímera, casi imperceptible sorpresa en la mirada del joven, que enseguida respondió con seguridad.

—Sí, me iba, pero al final tuve que quedarme. Cuestiones familiares —aclaró.

—¿Y entonces, le dio tiempo a hacer los trámites para llevarse la moto? Me dijo que irían con la tuya...

Se hizo un momento de silencio.

¿Llevarse la moto a Estados Unidos? Dakota debía estar borracho para decir semejante sinsentido.

—No... Unos amigos míos le dejarían una para ir a la concentración...

—Ya... ¿Y Princesa? En el garaje no la he visto.

Esta vez, Evel estaba más concentrado en quitarse de en medio que en lo que respondería, así que dijo lo primero que le vino a la mente:

—Ah... Está en mi taller, para una puesta a punto... Bueno, me voy corriendo... Antes de que Duke inunde el local...

Cuando vio la cara de Richard tuvo la sensación de que acababa de cometer un error, pero no se detuvo a averiguarlo con certeza. Regresó dentro, a devolverle las llaves a Rosalyn, y abandonó la casa a paso rápido cargando la caja de herramientas.

Allí, definitivamente, había gato encerrado. Porque si ya empezaba a oler a tufo aquella Harley Ride de Carolina del Sur, a la que Dakota asistía solo y sin moto, que Princesa estuviera en el taller... Eso era simple y llanamente imposible. Había algo de lo que su dueño alardeaba sin ambages y era de ser el único "que le metía mano a Princesa". No dejaría que nadie, ni siquiera Evel, le hiciera una puesta a punto a su chica.

Todo esto por no pensar en la curiosa coincidencia de que Tess, esa que parecía ser el único ser humano, de sexo femenino a más inri, capaz de sacar a Dakota de su habitual desinterés por todo lo que no fuera su moto, también vivía en Estados Unidos.

Richard se restregó la frente. Algo no le cuadraba. A Dakota, Tess le gustaba. Como muy mínimo, tenía que haberse dado cuenta de que él *se había dado cuenta.* ¿Si había varias versiones acerca de su paradero, por qué darle la versión USA justamente al padre de la chica?

Aquel asunto empezaba a tener muy mala pinta.

~25~

—¡Qué maravilla! —Dakota la oyó exclamar, y al mirarla vio una expresión desconocida en su rostro.

A continuación, Tess se sentó en la cama, acomodó la sábana de forma de cubrir su desnudez, y se puso -bolígrafo azul en mano- a hacer anotaciones sobre la página del grueso manuscrito, del que acababa de leer las veinte primeras. El viernes a media tarde, había recibido el primer capítulo de *Siempre en mi corazón* del despacho de Sophia Wallace, y tal como habían planeado, Gladys se había ocupado de convertir aquellas veinte hojas en un tocho de cuatrocientas. Viernes y sábado, Scott la había tenido demasiado ocupada para dedicarle tiempo a la lectura.

Dakota, que echado a su lado, ojeaba un periódico viejo, tuvo la impresión de que alguien acababa de enchufarla a una corriente de energía. Leía en voz baja frases que dejaba a medias y luego las repetía cambiándole el orden o algunas palabras. Hasta que, de pronto, se ponía a garabatear algo frenéticamente sobre el papel.

Era como si estuviera en trance. Un trance que Dakota contempló extasiado hasta que acabó, unos diez minutos más tarde. Entonces, la vio dejar el manuscrito sobre la mesilla, acostarse nuevamente y volverse hacia él, con una gran sonrisa.

—Qué felicidad... —dijo, con simpleza, y continuó mirándolo sin dejar de sonreír.

—¿Tan guay es?

Tess asintió, radiante.

—Es una escritora extraordinaria, y ésta será su última mejor novela publicada de una extensa lista de novelas excepcionales ya publicadas —sus ojos se iluminaron—, y yo seré la editora. Un sueño hecho realidad.

Él se extendió por encima de Tess y tomó el manuscrito. Echó un vistazo a la portada donde aparecía el título de la obra y el nombre de la autora. Volvió a dejarlo sobre la mesilla.

—Diana Simmons... Me suena. Creo que mi vieja tiene alguna novela con ese nombre... —su sonrisa ladeada se mostró sin tapujos—. De lo que no tenía ni idea era de que editarla fuera *un sueño hecho realidad*... No me decías nada de eso cuando hablábamos de patio a patio y en tus emails, si mal no recuerdo, te limitabas a darme consejos sentimentales...

—Lo que hacíamos no era hablar. Diría que más bien nos ladrábamos... En todo caso, dudo que te hubiera resultado interesante como tema de conversación... —lo miró con malicia—. Incluso ahora, dudo que lo sea... Te esfuerzas por caerme bien, eso es todo.

Dakota se volvió boca arriba, cruzó los brazos debajo de la nuca y le soltó un pegote de vanidad con el desparpajo habitual en él.

—No tengo que esforzarme para eso.

—Cierto —concedió—. Pero te esfuerzas, igualmente. Y eso me gusta, pero no es necesario que lo hagas.

Como si no la hubiera oído, él continuó.

—¿Por qué yo solamente veo un montón de papel donde tú ves un sueño hecho realidad? Explícamelo.

—¿Por qué quieres que te lo explique?

Porque quería saber qué era eso que le transformaba la expresión de aquella manera. Más aún, lo que realmente quería era saber cómo ocurría para copiarlo, ser capaz de producirle el mismo trance, y que la próxima vez que ella dijera "qué felicidad...", fuera él el artífice de aquel momento. A falta de eso, quería entenderlo, *entenderla*. A ella.

Sin embargo, cuando respondió, dijo algo completamente diferente.

—¿Y por qué no?

—De acuerdo... Ella es una de las razones por las que soy editora... —vio que Dakota fruncía el ceño—. Yo aún estaba en la universidad cuando se hizo conocida. Recuerdo que con su segundo libro, a medida que lo leía, y me maravillaba por su increíble dominio de la palabra, se me iban ocurriendo ideas, pequeñas cosas a retocar... Me di cuenta de que era capaz de mejorar esa joya, de hacerla resplandecer... y experimenté una sensación... *única*... Guardo todas sus novelas como si fueran un tesoro.... *Con marcas y notas mías hechas en los márgenes*... Siempre he tenido la convicción de que si yo las editara...

Tess dejó de hablar. Suspiró.

—Pensarás que estoy loca... Es que me emociono cuando hablo de ésto.

Él negó con la cabeza.

—Piensas que si pudieras editarlas, sería la caña...

Ella sonrió. —Exacto.

—Es lo que yo pienso cuando limpio el motor de Princesa, o le doy cera o lustro los cromados... ¡Coño, es lo que pienso cuando desmonto cualquiera de esas hermosuras de hierro...! Que es la caña... Y que cuando acabe con ellas, sonarán como un piano bien afinado... —la miró con su sonrisa imposible—. No somos tan diferentes ¿ves?

Quizás no lo fueran tanto como ella había creído. O quizás fuera una ilusión, la ilusión de que no fueran tan diferentes como parecían, pero lo que sin duda era cierto (y diferente) era que aquella había sido la primera vez que hablaba de ese tema con una pareja.

Tess le regaló una sonrisa y antes de levantarse de la cama, también un beso en los labios.

—Voy a ducharme.

Se puso la bata y ajustó el lazo alrededor de su cintura. Dakota la siguió con la mirada mientras ella abría el armario. El ligero tejido negro expuso buena parte de sus muslos cuando se estiró a coger una camiseta de la ordenada pila que había en el estante superior.

Él meneó la cabeza, divertido, ante su propia reacción física. Aquel marcado sentido del pudor de Tess lo ponía al rojo vivo. Si supiera cuánto lo excitaban ella y su costumbre de cubrir sus encantos en cuanto sacaba los pies de la alcoba, no volvería a circular vestida en su presencia nunca más.

O quizás, sí.

Quizás ella lo hacía adrede, porque ya se había dado cuenta del efecto que tenía.

Ay, madre... mejor, piensa en otra cosa, chaval.

—Vale —replicó él, saliendo de la cama—. Yo voy a hacer el desayuno, que me muero de hambre...

Después de zamparse unas cuantas tortitas, ya se ocuparía de saciar el otro apetito.

El portero sonó tres veces, pero cuando Dakota contestó al telefonillo, nadie respondió. Regresó a la cocina y puso el café a hacer. También haría unas tostadas para Tess. Decía que no había ejercicio suficiente que quemara las kilocalorías de la tres tortitas que había desayunado el sábado. No pudo evitar sonreír al pensar que hoy se encargaría de demostrarle que sí lo había.

Estaba afanado en evitar que la octava se quedara pegada a la plancha cuando oyó que una puerta se cerraba. Pensando que sería Tess, puso una de tortita sobre un plato de postre, le añadió una buena cantidad de sirope de caramelo y salió al corredor, canturreando, con el plato en una mano y un sonrisa traviesa -producto de unos pensamientos mucho más traviesos- en los labios...

Y paró en seco al ver al hombretón que se dirigía hacia él. Podría tratarse del Yeti, de no ser porque el tío era calvo y negro. ¿Quién era? Y... ¿qué hacía en casa de Tess?

El hombre fue el primero en hablar, con una sonrisa amable en el rostro.

—Tú eres Scott, su amigo inglés...

Dakota permaneció inmóvil, valorando lo oído. Y cuando habló, lo hizo con cautela.

—Soy Dakota... y soy inglés. ¿Tú, quién eres?

—*Uhhh*... Tranquilo, hombre... —replicó él al tiempo que le ofrecía su mano—. Soy Terry Nichols, un viejo amigo de Tess... Encantado de conocerte.

Dakota estrechó la mano que el hombre le ofreció, pero siguió siendo cauto.

—¿Eras tú el que tocó al timbre?

—Sí... Es para que sepa que he llegado...

Dakota asintió.

—*Mmm*... ¿y por qué tienes llaves de su casa?

Terry miró a otra parte con expresión divertida. Luego, volvió la cabeza.

—No puedo creer que no te haya hablado de mí... ¿No sabes quién soy?

El motero respiró hondo y lo miró con el ceño fruncido. La editora tendría que responder a un par de preguntas *antes* del desayuno.

—¿Sabes? Creo que lo mejor será que tú sostengas este plato —se lo dio a Terry, que sorprendido, lo cogió— y yo vaya a avisarle a Tess que estás aquí.

Dicho lo cual, pasó junto al recién llegado y se dirigió al baño. En tan solo cinco metros, su cerebro lo bombardeó con una alucinante cantidad de preguntas, que, básicamente, venían a confirmar que aquello no le gustaba para nada. Ni el abominable hombre de las nieves calvo, ni que pudiera entrar en casa de Tess como Perico por su casa.

Golpeó con los nudillos dos veces y abrió la puerta sin esperar respuesta. Fabricó una sonrisa y se la pegó a la cara en tiempo récord, y cuando Tess que, sentada sobre la tapa del inodoro se abrochaba la tira de las sandalias, levantó la cabeza, no notó nada extraño.

—Has llamado... ¡Qué bien! —se puso de pie y se acercó hacia él. Llevaba una falda vaquera corta y una camiseta de tirantes.

No había sido obediencia, sino practicidad. Si hubieran estado solos, habría entrado en aquel baño sin llamar. Llevando consigo su hambre voraz, el bote de sirope de caramelo, y ninguna tortita donde untarlo. Pero no estaban solos...

Dakota la rodeó con sus brazos. La proximidad le permitió comprobar que hoy no llevaba uno de sus alucinantes sostenes, de encaje y raso, o encaje solo, o raso solo... *Hoy no llevaba ningún sostén.* Sólo aquel descubrimiento bastó y sobró para que él empezara a sentirse blando.

—¿Has visto qué obediente soy cuando quiero?

Ella asintió. Él la hizo ponerse de espaldas y volvió a rodearla con sus brazos desde atrás. Tess también empezó a sentirse blanda.

—¿Qué tal van esas tortitas? —murmuró.

Él le abarcó cada pecho con una mano. Los apretó suavemente. Ella suspiró.

—Casi listas... —bajó la cabeza y depositó una sucesión de besos pequeños sobre el perfil del cuello femenino—, pero habría estado bien que me avisaras... que íbamos a ser tres a desayunar...

Ella guió los movimientos de las manos de Dakota sobre sus pechos, haciéndole lamentar no haber traído el sirope.

—¿Tres?... —otro suspiro. Su voz sonó a ronroneo de gatita mimosa—. Vivo sola, ¿recuerdas? Y no tengo mascotas a las que les gusten las tortitas...

Él buscó su boca. Los besos empezaron a ser más profundos.

—Pues tienes un tío de dos metros en la cocina. Te diría *un negro de dos metros,* pero no quiero sonar racista...

Tess se quedó inmóvil durante un instante. Al siguiente, saltó como un resorte hacia la puerta del baño al tiempo que exclamaba:

—¡Dios, olvidé que habíamos quedado!

Dakota la detuvo por un brazo y le habló con suavidad.

—¿Quién es, Tess?

Ella lo miró con dulzura.

—Es mi mejor amigo... Te lo he mencionado alguna vez... Es el que me llamaba a Londres... Tú me preguntabas si era "el que montaba toros", ¿recuerdas?

Él alzó la ceja izquierda por toda respuesta. Sí, le había mencionado que su amigo se llamaba Terry y que era fotógrafo. *No le había mencionado* que tenía las llaves de su casa y percha de modelo publicitario.

De modo que aquello no le gustaba... Vaya, vaya... Tess bajó la cabeza para ocultar la sonrisa, se cruzó de brazos. De modo que, en el fondo, ni era tan liberal ni tan indiferente. Qué interesante.

—Hay muchas cosas que no te he dicho... —admitió con una sonrisa que tenía tanto de dulce como de desafiante—. Pero si te interesa saberlas, a mí no me importa contártelas... ¿Te interesa?

Primero fue el crujido de su amor propio al reconocer que acababa de darle donde más dolía: mofándose, a su manera repipi, y devolviéndole el golpe con las mismas palabras y el mismo tono que él había usado dos días antes.

Después, el bullir de la pasión que ella despertaba en él, que subía, efervescente, poniéndolo tenso como un violín, y volvía a desbocarse como siempre que ella se mostraba desafiante.

Dakota rodeó con un brazo la cintura de Tess y la atrajo hacia él de un movimiento brusco. Tomó su barbilla, con la misma brusquedad apasionada con que había acortado distancias. Habló con su voz grave, en un tono susurrante y a la vez, urgente.

—Tú sigue desafiándome así y uno de estos días te vas a encontrar esposada de pies y manos a la cama, conmigo encima... ¿qué te parece?

Tess suspiró, le robó un beso que él convirtió casi en un rapto de pasión. Los segundos transcurrían sin que ninguno de los dos hiciera el menor intento de apartarse. Cada vez más cerca, cada vez más sumergidos en aquel momento embriagador... Las manos de Dakota, que rara vez se quedaban quietas cuando ella estaba en sus brazos, tampoco se quedaron quietas esta vez: bajaron por el perfil de sus piernas, y al subir, se trajeron los extremos de la falda vaquera consigo.

Ella le acarició las nalgas, sobre los vaqueros; él la suave calidez del interior de sus muslos, sobre la piel.

Tess le mordió un labio y Dakota se apretó contra ella, envuelto en un jadeo que fue casi un quejido...

—*Ahhh*, nena... *Joder*... vete y déjame solo un rato... —y no acabó de decirlo, que ya estaba a dos metros de Tess, dándole la espalda.

Ella apretó los párpados un instante. Inspiró profundamente varias veces...

Y sin detenerse siquiera a mirarlo, hizo lo que él le había pedido.

Ninguno de los dos quiso pensar en lo que estaba sucediendo. Ni entonces ni después.

Porque, tal y como estaban las cosas, ninguno de los dos podía permitirse reconocer que eso que los unía -independientemente de cómo se llamara-, crecía con cada minuto que pasaban juntos, con cada sonrisa, con cada silencio...

Crecía, exponencialmente.

Dakota demoró un buen cuarto de hora en salir del baño, y cuando entró en la cocina, Terry y Tess charlaban animadamente, sentados a la mesa, uno frente a otro.

Ella le regaló una sonrisa, y Terry al detectarla, se volvió hacia la entrada.

Sin duda, en apariencia, no era el tipo de hombre que su amiga parecía preferir. No se asemejaba a las parejas que Tess había tenido a lo largo de sus años en Boston, más que en lo blanco del ojo.

No era elegante. Al contrario, era insolente en su indumentaria y en su andar, y por lo que había deducido de lo poco que Tess le había dicho, también era insolente en su comportamiento.

No era amable, ni cordial. Había un dejo desafiante, transgresor, en todo lo que hacía: en su sonrisa, en su mirada, incluso en su parquedad de palabras...

Y no era lo bastante mayor. Sabía, porque Tess se lo había dicho, que tenía veinticuatro años. Bien podía pasar por alguien tres o cuatro años más joven.

Dakota ignoró la mirada escrutadora de Terry, aceptó la mano que Tess había extendido hacia él, ofreciéndole que tomara asiento a su lado, y le hizo un guiño. Se despatarró en la silla sin liberar a Tess, y ella con su mano libre, le apartó una hebra de cabello húmedo de la frente.

Entonces, los ojos de Scott recorrieron el rostro femenino a modo de agradecimiento, y Terry comprendió la razón por la cuál daba completamente igual lo que aquel joven no fuera: vio con claridad la devoción reflejada en su mirada, y la ternura en la expresión de su amiga... Y supo que entre los dos existía un nexo importante.

—Siento haberte estropeado la fiesta, Scott —dijo Terry a punto de darle un bocado a una de las tortitas—. La has tenido tan "entretenida" que se olvidó de avisarme que hoy el brunch me lo tomaré solo.

—Dakota —puntualizó el aludido mientras se estiraba a coger otra.

Terry acabó de masticar.

—Tess te llama Scott...

Dakota se encogió de hombros. Echó sirope a discreción.

—Tess puede llamarme lo que quiera. Tú no estás tan bueno como ella...

Terry soltó una carcajada, y otra más al ver cómo su amiga le palmeaba en broma el hombro a su enamorado, a modo de reprimenda.

—Pues, te advierto que conozco a más de uno que no estaría de acuerdo con lo que acabas de decir...

Había sido una alusión muy al "estilo Terry" que a Tess no la sorprendió en absoluto. Le gustaba escandalizar, hacer bromas sobre asuntos espinosos y ver cómo reaccionaba la gente. La respuesta de Dakota, al contrario, la dejó con la boca abierta.

—No sé qué decirte... Hace por lo menos doce o trece años que los tíos dejaron de ponerme... Era un crío y casi no me acuerdo, pero estoy seguro de que los prefería más bajos... —se chupó el dedo pringado de sirope— y con pelo... No te ofendas, ¿vale?

Terry lo miró con incredulidad. A continuación miró a su amiga y su boca abierta.

—Es broma, claro... Tú no has estado con otro hombre en tu vida... —apuntó, aunque el tono denotaba la existencia de un uno por ciento de duda.

Al verlos a los dos, Dakota meneó la cabeza.

—Por descontado que no, chaval —dijo, risueño, al tiempo que tiraba de Tess y le daba un soberbio beso en los labios—. A mí, de toda la vida, me gustan pequeñas, coquetas y *repipis*.

—Pues, entonces, creo que tengo lo que estás buscando —señaló a su amiga, como quien muestra una obra de arte—. Pequeña... muy, pero que muy coqueta, y además... ¿sabías que Tess ganó por primera vez el certamen de Miss Repipi Universal hace quince años y desde entonces, sigue imbatida?

—Una verdadera preciosidad que además está para comérsela —añadió Dakota con ojitos golosos.

Terry se atoró con el café.

—Bueno, eso ya no te lo puedo decir... Nunca la he probado.

—Te lo digo yo —confirmó Dakota, riendo—. *Que sí la he probado...*

Y a continuación sonaron más carcajadas, seguidas de más puyas...

Finalmente, y como era de esperar, las mejillas color fuego de la editora dieron que hablar al dúo de graciosos durante un buen rato.

Cuando Tess regresó a la cocina después de acompañar a Terry a la salida, Dakota continuaba en el mismo sitio, en la misma posición -despatarrado en el asiento- y con la misma mirada de chico malo que quiere fiesta, que había sostenido de manera intermitente mientras Terry estaba presente, y que había pasado de intermitente a fija, ahora que la visita se había marchado.

Una mirada que, tan pronto Tess entró en la cocina, no volvió a apartarse de ella. Ella le regaló un sonrisa y se puso a poner un poco de orden en la mesa que todavía tenía las tazas sucias del desayuno del día anterior, algo que, en circunstancias normales, la habría enfadado, y en éstas, le provocaba un hormigueo de placer. Y no sólo porque había descubierto que soltar las riendas del mundo de vez en cuando -y ver que no ocurría un cataclismo- era sumamente agradable, también porque la razón que la había mantenido tan ocupada desde hacía tres días era un hombre.

Aquel hombre, cuya mirada no la dejaba ni a sol ni a sombra. Nunca.

Durante algún tiempo, esa forma cerrada, persistente de observarla, le había resultado molesta. Le parecía un descaro y una indiscreción. Pero ahora era diferente. La atención que él le brindaba era exclusiva y total, algo de por sí muy inusual en el género masculino, que sufría de déficit de atención congénito, indiscriminado e irreversible. Con el resto del mundo, él resultaba escandalosamente indiferente y no hacía el menor intento de disimularlo.

Mientras ponía las cosas a lavar sobre una bandeja, volvió a mirarlo. Le regaló otra sonrisa y siguió aclarando la mesa. Extendió la mano para coger el bote de mermelada, pero una mano masculina la detuvo, y apartó el bote de su alcance.

Tess volvió a mirarlo.

—Ya no quedan tortitas... ¿quieres una tostada?

En vez de responder, él la tomó por una muñeca y tiró de ella, indicándole que se acercara. Tess obedeció con una sonrisa cómplice en los labios. Claramente, no estaba pensando en tostadas.

—Debes pensar que soy terriblemente ingenua...

Lo dijo con una pizca de vergüenza, con la vista puesta en lo que hacía mientras se disponía a sentarse de costado sobre las piernas de Dakota, entre otras razones, para evitar mirarlo.

A su lado, en el plano íntimo, se sentía como una niña pequeña.

Pero una vez más, él en lugar de hablar, la detuvo. La tomó por las caderas e hizo que ella se sentara a horcajadas. La miró mientras la acomodaba de forma que su vagina y el interior de su muslo derecho quedaran directamente encima de su pene, cubriéndolo en toda su extensión. Desde la raíz, parcialmente cubierta por los labios mayores, hasta la punta que se enterraba en la cara interna de la pierna femenina.

Tess exhaló un breve suspiro. Lo sentía pulsar a través del grueso tejido del vaquero, y su mente recuperó la imagen asociada de la noche anterior, la visión de aquel miembro creciendo y endureciéndose mientras él se exhibía ante sus ojos, y le pedía entre susurros que no dejara de mirarlo. Le decía que mientras hubiera un océano entre ellos, el recuerdo de esos momentos los mantendría... *próximos*. En realidad, no había sido esa la palabra que Dakota había escogido, pero la censura de Tess había editado la frase.

El efecto causado por la imagen, sin embargo, era ineditable: la primera contracción del útero sobrevino al instante, sólo con el recuerdo. Tres más le siguieron, ablandando todo su cuerpo que se expresó a través de otro suspiro. Esta vez más largo.

—¿Pensar? —repitió él. Le sacó la camiseta y con aquel único y vigoroso movimiento provocó que los pechos desnudos de Tess se sacudieran de forma ostensible.

Él soltó una bocanada de aire caliente, y los apretó, posesivamente. Abrió la boca sobre uno de los pezones y lo chupó a destajo.

Aquella deliberada, salvaje succión cumplió su cometido fisiológico, y aunque no activó la secreción materna, disparó el circuito hormonal asociado; el primer clímax ya estaba creciendo en su interior.

Envuelta en la nebulosa pre-orgasmo, sacudida por estremecimientos que la hacían sentir sumida en el más completo descontrol, oyó la voz ronca de Dakota. Con la cabeza enterrada entre sus pechos, hablaba alternando palabras con besos que dibujaban el contorno de la areola para tras acabar el circuito en la punta del pezón, volvían a empezar.

—¿Pensar, dices? Cuando estoy contigo no puedo pensar... Ni dejar de mirarte... —el beso se transformó en chupón apasionado y la pausa fue larga—. Ni de querer follarte desde que me levanto hasta que me acuesto... Joder, estoy todo el día como una moto, empalmándome cada cuarto de hora... —se apartó lo suficiente para echar la cabeza un poco hacia atrás y respirar hondo, y luego la miró a los ojos—. Me tienes el coco sorbido...

Tess se acercó y comenzó a besarlo con los labios abiertos.

—¿Hay alguna conexión entre tu permanente erección y el bote de mermelada? —susurró.

Movía sus hombros suavemente, de forma deliberada, haciendo que sus pezones acariciaran el pecho de Dakota. De inmediato, sintió como una mano masculina bajaba por su espalda, a través de las nalgas, y se internaba entre sus piernas. Dos dedos empezaron a frotarle el clítoris.

Ella exhaló el aire en otro suspiro.

—Depende —respondió con voz pastosa, sin apartar los ojos de ella.

Los dedos, entre sus piernas, aceleraron el ritmo.

La respiración de Tess también se aceleró.

—¿De qué?

—¿Quieres oírlo, en serio? Luego, no me llames indiscreto...

Otra imagen de la noche anterior acudió nítida a su mente y le arrancó otro suspiro. Tess asintió con movimientos cortos y rápidos de la cabeza.

—Depende de cómo me la comas... Con mermelada... —tomó una mano femenina y poniéndola sobre su bragueta, guió los movimientos controlando la intensidad y la presión—. *O sin.*

Dakota esperó ver un incendio adueñándose de las mejillas de Tess, y en algún sentido, también ella lo esperó, sólo que no fue consciente de que, en esta ocasión, no hubo tal incendio.

Ni siquiera reparó en que, por una vez, y aunque resultara extraño en una mujer como ella, nada de lo que Dakota dijo le resultó inconveniente, sino natural.

Pero sí reparó en que a sus sentidos les resultó terriblemente excitante cuando se descubrió abriéndole la bragueta con movimientos suaves, pero decididos.

Y tuvo que reparar en ello porque al sentir sus manos, él se quitó la camiseta tan a prisa que le golpeó la cabeza con el codo, y tras una disculpa igual de torpe y apresurada, el liberó su miembro, e hizo que ella lo empuñara.

Ambos soltaron un suspiro; el de Dakota fue de alivio. El de Tess, claramente, de placer: estaba duro como una piedra, y por experiencia, sabía que así se mantendría durante un buen rato.

—¿Y tú... cómo lo prefieres? —le pregunto con un tono deliberadamente sexual. Su mano, la que empuñaba el miembro hinchado, aumentó primero la presión, y luego la fricción.

Él echó la cabeza hacia atrás. Infló su pecho con una respiración profunda, y soltó el aire de golpe.

—Primero va a tener que ser sin —admitió con bastedad—, porque como ahora me pongas ese potingue frío ahí... —enderezó la cabeza y buscó la mirada de Tess, entonces añadió—. Me corro...

Tess tomó su rostro entre las manos y lo besó. Fue un beso en toda regla, sin las timideces ni las brevedades a las que lo había acostumbrado en sus pocos pero explosivos encuentros físicos, que lo puso a temblar de deseo.

—¿Cuándo vuelves a Londres?

Con el último micrograma de conciencia que aún sobrevivía a los besos y las caricias de la única mujer que le importaba, supo que debía mentir.

—El jueves...

La lengua de Tess le recorrió delicadamente el labio inferior antes de formular la siguiente pregunta, provocándole un escalofrío

—¿Irás a Nueva York primero?

Él esbozó una media sonrisa, llena de deseo y desafío.

—Tú pórtate bien, y ya veremos...

—Me gustas... —susurró Tess—. Y sé que voy a echar de menos ésto...

Y siguió besándolo, con besos cada vez más húmedos, más insinuantes.

El corazón de Dakota dio un redoble. Había mentido al decir que cuando estaban juntos no podía pensar... Había mentido tanto y en tantas cosas... Por verla, por acercarse a ella, por tenerla... Y desde que la había hecho suya, no dejaba de pensar en cómo sería su vida cuando regresara a Londres y ella se quedara en Boston. ¿Cómo sería la vida de Dakota después de Tess? Y la respuesta que siempre le venía a la mente, sin cambiar ni una coma, le provocaba miedo. "Un jodido calvario", eso sería su vida sin Tess.

Pero la costumbre de ocultar sus sentimientos volvió a ganar la mano.

—Más te vale, bollito, porque me estás dejando en los huesos...

Tess lo estrechó fuerte, envuelta en un suspiro, y cerró los ojos. Enredó los dedos en aquella melena sedosa que olía a champú.

—¿Qué? —insistió él, con su tono jocoso que ya no engañaba a nadie, y menos a quien pretendía engañar—. ¿Se te ha cortado el rollo y me toca ducha de agua fría?

A modo de respuesta, ella lo estrechó más fuerte. Él, ni corto ni perezoso, recuperó una de sus manos y volvió a ponerla donde estaba antes; empuñando su miembro, que Tess acarició durante un rato, en silencio, antes de volver a hablar.

—Escucha... —dijo ella al fin—. Quizás, si retrasamos la conexión una hora, podríamos chatear con más frecuencia... Muy raro es el día que a las nueve no estoy en casa... ¿Qué te parece?

Dakota cerró los ojos y su abrazo se tornó mucho más sexual.

—¿Qué me parece esperarte despierto hasta las dos de las mañana después de tirarme de la cama cuando aún no han puesto las farolas para abrirle a los repartidores? Como no conectes la webcam y te pongas a bailarme el hula hawaiano vestida únicamente con guirnaldas... No sé, nena, no creo que puedas mantenerme interesado...

Tess le robó otro beso, y otro....

—Guirnaldas, ¿eh?

Él se demoró mordisqueándole los labios antes de responder, y cuando lo hizo, sólo murmuró un "ajá".

—De acuerdo —susurró sobre sus labios—. Guirnaldas para el chat; mermelada para el directo... ¿Algo más?

Dakota se puso de pie con Tess en brazos, la depositó sobre la mesa después de hacerle sitio, y se inclinó sobre ella, imponiéndose con su cuerpo.

—*Síii* —murmuró en medio de un suspiro al tiempo que empujaba el tarro de mermelada entre las piernas de Tess—. Que empiece el directo.

Aquel martes primaveral tuvo el honor de ser el tercer día consecutivo que Tess llegaba tarde al trabajo en toda su vida laboral. Y no "tarde" de diez minutos; tarde de una bochornosa e inexplicable media hora. Y aunque no tenía ninguna intención de contestar preguntas al respecto, ya que nadie le pedía explicaciones por marcharse a las tantas, tras doce o trece horas de trabajo, tampoco las hubo. El brillo de sus ojos, aquella tendencia de sus labios a curvarse (hacia arriba) ante cualquier tontería, y su marcado buen humor la delataban, haciendo innecesaria cualquier explicación. Era como si lo llevara escrito en la cara, y las miradas pícaras del pool de secretarias, comandadas por Gladys, que la acompañaban, pasillo arriba, pasillo abajo, cada vez que salía de su despacho, no hacían más que recordarle que, efectivamente, lo llevaba escrito en la cara.

Tampoco había pasado desapercibido su aspecto de por sí perfecto, mucho más cuidado que de costumbre. Había más maquillaje, ropa tan elegante como siempre pero mucho más femenina, y los recogidos en moños despeluchados habían pasado a la historia; su melena castaña capeada favoreciendo el rizado natural, que le llegaba a los hombros, lucía prolijamente suelta, partida al costado por una raya. Llevaba el flequillo largo, peinado formando una gran onda que se iniciaba a la izquierda, donde estaba la raya, y caía sobre el perfil derecho, enmarcando su rostro y dejando la frente despejada. Era como si, cada día, tuviera una cita al salir del trabajo, y viniera preparada.

Y en muchos sentidos, así era. No se lo había propuesto, y desde luego, tampoco era consciente de que lo hacía, pero actuaba y lucía como una mujer que se levanta sabiendo que cuando se ponga el sol, la espera un hombre espectacular, un martini y una *laaarga* noche de sexo salvaje. En el caso de Tess, la mermelada de frambuesa sustituía al martini, y todo en conjunto, superaba con creces sus expectativas: había contado con el "sexo salvaje" -él era medio salvaje para todo, en su opinión, y además contaba con la avidez de la juventud-; no había contado en absoluto con su gran capacidad de interrelación personal porque no sabía que la tuviera. Tal como le había dicho durante la primera cena que habían compartido, en el restaurante italiano, él la entretenía. Y eso era mucho más de lo que podía decir de la mayoría de los acompañantes masculinos que había tenido a lo largo de su vida. Todo un descubrimiento.

Aquel martes primaveral, también tuvo el honor de ser el tercer día consecutivo que Tess abandonaba su despacho a las seis en punto en toda su vida laboral. La mayoría de los despachos editoriales continuaban con las luces encendidas aunque el personal administrativo se había marchado ya, hacía media hora. No se entretuvo con nadie. Como mucho, un gesto con la mano, a modo de despedida, sin rebajar el ritmo ni hacer el menor ademán de detenerse a conversar.

De camino a casa, tuvo que hacer dos paradas. Llevaba una lista de la compra muy breve, de puño y letra de Dakota: vino, pan, y mermelada de frambuesa. Los dos primeros productos acompañarían la cena; unos *spaguetti putanesca* que planeaban hacer juntos; el tercero, que en esta ocasión cogió de tamaño familiar, haría las veces de postre. Nunca tan bien dicho. Tess no pudo evitar una sonrisa al guardar el tarro en la bolsa de papel, y otra más al comprobar cómo la miraba la cajera. Seguro que pensaba que lo que tenía delante era otra loca de atar, de las muchas que pasarían diariamente por allí, sólo que en vez de hablar sola, o pretender pagar con monedas una compra de doscientos dólares, ésta le sonreía a los botes de mermelada.

Atravesó la ciudad escogiendo atajos y vías menos congestionadas, y consiguió llegar a casa en tiempo récord. Comparativamente, casi estaba tardando más en llegar desde el aparcamiento al último piso, pensó mientras miraba el tablero luminoso del ascensor. El bendito aparato se detenía en cada planta para descargar pasajeros. Por lo visto, seis y media era la hora habitual en que sus vecinos, a muchos de los cuales no conocía ni siquiera de vista, volvían del trabajo.

Hizo el trayecto sola desde la tercera planta, y cuando el ascensor se detuvo en la última, y las puertas se abrieron, Tess salió poco menos que corriendo. Pensar que estaba ansiosa por llegar a casa y lo ridículo que le resultaba a su edad, le hizo aminorar el paso a lo largo de la alfombra del pasillo, pero no demasiado. Mucho antes de poner la llave en la última cerradura y girarla, sus labios habían vuelto a curvarse hacia arriba.

Le extrañó que no hubiera luces encendidas... Una sensación rara, mezcla de curiosidad, expectativa y excitación se adueñó de ella. Cerró la puerta tras de sí, y dejó las llaves y el bolso en el mueble de la entrada, sin hacer ruido. Avanzó por el corredor, con sigilo, portando la bolsa de la compra y una gran sonrisa, esperando lo inesperado: una fiesta sorpresa, un stripper saliendo de una torta gigantesca en medio de su salón... o incluso él mismo, Scott, preparando los *spaguetti* con un delantal de cocinero por toda indumentaria. Un delantal al que le habría decorado el frontal con una sola palabra: "cómeme", pensó, risueña. ¡Estaba tan rematadamente loco, y era tan divertido!

Y tan, tan, tan sexy... La imagen de un Scott de espaldas, con su impresionante cabello rubio suelto, y aquel colorista dragón bicéfalo dominando sus vistas posteriores, le produjo un escalofrío...

Dios.

Aún no estaba a la vista siquiera, y ella ya estaba pensando en el postre.

La expectativa y la excitación crecían a medida que Tess dejaba atrás estancias vacías, y alcanzó cotas alarmantes cuando se detuvo frente a la puerta cerrada de la cocina. No sólo porque sabía que él estaría allí; sino, especialmente, porque de todos los momentos extáticos que había pasado junto a Scott, los mejores habían sucedido allí, en distintas localizaciones de los cuatro metros cuadrados de su cocina. Junto con el baño, era de los lugares predilectos de Scott para los juegos sexuales.

Se pasó la mano por el cabello e inspeccionó a vuelo de pájaro su ropa para asegurarse de que todo estaba como debía. A continuación, se irguió sobre sus tacones, respiró hondo y abrió la puerta con decisión. Una invasión de hormigas imaginarias se adueñó de su espalda mientras recorría la estancia con la vista, en busca de la versión posmoderna de guerrero vikingo con el que llevaba cinco noches compartiendo lecho.

Pero también estaba vacía.

Tess frunció el ceño. ¿Se habría escondido en el armario?

Con la bolsa de papel, pero sin la sonrisa, volvió sus pasos y se dirigió al dormitorio. Todo estaba tal como lo había dejado por la mañana: la cama deshecha, el chándal -que no se había puesto en cinco días, ya que había cambiado sesión de footing por sesión de sexo- sobre el respaldo de la silla, la última novela publicada de Diana Simmons sobre la mesilla de noche, junto al reloj despertador que hacía las veces de "joyero" para los múltiples abalorios de Scott...

Que normalmente estaban allí, y ahora no.

Tess se acercó hacia la mesilla con paso titubeante. Encendió la luz del velador. No había nada sobre la tapa del reloj. Con una sensación oprimiéndole el pecho, empujó la puerta del armario, que se deslizó sobre las guías dejando al descubierto el contenido. Las perchas de Scott estaban vacías. Miró en el suelo del armario; su mochila de cuero tampoco estaba.

La desazón fue como una sombra cerniéndose sobre ella, que confusa y desilusionada, se sentó sobre la cama.

¿Se había marchado? ¿Adónde? Le había dicho que su vuelo de regreso a Londres no salía hasta el jueves. Aunque lo cierto era que también le había dicho que quería pasar un par de días en Nueva York antes de irse...

¿Pero irse así, sin decirle nada? ¿Sin despedirse?

Tess se pudo en pie de la rabia. Irse de aquella manera era pasarse de excéntrico.

Regresó a la cocina y sus taconeos, que parecían taladrar el parqué, daban buena seña del enfado que crecía en su interior. De pronto, se detuvo. ¿Habría sucedido algo con su padre? Quizás hubiera tenido que regresar a Londres de urgencia...

Cuando entró nuevamente en la cocina, el enfado había cedido su lugar a una intensa preocupación.

Fue en aquel momento, que suspiraba para aliviar la opresión que sentía el pecho, cuando reparó en el trozo de papel que un imán sujetaba a la puerta de la nevera.

Lo cogió con tanta fuerza que el pequeño Big Ben imantado salió volando y cayó al suelo. Leyó con el corazón latiéndole a destajo en el cuello:

Dices que odias las despedidas y yo soy tan capaz de hacérmelo contigo en pleno aeropuerto y acabar los dos en comisaría por alterar el orden que...

No te enfades conmigo, bollito... Es mejor así... Cuando llegue a casa te llamo ¿vale?

Dakota.

La editora inspiró profundamente y soltó el aire en un suspiro cargado de melancolía.

Aquel martes primaveral, también tuvo el honor de ser el primer día en su vida que Tess lamentó estar tan lejos de Londres.

~26~

Entre unas cosas y otras, se hicieron las nueve de la mañana hora inglesa cuando Dakota salió al Hall principal del aeropuerto. O sea, que llevaba echando de menos a Tess la friolera de once horas y media... En Boston serían las cuatro de la madrugada, por lo tanto, llamarla quedaba descartado, no sólo por lo intempestivo de las horas, también porque le apetecía tanto que...

Que no, decidió en un ataque de lucidez, mejor un correo electrónico. Uno normal, solamente para decirle que ya estaba en la madre patria, sano y salvo.

Sano. Salvo. Y jodido, porque Dios sabría cuándo podría volver a verla... Muy, pero que muy, jodido.

Caminó, y caminó, y caminó hasta que por fin consiguió llegar a la zona donde estaban los puestos de conexión a Internet. Se sentó frente al único ordenador que quedaba libre e introdujo una moneda en la ranura para contratar el período mínimo de acceso a la Red.

Mientras esperaba que las distintas pantallas se abrieran, ensayó mentalmente lo que le diría... Quería que le saliera algo corto, pero divertido... Tranquilizarla diciéndole que había llegado bien (aunque menuda chorrada era pensar algo distinto; si no hubiera llegado bien, ella ya se habría enterado por las noticias)... Serenarla porque, tan seguro como que su apodo era Dakota, ella tendría un Señor Cabreo, y, a ser posible, arrancarle una sonrisa...

Y no decirle, bajo ninguna circunstancia, que llevaba exactamente once horas y media muriéndose por volver a tenerla cerca... Sin grandes colisiones ni botes de mermelada.

Un minuto, bastaba.

Una sonrisa, bastaba.

Dakota sacudió la cabeza en un gesto intencionado de dejar de pensar en lo que no debía, y concentrarse en el mensaje.

Tras dos intentos fallidos que borró retrocediendo con el cursor, el mensaje cobró forma ante sus ojos:

Dije que te llamaría pero no quise aumentar tu cabreo despertándote en plena noche para decirte que las maldiciones que seguro me has echado tipo "ojalá se estrelle, el muy ca-brón" no hicieron efecto... Acabo de llegar de una pieza pero sin culo... Después de dos es-calas y un millón de horas está tan chato que ni se ve! Jajaja... Lamento haberme perdido tus espaguetis lo-que-sea... Jajaja... Si te digo la verdad no me acuerdo de lo que venía despúes de espaguetis... Pero seguro que te salen para chuparse los dedos... Otra vez será, bollito. Bueno guapa... me voy a ver qué follones ha organizado Duke en mi ausencia... Igual este capullo se lo jugó al poker y ya no tengo pub...

Dakota

Puestos a lamentar, más lamentaba haberse perdido el postre. Joder, con la mermelada de frambuesa... Pero mejor se lo callaba. A ver si una indirecta tan directa, en medio del enfado monumental, le hacía pensar que a él sólo le preocupaba el sexo...

Tuvo que sonreír ante la estupidez que acababa de pensar. Después de cinco días juntos, seguro que ella sabía todo lo que tenía que saber sobre el tema.

Editó el mensaje para añadir una última línea:

PD: Sobre los espaguetis, no me creas... Soy inglés y lo que me pone de verdad es la mermelada de frambuesa ;-).

Esta vez, estuvo conforme con el resultado y pulsó enviar. Con un poco de suerte, cuando se conectaran para chatear, el enfado se habría suavizado y Tess estaría nuevamente dispuesta a dejarse "entretener".

Algo que ahora Dakota sabía, de su propia boca, que hacía fenomenal-mente bien.

Aleluya.

Por lo que su amigo le estaba contando, Duke no se había jugado el pub al póquer, pero había estado a punto de conseguir que la policía lo clausurara por tráfico de drogas.

—No es mal chaval, pero anda con dos capullos que siempre lo meten en follones... —reconoció Dakota, que se había detenido en el área de des-canso de la carretera para atender la llamada—. Ya le dije antes de irme que se buscara otro trabajo, pero ahora tenía que dejar a alguien a cargo o cerrar.

Y cerrar no puedo... Pero se acabó... Bueno fuera que después de cinco meses sin oler la maría, me clausuren por culpa de mi primo...

—*Hablando de capullos... ¿le has dicho al padre de Abby que te ibas a Estados Unidos conmigo y con mi moto? Como si fuera tan fácil llevarse una Harley en la maleta a Yanquilandia... Tío, pónme al día de tus mentiras, porque te juro que no sabía qué decirle...*

Dakota bajó la vista. Encontrarse con el padre de Tess al salir de la agencia de viajes donde trabajaba un colega motero, lo había tomado por sorpresa. Estaba tan excitado con la idea de volar a Estados Unidos para verla, que, sencillamente, se le escapó. Enseguida se dio cuenta de que había hablado de más e intentó arreglarlo, armando una historia alrededor de las kedadas de motos y su amigo Evel. Sus padres estaban habituados a que él desapareciera durante dos o tres días sin dar mayores detalles. Les dijo lo que necesitaban saber: que él se iba a una kedada en el Alemania, que Duke atendería el pub y que Evel se pasaría cada día por casa a ver si necesitaban algo.

—¿Qué le has dicho?

—*Lo primero que se me ocurrió... Que al final no pude acompañarte y que unos amigos de allá te dejarían una moto...* —Dakota asintió mientras, a la luz de los nuevos datos, pensaba en lo que diría él cuando volvieran a encontrarse, y el señor Gibb le hiciera la pregunta de rigor—. *Ah... Como no vio la moto en el garaje, me preguntó por Princesa y le dije que la tenía yo para una puesta a punto...*

Dakota hizo una mueca de disgusto. Esa parte no se la creería...

—Vale... Bueno, nos vemos más tarde... Ahora pasaré por casa a darme una ducha y después me voy al pub...

—*Oye, tío, que sepas que me jode muchísimo que hayas acudido a Dylan y no a mí.*

Se refería al motero de la cabeza rapada que aquella noche en la puerta del Club49 se había insinuado a Abby, y a lo que tenían en común: el interés por Princesa.

—¿Me la habrías comprado?

—*No* —respondió su amigo con sequedad—. *Te habría prestado la pasta que necesitabas para irte, y así tendrías tu viaje y también tu moto, en vez de haberla rematado por una tercera parte de lo que vale. Los amigos están para algo, tío.*

—¿Lo ves? Por eso "acudí a Dylan y no a ti" —dijo, burlón. También porque sabía que Dylan cuidaría bien de Princesa—. No habría podido devolverte el dinero, Evel... Y a la última persona a la que quiero dejar colgada es a ti... Si no te vale, lo lamento. Es lo que hay.

Del otro lado de la onda sólo escuchó silencio, luego un bufido. Finalmente...

—*Vale, tengo que cortar. Esta noche me paso por el pub...*

Y así fue; Evel desconectó la llamada sin que su amigo tuviera tiempo de añadir nada más.

Dakota había llegado a casa sin problemas. Léase, sin coincidir con Richard Gibb, ni toparse "por casualidad" con su hija menor, alias Morticia.

En casa, sus padres se mostraron especialmente alegres de tenerlo de regreso y las preguntas sobre el viaje fueron de tipo general. "¿Qué tal el tiempo en Alemania?" Bien, hubo un par de días buenos y el resto regular. "¿Dormiste en el camping?" No, me alojó una amiga. "¿Lo has pasado bien?" Fenomenal. "¿No te habrás pasado con la bebida, no?" Pues, no. Bebí lo normal. Todas formuladas por su madre, como siempre, aunque en esta ocasión Dakota tuvo la impresión de que su padre seguía la conversación con más atención de lo habitual.

—Bueno, me voy a prepararte un buen café con leche para que tomes los medicamentos, Doug —comentó Rosalyn dirigiéndose a la cocina—. ¿Quieres uno, hijo?

—No, no... Voy a ducharme, que tengo que ir al pub...

Se disponía a abandonar el salón cuando su padre lo llamó. Él se volvió y permaneció junto a la puerta, esperando. Desde el ataque, Doug hablaba poco, sólo para hacer los ejercicios que le mandaba la logopeda, y cuando lo hacía por conversar con su familia, empleaba frases muy cortas y las pausas entre cada una eran más largas de lo normal. Eso sí, hacía mes y medio, se las había apañado para decirle a Dakota con total claridad que "él jamás había necesitado pedir un crédito para mantener el pub, y que no pensaba empezar a hacerlo ahora".

Dakota sabía que difícilmente se lo concederían aunque lo hubiera hecho. Usar las escrituras de la casa para garantizar el pago del préstamo no era una opción. Para sus padres, la "casa era sagrada". Si algo le sucedía a alguno de los dos, el que sobreviviera, al menos, no acabaría durmiendo bajo un puente, y en última instancia, constituía la única herencia de su único hijo. Por otro lado, aunque su viejo y el gerente se conocieran desde pequeños, y el banco lo tuviera por un buen cliente, Doug ya no estaba al frente del negocio, sino Dakota.

Aún así, le habría agradecido la intención. Al menos, habría servido para demostrarle que confiaba en él.

—Estuv...ve ... c...c...on Hugh —empezó su padre.

Hugh Lennox, el gerente del banco. Dakota volvió sobre sus pasos y se sentó frente a su padre, sin ocultar su sorpresa.

—Sin aval no... cr...édito —añadió.

Dakota asintió.

—Está bien. No te preocupes... Ya me arreglaré.

—Quero.... ayu.. ayu... da... per..o... ¿c...c...c...óm...?

Cada palabra le costaba un triunfo. Su rostro enrojecía del esfuerzo que hacía para articular cada palabra. Dakota se puso de pie y se aproximó a él.

—Tranquilo, papá... Me buscaré un socio... Alguien que ponga pasta para liquidar lo que se debe y lavarle la cara al local... Tampoco estamos tan mal... No te preocupes...

—¿Que no se preocupe por qué? ¿De qué tiene que preocuparse?

La irrupción de Rosalyn fue un auténtico alivio para Dakota, y la vía de salida rápida en dirección a la ducha. "Es una conversación de tíos" dijo, yéndose, y abandonó el salón lo más rápido que pudo. No estaba acostumbrado a nada de lo que estaba sucediendo, y ver el esfuerzo de su padre, y el interés... Lo había desconcertado.

Pero el gran desconcierto sobrevino una hora más tarde, cuando recién duchado y cambiado, atravesaba el jardín hacia la calle, donde había dejado el coche, con tan buena suerte que se encontró con su vecino, quien Coca-Cola en mano, hacía una pausa en la limpieza de su jardín.

La pregunta de rigor tardó dos segundos en hacer acto de presencia, pero formulada de una forma muy peculiar.

—Vaya, ya estamos de vuelta en la Gran Bretaña, ¿eh? —Dakota asintió, sonriente, a modo de respuesta y se detuvo frente a él, respetuosamente. Los dos hombres estaban separados por el pequeño muro que hacía las veces de lindero.

—Sí, como quien dice, acabo de llegar...

Richard asintió. Apuró su refresco y se estiró a depositar el bote vacío en el saco lleno de hierbajos y ramitas. Decidió que, si como suponía, tenía que haber un terremoto, quería saber de primera mano para cuándo estaba previsto.

—Te preguntaría si te lo has pasado bien en la concentración de motos a la que ibas con Evel, pero si Evel no fue y no tenías moto, empiezo a pensar que lo de la concentración fue una excusa para hacer otra cosa... —lo miró abiertamente a los ojos—. ¿No hubo ninguna concentración, verdad?

La conversación había empezado mal, pero Dakota sabía que lo peor estaba por venir. No sólo porque su interlocutor fuera el padre de la chica; especialmente, porque había pactado con la "chica" que no diría nada hasta que ella hablara personalmente con su familia. También sabía que aquel hombre *sabía* lo que estaba sucediendo. Lo tenía "calado", y no era de ahora. A ver cómo se las apañaba para salir del embrollo...

—Estuve "muy concentrado" —respondió con desparpajo, echando mano al consabido recurso de la burla—, pero tiene razón, no fue con una moto.

La mirada del padre de Tess fue sumamente gráfica hasta el punto que Dakota tuvo la impresión de que ya no estaba en Londres, sino en África, en el medio del desierto, bajo un sol abrasador que le quemaba la piel, y ponía fuego a sus mejillas.

—Fui a ver a alguien —admitió—, pero en casa no lo saben y —se aclaró la garganta— no puedo hablar del tema.

Richard Gibb se pasó la mano por la barbilla. Era del tipo de persona que prefería saber a no saber. Pensaba que lo que hubiera de saber, bueno o malo, cuanto antes lo supiera, mejor.

Ahora no lo tenía tan claro.

Conocer lo que había entre aquel joven melenudo y la persona que él había ido a ver, y a quien Dakota se había referido genéricamente como "alguien", lo ponía en una situación muy delicada.

Y le resultaba más increíble cuanto más pensaba en ello. Que a Dakota Tess le interesaba, lo había sabido desde el primer momento, pero si él se había subido a un avión para verla, el interés tenía que ser correspondido de alguna manera... Le parecía sencillamente incomprensible que una persona como su hija pudiera interesarse por alguien como Dakota. Eran dos polos opuestos, y además estaba el asunto de la diferencia de edad. Le preocupaba. La situación, el porvenir, todo... Y, muy especialmente, Tess.

—¿Qué tal estaba... *alguien*? —le soltó, sin anestesia.

Dakota no contestó enseguida. No podía hablar del tema, y habría un aluvión de preguntas a las que tampoco sabría qué responder, suponiendo que pudiera hablar del tema, que no podía.

Pero, claro, tampoco podía "escabullirse" del tema. Aquel hombre era el padre de la chica, y vivían puerta con puerta -no en Boston, a cubierto de miradas inquisidoras-. Y si no contestaba ahora, tendría que hacerlo al día siguiente, o al otro... ¿No sería mucho más fácil decir "sí, estamos enrollados" y que cada poste aguantara su vela?

Ajjj, ¿por qué las tías lo hacían todo tan complicado?

—Bien —admitió, mirándolo brevemente—. Estaba bien.

Richard volvió a asentir.

—¿Y Princesa?

No tenía sentido mentirle a aquel hombre, que por lo visto, lo tenía calado mejor que bien.

—La vendí... No por el viaje —se apresuró a matizar—. Necesitaba pasta, y el pub... Bueno, usted ha visto los papeles... Cuando acabo de pagar las cuentas, me quedo tieso.

Tal vez, si no le hubiera hecho la matización, Richard Gibb lo hubiera creído. Realmente, quería creer que las cosas entre su hija y ese joven no habían llegado tan lejos como para que él cambiara su amada moto por pasar unos cuantos días con Tess. Pero que la hubiera hecho, sumado a las mentiras que había contado acerca del viaje, no le dejaron otra alternativa.

—¿Sabe ella que has vendido tu moto para pagar el pasaje?

El brillo en sus ojos volvió a delatarlo.

—No vendí mi moto por ella.

Richard meneó la cabeza. O sea, que Tess no lo sabía... Dios, aquella historia traería una cola muy larga.

—Y tú ¿cómo estás?

Dakota esbozó una sonrisa a medias. Se estiró hacia atrás el pelo con ambas manos.

Genial, pensó, ahora sí que venía lo mejor.

—Estoy... —iba a decir que "bien". Era lo que la gente pensaba de él, que siempre estaba bien, porque era lo que él pensaba de sí mismo. Pero en este caso, no era así ni mucho menos— *jodido*. Ésto me supera.

Richard lo miró con cariño. Lo había visto crecer y aunque no era el tipo de hombre que un padre quisiera tener como yerno, lo consideraba un buen muchacho, y sentía aprecio por él. ¿De qué otro modo iba a estar después de deshacerse de su juguetito?

—¿Dakota "jodido"? —dijo Richard con socarronería—. Como no te refieras a haberte desprendido de tu moto, francamente, lo dudo. No creo que nada te importe lo bastante como para "estar jodido".

Lo había, y no tenía que ver con Princesa. De haber podido conseguir el dinero por otra vía, lo habría hecho, pero no había sido así y no lo lamentaba. Al contrario; Princesa siempre le había proporcionado placer y diversión, y eso había hecho hasta el último momento. Gracias a ella había podido pasar cinco días alucinantes con una mujer que le importaba mucho más de lo que nada ni nadie le había importado nunca.

Pero no le sorprendía que aquel hombre lo dudara. Él mismo lo dudaba por momentos. Hasta que se descubría pensando en "alguien", se daba cuenta de que era como si los pulmones se le hubieran reducido, y respirar doliera, y entonces, dudaba menos.

—Yo también lo dudo a veces. Me digo que con tantos peces en el mar, es de gilipollas encapricharme con uno que nada tan lejos... Que lo mejor es pasar del tema. Y funciona. Los colegas vienen a verme al pub... Jugamos poole o dardos...Tomamos unas cervezas... Lo pasamos bien... Y de repente, porque sí, me acuerdo de ella —miró al hombre brevemente y volvió a concentrarse en el llavero del coche con el que jugueteaba— y ya no estoy en el pub, estoy en el parque, sentado a su lado en un banco frente al estanque de patos... Hay un aire suave y yo la escucho reír y...

Dakota hizo una pausa. Giró la cabeza, como si mirara hacia una esquina imaginaria. El cabello encubrió parcialmente su perfil, impidiendo que el padre de Tess pudiera verle el rostro, pero cuando volvió a hablar, con la vista perdida en algún punto situado frente a él, el tono de su voz adquirió una gravedad que a Richard Gibb le resultó inédita.

—Entonces, alguien dice "te toca, Dakota" y vuelvo al pub, y es justo ahí, cuando caigo en la cuenta de que lo dudo por deporte, porque no hay nada que dudar. Estoy jodido. Si —se detuvo a punto de pronunciar el nombre y dijo otra cosa al tiempo que hacía una mueca de sonrisa— *ella* no vuelve a Londres...

Dejó la frase a medias porque no tenía la menor idea de cómo acabarla: las pocas horas que llevaba sin ella le resultaban raras, se sentía extraño sin Tess, y no podía imaginar estar meses sin ella. O incluso años...

Ya.

—Y si vuelve, aquí va a haber un terremoto, lo sabes, ¿no? Un terremoto gordísimo —concluyó Richard.

"Mientras vuelva...", no pudo evitar pensar Dakota.

Le daba completamente igual si la galaxia al completo se estremecía hasta sus cimientos siderales y explotaba convertida en partículas microscópicas.

Le daba igual todo, Abby, los prejuicios, el que dirán. Pero no podía decirlo, y menos a aquel hombre, porque se lo había prometido a Tess y no podía hablar del tema.

Y como no podía hablar del tema, aquella conversación no había existido.

Dakota respiró hondo en un intento de volver a ser el mismo despreocupado de siempre, y cuando volvió a mirar al hombre, con su sonrisa ladeada y el cabello al viento, casi marchándose, todo había vuelto a su ser, y era el mismo Dakota de siempre.

—Aquí no hay terremotos, señor Gibb —le hizo un guiño—. Y eso es justamente lo que voy a decir si alguien me pregunta.

El padre de Tess meneó la cabeza con resignación.

Por desgracia, negarlo no evitaría que lo hubiera.

Evel lo había intentado todo con el váter atascado del servicio de caballeros, pero finalmente tuvo que desmontarlo con las consiguientes molestias y roturas. Consiguió retirar el atasco, pero no pudo evitar la hermosa factura de trescientas libras que pasó el fontanero al que fue necesario llamar el lunes a primera hora para volver a tener un baño en condiciones.

Ahora Dakota tenía un váter funcional, trescientas libras menos y un cabreo que crecía geométricamente cada vez que escuchaba a su primo decir "lo siento".

Los dos hombres estaban en el baño, frente a la puerta abierta del cubículo que durante el fin de semana había sido declarado zona catastrófica, y Duke, consciente del creciente enfado de su primo, no cesaba de lamentarse en voz alta.

—Esos colegas no van a volver por aquí, te lo aseguro... y de la factura me hago cargo yo... Te juro que lo siento, tío.

—¡Joder, Duke, ¿quieres parar con la cantilena, de una vez?! Las cosas hay que pensarlas antes de hacerlas, porque después de que están hechas, con lamentarlo no arreglamos nada. Por descontado que vas a hacerte cargo de la factura y por descontado que ninguno de esos dos capullos volverá a poner un pie aquí... pero tampoco te quiero a ti en mi pub. No quiero más follones.

Dakota se dirigió a la puerta del servicio de caballeros seguido por los ruegos de Duke.

—Oye, por favor... Escucha, Dakota, dame un poco de margen, tío...

—Ya te he dado margen, y a cambio tengo una factura de trescientas libras y a la pasma con la mosca en la oreja. Ahora, búscate la vida.

Duke le interceptó el paso, obligándolo a detenerse.

—Por favor, Dakota... —el tono de su voz así como la expresión de su rostro hicieron que él se aviniera a escuchar—. Necesito el trabajo... Estoy metido en un lío y si dejo de pagar...

Dakota miró a su primo de muy mal humor.

—¿Qué clase de lío?

—Apuestas —admitió, abochornado—. Lo he dejado. Hace un mes y medio, pero todavía debo pasta.

—¿Cuánta?

—Mira, eso da igual... —insistió Duke—. Lo tengo controlado. Mientras siga pagando no habrá problemas, pero si dejo de pagar irán a casa y... Bueno, tú sabes de qué va ésto ¿no?

Lo sabía, sí. Procuraba no pensar en eso y jamás había hablado del tema con nadie, ni siquiera con Tess, pero tenía bien presente que su padre había sufrido el ataque mientras discutía con él. Se decía que había sido el destino, que le habría sucedido igual un día u otro mientras podaba sus gardenias o se enfadaba por un mal partido del Arsenal, pero... *había sucedido mientras discutía con él.*

Dakota asintió.

—Si vuelvo a ver a alguno de tus colegas en mi pub, llamo a la policía —Duke se apresuró a asentir, aliviado de ver que el muro cedía— y si vuelves a cagarla, te parto la cara.... Que te quede claro que es un arreglo temporal —lo apuntó con un dedo—: búscate-otro-trabajo-ya.

—Tranquilo, tío, estoy en ello... —a modo de agradecimiento, le apoyó una mano en el brazo que Dakota retiró sin medias tintas—. Gracias, de verdad.

—Ya, ya... No me lo agradezcas tanto y encuentra trabajo —comentó, marchándose.

Duke volvió a la barra mientras Dakota se dirigió al pequeño cuarto sin ventanas que hacía las veces de oficina, a ocuparse del siguiente desaguisado del día: revisar las cuentas.

Odiaba hacer la caja porque la puñetera nunca se dejaba cuadrar. Algo tan simple como tanto cobrado menos tanto pagado igual a tanto, conseguía ponerlo de un alarmante mal humor. Y si en circunstancias normales, cuando era él quien pagaba, y él quien cobraba, los totales no coincidían, esperar que lo hicieran ahora era esperar un milagro. Llevaba todo el día revisando de manera intermitente, las cuentas de los cinco días en que había estado en Estados Unidos, y no había manera. No cuadraba ningún día.

Lo peor era que tampoco cuadraban las existencias, de lo que podía deducirse que además de hacer negocios con marihuana en el lavabo, su primo también se había dedicado a hacer negocios con whisky en la barra. *Su* whisky.

Dakota se restregó los ojos. Se alejó del escritorio empujando el sillón de ruedas con sus piernas, y dejando que se desplazara hacia atrás por la inercia. Echó un vistazo al reloj. Tess estaría en la oficina y aún le quedaban cinco o seis horas antes de volver a casa. Si así se sentía pocas horas después de dejarla, no quería imaginar cómo se sentiría cuando llevara un mes sin verla. O dos...

O cuatro.

¿Cuatro meses sin verla?

Dakota soltó el aire en un bufido, mitad enfado mitad impotencia. ¿Cómo coño se las iba a arreglar para estar cuatro meses sin verla y seguir cuerdo?

"Qué-locura", pensó al sentir la desazón que lo embargaba cada vez que caía en la cuenta de que, efectivamente, pasarían meses antes de que pudieran volver a verse las cara.

Decidió salir del despacho a ver si se distraía un poco charlando con los clientes, y dejaba de pensar en lo que no debía.

Había media docena de personas, lo que tratándose de un día de diario, no estaba mal. Con suerte, a la hora de cierre el local estaría bastante concurrido, y su mermado bolsillo respiraría algo más aliviado.

—¡Tío, qué pintas! Parece que no hubieras pegado ojo desde que te fuiste... —comentó Duke mientras empujaba una pinta llena hasta los topes a lo largo de la barra hasta su destino: el motero de la cabeza tatuada a lo yakuza que había al otro extremo.

Por lo visto, Duke había recuperado su buen humor al mismo tiempo que había recuperado el trabajo.

—Métete en tus asuntos...

La frasecita era su mantra desde que había puesto un pie en el pub y Duke había detectado la mala cara que hacía. Estaba ojeroso, bastante cansado e inapetente, y no todo se debía al jet lag. Pero eran cosas suyas, y nunca hablaba de sus asuntos.

O *casi* nunca. Porque con el padre de Tess se había despachado a gusto por la mañana.

—Esas ojeras son añejas, tío... —siguió Duke erre que erre—. Las conozco bien... Tú has estado montando a diestro y siniestro, pero no solamente en moto, colega...

Las risitas de su primo incitaron otras cercanas a él, del otro lado de la barra.

—Sí —dijo Dakota riendo, lo que no consiguió ocultar su malhumor—. Todos sabemos aquí que tú montas mucho... Anda, déjame en paz, ¿quieres?

Las carcajadas volvieron a arreciar, pero esta vez no tenían a Dakota por objetivo.

—Más que tú últimamente, seguro —se defendió Duke, aludiendo al giro drástico que había dado la vida de Dakota desde el accidente de su padre—. Pero esta semana te has puesto las botas, ¿a que sí, chavalote? Y si así estás tú, no me imagino cómo habrán acabado ellas...

—Corta el rollo —avisó el interesado.

—Venga, tío... Cuenta, cuenta... que el público quiere detalles...

Detalles quería él; de dónde habían ido a parar las ciento doce libras con treinta peniques que le faltaban de la caja.

Dakota se limitó a servirse media pinta y tras coger un paquete de cacahuetes salados volvió al cuartito que hacía las veces del despacho. Su malhumor empeoraba por segundos.

"Si fuera un asunto de motos ya estaría soltando a discreción; éste se ha enrollado con alguien", comentó Duke, con segundas, a los dos treintañeros que eran clientes habituales desde que Dakota se había hecho cargo del pub.

Eran las cinco. Por lo tanto en Boston, serían las doce. Volvió a mirar la pantalla del portátil donde su programa de correo esperaba pacientemente su decisión. Dakota se ató el pelo en una coleta y se arremangó hasta el codo. Ya no aguantaba más. Escribió:

Sigues muy enfadada conmigo?

Seleccionó la dirección de Tess y pulsó enviar.

Y se quedó mirando la pantalla mientras sentía cómo la ansiedad trepaba por su espalda y acababa sentándose sobre sus hombros, y también se quedaba mirando la pantalla, cabeza junto a cabeza.

Diosss, suspiró Dakota, ya no aguantaba la espera, no saber cómo habría tomado ella la forma que él había elegido para desaparecer de Boston, la necesidad imperiosa de tener algo de ella, aunque más no fuera unas palabras encerradas en un sobre virtual... Algo, lo que fuera.

El caracol vestido a lo Schumacher que dominó la pantalla en aquel momento, fue recibido con una sonrisa imposible. A punto de reventar de la ansiedad, Dakota abrió el mensaje y leyó:

Enfadadísima. Conéctate al chat ahora mismo y mientras lo haces, vete ensayando el discurso, porque vas a tener exactamente cinco minutos para explicarte. Nada de cirílico ni indiscreciones; estoy en el trabajo.

Tess

Una sonrisa inmensa iluminó la cara de Dakota.

—No estás enfadada, bollito... *Ufff*, menos mal... —murmuró.

No estaba enfadada en lo más mínimo, sino ansiosa por tenerlo un rato, igual que él.

Un descubrimiento grandioso que festejó lanzando un puñetazo triunfal al aire.

A pesar de que los dos estaban en el trabajo, los cinco minutos eran ya casi veinte cuando Duke entró al despacho para avisarle que el comercial de la Coca-Cola estaba en la barra, pretendiendo cobrar. Dakota maldijo interiormente y tras pedirle a Tess que le esperara en línea cinco minutos, minimizó la ventana del navegador y salió del despacho.

Pero aunque su intención fue minimizarla, pulsó la casilla equivocada y sólo redujo el tamaño, que continuó ocupando el 80% de la pantalla. Algo que Duke aprovechó para intentar averiguar "en qué estaba metido Dakota". Se secó la mano mojada en el delantal y desplazó un dedo por el touchpad, haciendo retroceder la página.

Y a medida que sus ojos escaneaban el texto, una sonrisa de "te he pillado" se adueñaba de su cara. Dakota era "demonbiker" y chateaba con alguien cuyo nick era "london_princess". Por lo visto, habían perdido la conexión varias veces y no todo lo que leía tenía sentido para él, pero lo más reciente, desde luego, tenía muchísimo sentido:

Demonbiker: aquí ni los fotógrafos ganan para un japonés, pimpollo... gastarse una pasta por un cacho de pescado crudo? Donde Walty siempre está medio crudo y la ración con fritas te sale dos pavos...

London_princess: ☺ ☺ ¿Sigue teniendo las paredes decoradas con lunares de aceite, o ha pintado?

Demonbiker: lunares? jajaja... ya eran chorretes cuando yo iba de discotecas... de qué siglo estás hablando?

London_princess: ¿Me estás llamando señora mayor? ☺

Demonbiker: de llamarte algo sería pija... cosas como los años, las arrugas y los kilos son temas de tías... a mí no me interesan para nada... eres tú la que da la lata con lo de los once años más... no yo.

London_princess: ¿En serio? ¿No fuiste tú el que me dijo hace tiempo "que si no me había dado cuenta de que se me estaba pasando el arroz"?

Demonbiker: joder y tú qué? que por qué no me cortaba el pelo al estilo Beckham que era lo que se llevaba? yo??? la verdad es que te metías con mi pelo porque te encanta y no querías reconocerlo y yo me metía con tu arroz porque no me hacías ni puto caso... lo hacía por fastidiarte. no se te está pasando nada y además a quién le importa? a mí no... eres preciosa y con o sin mermelada estás para comerte...

London_princess: Qué galante ☺
Demonbiker: jajaja... QUE PIJA...

Duke minimizó la pantalla y se apresuró a regresar a su puesto. Así que el rompecorazones de Dakota sí que estaba enrollado. Con "una señora once años mayor", para ser precisos.

A ver si indagando por ahí conseguía averiguar quién era la afortunada que se ocupaba de mantenerlo tan ojeroso.

Aquellos veinte minutos de chat habían sido como una cucharada de agua al que lleva días muerto de sed; la sensación de saciedad duraba lo que un latido, y a continuación volvía a instalarse una sed aún más feroz.

Estaba muerto de cansancio, llevaba horas levantado, y sabía, positivamente, que nada le impediría entrar en casa, ir a su cuarto, y pasarse el resto de la noche chateando con Tess. La necesitaba tanto, en todos los sentidos en los que un hombre puede necesitar a una mujer, que cualquier cosa que pudiera tener de ella le resultaba fundamental. Como aquel único sorbo de agua a un sediento, aún a sabiendas de que mucho antes de acabar de beberlo, la sed volvería a ser abrasadora.

El recuerdo de los momentos divertidos se enredaba con las sensaciones invocadas por el recuerdo de los momentos ardientes, en una sucesión que no tenía fin. Pasaba de estar tenso como una cuerda de violín a soltar la carcajada sin solución de continuidad, y los recuerdos lo sorprendían en cualquier circunstancia: sirviendo una bebida a un cliente, revisando las facturas de los proveedores, incluso conduciendo, como ahora.

Dakota aparcó en la entrada de garaje de su casa. Instintivamente, miró hacia la planta alta de la casa de Tess, creía haber visto una luz, pero pensó que serían imaginaciones suyas ya que la casa permanecía a oscuras. Se apeó y cerró la puerta procurando no hacer ruido. No entraba el coche al garaje por esa misma razón. Su padre no dormía bien desde el accidente, y en consecuencia, tampoco lo hacía su madre, y el viejo portón de hierro parecía una carraca, un ruido que, a esas horas de la madrugada, el silencio imperante se encargaba de amplificar.

Se disponía a desandar el camino de laja cuando oyó que la puerta de entrada de los Gibb se abría. Dakota se detuvo a mirar, y allí estaba Morticia, bajando las escaleras.

—¡Eh, hola, forastero! ¿Qué tal por Alemania?

Y hablando a voz en cuello como si fueran las diez de la mañana.

—*Shhh...* ¿sabes qué hora es? —la atajó Dakota, evitando el beso que ella se había estirado a darle.

Ella se tapó la boca, risueña.

—Claro, acabo de llegar... No me dí cuenta de que hablaba tan alto...

—Vale, y si lo sabes, ¿qué se te ofrece a estas horas?

Ella se encogió de hombros sin aparcar la sonrisa.

—Charlar contigo... Saber qué tal te ha ido, si lo has pasado bien... Esas cosas... ¿Has vuelto hoy?

Dakota meneó la cabeza. Y pensar que a Tess le preocupaba que su hermana pequeña sospechara algo de ellos... Morticia no se daría cuenta de que una vaca ocupaba su baño ni aunque tuviera que esperar a que ella saliera para poder entrar. Dakota pasaba de ella. La ignoraba todo lo que podía, y cuando eso no era posible, entonces, la evitaba. Pero allí estaba ella, intentando "charlar" con él, a la jodida una y media de la madrugada. Uno de estos días tendría que plantarle cara al asunto y acabar con ello de una vez...

Pero no sería hoy. Estaba muerto. Sólo quería chatear con Tess un buen rato y luego cerrar los ojos hasta que sonara el despertador.

—Yo no "charlo" de mis asuntos. Menos con una tía. Y menos que menos a estas horas.

Dicho lo cual, se dio media vuelta dejando a Abby con la palabra en la boca.

Ella permaneció allí hasta que él desapareció detrás de la puerta de su casa. Entonces, exhaló un suspiro enamorado.

Dios, qué *requete-súper-mega* guapo era Dakota.

~27~

29 de septiembre de 2008.

El verano se había marchado sin que Tess se diera cuenta, y había buenas razones para ello. El manuscrito "bendecido por la mitad de la junta directiva" estaba ya en distribución como novela integrante de una trilogía de edición económica que bajo el título "Jóvenes voces románticas" llegaría a bookstores, grandes cadenas de supermercados y papelerías en octubre.

Los primeros dos meses, y a pesar de conocer el departamento al dedillo, había sido duro mantener el ritmo trepidante que exigía el calendario de publicación de la colección de narrativa femenina, porque debía compaginarlo con su primer año como editora de la colección romántica; todo era nuevo y casi todo estaba por verse. Por suerte, las lesiones de Lilian Furley evolucionaban bien, y desde su casa ofrecía a Tess una ayuda inestimable. Su reincorporación al trabajo estaba prevista para dentro de dos días -el primero de octubre-, exactamente el día que Tess empezaba sus vacaciones en Londres.

En cuanto a Diana Simmons, ver aquel manuscrito de "fabricación casera" sobre el escritorio de Tess -y sus notas en los márgenes de las primeras hojas- había tranquilizado al Director Editorial. Ella le había explicado que la escritora había recibido de buen grado sus sugerencias, lo cual era cierto, y que dado el nivel de trabajo que requerirían, lo más probable era que la editorial no contara con el manuscrito definitivo hasta finalizado el verano, lo cual no era cierto, sino otra "fabricación casera". Con el manuscrito definitivo también llegaría la formalización de un contrato de edición, tal como había estipulado la escritora desde el principio, y cuando eso sucediera, Harcourt Publishers tendría su novela primicia, y Tess habría alcanzado un sueño (y un hito importantísimo en su carrera profesional), y descorcharía un Dom Pérignon, a su salud.

Después de semanas cabalgando a lomos del caballo desbocado en que se había convertido su trabajo en la editorial, y a pesar de tratarse de logros importantes, había un suceso que competía y superaba a todos en importancia. Uno que la tenía llena de ilusión, y preocupada al mismo tiempo: su inminente viaje a Londres.

La "relación indefinible" que mantenía con Scott se había afianzado lentamente desde que re-comenzara, en diciembre pasado. Tras los cinco días de pasión y mermelada que habían compartido en Boston, crecía sin parar, y lo hacía a la carrera. Habían celebrado sus respectivos cumpleaños -los 36 de Tess en junio y los 25 de Dakota en julio- por Internet con tanta alegría e ilusión como si no hubieran ocho mil kilómetros separándolos. Chateaban a diario, a cualquier hora. Cuando alguno de los dos ya no podía esperar más y le avisaba al otro. Sus conversaciones continuaban siendo divertidas, pero ahora contenían todo tipo de alusiones, románticas y también sexuales. Él no evitaba hacerlas -en parte porque así era su naturaleza, pero también porque estaba decidido a mantener esa llama ardiendo, a pesar de la distancia-, y ella hacía tiempo que había dejado de encontrarlas inadecuadas. Necesitaba todas las cosas que él había traído a su vida; volver a sentirse una mujer, poder disfrutar de la compañía cotidiana de un hombre (aunque ésta fuera virtual la mayor parte del tiempo, y el hombre en cuestión, alguien mucho más joven), y reír... Reír a mandíbula batiente, como hacía años que no recordaba hacerlo, ante las ocurrencias de Scott. Le gustaba su sentido del humor, ese punto satírico que tenían, incluso, sus comentarios más casuales.

Le gustaba él. Mucho. Y le ilusionaba la idea de comprobar si lo que compartían seguiría afianzándose con este nuevo próximo encuentro... Si la posibilidad de volver a pasar tiempo juntos resultaba, en la realidad, tan excitante como lo era en sus pensamientos.

Y también le preocupaba. A medida que se acercaba el momento de hablarle a su familia sobre Scott, se sentía más nerviosa y más en blanco. Continuaba sin tener la menor idea de cómo encarar aquel asunto. Por más que adornara las frases y enfatizara los atenuantes, en el fondo, los hechos eran irrefutables; tenía una relación a la distancia con un hombre del que su hermana menor estaba enamorada, una relación que habían mantenido en secreto a petición suya, y un hombre que a la sazón, era once años más joven. Abby no lo comprendería. Lo tomaría como un engaño, una deslealtad... Una traición, hecha a traición... Y su familia... Dios, no quería imaginar cómo lo tomarían las hermanas Baldini...

Los hechos hablaban por sí mismos, desde luego, y sabía que lo que tenía en perspectiva en relación a su familia eran unos momentos durísimos. A pesar de lo cual, contaba los días que quedaban para volver a ver a Scott.

Los dos los contaban.

En Dakota llevaba el añadido de la incertidumbre, ya que Tess se había reservado hasta el último momento, hasta estar bien segura de que no habría cancelaciones o cambios de última hora, la noticia que estaba a punto darle.

La editora esbozó una sonrisa al ver la confirmación recibida de la agencia de viaje. Sin perder un minuto, cerró los stores de su despacho. Vio a través de las paredes de cristal, que apenas quedaban un par de secretarias en el pool. Las demás estaban almorzando. De todas formas, siempre que hablaba con Scott, prefería tener intimidad. Con él nunca sabía en qué momento, sus mejillas decidirían acusar recibo de alguna indiscreción.

A continuación, tomó su móvil y tecleó la palabra mágica en un sms:

¿Chateamos?

Dakota también tenía una noticia reservada para Tess. En realidad, se trataba de una información a la que le había dado el tratamiento de "alto secreto", ya que aparte de sus padres y los implicados directos, nadie lo sabía; se había asociado con Evel para inyectar la liquidez necesaria al negocio familiar.

No había sido una decisión fácil de tomar. Se resistía a la idea de cambiar el mono de mecánico por el delantal de tabernero, pero las circunstancias eran las que eran. Las revisiones mensuales de Douglas Taylor continuaban mostrando una mejoría constante del paciente, pero la lentitud con que sucedía constituía por sí sola una confirmación de que, simplemente, no volvería a estar al frente del negocio. Sin la posibilidad de obtener un crédito bancario, la alternativa era buscar un socio capitalista, y tras mucho considerarlo había llegado a la conclusión de que la única persona que contaba con los recursos económicos y en quien confiaba para semejante proyecto era su viejo amigo Brian "Evel" Rowley. Sus padres habían estado de acuerdo, y el propio Evel se había mostrado gratamente sorprendido de que esta vez hubiera pensado en él, en lugar de poner un anuncio en el periódico. Aludiendo, claro estaba, al "asunto Princesa" que seguía sin olvidar ni disculpar.

Habían cancelado las deudas tributarias, solicitado la licencia para expender cervezas internacionales y Evel estaba coordinando todo lo necesario para las pequeñas reformas que convertirían el MidWay en un bar de moteros. Serían unas mini-reformas "relámpago", ya que no querían cerrar el local más que uno o dos días -con la excusa de acondicionar los baños-, los primeros días de Octubre, con lo cual, Tess podría conocer el nuevo reducto para frikis de Harley de Hounslow antes de regresar a Boston. Un lugar adaptado a sus gustos, con un pequeño escenario ubicado en la esquina del local, karaoke, una gran pantalla para ver filmaciones de otros eventos moteros o los partidos de futbol, y una decoración a tono: luces de balizas -de Harley, por supuesto- señalizando los lugares claves como la barra, los lavabos o el tablón de anuncios donde los clientes podían ofrecer cualquier servicio o producto relacionado con el mundo de las motos, y escudos de las distintas agrupaciones de moteros Harley del país cubriendo las paredes, previamente pintadas con los colores del fabricante de las famosas motocicletas: negro, anaranjado y blanco.

Dakota estaba limpiando la máquina de café cuando su móvil sonó, sacándolo de sus ensoñaciones moteras. Se secó una mano en los pantalones y al darse la vuelta para cogerlo, chocó con su primo.

Con suerte, también podrían contratar un barman en condiciones y dejar de ver las narices del patoso de su primo fisgando constantemente en sus asuntos. Era como una sombra. Cada vez que se daba la vuelta, allí estaban sus dos ojos saltones, curioseando.

—Como toques mi móvil, te capo —le dijo al tiempo que manoteaba el aparato para apartarlo de él.

Su primo levantó las manos, riendo.

—Vale, vale... Tranquilo, tío... Es que como vi que estabas con la máquina...

El grupito de chicas del extremo de la barra con quienes Duke había estado conversando (y tonteando) festejaron lo que creyeron que había sido una broma.

Dakota, sin responderle, se apartó unos pasos y al leer el sms recibido, giró en redondo y se dirigió con paso rápido hacia el pequeño despacho.

La sonrisa que también se dirigió al despacho con él, no había pasado desapercibida a nadie. Duke, que la había visto innumerables veces desde que Dakota había vuelto de aquella Harley Ride en Alemania, en primavera, sabía lo que significaba. Era de "su chica", y aunque nunca había conseguido echarle mano al móvil para averiguar qué decía el mensaje o cómo se llamaba quién lo enviaba, últimamente -desde hacía un par de meses-, sucedía lo mismo. En cuanto leía el mensaje, salía disparado con la misma sonrisa, y se encerraba en el despacho.

Sabía que chateaban porque una par de veces lo había visto, pero además ¿qué otra cosa iba a hacer? Para hablar por teléfono no necesitaba encerrarse, además allí sólo había un portátil con módem usb.

Y sabía que estaba enrollado con una mujer mayor que él, no sólo por lo que había leído aquel día en la pantalla, sino porque sus antiguas amigas -también "mayorcitas"- del Club49 y del Ace Café le habían dicho que hacía meses que no disfrutaban de su promiscuidad. No habían usado exactamente esas palabras, pero el mensaje venía a decir eso. Una de ellas, de hecho, estaba bastante enojada por ese asunto. Así que, todo apuntaba a que su querido primo estaba liado a tope con una madurita desconocida, con la que chateaba, y a veces quedaba, para desfogarse a espaldas del mundo. ¿Pero era así? ¿Y quién era la agraciada?

Mmm... La curiosidad lo estaba matando.

En el pequeño cuarto que hacía las veces de despacho, un Dakota enardecido por la noticia de que Tess llegaría a Londres en dos días, aporreaba las teclas con urgencia y las paredes habían empezado a transpirar.

Demonbiker: en serio? voy a poder embadurnarte de mermelada y comerte entera?
London_princess: Scooott...
Demonbiker: Ay, nena... por favor no me digas eso... haces que te recuerde con las mejillas rojas y esa booomba de sujetador azul... el de los bordecitos negros... y te juro que me pongo malísimo...
London_princess: SCOOOTTT!
Demonbiker: AY, NEEENA...
London_princess: ¿Es que sólo puedes pensar en eso? ¿Qué hay de pasear, tomarnos un café en el Starbucks, ir al cine...? ¿No te alegra saber que podremos hacer todas esas cosas?
Demonbiker: venga, no te enfades, bollito... :) estoy que no me lo creo... loco por verte... claro que me alegro... nos lo vamos a pasar de miedo...
London_princess: ☺ Eso ya me ha gustado más...
Demonbiker: más? estás segura? que yo recuerde... cuando estamos juntos no piensas mucho en el café... en el cine sí... te encanta montarte la película conmigo... O VAS A DECIRME QUE NO?
London_princess: Eres un demonio, demonbiker...
Demonbiker: y un yogurín...
London_princess: Y un yogurín, es cierto ☺
Demonbiker: sabes lo que dicen de los yogurines?
London_princess: No... Cuéntamelo ☺
Demonbiker: que tenemos 20 erecciones por día...
London_princess: Wow...
Demonbiker: pues yo tengo el doble... y sabes que? son todas tuyas...
London_princess: Eso es mucho ¿no?...
Demonbiker: dímelo a mí... me tienes hecho un verdadero demonio...
London_princess: Vaya... ☺
Demonbiker: me vas a tope, bollito... y tengo tantas ganas de verte que ya no me aguanto...

London_princess: Tradúceme la primera frase. Quiero estar segura de entenderla bien.

Demonbiker: en idioma repipi o en idioma Dakota?

London_princess: Los halagos siempre en lenguaje claro, por favor. Después de todo, la idea es agradar y para eso es imprescindible que se entiendan a la perfección ☺

Dakota sonrió de oreja a oreja. Así que Bollito quería oír "confesiones románticas"...

Qué mujer más alucinante...

Demonbiker: a ver... versión Dakota: me vas a tope... me tienes el coco sorbido... me pones COMO UNA MOTO.... ME MUERO POR TUS HUESOS... TE QUIERO COMER ENTERA... versión repipi:

Dakota dejó de escribir ex profeso. Se cruzó de brazos con una sonrisa imposible, esperando la reacción de Tess. Le encantaba tentarla, pincharla, porque había descubierto que las reacciones femeninas eran siempre dulces (hasta cuando se enfadaba), y eso...

Lo volvía loco. Lo ponía como una moto y hacía que quisiera comérsela entera...

Dios, lo suyo no tenía remedio.

Los ojos de Tess siguieron con ilusión los caracteres que iban llenando la pantalla, hasta que, de pronto, el cursor permaneció fijo en una frase inconclusa y continuó parpadeando:

London_princess: ¿Cuál es la versión repipi?...

Dakota meneó la cabeza. Se mordió un labio. "Dios, si supieras cómo me pones...", pensó.

Demonbiker: y la versión repipi es............. me gustas.

London_princess: ☺ ¿A secas?

Demonbiker: sí... no sé... la experta eres tú, bollito... dime de qué otra forma puede decirse, y te lo digo :)

London_princess: Eres un demonio ☺

Demonbiker: y tu eres una mujer A-LU-CI-NAN-TE... QUE ME VA A TOPE... y perdona, pero no hay ninguna frasecita en repipi que suene tan... CONTUNDENTE como esta...

La había, pensó Tess. "Estoy enamorado de ti" habría sonado a música celestial para sus oídos. Le habría dado las certezas que necesitaba, el coraje para confesarle a Abby, a sus padres, a toda su familia que llevaba meses manteniendo una relación con él, en secreto.

Tess miró el teclado, dubitativa. Lo que Scott había dicho, en el idioma que fuera, no era eso.

No, no era eso. Era atracción, complicidad y deseo, pero no amor.

Y ella... Simplemente, no tenía derecho a poner esas palabras en sus labios.

London_princess: Tienes toda la razón... De-mo-nio ☺ ¿Seguimos chateando por la noche? Ahora tengo que irme.

A ocho mil kilómetros de ella, Dakota volvió a estremecerse por enésima vez, y lo que sentía, lo que sentía de verdad, aunque lo hubiera callado, se expresó en voz tan baja, que casi fue un murmullo: "te adoro, nena".

El demonio que habitaba en él, sin embargo, volvió a tentar suerte.

Demonbiker: habrá webcam y hula hawaiano?

La respuesta no tardó en llegar:

London_pricess: Adiós, motero ☺

Dakota todavía seguía riendo cuando alguien tocó a la puerta. Cerró el portátil.

¿Conseguiría *alguna vez en la vida* que ella conectara la cámara?, pensó mientras retiraba el pasador que bloqueaba la puerta.

Su amigo, y ahora socio, Evel asomó la cabeza:

—¿Tienes un minuto para hablar con el chapuzas? Dice que puede empezar esta noche, cuando cerremos, pero tiene un par de consultas que hacerte...

Evel se refería al albañil-fontanero-electricista rumano (y sus dos ayudantes) que se ocuparía de la transformación del MidWay trabajando sin horario hasta acabar.

—¿Esta noche? ¡Genial!... —respondió, y pasó junto a su amigo, saliendo del despacho—. Mejor hablamos en la calle... Duke está con la mosca detrás de la oreja... Y como él se entere, seguro que sale en las noticias...

Evel asintió, riendo, pero tuvo claro que ese "genial" tan emocionado no estaba relacionado con el chapuzas.

—Qué feliz se te ve, chaval... —vio que su amigo le echaba una mirada socarrona de "métete en tus asuntos", pero una sonrisa demasiado pronunciada, lo delató—. Ah... Ya entiendo... ¿Vuelve a Londres, no?

Dakota volvió a mirarlo de soslayo, y con la misma sonrisa con que había dicho "genial", asintió varias veces con la cabeza.

Evel tenía sus serias dudas acerca de que la evidente felicidad de su amigo fuera a ser duradera. En cuanto el tema trascendiera, se montaría un buen lío. Pero en aquel preciso momento, se alegró por Dakota, y lo mostró palmeándole el hombro, afectuosamente.

Ninguno de los dos añadió nada más.

Los dos jóvenes abandonaron el pub por la puerta más cercana al despacho.

Duke seguía conversando con el mismo grupo de chicas, al que hacía unos momentos se había unido una cuarta amiga. Su cara le resultaba familiar, pero no acababa de concretar de qué, o dónde la había visto antes. Dos cosas eran bien concretas: estaba muy buena, y la razón de su estancia en el MidWay no era él, sino Dakota. Lo había estado buscando con la mirada todo el tiempo. No había nada de novedoso en eso. Todas iban al pub por el tabernero no por la cerveza (y todas estaban buenísimas).

En aquel momento, Duke vio como los ojos de la recién llegada seguían a su objetivo después de haberlo hallado: Dakota y Evel salían en fila india del local.

El primo del dueño del pub se restregó las manos mentalmente.

—Ya vuelvo —les dijo a las chicas.

Sin perder un segundo, entró en el despacho y cerró la puerta...

Y cinco minutos después, regresó al salón, con una expresión en su cara que encendió la curiosidad de sus jóvenes clientas.

Él se tomó su tiempo. Sirvió un par de cervezas nuevas a dos moteros que acababan de llegar y rellenó las jarras de una de las mesas de cinco personas.

Finalmente, regresó al extremo de la barra bajo la mirada divertida de las cuatro chicas.

—¿Qué te traes entre manos? —quiso saber una.

—Eso. Cuenta, cuenta... —lo animó otra.

Duke sonrió, malicioso.

—¿Sabéis? Creo que os voy a partir el corazón... Pero que conste, que estoy más que dispuesto a consolaros...

Y a continuación se oyó una retahíla de "¡Bah!" "Venga ya" y "Suéltalo de una vez" aderezada con las correspondientes risas burlonas, que Duke esperó, pacientemente, a que cesaran.

—Vuestro idolatrado Dakota está saliendo con una tía.

—¿Ese? —dijo la joven de la cara familiar, con abierta ironía—. Que yo sepa le mete mano a una diferente cada fin de semana. Vaya novedad.

Duke apoyó los antebrazos sobre la barra y se acercó más a ella. ¿De qué la conocía? ¿Del Club49, la disco donde Dakota había trabajado de portero?

—No me has entendido, guapa. Está enrollado con una tía. Con la misma, desde hace meses. Te digo más —añadió al ver la seriedad en aquel rostro cargado de maquillaje— ella es una madurita cañera y por lo que se ve, a él lo tiene *muuuy* interesado...

La joven no dijo más, y cuando poco después Dakota y Evel regresaron al pub, Duke dejó su amena conversación con las chicas y se puso a lavar copas.

Efectivamente, la conocía.

Era asidua al Club49, pero aunque en aquel momento no cayó en la cuenta, no la conocía de eso.

La había visto varias veces estando en casa de sus tíos, esperando junto a la verja de la casa vecina.

Se llamaba Amy y era la mejor amiga de Abby Gibb.

Una noche más tarde...

Dakota tardó un par de segundos en reaccionar, los que necesitó para situarse y darse cuenta de que lo que se le venía encima soltando tacos y dejando tras de sí una estela de rabia, era su vecina, Morticia. Y cuando se percató, la detuvo cogiéndola por los brazos para mantenerla a distancia. La ira había inyectado su ojos de sangre y él, con su sentido jocoso de la vida, no pudo evitar pensar si quizás no sería efecto de la luna llena que la habría convertido en lobisón. Lobisona, más bien.

—¡Eres un cerdo! ¡¿Cuándo pensabas decirme que llevas meses enrollado con una tía que te saca once años?!

Abby estaba a los gritos, plantándole cara con tanta energía que Dakota tenía que emplearse a fondo para mantenerla a distancia. Pero lo único en lo que podía pensar él en aquel momento, mientras esquivaba sus manotazos e intentaba que se quedara quieta, era cómo se había enterado del tema y cuánto más sabía.

—¿Quieres calmarte? ¿Qué coño te pasa? —el Dakota acostumbrado a cortar los enfrentamientos a base de evitarlos no tardó en hacer acto de presencia.

Intentó pasarla de largo como hacía habitualmente, pero tan pronto liberó sus brazos, ella montó en cólera y volvió a echársele encima a los gritos.

—¡Ni se te ocurra dejarme aquí! ¡No vas a largarte sin más como haces siempre!

Las puertas de ambas casas, la de Tess y la de Dakota, se abrieron casi al unísono, y de cada una asomó una cara alarmada por el bullicio.

"¿Por qué gritas así, Abigail? Baja la voz, niña", se quejó una voz paterna.

"¡Dakota! ¡Tu padre está descansando! ¿Qué es todo este revuelo?", exclamó una voz materna.

Pronto, los que dormían estaban en el jardín junto con los que habían salido primero, presenciando una pelea de perros.

Un Dakota rabioso por el jaleo y harto de tanto acoso volvió sobre sus pasos, y esta vez habló -en voz tan alta que casi pareció que gritaba-, y lo hizo de forma clara:

—¡¿Y qué si salgo con una mujer que me saca once años?!

Los murmullos de consternación rompieron el silencio sepulcral que reinó en el ambiente tras su reacción, pero Dakota estaba demasiado irritado para andarse con rodeos, y continuó:

—Salgo con quien me da la gana —avanzó hacia ella—. Y tú no me das la gana, Abigail. Nunca me has movido una jodida pestaña ¿te enteras? —cuando vio sus mejillas enrojeciendo y sus ojos llorosos, asintió—. ¡Ya está bien de tanta gilipollez!

Dakota dio media vuelta y se encaminó a la casa sin mirar a nadie. Especialmente, se cuidó muy bien de cruzar la vista con Richard Gibb. Él, que se tenía por alguien a quien prácticamente todo le importaba prácticamente nada, sintió algo bastante parecido al miedo porque alguno de los presentes captara algo extraño en el intercambio de miradas y sacaran las inevitables conclusiones, dejándolo a él por un mentiroso y al padre de Tess por encubridor. Y empeorando las cosas...

Podía sentir las miradas recriminatorias clavándose en su nuca, y el llanto de Abby, seguido de sus balbuccos quejumbrosos y las palabras de consuelo de Amelia... Sabía perfectamente que aquel asunto no quedaría ahí, que traería más preguntas, más recriminaciones, y muchos más cabreos, y que encarar a Abigail de aquella manera había crispado unos ánimos que justamente a él, y justamente entonces, no le convenía en absoluto haber crispado... Pero, decían que la mejor defensa era un ataque y dado que le había prometido a Tess hacer todo lo posible para que su relación se mantuviera en secreto hasta que ella pudiera viajar a Londres y hablar personalmente con los suyos, era imprescindible cortar a los fisgones de raíz.

Además, honestamente, había llegado al límite de su paciencia. Siempre había encontrado cargante la actitud de Abigail, pero desde que mantenía una relación con Tess, lo hacía sentir terriblemente incómodo.

Efectivamente, las cosas no quedaron así. Dakota atravesó el corredor que llevaba a su habitación con la retahíla de preguntas y exclamaciones de sus padres -especialmente, de su madre-, como banda sonora.

Qué cómo era eso de que salía con una mujer mayor... Que por qué un chico guapo y joven no se dedicaba a relacionarse con chicas guapas y jóvenes como él... Que cómo se le ocurría irlo contando por ahí... Porque claro, de alguna forma se habría enterado la pequeña de los Gibb...

Dakota entró en su cuarto e intentó en vano cerrar la puerta. Su madre seguía erre que erre mientras su padre mostraba su acuerdo asintiendo una y otra vez con la cabeza a cada cosa que ella decía. Armándose de paciencia, empezó a desnudarse en un gesto sumamente gráfico de que si no querían verlo tal como había llegado al mundo, lo que debían hacer era largarse y cerrar la puerta al salir.

—Déjate los pantalones puestos, Dakota —exigió su madre—. No seas insolente.

Él apartó sus manos de la cremallera y soltó un bufido. Miró a sus progenitores con el malhumor dibujado en la cara.

Su madre lo tomó como un gesto de buena voluntad por su parte, y suavizó el tono.

—Te has pasado con esa jovencita.

Dakota miró a su padre, quien volvió a mostrar su acuerdo moviendo la cabeza afirmativamente. Genial, pensó, "esa jovencita" llevaba tres lustros acosándolo, pero el que se estaba pasando era él. Dios le diera paciencia.

Su madre continuó.

—¿Es cierto que estás saliendo con una mujer mayor que tú?

Aquello había sido bien directo, y en circunstancias normales se habría ido por la tangente soltando un chascarrillo o algo como "no es asunto vuestro". Pero en estas circunstancias, sólo tenía una opción.

—No —respondió mirándolos a los ojos.

Rosalyn escrutó aquellos grandes ojos marrones durante unos cuantos segundos antes de darse por satisfecha.

—Espero que sea así —dijo— porque eres mi único hijo y si alguna vez me haces el regalo de enamorarte y casarte, me gustaría que fuera con alguien que estuviera en la plenitud de su vida, como tú. Alguien capaz de entenderte, de acompañarte, de darte hijos y hacerte feliz. Lo último que quisiera en este mundo, es verte sufrir, hijo.

Su padre fue el último en abandonar la habitación. En esta ocasión, no hubo asentimientos ni movimientos de cabeza, pero Dakota tuvo claro que también estaba de acuerdo.

¿Cómo habían pasado del cabreo de una cría por oír, en alguna parte, que estaba enrollado con una mujer mayor que él, a que su madre ya lo viera casado y con hijos?

Pues anda, que como se enteraran quién era la "rompe-vidas de hijos únicos", se organizaría un señor culebrón, que ríete de Coronation Street...

Empezaba a entender por qué a Tess le preocupaba tanto hablar con su familia. Incluso él, experto en el encogimiento de hombros, comenzaba a sentir la presión.

Grrrr... Como pillara al cotilla que estaba hablando de lo que no le incumbía a sus espaldas, se iba a enterar.

En la casa vecina el asunto era mucho más serio aún. A Amelia y Richard pronto se unieron el resto de la familia, que a una llamada de la primera acudieron en masa a enterarse de primera mano de lo que ya todos llamaban "el desplante de Dakota".

Abigail y su madre se habían quitado la palabra mutuamente para contar y volver a contar, cada vez más airadas, cómo el vecino le había parado los pies. La primera lo había hecho entre lágrimas, herida por haber descubierto que estaba enamorada de alguien a quien ni siquiera le caía bien, y por haber hecho semejante descubrimiento delante de todo el mundo.

El cabeza de familia escuchaba pacientemente a unos y otros sin emitir opinión alguna, no porque no la tuviera, sino porque entendía que por más que las Baldini trataran todo en familia, lo sucedido era un asunto que sólo concernía a Abigail y a Dakota. Por no mentar, que pensaba que aquel "desplante" debía haber sucedido hacía mucho tiempo. La insistencia de su hija no era de recibo, por más rudas que fueran las palabras elegidas por Dakota para hacérselo saber.

—De verdad, que no puedo creer que esté enrollado con un vejestorio... —se quejó Abigail después de sonarse los mocos por enésima vez—. Debe ser una de esas zorras busconas que van a las concentraciones de motos... Ceñidas y enseñando las tetas como si fueran veinteañeras...

—Ya vale, Abigail —la reprendió su padre.

Ella se limitó a apartar la mirada y continuar refunfuñando.

—Serán habladurías —terció Stella—. La gente siempre habla y habla... Hacen una montaña de un granito de arena... ¡Bah, no hagas caso de lo que digan!

—Lo que tiene que hacer es olvidarse de ese chico de una buena vez por todas —intervino Amelia, acariciándole el cabello a su hija—. Ahora que sabes que él no siente lo mismo por ti, te será más fácil. ¡Hay tantos buenos chicos que se desviven por ti, y tú vas y te fijas en el único que es un desastre y no te hace ni puñetero caso!

—No eliges de quién te enamoras, mamá —replicó Abby, con solemnidad y enseguida empezó a sollozar nuevamente—. ¡No puedo creerlo! Amy me dijo que alguna vez lo había visto con una de las camareras del club... pero pensé que era un ligoteo, nada más... Normal... Se las tiene que quitar de encima... No hay una que no intente echarle el lazo... Pero parece que esta vez, una se lo ha echado de verdad... ¡Joder, no me lo puedo creer!

Amelia reprimió el impulso de decir que algo muy malo le estaba sucediendo a las mujeres para que aquel melenudo desastroso tuviera que "quitárselas de encima". En cambio, le pasó un brazo por los hombros a su hija, y la estrechó, afectuosa.

—Tienes que dejarlo estar, hija... Intentar seguir con tu vida, divertirte, conocer gente... Con 24 años, tienes toda la vida por delante... ¡Vívela, Abby! —la animó.

—¡Ya estás tú con tus historias, Mely! —intervino Stella con tono de regañina—. La chica está enamorada. Seguro que si pudiera "seguir con su vida" y divertirse, lo habría hecho hace mucho.

Abby esbozó una sonrisa triste a modo de agradecimiento hacia su tía que parecía ser la única que la comprendía.

—Además —continuó con energía— ¿quién te lo contó y cómo lo sabe?

—¡Y eso qué más da! —terció Fina, a la que los modos de casamentera de su hermana conseguía sacar de quicio—. Lo que Dakota haga con su vida es asunto suyo y está claro que hace soberanas estupideces, porque anda, que liarse con una madurita ya le vale, pero lo que importa aquí es lo que te ha dicho él a ti... Sé que te duele, Abby, y ojala no fuera así, pero ese chico nunca te hizo el menor caso —le echó una mirada recriminatoria a su hermana y añadió—. Stella puede pensar lo que quiera. Dakota te ha dejado claro que no debes seguir insistiendo.

—¡Bah! —dijo la aludida—. Los hombres no saben lo que es la claridad hasta que cumplen los cuarenta y aún y así lo que ven, sea claro o negrísimo, es tan poco...

El marido de Stella miró a su cuñado y dueño de casa, y no necesitaron hablarse para estar de acuerdo. Ambos se pusieron de pie. La cosa pintaba para largo, y si debían aguantar la vela, mejor entretener al estómago con algo.

—Voy a por café y galletas —dijo Richard.

—Buena idea. Yo te ayudo —apuntó Tony, el marido de Stella, y le hizo un gesto al tercer hombre de la mesa, para que los acompañara. Peter no se lo pensó dos veces, y un minuto después las cuatro mujeres se quedaron solas en el salón, y la conversación continuó.

—Pues, éste lo tiene claro —sentenció Fina—, y si un hombre me dijera lo que él le dijo a Abby, yo también tendría claro que no quiere saber nada conmigo. Y que conste que no lo estoy defendiendo ni excusando. Podría haber sido menos hiriente, haberlo dicho en privado... No sé, decirlo de otra manera... Pero dicho está, y eso es lo que cuenta.

—Le cabreó que ella le plantara cara, por eso dijo lo que dijo... —insistió Stella— ¡¡Qué Abby nunca le ha movido una pestaña?! Eso no se lo cree ni él... —miró a Abby, que seguía lagrimeando de a ratos, con cariño— Mi sobrina es una preciosidad... No hay chico que al verla no se la coma con los ojos... ¿Por qué Dakota iba a ser la excepción? Son vecinos, eso es lo que pasa, y es lógico que se ande con cuidado...

—¿Andarse con cuidado? ¿Dakota? —explotó Amelia, indignada—. ¡Ese chaval no sabe lo que es eso! ¡Las veces que lo habré visto llegar "ido", de alcohol y Dios sabe qué más! Si no fuera por lo que le pasó al pobre Doug, seguiría ejerciendo de vago mantenido por sus padres... No me extrañaría nada que no fuera un rumor, que fuera cierto que anda con una mujer mayor que él... De ese chaval me lo creo todo.

—¡Mamá!

—"Mamá", nada, Abby. Es un desastre y justamente el tipo de hombre -por llamarlo de algún modo- que hace este tipo de cosas...

Stella soltó una risa irónica.

—Oye, Mely, que estamos en la nueva era... Que un chaval joven se interese por una mujer madura es mucho más corriente de lo que tú crees... Pero repito, no creo que sea el caso con Dakota... Esto es el típico cotilleo de una ex novia herida o de un contrincante envidioso, y novias no le conocemos así que...

—Pues no —dijo Abby—. A Amy se lo ha dicho el primo de Dakota...

—¡Ja! Como si ese chaval se enterara de algo... Si se lo dijo él, ya puedes olvidarlo. Seguro que es un bulo —replicó Stella.

—¡Novias! —dijo Amelia—. ¿Y cómo vamos a conocerle novias si no sale con gente de su edad...? La mujer con la que por lo visto sale, no la va a traer a casa... La verá a escondidas, en algún motel de carretera... Seguro que está casada y todo...

—Eso es mucho suponer, Mely —terció Fina—. No creo que a él le haga falta tomarse tantas molestias para acostarse con una mujer... Es guapo y llamativo, y aunque a ti te fastidie reconocerlo, los chicos así se las llevan de calle... Además, si es que sale con alguien, no tiene porqué estar casada. No todas las mujeres se casan antes de cumplir los treinta...

—Ya, pero ¿qué clase de mujer se involucra con un chaval de veinticuatro años, y encima, uno como Dakota? —se quejó Amelia—. Ninguna mujer madura, en su sano juicio, se tomaría en serio a alguien como él. Y francamente, que me perdonen las mujeres liberadas, pero flaco favor se hacen enredándose con niños de pecho para sentirse jóvenes... Una relación de pareja debe ser más que unas cuantas noches locas, debe aportar seguridad y estabilidad a la mujer, porque si no le aporta algo, le resta... tiempo, energía y reputación... Y si es cierto que ella se lo toma en serio, ah... entonces, es que la madurez —se señaló la cabeza— brilla por su ausencia. Dakota no es un hombre, es un crío indolente y rebelde al que sus padres nunca han sabido meter en cintura... Compadezco a la que le toque lidiar con él, será como educar a un hijo...

—¡Ha dicho! —terció Stella, mordaz—. Pero vamos a ver Amelia, ¿crees que solamente los hombres como Richard son hombres? ¡Mujer, esa casta de ingleses caballerosos y honorables acabó junto con el Imperio, y que tu marido haya sobrevivido es un milagro de la ciencia, no lo corriente... Dakota es un chaval normal, algo alocado y sí, algo vago, pero hoy en día, es lo que hay. A mí no me parece tan terrible, ni mucho menos... —hizo una pausa para recuperar el aliento—. Pero en lo de ella, estoy contigo. Si el rumor es cierto, que lo dudo, muy bien amueblada no debe estar su cabeza para liarse con un chavalillo.

—Eso está claro —dijo Fina, sumándose al acuerdo.

"¿Todavía dándole vueltas al asunto?", dijo en aquel momento una voz masculina. Las cuatro se volvieron a mirar. Stella le echó una mirada burlona a su marido, que era quien había hablado.

Los tres hombres tomaron asiento, y Richard repartió en silencio los cafés que junto con unas pastas había traído en una bandeja desde la cocina.

—Dime, cariño ¿cómo es que os parece perfectamente natural discutir durante horas si el último gol del Arsenal fue legal o un regalo del árbitro, y a intentar apoyar a nuestra sobrina, vosotros le llamáis "darle vueltas al asunto"?

Tony soltó la risa y se inclinó a pellizcarle cariñosamente la mejilla a su mujer.

—Fue una discusión, no el fin del mundo. Ya se arreglarán ellos. Y en cuanto al rumor... —dijo con una sonrisa autosuficiente— A ver, señoras, a todos los hombres nos atraen las mujeres mayores cuando somos jóvenes. Da morbo y suma puntos que sepan que te lo has hecho con alguien más experimentado que tú. Es así desde que el mundo es mundo, así que ¿a qué tanto ruido porque el chaval esté mojando con una madurita?

Richard se bebió el pocillo de café de una sentada y aunque el líquido le abrasó la garganta, ni se inmutó. Fue una reacción inconsciente de intentar tragar algo que se le había quedado atravesado y lo estaba ahogando; el conocimiento de que "la madurita con la que estaba mojando Dakota" era su otra hija. Al instante, rogó que nadie se hubiera dado cuenta.

—No me digas... ¿Tú también? —quiso saber Stella, sumamente interesada en averiguar con quién había intentado sumar puntos su marido.

Para alivio del padre de Tess, las andanzas de soltero de Tony di Pietro ocuparon los siguientes minutos, desviando la atención de él, y su inoportuna reacción.

~28~

Londres, 1 de octubre de 2008.

Tess se había despedido de Terry en el aeropuerto -que también volaba, en su caso, a Indonesia-, y la última llamada había sido para Scott, avisándole de que si todo iba bien, el avión aterrizaría en Heathrow a las 7.40 de la mañana. Entonces, volverían a hablar para coordinar cómo verse, aunque fuera diez minutos, antes de que Tess llegara a casa de sus padres. Éstos, a pesar de que estaban informados de los detalles del vuelo, por expreso pedido de Tess, le habían prometido que no irían a buscarla al aeropuerto. Conociéndolos, no se fiaba al cien por cien de ellos, por eso había insistido en que Scott tampoco fuera a buscarla. Antes de que los vieran juntos, Tess deseaba que todas las cosas estuvieran perfectamente claras para su familia.

Durmió la mayor parte del viaje, por agotamiento, y también para controlar la ansiedad que la embargaba, y que se acrecentaba con cada milla aérea que la acercaba a Londres. Las pocas horas que estuvo despierta se entretuvo recordando los momentos pasados junto a Scott, y pensando en todo lo que harían juntos ahora que dispondrían de doce días para ocuparlos en lo que les diera la gana. Si lograba expresarse con claridad, y su familia conseguía asimilar lo que, sin duda, sería un shock, estaba convencida de que serían unas buenas vacaciones.

Pero al igual que en uno de esos sueños raros con final desconcertante, las cosas, desde el principio, no sucedieron como Tess esperaba.

El avión no llegó a su hora. Lo hizo con treinta minutos de retraso, y cuando al fin tomó tierra, y Tess conectó el celular sin esperar que las señales se apagaran, tenía media docena de mensajes de Scott. El último, de hacía cinco minutos decía: "Me estoy volviendo loco. Voy para allá".

Seleccionó su número en la memoria, con las manos crispadas. No debía presentarse en el aeropuerto. ¿Y si su familia estaba allí?

Él atendió al segundo ring, y se le adelantó con una frase que resultó quejosa y aliviada al mismo tiempo.

—*Joder, nena... Me estaba subiendo por las paredes...* —y de inmediato, al recordar que era ella, y que ya estaba en Londres, y que la vería—: *Hola, bollito... ¿dónde estás?*

Tess suspiró. No pudo evitarlo. Entre los nervios, las ganas de verlo, y aquella voz increíblemente varonil...

—Hola, Scott... Acabamos de aterrizar, estoy a punto de salir del avión... ¿y tú, dónde estás?

—*De camino. Ahora mismo, parado en el arcén, hablando contigo.*

—Es mejor que no vengas, ya lo hemos comentado —replicó ella, con suavidad—. No me fío nada de las hermanas Baldini, y si te vieran aquí... En fin... Ya que hemos conseguido llegar hasta este momento sin que se enteren de lo nuestro, sería una pena estropearlo ahora, ¿verdad?

Dakota no respondió enseguida. La discusión con Abby de la noche anterior regresó a su mente, y durante un instante cayó en la cuenta de que la ansiedad de ver a Tess y la necesidad que siempre sentía de tenerla, habían ocupado todo el tiempo que habían dedicado a hablar. No le había contado nada acerca de lo sucedido. Para el caso, pensó, tampoco le había contado ninguno de los "encuentros casuales" que su hermana pequeña había fabricado durante meses. En realidad, jamás mencionaba nada relacionado con ella. Sencillamente, Abigail no existía para Dakota.

Por otra parte, siempre habían corrido rumores sobre él: si bebía mucho, si se drogaba, si bebía mucho y además se drogaba, si frecuentaba burdeles, si sólo se enredaba con mujeres mayores... o con hombres mayores.... O con ambos. No era nada nuevo. Y a él siempre le había traído sin cuidado lo que dijeran. ¿Por qué iba ser diferente en este caso? La gente siempre hablaba. No tenían nada mejor que hacer.

Además, decírselo ahora, sólo la pondría más nerviosa. No cambiaría nada para bien, y sí todo para mal. Aunque a lo mejor, no estaría de más...

La voz de Tess dejó aquel pensamiento en el olvido.

—Ya podemos desembarcar y voy a necesitar las dos manos para sacar todo lo que he guardado en el portaequipajes —continuó Tess, al ver que la gente empezaba a formar fila para descender—. Vuelve a casa, y espera mi llamada. Una vez que recupere las maletas y salga del aeropuerto, tomaré un taxi. Me detendré en algún lugar del trayecto para que nos veamos un ratito, ¿te parece bien?

Dakota suspiró.

—*¿Verte? Me va a parecer un sueño, nena...*

"A mí, también", pensó Tess al tiempo que desconectaba la llamada y volvía a guardar su móvil.

La media hora siguiente le resultó realmente interminable. Se sintió aliviada cuando su segunda y última pieza de equipaje apareció por la cinta transportadora. Maniobró con ella con más ingenio que presteza, hasta que consiguió ponerla en el carrito junto al resto de sus cosas, y se encaminó a la salida que comunicaba con el Hall, todo lo rápido que le permitían sus tacones. Había recorrido varios metros empujando el carrito, sin haber visto ninguna cara conocida, y empezaba a tomar en serio la promesa que le habían hecho las hermanas Baldini, cuando Abby apareció de la nada.

Con urgencia, y un aspecto demacrado imposible de ocultar, rodeó a Tess con sus brazos.

—Hola, hermanita... ¡Cuánto me alegro de verte! —dijo, con dramatismo, y a continuación pronunció tres palabras preocupantes—. Tenemos que hablar.

A Dakota le había tomado poco más de diez minutos regresar a casa, y desde entonces, habían trascurrido otros cincuenta. La ansiedad se estaba adueñando de él, y la última mirada que le había echado su madre, lo había convencido de la necesidad de abandonar el salón y continuar esperando en algún otro lugar, a solas.

Pero tras otros quince minutos clasificando tornillos según su tamaño en el garaje, sin éxito, decidió que lo mejor era dejar de intentar entretenerse con otras cosas y permitir que su ansiedad se expresara sin tapujos. De todas formas, era lo que estaba sucediendo, quisiera o no.

Entonces, cuando verificaba su móvil en busca de mensajes o llamadas perdidas por enésima vez, vio que un taxi se detenía frente a la casa de los Gibb.

No se lo pensó dos veces, y salió a su encuentro.

"Tenemos que hablar" había sido un eufemismo. Abby había tomado la palabra tan pronto subieron al taxi y continuaba en posesión de ella cuando éste aparcó frente al 139 de Old Elm Street.

Tras veinte minutos en silencio, escuchando las confesiones histriónicas de su hermana acerca de Dakota y "su madurita", con los niveles de alarma creciendo ante la idea de estar bajo sospecha, por más remota que fuera, o la posibilidad de que Scott, presa de la ansiedad, volviera a llamarla, cuando, finalmente, Tess se apeó del taxi, estaba lívida, tan pálida que parecía acabar de regresar de entre los muertos.

Aturdida y descompuesta, sólo se limitaba a seguir el curso de los acontecimientos, incapaz de pensar.

Y los acontecimientos se sucedieron, con inusitada rapidez, dejándola aún más aturdida.

Tras pagarle al taxista, con la frenética perorata quejumbrosa de Abby como música de fondo, oyó la voz de sus padres dándole la bienvenida.

Otro instante más tarde, su madre la estrujaba entre sus brazos y su padre le decía algo.

Un tercer y fatídico instante después, vio a Scott atravesando con grandes zancadas el jardín de su casa, y dirigirse hacia ella. Su sonrisa preciosa, y sus ojos le decían cuánto la había echado de menos antes siquiera de que él hubiera pronunciado una sola palabra...

Entonces, sonó la voz de su hermana, gritando: "¡ni se te ocurra mirarme, capullo!

A continuación, vio el rostro amable de su padre frente a ella... y su brazo que la rodeaba, afectuoso, y la conducía hacia la casa, mientras ella se volvía a mirar a Scott con la intención de decir algo, para descubrir que no le salían las palabras...

Y finalmente, la visión de aquella sonrisa preciosa que se desvanecía y su mirada, que se rompía en mil pedazos...

Y un segundo después...

Un milisegundo después...

Scott, que tras darse la vuelta, se alejaba con paso rápido, calle abajo.

Se sentía tan indispuesta que sus padres empezaron a preocuparse. Tess lo atribuyó a la mala comida de a bordo y al jet lag. Sin embargo, la razón de su persistente malestar, no tenía nada que ver con el vuelo, sino con Scott. Tras aquella magnífica representación suya a las puertas de su casa, a la que llevaba desde entonces dándole vueltas en la cabeza, no había logrado comunicar con él. Lo había llamado decenas de veces, sin éxito. O había apagado su móvil, o se había trasladado a un planeta sin cobertura. Desde el primer momento, le había parecido una pésima señal; ahora, seis horas más tarde, sus peores temores se veían confirmados y Tess...

Sencillamente, no sabía qué hacer.

Para peor, la casa, que había empezado a llenarse de gente poco después de su llegada, a la hora de la comida era una auténtica multitud. Había hecho falta bajar las sillas de la cocina de la primera planta, para que cada comensal presente pudiera ocupar su lugar en la mesa.

Era imposible dar un paso sin que sus preocupados padres repararan en ello... ¿Cómo saldría de casa, atravesaría el jardín vecino y tocaría a la puerta de los Taylor, sin que nadie se diera cuenta? Y suponiendo que lo consiguiera -saliendo de puntillas cuando todos estuvieran durmiendo- ¿qué le diría a Rosalyn Taylor cuando ella le abriera la puerta?

Por no mencionar, que tampoco tenía la menor idea de qué decirle a Scott, en el caso, claro, de que él regresa del planeta sin cobertura y diera señales de vida. Recordaba lo sucedido como si fuera un sueño, incongruente, inconexo... Estaba segura de haber pensado decir, al menos, un "hola, Scott ¿cómo estás?", pero no recordaba haberlo dicho.

Todo había ocurrido en un abrir y cerrar de ojos y ella, simplemente, se había quedado bloqueada.

Sin embargo, a medida que transcurrían las horas sin noticias de Scott, y el bloqueo se disolvía lentamente, aquella última mirada suya había cobrado un sentido completo y total; desilusión.

Encerrada por enésima vez en el baño, Tess puso la cara debajo del chorro de agua y dejó que el frío sobre los receptores nerviosos de su rostro, ahuyentara aquel profundo desasosiego, y la claridad volviera a su mente.

Necesitaba recomponerse.

Porque necesitaba, desesperadamente, localizar a Scott, quedar con él, abrazarlo muy fuerte, y asegurarse que todo entre ellos continuaba siendo igual de valioso... Igual de perfecto que hasta ese minuto fatídico, a las puertas de su casa, en que todo se había confabulado contra suya, dejándola paralizada.

Con el agua de su rostro goteando sobre el móvil que sostenía, y el corazón aporreándole las costillas, Tess le envió a Scott, el siguiente mensaje:

Mañana. 19 hrs. Starbucks de Covent Garden. Por favor, tenemos que hablar.

Dakota no se hallaba en un planeta sin cobertura, sino en el MidWay, desde hacía día y medio cerrado por las obras, en compañía de Evel, el chapuzas y su cuadrilla, cada cual ocupándose de la faena que le había correspondido en el reparto. En su caso, lustrar los cromados de la carrocería de moto que pondrían en la puerta, a modo de reclamo. Algunos restaurantes, mostraban la silueta de un chef. El MidWay, ahora transformado en un bar de moteros, mostraría una reproducción a escala de la mejor moto del mundo; Princesa.

La recepción del sms se indicó con el característico sonido, y Dakota alzó la vista del cromado que lustraba y miró su móvil que estaba sobre la barra. Se estiró a cogerlo, y con aparente calma, abrió el mensaje y lo leyó, tras lo cuál volvió a dejarlo donde estaba.

Pero su calma no era tal. Interiormente, su porción rebelde y todo su amor propio se retorcían de rabia y también de dolor. De un dolor distinto, desconocido, que nunca antes había experimentado, y por lo tanto, no sabía clasificar.

Evel observó los movimientos de su amigo con disimulo. En apariencia, era el mismo de siempre, excepto por la tormenta que se adivinaba en el fondo de su hoy esquiva mirada. Era una gran tormenta, incluso mayor que las que Evel había presenciado cuando, tras beber más de la cuenta, Dakota se volvía pendenciero.

Se había marchado sobre las siete de la mañana, después de trabajar todo el día y parte de la noche, con la felicidad pintada en la cara. Tres horas más tarde había regresado tormentoso y esquivo.

Era evidente que algo había sucedido y tenía que ver con la hermana mayor de Abigail.

—¿No era hoy que llegaba tu chica? —se animó a preguntarle en tono casual.

La mirada de demente a punto de cometer un asesinato que le dedicó Dakota, lo hizo apartar la vista de inmediato y continuar mezclando la pintura sin hacer más comentarios.

¿Tormenta, había dicho? Y un cuerno...
Huracán tropical, y de nivel 5.

Londres, 2 de octubre de 2008
Starbucks de Covent Garden.

No había dejado de llover en ningún momento. Ni de llegar gente, buscando refugiarse del inclemente tiempo y beber algo caliente. Todas las mesas de aquel Starbucks, ubicado en Russell Street, estaban ocupadas y en el mostrador, el empleado que había atendido a Tess se había visto obligado a sacudirse la parsimonia a pedido de sus compañeros, que no daban abasto a atender los incesantes pedidos. Los clientes, a pesar de ver que ya no quedaban sitios donde sentarse, continuaban haciendo la cola; al menos tomarían un café al calorcito.

El siseo de las máquinas de café cuando liberaban el vapor, el murmullo constante que crecía a medida que en el lugar había más gente y más conversaciones, el ir y venir del personal retirando las bandejas que algún cliente había olvidado depositar en el punto de recogida, o limpiando restos de azúcar de las mesas, disponiéndolas para que pudieran volver a ser ocupadas... Parecía como si aquel lugar hubiera cobrado vida de repente.

La editora bajó la cabeza.

Eran las siete y media de la tarde y Scott no se había presentado.

Miró el vaso de Mocca Frapuccino que continuaba donde lo había dejado; sobre la bandeja. Intacto.

No sabía qué hacer.

Se sentía perdida.

Mientras aquel mundo exterior que la rodeaba, se sumergía en una actividad casi febril, el mundo de Tess, simplemente, se había detenido.

Se había detenido por completo.

Aún continuaba lloviendo y Tess caminaba hacia el momento de la verdad tan abstraída en sus pensamientos que ni siquiera había abierto el paraguas. Había más de doscientos metros desde la salida del subterráneo hasta el MidWay, y aunque nunca había estado allí con anterioridad, sus pasos seguros retumbaban en la calle casi desierta.

Sin embargo, se trataba de una mera apariencia. Tess no se sentía segura, en absoluto. Ni de si hacía bien presentándose en el negocio familiar del que Dakota se había hecho cargo tras el ataque cerebrovascular de su padre.

Ni de si lo encontraría allí.

Ni de lo que le diría, suponiendo que él, efectivamente, estuviera en el pub, y se aviniera a conversar con ella.

No estaba segura de nada, pero la sola idea de poder volver a verlo, de escuchar aquella voz cautivadora, tiraba de ella con una fuerza incontestable.

Notó que había varias motos aparcadas frente al pub, pero Princesa no estaba. Otro presagio, malo, que pronto se confirmó cierto, cuando Tess miró con disimulo a través de las partes acristaladas de la puerta, y no halló a Scott. Escrutó la barra, y luego el ambiente en el que había una veintena de clientes. Ni rastro de él.

Tess se retiró de la puerta y echó un vistazo a la calle. Un par de moteros estaban aparcando sus harleys junto a las demás, y uno había reparado en ella.

Lógico. Una treintañera en traje de calle normal, mojándose bajo la lluvia, no cuadraba demasiado con aquel paisaje dominado por el cuero y las pinturas nacaradas de los tanques de gasolina.

Tenía que tomar una decisión; entrar al pub, o largarse.

Cuando abrió la puerta, un intenso olor a pintura la envolvió. Su estómago, inestable desde hacía dos días, se revolvió, y durante un instante, todo empezó a girar a velocidad de vértigo a su alrededor. Sólo le faltaba caer redonda allí mismo, y así no sólo llamar (más) la atención, sino acabar de poner un toque de patetismo a los dos peores días de su vida.

Reuniendo valor de Dios sabría dónde, respiró hondo y tan pronto el pub dejó de dar vueltas, dio un paso hacia la barra. Luego, otro más. Finalmente, completó el recorrido con el mayor garbo posible.

Evel, que frotaba un sector de la barra con un trapo mojado, intentando retirar unas gotas de pintura semi-fresca, levantó la cabeza brevemente cuando oyó que la puerta se abría y continuó a lo que estaba. De pronto, al asociar la imagen de la persona que acababa de entrar con la que guardaba en sus recuerdos de la Navidad pasada, volvió a mirarla. No tardó en detectar que su traje de lanilla color beis, de pantalones y chaqueta corta, estaba repleto de lamparones húmedos. Llevaba el pelo achatado y dividido en mechones por acción de la lluvia. La enfermiza palidez de su rostro lo hizo reaccionar al instante.

—Dylan, tío... Acércale ese taburete a la señorita, por favor —pidió al motero que, en compañía de otros tres, bebía un par de metros más allá.

El hombre de la cabeza rapada obedeció al instante, y a pesar de haberla reconocido (de una noche en el Club49, hacía un año), no hizo ningún comentario. Tess se encontraba demasiado confundida y descompuesta como para reparar en nada. Sólo aceptó el taburete, lo agradeció y tomó asiento. Mientras tanto, Evel cogió una botella de whisky y sirvió un par de medidas.

—Bebe —puso el vaso frente a ella—. Está claro que lo necesitas.

Tess miró al joven.

—No sé si debería... No he comido nada... ¿Tú... tu nombre es Brian, no?

Evel cogió un mini paquete de galletas dulces de una caja y lo dejó junto al vaso de whisky.

—Brian, sí. ¿Qué le pasa a tu paraguas? Te has mojado bien...

Ni siquiera había intentado abrirlo. Llevaba una hora deambulando por ahí, como un zombi. Intentando decidir su siguiente paso.

—¿Está aquí Scott?

Evel tuvo que esforzarse al límite para no decirle la verdad. Que él estaba en la planta de arriba. Que llevaba un siglo allí, como si quisiera esconderse del mundo... Como si así, evitando las cosas, fueran a resolverse por encanto.

Odiaba mentir. Y odiaba mucho más, mentir por Dakota.

—No.

Tess exhaló un suspiro cargado de frustración y cansancio. No pudo evitarlo. Bebió un sorbo de whisky y arrugó la cara al sentir cómo el líquido le quemaba la garganta de camino hacia el esófago. Evel continuó en silencio, frotando unas manchas de pintura que ya había eliminado hacía varios minutos.

—¿Te ha... comentado algo?

Evel levantó la vista.

—¿Sobre qué?

Tess volvió a suspirar.

—Sobre mí —murmuró.

Él dejó a un lado el trapo, y se sirvió una cerveza mientras decidía qué responder.

—Hay algo que deberías saber sobre Dakota —dijo al fin. Vio que los ojos cansados de la mujer que estaba frente a él lo miraban atentamente—. No es de mucho hablar... Eso ya lo habrás notado... Pero además, nunca habla de sus cosas. Con nadie. Así que lo único que sé es lo que veo. Y lo que he visto es que está muy cabreado y cuando está así, no hay nada que hacer... Espera a que se le pase, es todo lo que puedo decirte.

Al oírlo, una ráfaga helada le atravesó el cuerpo y se alojó en el estómago de Tess.

—Me voy en una semana. No puedo quedarme a esperar que se le pase... —murmuró con voz cansina. A continuación bebió otro sorbo de alcohol. Y otro más.

Respiró hondo y lo dijo.

—Necesito hablar con él, pero no contesta a mis llamadas ni a mis mensajes y tampoco puedo ponerme a montar guardia en la puerta de su casa, a esperar que llegue... ¿Crees que...? —tragó saliva—. ¿Crees que si te dejo mi número, tú...? ¿Podrías avisarme cuando esté en algún lugar donde pueda localizarlo?

Evel conocía los berrinches de Dakota. Los conocía muy bien. Sabía que cuando se sulfuraba no había ser más irracional sobre la Tierra. Y desde luego, no tenía la menor idea de qué había sucedido para que él estuviera en la planta alta negándose a verla, y ella estuviera allí, en Hounslow, dando la cara. Pero ella estaba allí, intentándolo.

Y Dakota, no.

—Claro. Apúntalo aquí —le ofreció una servilleta y un papel.

Ella, en cambio, sacó la billetera, extrajo una tarjeta personal y se la dio.

—Muchas gracias... No importa la hora que sea, ¿de acuerdo?

Evel asintió.

Pocos minutos después, Tess abandonó el pub. Estaba aturdida... *conmocionada*, y también algo mareada por el whisky. Necesitaba meterse en la cama y dormir dos días seguidos.

Desde la ventana del primer piso, y tan conmocionado como Tess, Dakota la miró alejarse bajo la lluvia.

~29~

Domingo, 5 de octubre de 2008.

Tess había vuelto a intentarlo varias veces, pero era como si siempre llegara un segundo tarde.

O como si él se hubiera propuesto evitarla sin siquiera tomarse la molestia de decírselo con palabras. Siempre iba en coche, y sin el rugido del motor de Princesa advirtiendo anticipadamente de su presencia, no resultaba sencillo llegar a tiempo, pero estaba casi segura de que en las dos últimas ocasiones él la había visto por el retrovisor cuando se alejaba sin hacer el menor intento de aminorar la marcha, o detenerse.

De modo que aquella noche, después de que toda su familia se hubiera retirado a descansar, Tess permaneció en el salón, a oscuras, sentada junto a la ventana. Esperándolo.

Era más de medianoche, cuando sonó su móvil. Apenas sonó dos veces, ya que Tess se apresuró a atenderlo, temiendo despertar a alguien.

—*¿Tess? Soy Evel...* —de inmediato se corrigió—. *Brian...*

Al oír aquella esperada voz, el corazón de Tess empezó a latir con mucha más fuerza. ¿Podría ver a Scott, al fin?

—Sí, sí... Soy yo, Brian... Cuéntame.

—*Bueno... Por si sigues sin localizar a Dakota... Acaba de salir de aquí, del pub... Ha dicho que se iba a casa a dormir... Así que si es así, en veinte minutos, como mucho, deberías estar viéndolo aparcar...*

Tess soltó un suspiro. Un escalofrío acababa de recorrerla de la cabeza a los pies, y sentía un nudo en el estómago.

—Gracias... No sabes cuánto te lo agradezco...

—*No hay de qué... Suerte, Tess...* —le deseó, sin ninguna certeza de que, en realidad, fuera a tenerla.

Ella asintió, enfáticamente.

—Sí... No me vendría mal un poco de suerte... Gracias... Y buenas noches.

Desconectó la llamada y se preparó para aprovechar esa oportunidad. Quizás no volviera a tener otra. Fue a su cuarto, procurando no hacer ruido, y rápidamente cambió los pijamas por unos vaqueros y un jersey de cuello vuelto. Zapatillas en vez de botas; quería asegurarse de poder moverse con agilidad y sigilo, sin riesgo de torcerse un tobillo, o peor aún, tropezar y despertar a todo el mundo.

No tenía la menor idea de lo que le diría, pero estaba decidida a no darle la menor ventaja. De modo que, bajó las escaleras en silencio, cogió llaves y paraguas, y esperó, acurrucada en un rincón del zaguán, después de cerrar la puerta de calle.

Sólo habían transcurrido diez minutos cuando creyó oír el sonido de un coche acercándose, pero Tess tenía la impresión de que llevaba siglos allí. Estaba aterida de frío, con los nervios de punta. Las ganas de echar a correr eran, por momentos, tan intensas como su determinación de permanecer allí, esperando. Y la frustración que le provocaba la obstinación de Scott, corría parejo con la creciente desesperación que se adueñaba de ella ante la sola idea de haberlo perdido...

Dios, no podía soportar siquiera ese pensamiento...

Cuando llegó el momento y los faros del coche de Scott iluminaron la calle, Tess no supo como llegó ante la puerta del garaje de los Taylor. Sólo fue consciente de que estaba allí, frente a él, y de que a pesar de haber salido de la casa con un paraguas, ya no lo llevaba.

Dakota observó la imagen de aquella mujer que, en vaqueros y jersey, tiritaba bajo la lluvia. Sintió rabia al comprobar que bajo la luz de los faros que él se negó a bajar sólo por incomodarla, ella le seguía pareciendo el ser más hermoso que había visto jamás. ¿Cómo podía seguir tan... irremediable colado por ella, después de lo sucedido? Tomar conciencia de eso, lo hizo sentir patético.

Al comprender que él no le facilitaría las cosas -ni se había apeado del coche, ni había cerrado las luces que continuaban aguijonéandole sus ojos claros-, Tess se dirigió hacia él.

Tampoco bajó el cristal de la ventanilla. Ni siquiera la miró.

Ella, decidida, dio la vuelta al vehículo hacia el lado del acompañante, ignorando totalmente aquella reacción de niño enfurruñado. Estaba helada de frío y calada hasta los huesos. Y necesitaba hablar con él, resolver lo que fuera necesario, y recuperar lo que tenían.

En apariencia, Dakota ni se inmutó cuando ella abrió la puerta y ocupó el asiento del acompañante. Continuó con su vista fija al frente, en silencio.

Tess lo contempló durante unos instantes. No sólo porque era algo que llevaba cuatro meses deseando poder hacer, también porque lo necesitaba. La mayor parte de cuanto tenía de él eran momentos que habían compartido en la distancia, retazos de emociones vividas al leer algún email, o algún texto en el chat. Los momentos que habían compartido en una misma habitación, eran tan pocos... A veces, últimamente, dudaba de si en verdad habían sucedido, o los había soñado.

Pero aquel momento era real.

Scott estaba allí. Su cabello, aún más largo que la última vez que se habían visto, resbalaba fácilmente por el cuero de su cazadora al menor movimiento que hacía con la cabeza. Era una melena lacia y espesa, un manto sedoso. Perfecto, como si una estilista de mano hábil acabara de prepararla para un concurso.

Su espalda sobresalía ampliamente del respaldo del asiento, y dentro de aquella cabina, por primera vez, Tess tomó conciencia de su gran envergadura, lo que la hizo caer en la cuenta de dos cosas; cuánto la atraía su físico, y qué pequeña se sentía a su lado. Y al hacerlo, le sorprendió comprobar qué mecanismos de evasión más curiosos ponía en marcha el cerebro humano cuando se hallaba bajo los efectos de un gran estrés.

Apretó los párpados un instante. Necesitaba centrarse.

—Cada minuto que esperaba que el equipaje se dignara a aparecer por la cinta, se me hacía eterno... Pero cuando salí al Hall, Abby estaba allí, esperándome —dijo, al fin.

Hizo una pausa para ver qué acogida tenían sus palabras. Scott continuó tal que estaba, como si fuera una estatua de hielo, lo que le confirmó que las cosas estaban realmente mal.

—Debiste haberme contado la discusión que hubo entre vosotros... Al menos, no me habría tomado por sorpresa —y tan pronto lo dijo le pareció notar un leve movimiento en el rostro masculino. La escasa luz de la calle que entraba por los cristales no le permitía estar segura—. Tampoco habría estado de más que me pusieras al tanto de los rumores. Soy plenamente consciente de que mi reacción fue... *inexplicable*... Pero ella no hacía más que hablar y hablar acerca de que todo el mundo sabía que "estás liado con una madurita", y aparecieron mis padres y luego tú... Lamento haberme mostrado tan... distante, pero me quedé bloqueada... Aterrorizada de que ella relacionara tu presencia allí conmigo, y de que mis padres... —exhaló un suspiro, contrariada y ansiosa—. Abby está destrozada, furiosa y... enamoradísima de ti... No puedo imaginar lo que habría sucedido si en aquel momento hubiera descubierto que esa mujer de la que todos hablan, es su propia hermana...

Tess hizo silencio. Era el turno de Scott, y ya iba siendo hora de que dijera algo.

—Vale —replicó, sin mirarla, y estiró un brazo por delante de ella para abrir la puerta de su lado—. Ahora, baja.

—Scott... por favor... Lo siento, de verdad.

—He dicho que te bajaras —insistió él, mirándola directamente a los ojos—. ¿Qué parte no has entendido?

Había rabia, desafío e impaciencia en ellos. No era la mirada que la había acariciado en Boston. Tampoco la que la había desnudado. Ésta era una mirada nueva, totalmente desconocida para ella.

Tess apartó la vista. Respiró hondo, en un intento de que el oxígeno llegara a su cerebro y pudiera pensar. Se restregó sus heladas manos por puro nerviosismo. No era el clima lo que la hacía tiritar, sino los nervios. Tenía una mala corazonada, y por momentos, le parecía que la situación no hacía sino empeorar cada minuto que pasaba.

—Scott... *sólo me quedé bloqueada*... Nada ha cambiado... Reuniré a mi familia y hablaré con ellos. Pero primero, necesito que resolvamos esto... Por favor, Scott... Se juntó todo en el mismo peor momento del mundo y... no pude reaccionar. Cuando quise darme cuenta, mi padre me abrazaba y tú te alejabas, calle abajo... —exhaló el aire en un suspiro de frustración—. Por favor... No creo que sea tan terrible... ni tan difícil de entender...

Una mueca torció la boca masculina, llenando de ironía su expresión. Sin embargo, el fuego de su mirada y el tono de su voz hablaban de furia.

—¿Sabes lo que yo creo? Lo que creo es que eres una mentirosa —dijo, y sus palabras fueron como balas que hicieron blanco una tras otra sobre Tess—. *Lo que creo* es que si yo fuera como tus divinos amiguitos de Boston, te importaría una mierda si a tu hermana le duele vernos juntos o no. Lo que te importa es tener que admitir que eres tú "la madurita con la que se lió Dakota", y ¿sabes por qué? Porque te machaca la idea de haberte ido al fin del mundo a buscarte una vida interesante, para acabar enrollada con el compañero de pupitre de tu hermana pequeña, un motero que lleva los pelos por la mitad de la espalda, es vecino de tus viejos, y tiene once tacos menos que tú. Una tía tan "culta" como la hija mayor de los Gibb y un Angel del infierno[13] como yo... ¡Menuda carnaza para el cotilleo!

No, no... No era así aunque a él se lo pareciera. No era así, en absoluto.

—Scott, no... —empezó a decir Tess con desesperación, sin saber muy bien qué explicación ofrecer. Él le ahorró el esfuerzo.

---

(11) Angel del infierno: del inglés Hell's Angel. Integrante de la banda criminal internacional Hell's Angels, exclusivamente formada por hombres, cuyos miembros van en motocicletas Harley Davidson.

—Te avergüenzas de mí.

—¡No es cierto! Por favor, escúchame... Sé que estás...

—Te avergüenzas de mí —la interrumpió él.

Había tanta decepción como rabia en el fondo de sus ojos.

—Por eso te "quedaste bloqueada" —hizo el ademán de ponerle comillas a la palabra. Tess tragó saliva y esperó sentencia con el corazón latiéndole en la garganta—. Y verás, guapa, puede que yo no sea como los héroes de tus novelas, pero soy lo bastante hombre como para plantearme estar con una mujer que sé que se avergüenza de mí. Ni flipado, ¿me oyes? Ni-flipado. Paso de ti, Tess. Ahora, saca tu culo fuera de mi coche.

—Scott... —murmuró ella, pero en aquel momento vio cómo el hombre del que hacía mucho que estaba enamorada aunque le hubiera tomado tanto descubrirlo, se convertía en un demonio ante sus propios ojos.

Dakota soltó un bufido. Abrió la puerta del lado del conductor y dio la vuelta al coche con la cara transfigurada por la ira. A continuación, tiró de la puerta del acompañante con tal brusquedad que hizo que Tess se encogiera en el asiento.

Habló con los ojos brillantes de rabia, mientras la lluvia resbalaba por su rostro. La única palabra que pronunció, portaba la serenidad auto impuesta de alguien que sabe que está a punto de explotar, y pretende evitarlo.

—Baja.

Tess tragó saliva. Con el corazón en un puño, pasó frente a él, y se alejó en silencio.

Subió los escalones de su casa, casi sin aliento, como si la misma mano que parecía estrujarle el corazón, también se estuviera ensañando con los pulmones.

Entonces, oyó el ruido de una puerta que volvía a cerrarse, un motor que se ponía en marcha...

Y su propio corazón que se partía en dos, al ver los faros del coche de Scott desapareciendo en la noche.

Tess volvió a entrar en la casa como una autómata. Echó el cerrojo procurando no hacer ruido, y apoyó la frente contra la puerta. Se sentía desfallecer. Cada vez, le costaba más respirar.

"¿Y ahora, qué?". La misma pregunta sonaba una y otra vez, como un eco, en su interior. Pero no escuchaba ninguna respuesta.

Se cubrió la cara con las manos, y al hacerlo las gotas que se escurrían de su pelo empapado, empezaron a rodar por los dedos. Algunas continuaron el recorrido más allá de las muñecas, por debajo de los puños del jersey.

Sentía como si su cabeza estuviera a punto de explotar.

En aquel momento, unos haces de luz se colaron entre sus dedos y el sonido de una voz le confirmó que ya no estaba sola.

—Dime que no eres tú. Dime que mientras yo te confiaba lo enamorada que estoy de Dakota, tú no te lo cepillabas a mis espaldas... —el tono y la intensidad iban creciendo a medida que Abby se dirigía hacia ella, en actitud amenazadora—. Dime que no es mi propia hermana la mujer de la que hablan todos esos rumores... *¡Tess, dime que no eres tuuuú!*

Abby no le dio tiempo a responder. En realidad, no eran preguntas. El sonido de un móvil la había despertado, y había presenciado lo sucedido en el jardín vecino, a través de la ventana. De principio a fin. No había podido oír lo que conversaban, tampoco ver qué sucedía dentro del coche, ya que las puertas estaban cerradas y la tenue luz de las farolas apenas le permitía distinguir siluetas. Pero sabía que él era Dakota, y que la otra ocupante del vehículo era su hermana. Imágenes de sucesos pasados, que en su momento no habían sido más que cosas aisladas, inconexas, de pronto, cobraron sentido para Abby... La forma en que la mirada de Dakota se desviaba hacia Tess cada vez ella aparecía en escena, la circunstancia tan llamativa de que la única vez que él se detuvo a conversar con ella -en vez de quitarse del medio al cabo de un segundo como hacía siempre-, el tema de conversación era Tess, su trabajo en la editorial...

¡Claro! Ella misma era la que les había servido en bandeja la manera de comunicarse... Dakota no tenía más que entrar en la página web de la editorial para averiguar todo lo necesario para ponerse en contacto con ella... ¡Qué estúpida había sido! ¡Y qué zorra tenía por hermana!

En un abrir y cerrar de ojos, Tess la tenía encima. Ni su juvenil pijama de corazoncillos anaranjados ni su pelo recogido en una coleta alta, suavizaron un ápice la violencia de su avance. Iba decidida a pegarle e, instintivamente, Tess la empujó para apartarla.

—¡¿Qué haces?! ¡No te acerques a mí! —le advirtió.

Abby hizo caso omiso. Recuperó la estabilidad y volvió a cargar, gritando a voz en cuello.

—¡No te bastaba con ser la mejor y que todo el mundo hablara de lo grandiosa que eres, también quieres quedarte con Dakota! ¡Tú siempre te has quedado con todo! ¡La admiración de papá y mamá! ¡De todo el colegio y el instituto! ¡Todo siempre es para ti! ¡Pero yo lo amo, ¿me oyes?! ¡Esta vez, no voy a permitir que te salgas con la tuya!

Tess volvió a empujarla.

—¡Cálmate, Abigail! Y deja de decir tonterías... No puedes forzar a un hombre a que te quiera, y él jamás ha tenido el menor interés en ti.

El griterío no tardó en despertar a sus padres, que, alarmados, bajaron las escaleras y se encontraron con una imagen patética: sus dos hijas, forcejeando y a los gritos en el pasillo de la entrada.

—¡Eso es mentira! ¡Ahora entiendo porque me esquivaba tanto! ¡Normal, si se estaba acostando contigo! ¡Eres una zorra!

—¡Abigail! —intervino Amelia, separando a su hija menor de la mayor mientras ella intentaba liberarse.

—¡Calmaos, las dos! —exclamó Richard, poniéndose en medio de sus dos hijas, y manteniéndolas apartadas con los brazos. Sabía que tarde o temprano algo semejante sucedería, pero no había contado con que fuera así.

—¡Ella es la zorra de la que habla todo el mundo! ¡Ella es la que se está acostando con Dakota! —gritó Abby.

Su rostro estaba rojo y las venas del cuello, hinchadas y a punto de explotar.

Hubo un instante de silencio tras la acusación de Abigail, durante el cuál la mirada de Amelia, se centró en Tess, cargada de interrogantes.

—Eso no puede ser cierto —dijo Amelia, con gravedad—, ¿verdad, Tess?

Ella respiró hondo y no respondió. Toda aquella situación le parecía tan bochornosa, y después de lo sucedido en el coche, con Scott... Tess se pasó una mano por la frente, en actitud cansada.

Amelia miró a su hija mayor, como si se tratara de un ídolo que acaba de desmoronarse ante sus ojos.

—Dios, no me lo puedo creer... —atinó a decir, perpleja.

—¡Atrévete a negarlo! —volvió a decir Abby.

Esta vez, fue Richard el que apartó a su hija menor, de muy mal grado.

—Basta ya, Abigail.

Eso fue demasiado para la menor de las Gibb, que explotó en lágrimas y gritos, a un tiempo.

—¡¿Ella se acuesta con el hombre que amo a mis espaldas y me dices "basta ya"? ¡Se ha liado con un chico once años más joven, me destroza la vida y nos pone a toda la familia en boca de la gente, ¿y me dices "basta ya"?! ¡¿Qué le vas a decir a ella?! ¡¿O es que como siempre no vas a decirle nada de nada?! ¿Qué vas a decirle a ella, eh, papá?

Y ésto también fue más que suficiente para Richard Gibb, que ceñudo miró a las tres mujeres y fue taxativo:

—¡Se acabó! Todo el mundo a su habitación. No quiero oír ni una sola palabra más.

Era la una y cuarto de la madrugada cuando en la casa de los Gibb se apagaron las luces y reinó el silencio.

Todos sabían, sin embargo, que sólo se trataba de una tregua.

Los vientos huracanados volverían a soplar cuando luciera el alba, y esta vez, nada evitaría que el 139 de Old Elm Street fuera declarado zona catastrófica.

Y así fue. Poco más de una hora después de que los Gibb se hubieran levantado, los Taylor estaban ya al tanto de la "insensatez de Tess y Dakota". Amelia había sido la encargada de decírselo a Rosalyn, cuando ésta volvía de comprar unas pastas y el periódico para Doug. Sólo que se refirió al suceso de una manera mucho más directa: la "insensatez de ese hijo tuyo que no contento con partirle el corazón a mi pequeñina, ha enloquecido a mi hija mayor... porque sólo la locura puede explicar que alguien como Tess acabe en los brazos de alguien como tu hijo".

La batalla campal estaba servida.

Después de que las dos mujeres, a cuál más airada, desaparecieran tras las puertas de sus respectivas casas, Rosalyn había transmitido las malas nuevas a su marido y entre los dos, uno desde cada teléfono, se habían ocupado de volver loco a su hijo.

Por suerte, Tess no estaba allí para verlo. Se había marchado, temprano por la mañana, después de una noche en vela, con el propósito de ganar algo de espacio para poder aclarar sus ideas, y decidir su siguiente paso. El tiempo continuaba igual de inclemente que los últimos días, se sentía terriblemente sola y confundida, y para colmo de males seguía sin localizar a Terry. Por lo visto en Indonesia no debía haber antenas de telefonía, porque no había vuelto a hablar con él desde que se habían despedido en el aeropuerto y cada cual se había dirigido a su terminal.

En el MidWay, el humor de Dakota, que ya era pésimo tras su encuentro con Tess, la noche anterior, empezaba a alcanzar cotas preocupantes después de la primera llamada de su madre, que había durado apenas unos segundos; los que le tomó decirle "no es asunto tuyo", y colgar.

A Evel, que acababa de entrar al pub, le extrañó ver a Dakota allí con la misma ropa del día anterior, y un aspecto más que desmejorado. Estaba amarillo, señal de que había acabado la noche con un ataque al hígado después de beber hasta caer redondo. Evidentemente, no había dormido en Richmond, sino en la boardilla. Lo cual sólo podía significar una cosa: Tess había tenido su encuentro con Dakota, y las cosas no habían acabado bien.

El pub estaba vacío de clientes, y su socio estaba encendiendo las máquinas de café.

—Hola —lo saludó después de pasar al lado interior de la barra, mientras se quitaba la cazadora.

Dakota no respondió. El móvil que estaba sobre la barra empezó a sonar. Sonó... Siguió sonando sin que su dueño hiciera el menor intento de atenderlo... Evel estiró la mano para hacerlo, y entonces, empezó a sonar el teléfono del pub. El joven retrocedió un paso y levantó el auricular.

No necesitó llevárselo a la oreja para saber quién era. Los alaridos de Rosalyn podían oírse a un metro de distancia.

Y a dos también; los que separaban a Duke -que también acababa de entrar- de la barra.

"¡Como vuelvas a cortarme, me presento allí y te doy dos cachetes! ¡Habráse visto, niño insolente!".

—Vaya, una mañana movidita por lo que veo —comentó Duke, jocoso. Nadie le hizo el menor caso.

Evel arrugó la cara y se acercó el teléfono a la oreja, mientras Dakota ponía los ojos en blanco.

—Soy Evel, Rosalyn... Dakota está en el baño. Le digo que la llame cuando salga.

—¡No! Yo esperaré en línea y tú, por favor, ve y sácale del baño. Quiero hablar con él ahora mismo.

Miró a su amigo, le hizo un gesto de "dime qué le digo", y éste, refunfuñando, le sacó el auricular de la mano.

—¿Qué se te ofrece ahora, querida mamá?

Durante unos cuantos segundos, Dakota escuchó la perorata enfadosa de su madre con cara de "Dios me de paciencia". Divagaba bastante, pero por lo visto, los Gibb se habían enterado de su relación -ex-relación- con Tess, y tal como había anticipado la editora "el tema había trascendido"...

Al 138 de Old Elm Street.

—Vale, escucha —la interrumpió Dakota—. Me da igual lo que te haya dicho la vecina. Y me da igual lo que tú opines o dejes de opinar. Si salgo con Theresa Gibb o con la reina de Saba, es asunto mío y de nadie más. Y ahora voy a colgar. No vuelvas a llamarme si es para hablar de ésto.

—¿La madurita era Tess Gibb? —no pudo evitar decir Duke, y al ver la mirada asesina de su primo, se tapó la boca.

Pero ya era tarde. Vio a Dakota dejar el auricular y saltar por encima de la barra, abalanzándose sobre él.

—¡¿Eres tú el que va cotilleando sobre mí?!

Evel lo detuvo justo cuando Dakota soltaba un puñetazo, evitando que éste se estrellara contra la cara de ojos saltones, mucho más desorbitados en aquel momento.

—Yo... Yo... bueno... Yo no dije que fuera Tess —farfulló Duke, retrocediendo para ponerse a distancia prudencial.

Dakota lanzó un gruñido feroz. Intentó zafarse del férreo control de los brazos de Evel, sin éxito.

—¡Desaparece de mi vista, tío! ¡Ya mismo! ¡Lárgate de mi pub! —exclamó, furioso.

Evel se llevó a Dakota a empujones dentro de la oficina. Antes de cerrar la puerta, se volvió hacia el primo de su amigo:

—Vete, Duke. Y no vuelvas.

Él hizo un gesto de "ya me voy" con la mano, y abandonó el pub.

Dentro de la oficina, Evel fue directo al grano.

—Dime lo que sucede... No puedo estar en medio de este follón y no tener la menor idea de lo que pasa. Somos amigos, tío... Esto no es justo.

Dakota inspiró profundamente y soltó el aire en un bufido. Habló en plan telegrama.

—Los Gibb se han enterado de que Tess y yo estábamos enrollados. Le han ido con el cuento a mis viejos. Se ha montado un follón.

—¿"Estábamos"?

Dakota abrió la puerta de la oficina, dispuesto a regresar a la barra.

—Sí —replicó—. *Estábamos.*

A Tess le habría gustado poder sentarse frente al estanque, en el parque. Era un lugar en el que siempre, de una manera u otra, encontraba lo que necesitaba: sosiego, inspiración, descanso o simplemente, satisfacción, ese disfrute particular que nace de la contemplación de la belleza. Pero no había dejado de llover en todo el día, y se había levantado viento, dificultando incluso hasta pasear por Hyde Park. Llevaba más de una hora en un Starbucks, jugueteando con su Mocca Frapuccino, helado a estas alturas, cuando el móvil volvió a sonar.

Sólo había recibido dos llamadas aquel día, y las dos eran de su padre. Parecía como si el resto de su familia se hubiera desmaterializado en el aire... *junto con Scott.*

—Dime, papá...

—*No has venido a comer y me preguntaba si tienes intenciones de venir a cenar...*

La voz de Richard Gibb había sonado preocupada y molesta al mismo tiempo. Porque así, exactamente, se sentía.

Para Tess no era cuestión de intenciones, sino de valor. Sabía que toda la familia estaría reunida en torno a Abby, apoyándola y defendiéndola. Eso era lo que siempre habían hecho, y esta vez, no sería diferente. El problema era que de quien intentaban defenderla ahora era de ella, de Tess. Sabía que sería así, y sin embargo, también sabía que nada evitaría que tuviera que pasar por ello. Antes o después, tendría que hacerlo.

Muy bien, pensó, pasaría por ello. Una vez. Sólo una vez.

—Quédate tranquilo, papá. Iré a cenar —le aseguró.

Después de colgar, Tess bebió un par de sorbos de su café. Como esperaba, lo encontró helado, pero no pediría otro, ya que debía ponerse en marcha hacia Richmond.

La cena fue tensa y silenciosa. El sonido de la televisión, a la que nadie prestaba atención, intentaba sustituir el habitual parloteo que caracterizaba las reuniones familiares. No sólo no lo conseguía, sino que subrayaba la tirantez que reinaba en el ambiente. Todos estaban allí, reunidos en torno a la gran mesa del salón que daba a Old Elm Street, excepto los nietos de Fina, que solían pasar el fin de semana en el campo: Stella, y su marido Tony, Fina y Peter, Roberto Baldini e Isabel, su padre Richard... Abigail, por supuesto... Y presidiendo el tribunal que la sometería a juicio sumarísimo, su madre, Amelia Gibb.

Stella no había acabado de servir el café, cuando Amelia abrió fuego, directa y apasionada como siempre:

—¿Te has estado acostando con Dakota, sabiendo lo que tu hermana siente por él?

Tess se puso roja. Clavó los ojos en el mantel, decidiendo si responder o volver a largarse. Había muchas preguntas para hacer. Muchas formas de hacerlas. Pero su madre, para variar, había elegido la única que no tenía derecho a formular, y además la exponía de la peor forma posible.

Roberto Baldini intervino, dejando a Tess sorprendida.

—A ver, Mely... Esa no es la cuestión...

—¿A no? —terció Stella— ¿Y cuál es, según tú? Porque adornos aparte, lo que a todos nos interesa averiguar es justamente eso, si a pesar de saber que su hermana estaba locamente enamorada de Dakota, Tess decidió pasar por alto ese detalle, y *pasárselo a él por la piedra*... mintiéndole a su hermana y mintiéndonos a todos nosotros...

La mandíbula inferior de Tess caía un centímetro más con cada nueva intervención. Se sentía perpleja, enojada... y ofendida por lo que le estaba tocando en suerte escuchar. Todos hablaban de ella y de sus supuestas intenciones, como si en realidad, no estuviera allí, presenciando semejante bochorno.

—Bueno, mujer, tampoco es eso... —dijo Peter, el marido de Fina—. Abby podrá estar todo lo enamorada que tú quieras, pero ese chico jamás le hizo el menor caso, y si Dakota ha tenido o tiene alguna clase de relación con Tess, está en su derecho...

—¡¿Cómo que está en su derecho?! —exclamó Amelia, indignada—. ¡De eso, nada!

—Sí. Está en su derecho, Amelia —insistió el escocés bonachón—. Lo único que interesa aquí es saber si es cierto y por qué Tess no nos ha dicho nada...

—¡Si no me hacía caso es porque esa zorra estaba de por medio! —gritó Abby, señalando a su hermana.

—Cálmate, Abigail —exigió su padre—. O te pediré que esperes fuera de la habitación.

—A ver, a ver, señoras... Haya paz... —dijo Roberto, poniéndose de pie y haciendo gestos con las manos de que se calmara todo el mundo—. Dejad que hable Tess...

Todas las miradas se volvieron hacia ella, que tragó saliva y finalmente, tomó la palabra:

—Es cierto —admitió. Los murmullos y los gestos de enfado empezaron mucho antes de que ella concluyera la frase, pero Tess sólo reparó en que su padre bajaba la vista—. Quería hablar con vosotros personalmente... Por eso, Scott tampoco dijo nada...

—¡¿Scott?! ¡¿Lo llamas "Scott"?! —se mofó Abby, airada y celosa—. ¡De verdad que no puedo entender qué narices te ha visto para enredarse contigo! ¡Eres sosa, rebuscada y... *vieja*!

—*Abigaaaaaiiiiillllll* —se quejó Roberto, reprendiendo a su sobrina.

—¡Pero es que te has vuelto loca? —terció Amelia—. ¡Tiene once años menos que tú! ¡Tess, por amor de Dios!

—¡Serás el hazmerreír de todo Richmond, Theresa! —se quejó Fina.

—Bueno, tampoco hay que exagerar —apuntó Isabel—. Hoy en día, las relaciones entre mujeres y hombres más jóvenes son muy habituales. Vale... Entiendo el problema, pero tampoco saquemos las cosas de quicio...

—¡Nadie está sacando nada de quicio! —replicó Amelia, enfatizando lo que decía con gestos que hacía con las manos—. Esto es una vergüenza. *A mí, me da vergüenza porque además ¿dónde está él ahora?* Tú estás dando la cara mientras él está quién sabe dónde, lavándose las manos. ¿Así de importante eres para él? ¿Crees que ha valido la pena hacer tanto daño por un individuo como Dakota?

—Exacto —afirmó Fina—. Si tuviera lo que hay que tener, estaría aquí.

—¿Lo veis o no? ¡Es cierto! ¡*Tooodo* lo que circula por ahí sobre Dakota y su madurita es cierto! —exclamó Abby—. ¡Y la madurita es Tess!

Stella meneó la cabeza.

—¿Cómo has sido capaz de hacerle algo así a tu hermana, Theresa... a todos nosotros? —dijo—. Te juro que no lo entiendo...

—Estáis sacando las cosas de quicio —dijo Richard, en un intento vano de aplacar los ánimos—. Nadie tiene la culpa de que a Dakota no le interese Abigail. Y la naturaleza de la relación que Tess mantenga con él, sólo les compete a ellos dos. A nadie más.

Aquello pareció colmar la paciencia de la editora que se puso de pie, bajo la mirada de todos los presentes.

—Ya que todo cuanto, al parecer, os interesa saber es *si he sido capaz de hacerle algo así a mi hermana*, a lo que ya he respondido que "sí", entonces, podéis seguir sin mí. Yo ya he escuchado bastante.

Tess abandonó la estancia en medio de un silencio sepulcral que, sin embargo, duró muy poco.

Era más de medianoche y el debate acerca de la traición de Tess a su hermana menor continuaba en plena efervescencia en el salón.

Aquel lunes por la mañana, Richard aún estaba afeitándose, cuando oyó la voz histérica de su mujer que lo llamaba. Salió del baño corriendo, y acudió en su busca.

La encontró pronto, dos puertas más adelante, en el dormitorio de Tess, sentada sobre la cama con el rostro transfigurado por la angustia.

—¿Qué... qué sucede, cariño? —le preguntó mientras se acercaba con paso titubeante.

La cama estaba hecha y había un orden premonitorio en la habitación.

—Se ha ido... Tess se ha ido... —respondió sumamente afectada, y le extendió a su marido un trozo de papel—. Ha dejado ésto...

Con creciente angustia, Richard tomó la cuartilla garabateada con la letra de su hija mayor y leyó:

He considerado que lo mejor era marcharme antes de continuar diciéndonos cosas que a todos nos costará olvidar. El tiempo y la distancia se encargarán de que los ánimos se serenen. Entonces, aclararemos lo que haya que aclarar.

Os quiero muchísimo. Por favor, no os preocupéis por mí.

Tess

Richard apretó las mandíbulas. Miró el reloj, contrariado, intentando adivinar qué hora sería dondequiera que se encontrara su hija. Tenía que hablar con ella. Asegurarse de que estaba bien. Tranquilizarla... Y disculparse por no haber sabido poner coto a semejante locura. En aquel momento, levantó la vista y miró a su mujer.

—Te quiero, Amelia... y adoro a tus hermanas, pero esta vez, cariño... Esta vez... ¿Te haces una idea de cómo debió sentirse esa criatura para haber tomado la decisión de marcharse? Dios santo, Amelia...

La madre de Tess esperó que aquella frase acabara con dureza. Al igual que su hija mayor, Richard no se caracterizaba por hablar en demasía, pero cuando lo hacía, no dejaba a nadie indiferente. Solía ser categórico y sumamente explícito.

Sin embargo, y en una muestra más de lo preocupante de la situación, cuando alzó la vista para mirarlo, él ya no estaba allí sino en el salón, con el teléfono entre las manos, intentando localizar a Tess.

~30~

Boston, 7 de octubre 2008.

Terry abrió los tres cerrojos y empujó la puerta del piso de Tess. Venía a ocuparse de sus plantas, como siempre que ella estaba de viaje. La casa estaba en penumbras, pero pronto detectó que había luz en el salón, al final del pasillo. Comprobarlo aumentó su preocupación. Llevaba horas sin dar con ella -tenía el móvil apagado o fuera de cobertura- y al llamar a su oficina, Gladys le había dicho que tampoco había podido comunicar con Tess. Y además, se suponía que estaba en Inglaterra... Con lo metódica que era, resultaba más que improbable que se hubiera dejado una luz encendida.

Cerró la puerta y se puso en marcha hacia el interior de la vivienda, pero pronto tropezó con algo. Instintivamente, manoteó el interruptor de la luz. Eran las maletas de Tess; estaban una junto a otra, en el recibidor. ¿Había regresado ya de Londres? Nervioso, avanzó por el corredor, llamándola. Al pasar por el salón vio que el teléfono estaba descolgado y la luz del contestador automático parpadeaba indicando la presencia de mensajes.

"Estoy aquí", escuchó que una voz de ultratumba le decía, y tras volver a poner el auricular en su sitio, siguió la dirección en que provenía hasta la cocina. Sin embargo, la estancia estaba a oscuras.

Tras dar al interruptor que había junto a la entrada, Terry observó el espectáculo con la incredulidad escrita en el rostro. Su amiga estaba sentada a la mesa con una papelera a su lado y una caja de Kleenex frente a ella. Envuelta en una manta, de la que sólo asomaba parcialmente una cabeza despeinada y unas gafas redondas de montura metálica, detrás de las cuales sus ojos hinchados y enrojecidos lo miraban en silencio. La pila estaba llena de cacharros sucios, pero lo que a Terry le confirmó la gravedad de lo que ocurría fue la total ausencia de manuscritos sobre la mesa. No había ni uno. Ni lápices, ni pósits. Y el móvil, que descansaba a su lado, en la mesa, estaba apagado. Inspiró profundamente y se recostó contra el marco de la puerta de la cocina. No había incredulidad en sus ojos, sino una intensa preocupación cuando le preguntó:

—¿Qué sucede, nena?

Ella quiso responder. Necesitaba hablar del tema, hablarlo con Terry... Era su amigo y la única persona en el mundo en quien confiaba de verdad... pero todo lo que salió de su garganta fue un gemido, y luego un sollozo que pronto se convirtió en un llanto convulsivo que los tomó por sorpresa a los dos. A Tess, porque no se reconocía en una reacción tan emocional; a su amigo porque jamás la había visto llorar, ni siquiera de rabia.

Terry corrió hacia ella, se arrodilló y la rodeó con sus brazos.

—Nena, no me asustes... Venga, cálmate y dime qué ha pasado...

La llorera duró un buen rato, interrumpida por fallidos intentos de compartir con su amigo los cinco días de infierno que había vivido. Era como si alguien hubiera quitado el corcho y unas lágrimas, que ella no sabía que estuvieran intentando salir, de pronto vieran vía libre para expresarse sin contención; se enredaban con los estornudos, en una mezcla que despertaba ternura.

Terry le acarició el cabello y le pasó el quinto kleenex. Ella se sonó la nariz con estridencia. Miró a su amigo, abochornada, y al ver su sonrisa compasiva, meneó la cabeza.

—Mi vida es un desastre y todo lo que se me ocurre hacer es ponerme enferma y llorar... Haces bien en estar asustado porque ésto no es nada normal en mí, te diré...

Tenía la voz tomada por la gripe, y aquel tono quejumbroso entrecortado por el llanto la hacían sonar como una adolescente en plena crisis de identidad.

—¿Por qué es un desastre?

Ella exhaló un suspiro. Volvió a sonarse la nariz. Era todo tan complicado... No sabía por dónde empezar...

—Abby nos vio juntos... A Scott y a mí... Me había contado que había oído rumores de que él salía con una mujer mayor, pero yo no dije nada... Me quedé de piedra... Y claro, ¿cómo iba ella a sospechar de que se trataba de mí?

Tess hizo una pausa. Miró brevemente a su amigo y comprobó por la seriedad de su rostro que él estaba tan preocupado como ella misma por lo que intuía vendría a continuación.

—Se encaró conmigo tan pronto entré en casa... —continuó—. El asunto pasó a mayores... Los gritos despertaron a mis padres... Ahora lo sabe toda mi familia y como ya te imaginarás, estoy en el punto de mira... Todos están de parte de Abby, excepto mi padre que aparte de mandarnos callar, no ha tomado ninguna posición al respecto, lo cual, te diré, no es necesariamente bueno... He pasado tanta vergüenza...

Eso explicaba por qué había descolgado el teléfono y apagado el móvil.

Terry vio como su amiga se secaba las lágrimas de un movimiento brusco, y decidió que era hora de empezar a atiborrarla con infusiones de tila. Después de ofrecerle un nuevo kleenex, se puso a preparar la infusión, y mientras lo hacía, intentó quitarle hierro al asunto.

—Algunos de los miembros de tu familia tienen su lado mediterráneo muy a flor de piel, ya lo sabes... Son temperamentales. En el momento, explotan, pero luego se les pasa... Dales tiempo, Tess.

—¿Tiempo para qué? —espetó con un gorgorito y a continuación se aclaró la garganta—. Nadie se ha molestado en averiguar qué sucede conmigo... Soy "la madurita que se lió con Dakota", el chico del que su hermana menor está enamorada y por lo visto, eso es todo lo que cuenta. En quince años jamás han venido a verme —un ataque de tos impuso una obligada pausa tras la cual continuó— y puedo contar con los dedos de una mano las veces que me han llamado —tosió otra vez—. Soy yo la que llama, la que viaja, la que se preocupa... Pero ahora, "le parto el corazón a Abby", y mi teléfono no para sonar...

Como si hubieran mentado al Diablo, el característico ring-ring volvió a oírse en la casa.

—¿Por qué lo has colgado? —se quejó, llena de rabia—. ¡No quiero hablar con ellos!

Y fue decirlo y volver a sentirse una extraña, que reaccionaba desproporcionadamente al menor contratiempo. Alguien completamente a merced de sus emociones.

—Lo colgué porque vives sola, Tess. Si las gemelas, o Michael, o yo mismo no podemos localizarte, nos preocupamos... Tanquila, diré que no te puedes poner...

Terry abandonó la cocina al tiempo que se quitaba el abrigo que aún llevaba puesto. Lo dejó sobre el respaldo del sofá y atendió antes de que saltara el contestador. Era el padre de Tess.

—*¡Santo Dios, al fin doy contigo!* —exclamó Richard, anticipándose.

—Soy Terry, Richard... ¿Cómo está?

Preguntarlo había sido puro formulismo. Richard Gibb estaría como él, antes de presentarse en casa de Tess; al borde de un ataque de nervios.

—*Preocupado... ¿cómo está mi hija? ¿por qué llevo dos días sin poder hablar con ella?*

Terry ni siquiera consideró la posibilidad de decirle una mentira piadosa. Su posición como amigo, e independientemente de lo que hubiera sucedido, era de parte de Tess. A muerte.

—Tiene una gripe muy fuerte y un enfado tan fuerte como la gripe. No va a ponerse. Pero le diré que ha llamado, y si quiere decirme algo también se lo comunicaré.

Del otro lado de la línea le llegó un suspiro.

—*Es comprensible... La verdad es que se armó un buen jaleo y los ánimos se caldearon... Y, bueno... Puedes imaginarte el resto porque dudo que mi hija abundara en detalles... ¿Te ha contado lo sucedido?*

—No mucho, pero estamos en ello —hizo una pausa y lo soltó con premeditación y alevosía—. Estamos en la parte en la que todos dictaron sentencia sin siquiera molestarse en averiguar qué pasaba con ella.

Richard asintió.

—*Todos, no... Pero ha sido una discusión muy fuerte y aunque no todo lo que se dijo, realmente se piensa, que yo sepa, tampoco nadie le ha ofrecido una disculpa... Todavía sigo intentando contener las compuertas del dique para que el agua no se desborde... Quisiera poder decir que todo se arreglará pronto, pero...* —Richard no concluyó la frase. Tenía que tomar una decisión al respecto, pero antes quería hablar con Tess, y ella, por el momento, no se pondría al teléfono—. *Dile a mi hija que se cuide mucho, que cuando esté mejor me llame... Y también dile que la quiero muchísimo, y que siento en el alma los días horribles que ha pasado en casa de su familia...*

—Lo haré, quédese tranquilo —respondió Terry—. Usted ocúpese de que el agua no se desborde, que yo lidiaré con el enfado...

Los dos hombres se despidieron y Terry regresó a la cocina, donde Tess con la manta a modo de capa, estaba echando agua hirviendo dentro de la taza con el saquito de tila.

—Deja, que ya sigo yo —dijo él sacándole las cosas de las manos. Tess regresó a su asiento y tras limpiar el cristal de las gafas que el vapor de la infusión había empañado, volvió a ponérselas y se cobijó bien con la manta—. Era tu padre.

Ella permaneció en silencio, con la vista sobre la mesa, mientras su amigo le relataba la conversación que había mantenido con Richard Gibb. Era un consuelo saber que, al menos su padre, no pensaba de ella lo mismo que pensaban los demás, pero, dadas las circunstancias, la consolaba poco. Su familia siempre había sido muy importante para Tess y lo ocurrido le había hecho mucho daño, y continuaría haciéndoselo mientras no se resolviera. El problema era que no tenía fácil resolución, y menos aún, a la distancia.

Pero había algo que le estaba haciendo tanto daño o más, y de lo que aún no había hablado con nadie.

—Ten. Le he puesto miel de eucalipto así que bébetelo todo.

La voz de Terry interrumpió sus pensamientos y ella elevó la vista hasta él. Le agradeció la taza de tila que depositó sobre la mesa, frente a ella, y lo siguió con la mirada mientras él tomaba asiento, al otro lado. De todas formas, no había mucho que pensar y si tenía que soltarlo, y estaba claro que era así, lo bueno si breve...

—Scott ha roto conmigo.

Terry se recostó contra el respaldo y la miró con creciente interés. Así que su explosión emocional no sólo se debía a la discusión que había mantenido con su familia, sino, y de manera muy especial, porque su joven enamorado había puesto algunas medidas de emergencia al levantamiento familiar. ¿O quizás se las había puesto a ella, a Tess?

—¿Qué, acaso tu madre se le echó al cuello, a morderle la yugular, y él decidió borrarse del mapa para seguir conservándola?

Tess negó con la cabeza. Dios, era todo tan complicado...

—Estábamos ansiosos por volver a vernos... Cuando aterricé en Heathrow con media hora de retraso y encendí el móvil, tenía seis mensajes suyos... Lo llamé de inmediato, y tuve que insistir para impedir que viniera al aeropuerto a recogerme... Quedamos en que yo tomaría un taxi y me detendría antes de llegar a casa. Entonces, le avisaría para que él pudiera acercarse y vernos un rato...

Ella cogió la taza con manos crispadas y bebió dos sorbos. Sus ojos se habían vuelto vidriosos cuando comenzó a hablar.

—Pero cuando salí al Hall después de recoger el equipaje, Abby estaba allí, esperándome... En el viaje me contó que había mantenido un altercado muy fuerte con Scott, y que él le había dicho cosas durísimas delante de todos -sucedió por la noche, en el jardín de la casa de Scott, y sus padres y los míos salieron a ver qué sucedía... —Tess tragó saliva en un intento de disolver el nudo que sentía en la garganta, pero las lágrimas ya estaban allí, imparables, y el nudo ni se inmutó—. Al parecer, Abby quería saber si era cierto el rumor que corría sobre él, de que él estaba saliendo con una... *madurita*, y Scott la sacó con cajas destempladas...

Terry le ofreció otro pañuelo y esperó a que volviera a serenarse.

Ella continuó relatando lo acontecimientos entre llantos, toses y estornudos, cada vez más afectada.

—"Te avergüenzas de mí", me dijo y "puede que no sea como los héroes de tus novelas, pero soy lo bastante hombre como para plantearme estar con una mujer que sé que se avergüenza de mí"... Y me echó de su coche.

Un suspiro lastimero salió de la garganta de Tess, que se quitó las gafas con rabia y se enjugó las lágrimas.

—¿Y es cierto? —murmuró Terry.

—¡No! Me avergonzaba la situación, no él... Supongo que si cuando estoy con Scott fuera capaz de fijarme en lo largo que lleva el cabello o en la cantidad de chatarra que cuelga de las costuras de su cazadora —Tess apartó la vista, contrariada—. O en el hecho incontestable de que tiene veinticinco años y yo treinta y seis... me sentiría incómoda, pero hace mucho tiempo que cuando lo miro o pienso en él, sólo soy capaz de asombrarme por la facilidad con que consigue hacerme sonreír... De maravillarme por las cosas que hace por mí, y por cómo las hace... Pero también supongo que eso ahora no importa. Él no quiere verme ni hablar conmigo, y está en Londres, y yo aquí —su voz se quebró por la angustia—, en Boston... Así que, imagino que ésto no tiene arreglo.

Tess no dijo más. Volvió a coger la taza y apuró el contenido. Luego, exhaló un suspiro.

—Podría tenerlo si vuelves. A Londres —dijo Terry.

Un frío helado le recorrió la espalda al oír a su amigo. Tenía fiebre, pero sabía perfectamente que no se debía a eso.

"Volver". No había palabra más poderosa para un emigrante, temida y anhelada a partes iguales. Volver a lo conocido, a lo familiar, a lo que se entierra en las raíces de los recuerdos. Dejar casa, amigos, trabajo... Dejar atrás la pequeña estabilidad conseguida durante quince años de esfuerzos y renuncias para regresar a un mundo que ya no existe más que en tus recuerdos con el anhelo de volver a experimentar la reconfortante, tranquilizadora, sensación de pertenencia, sabiendo que tal cosa es imposible. El tiempo y la ausencia, que todo lo cambian, también te han cambiado a ti... Y ya no eres de ninguna parte.

Dios, ¿por qué era todo tan complicado...? Tess meneó la cabeza.

Terry se inclinó hacia adelante, considerando si debía decirle lo que pensaba. Eran amigos desde los primeros tiempos de Tess en Boston, y aunque había mucha confianza entre ellos, cada cual respetaba el terreno personal del otro y se cuidaba de dar opiniones no solicitadas. Decidió que, con toda su familia juzgándole y abandonada por su joven enamorado, le vendría bien saber la opinión de alguien que la quería bien y además era neutral en todo aquel quebradero de cabeza.

—Estuvo bien mientras duró, pero llevas años partida en dos. Eres inglesa, adoras a tu familia y la necesitas... Y también está lo tuyo con Scott... Si es importante para ti, y creo que lo es, querrás resolverlo... Aquí sólo tienes un buen trabajo, pero eso nunca será suficiente compensación, y lo sabes. Vuelve a tu casa, Tess. Allí está todo lo que de verdad te importa.

Ella escuchó a su amigo con expresión afligida y luego apartó la vista sin hacer comentarios.

"Volver a empezar", pensó. Ese era el auténtico significado de la palabra "volver", en sus circunstancias.

Y la sola idea le provocaba auténtico pavor.

Boston, 10 de octubre de 2008.

Hacía dos días que la fiebre había remitido, pero continuaba inapetente y con mucha tos. Terry se había instalado en casa de su amiga, y diariamente alguna de sus hermanas y su madre, Dolores, se acercaban para pasar un rato con ellos. La mujer se desvivía por prepararle comidas apetitosas, sin embargo, la apatía de Tess no estaba relacionada con la cocinera -Dolores Nichols guisaba como los dioses-, ni con la gripe, sino con la tristeza, más profunda y más densa cada día que pasaba.

Sabía que tenía que tomar una decisión, que tenía que hablar con su padre, y, eventualmente, con su madre y con Abby, pero a la única persona en el mundo a quien deseaba oír era a Scott. Y él, simplemente, había desaparecido de su vida del mismo modo que antes se había hecho un lugar en ella; con determinación y cabezonería. No sólo no había hecho el menor intento de ponerse en contacto con Tess, tampoco había respondido a ninguno de sus mensajes y llamadas.

En tres días -el lunes- tendría que reincorporarse al trabajo, y por primera vez en su vida, deseaba que ese momento no llegara nunca. Volver a su despacho, a la pila de manuscritos de la que nunca conseguía ver el fondo, a las reuniones con agentes, con su jefe, con su asistente... ¿por qué tantas reuniones, tanto tiempo perdido haciendo y rehaciendo cosas a causa de decisiones mal tomadas, o tomadas con demasiada premura? ¿por qué tanta prisa, siempre, para todo?

Tan abstraída en su propio ronroneo mental estaba Tess, que no se enteró de que el teléfono había sonado hasta que vio a Terry frente a ella, alcanzándole el auricular.

—Adam Fairchild —le anunció su amigo.

Tess suspiró, malhumorada. Hablar con su jefe era lo que le faltaba para completar el cuadro.

—Hola... —fue todo lo que ella llegó a decir antes de que su interlocutor soltara una parrafada nerviosa que a Tess le costó unos cuantos segundos captar.

—*Si estás mala, ponte buena porque esta tarde sales para Austin... Lo siento, sé por Gladys que te estás recuperando de una gripe, pero si no arreglamos ésto de inmediato, a mí me va a caer una buena, y tu puesto peligra. Ya sabes que me gusta hablar claro, así que ésto lo que hay. Random y Harcourt* —dijo, refiriéndose a los respectivos mandamases— *han coincidido en un cóctel anoche, y como no tenían nada mejor que hacer, ¿de qué iban a hablar? De la Simmons y su nueva novela. Random la quiere y sacó el talonario. Harcourt que cree que la tiene, dijo "de acuerdo, lo hablamos mientras comemos. ¿Qué tal el lunes?"... Naturalmente, hoy le he pedido a Gladys que hablara con la Simmons, quien como era de esperar, se negó a ponerse al teléfono conmigo. Dijo que "sólo y exclusivamente -y cito texual- hablará con Theresa Gibb y que eres bienvenida en Austin, cuando consideres oportuno acercarte por allí"* —hizo una pausa para recuperar el resuello—. *Así las cosas, te informo que ahora mismo va un mensajero para tu casa, con los billetes y un borrador de contrato.*

Tess se llevó la mano a la cabeza. ¿Viajar a Austin? Otro suspiro salió de su pecho.

—Adam... no estoy en condiciones de hacer semejante viaje. Por no añadir, que aún estoy de vacaciones, ¿recuerdas?

—*Si no tenemos un contrato firmado para el lunes, estarás de vacaciones definitivas, Tess, y yo con un problema muy gordo. Así que, asegúrate de darme ese contrato. O tu dimisión.*

En aquel momento el cerebro aletargado de Tess, acabó de procesar toda la información recibida, y su palidez aumentó dos tonos.

—Espera un momento... ¿Quieres decir que... cederemos los derechos de *Siempre en mi corazón*?

—Si la cifra es jugosa, por supuesto —. La voz de Adam Fairchild sonó como si hubiera dicho "vaya pregunta más estúpida".

Tess se hundió en el sofá, alucinada.

—Pero una de las condiciones de Diana Austin era...

—*Que sólo tú editarías la novela* —la interrumpió el hombre, de muy mal grado—. *Y hemos cumplido. Quién la publique es otra cuestión. De más está decir, que lo que has oído es información confidencial. Tráeme ese contrato, Tess.*

Eran las diez de la noche cuando el vuelo 383 de Continental Airlines tomó tierra en Austin, Texas, tras un viaje de seis horas y treinta y dos minutos de duración, y para entonces, Tess se sentía realmente exhausta. Diana, que se había negado en redondo a que la editora se hospedara en otro lugar más que el rancho familiar, estaba allí esperándola. Al notar el cansancio de la recién llegada, la había llevado directamente a casa, donde su familia también la esperaba, y no había permitido que la bienvenida se extendiera. Poco después de medianoche, Tess dormía de puro agotamiento, en una de las quince habitaciones del rancho de los Austin.

Cuando despertó, nueve horas más tarde, y con ayuda de una de las empleadas, consiguió llegar al salón donde la familia se reunía a desayunar, sólo Diana estaba allí, hojeando una revista. Vestía su "uniforme de tejana", como llamaba ella a la indumentaria informal compuesta de camisa, vaqueros y botas rancheras que solía llevar en Austin, en contraposición a los elegantes modelitos que lucía cuando estaba en Boston.

La mujer de melena corta esbozó una gran sonrisa al ver a la editora con mucho mejor aspecto que el día anterior.

—Hay un sol fantástico... ¿te apetece desayunar en el jardín?

Tess le devolvió la sonrisa.

—Tengo tanta hambre, que desayunaría en cualquier parte... Buenos días, Diana...

—¡Eso es un signo magnífico! Muy buenos días, Tess... Pues, al jardín, entonces —replicó.

Después de dar las indicaciones pertinentes al servicio, Diana guió a su invitada hacia un jardín acristalado, contiguo a la habitación en la que estaban. Dentro de aquel lugar que a Tess le pareció de ensueño, el aroma de las rosas se mezclaba con el de las gardenias, formando una fragancia embriagadora. Una mesa de pino macizo para doce comensales, y sus correspondientes sillas dominaba la estancia. A su alrededor, un verdadero collage de vivaces y perennes daba la sensación de estar en plena naturaleza.

—¿Y los demás? — La editora se refería a las ocho personas que la noche anterior le habían dado la bienvenida al rancho: el matrimonio Austin, tres de sus cinco hijos varones, y sus respectivas esposas.

—En pie, desde las seis. Trabajando.

—¿Y tú?

—Los artistas estamos exentos —bromeó Diana—. Sólo por hoy.

Poco rato después, la mujer entrada en años que había visto al levantarse, entró portando una gran bandeja con el desayuno y un grueso sobre blanco. Tostadas, sándwiches, pastas caseras, huevos revueltos, judías guisadas, zumos y café, fruta abundante... Muy pronto, Tess se vio rodeada de tantas kilocalorías, que, estaba segura, requerirían horas de footing para poder quemarlas. A pesar de lo cual, disfrutó de ellas sin remilgos bajo la satisfecha mirada de Diana, que la acompañaba con un café.

—Me extrañó saber que vendrías... Bueno, por supuesto, primero me alegró... Ya sabes que me apetecía mucho que conocieras mi rinconcito preferido en el mundo... y a los míos, claro, pero te hacía en Inglaterra...

Los ojos de Tess se desplazaron del panecillo, al que untaba con mermelada, a Diana.

—Debía estar en Inglaterra —respondió.

Diana asintió, se arrellanó en su asiento y se dedicó a observarla con interés.

—¿Por qué tengo la sensación de que hay más cosas que manuscritos en tu vida, últimamente?

—Sí, desde luego —concedió Tess con un tono no exento de cierta ironía—. Por una vez en años, encuentro emoción fuera del ámbito de la ficción.

—¡*Wow!* ¿Y se trata de emoción de la buena... o de la *muy buena*?

Tess bebió un sorbo de café antes de responder. No sabía si estaba preparada para hablar del tema. Por otro lado, tampoco estaba preparada para hablar del *otro* tema, el que la había traído a aquel lejano y caluroso rincón del mundo. Dios, toda su existencia -la privada y la profesional- se había convertido en una auténtica locura.

—Tenemos un gran problema, Diana... Y realmente no sé cómo decírtelo...

La escritora la miró con cariño.

—Tú eres Tess y yo soy Diana. No tenemos absolutamente ningún problema. Harcourt Publishers, sí. Random House, quizás. Nosotras, no.

—¿Lo sabes?

—Lo intuyo —precisó—. Y francamente, me interesa saber de ti. Ellos no me interesan para nada. Así que, cuéntame acerca de esa emoción que has encontrado fuera de la ficción...

—Hay un hombre —empezó a decir Tess. Vio que una gran sonrisa se adueñaba del rostro de Diana, y supo que acababa de sonrojarse. Aún así, continuó—. Que vive en Londres... Hubo una relación muy intensa entre nosotros. Aunque hemos estado juntos algunos días, principalmente se desarrolló a través de Internet. Creció, a pesar de la distancia y los obstáculos. Y sería durante este viaje mío a Londres, que yo le hablaría a mi familia de él...

Tess hizo una pausa. Bebió otro sorbo de café que le costó tragar. Cada vez que el recuerdo de aquellos días regresaba a su mente, la angustia se adueñaba de ella, como si estuviera viviéndolos en vez de recordarlos.

—¿Lo hiciste?

—No, exactamente... Es que... Dios... Es complicado...

—¿Por qué?

—Porque mi hermana está enamorada de él desde que iban al parvulario... *Juntos*; él tiene la misma edad que Abby... Es decir, once años menos que yo.

—¡Wow! —volvió a exclamar Diana, pero Tess notó que no había sorpresa o crítica en su expresión, sino más bien emoción.

—Ya... Bueno, mi familia no reaccionó de manera tan positiva, te diré. Supongo que tampoco se enteraron de la forma más conveniente...

—¿A qué te refieres?

Tess relató sucintamente lo ocurrido; el encuentro con Scott, la discusión con Abby al entrar en la casa, el juicio sumarísimo del que había sido declarada culpable sin posibilidad de apelación, y finalmente, su regreso anticipado a Boston...

—¿Estás enamorada? —preguntó Diana, pero enseguida continuó—. Claro, debes estarlo, de otra forma jamás te habrías involucrado con él.

Mucho antes de darse cuenta, la boca de Tess había pronunciado la palabra "sí". Así, sin más. Con toda la certeza del mundo.

Diana sonrió.

—Pero tienes miedo...

—Un miedo terrible —admitió Tess.

La escritora asintió varias veces con la cabeza. Pareció ausentarse, perdida entre sus propios recuerdos, durante unos instantes. Al final, volvió a mirar a su invitada.

—Amar así da miedo... No existe nada equiparable al éxtasis de amar y ser amado con tanta intensidad... Y no hay dolor comparable a su pérdida cuando has amado y te han amado tanto... Pero que la vida te de la oportunidad de experimentar un sentimiento tan... *grandioso* por alguien es realmente excepcional, Tess. Un regalo reservado a muy pocos.

—No lo sé... No creo que lo que él siente por mí sea tan "grandioso"... Desde aquel día no ha vuelto a dar señales de vida. No responde a mis mensajes... Además, es tan joven... —Tess no completó la frase. Pensaba decir que a esa edad, ni hombres ni mujeres saben con toda certeza lo que quieren, pero cayó en la cuenta de que eso era un pensamiento propio de las Baldini, no de ella. Para el amor no había edad.

Diana esbozó una gran sonrisa cómplice.

—Las riñas entre Alex y yo eran tremendas... Dios... Temblaban los muros de la casa... Y luego, volvían a temblar con nuestras apasionadas reconciliaciones... —había ilusión en el rostro de la escritora, y una profunda emoción—. Nos amábamos locamente, y todos y cada uno de los instantes que pasé a su lado, merecieron la pena.

—¿Tan increíble fue?

Diana asintió.

—Lo daría todo por volver a tenerlo conmigo... Alex ha sido lo mejor de mi vida.

Tess respiró hondo. Ojalá supiera lo que Scott sentía por ella. Ojalá no tuviera tantas dudas acerca de él, del futuro, de qué hacer... Pero las tenía; muchas más dudas que certezas.

Y un miedo cerval a tomar la decisión equivocada, y sufrir.

—Mi recomendación —continuó Diana—, que no me has pedido pero te doy de todas formas, es que encuentres la manera de aclarar el malentendido con tu enamorado y con tu familia, y hagas lo que sea necesario para que podáis estar juntos. Todo lo demás es secundario, Tess. Quizás ahora mismo no te lo parezca, porque estás confusa y tienes miedo, pero es así.

—Se supone que he venido a hablar de trabajo contigo, no a recibir consejos sentimentales... —meneó la cabeza—. ¿Qué vamos a hacer con tu maravillosa novela?

Diana se estiró a coger el voluminoso sobre y se lo entregó a la editora.

—Toma —sonrió—. De una agradecidísima Diana Austin, con mucho afecto para ti, amiga mía. Es tuya.

La editora tomó el paquete, sintiéndose tan emocionada como inquieta.

—Me temo que el lunes a mediodía será de Random House —comentó al tiempo que abría el borde autopegable con cuidado y extraía el grueso manuscrito encuadernado en espiral.

—El lunes seguirá siendo tan tuya como en este instante.

Tess levantó la vista hacia ella.

—¿Qué quieres decir?

Diana se encogió de hombros.

—Voy a retirar la novela. Es tuya, Tess.

Los ojos se le llenaron de lágrimas en un instante, y Tess se tomó unos momentos para recuperarse. Últimamente, sus emociones estaban tan a flor de piel que le costaba reconocerse en sus reacciones.

—Pero si la retiras...

Diana se acercó a su amiga, tomó sus manos entre las suyas.

—Estas páginas tiene para ti un valor que jamás tendrán para ninguna editorial. Léelas, disfruta con ellas, llénalas con tus notas... Por favor, tómalo como un regalo personal, ¿de acuerdo?

Tess sonrió emocionada, miró el manuscrito y luego a su autora, e intentó cortar la intensidad del momento con una broma.

—Voy a tener que guardarlo en una caja de seguridad. Dios... Como tus fans se enteren de ésto, ¡necesitaré guardaespaldas! —hizo un mohín triste con la boca— Claro que cuando Adam compruebe que no has firmado ningún contrato, me despedirá, y no podré permitirme ni la caja de seguridad ni al guardaespaldas... ¡Ay, menudo lío!

—¡Ah, nada es perfecto! Te aseguro que sería capaz de pagar por ver cómo se queda tu jefe...

—Sí, ya lo creo... A veces, he llegado a pensar que tenía un problema personal contigo.

Diana rió.

—Y lo tiene.

—¿A sí?

—Su biografía oficial no incluye referencias fuera de Massachussets y Nueva York, pero él ha vivido en Texas muchos años...

—¿En serio? —apuntó Tess, muy interesada en el tema.

—Sí, en serio. Siempre ha sido un hombre ambicioso y sin demasiados escrúpulos... Pero su peor defecto, con mucho, es que encaja muy mal las negativas —añadió, con un tono que dejó a Tess con la boca abierta.

—Menuda historia...

—Y que lo digas —respondió Diana.

Tras la jugosa confidencia, las dos amigas continuaron charlando distendidamente mientras Tess, mucho más recuperada y serena, daba cuenta de su desayuno.

En el avión que la había traído de regreso a Boston aquel domingo, Tess había pensado mucho. La decisión de Diana de retirar su obra, a pesar del inapreciable regalo que constituía para ella a nivel personal, precipitaría los acontecimientos en la editorial, trayendo consigo consecuencias graves. En todo aquel embrollo, la editora tenía algo claro: no dimitiría. Ella se había comportado con honestidad y profesionalidad en todo momento, y no se haría responsable de unas circunstancias provocadas por la negligencia del Director Editorial. Tampoco pensaba quedarse en Harcourt Publishers, llevaba meses disconforme con las condiciones en que se desarrollaba su trabajo, y mucho más disconforme aún con los resultados, pero no se iría sin más: se tomaría el tiempo necesario para asegurarse de que todos los compromisos asumidos con sus autoras llegaban a buen puerto. Y, mientras tanto, quizás sucediera algún milagro, y su vida personal también llegará a puerto, y dejara de ir a la deriva como ahora.

La editora dejó las llaves en la mesa, y sin quitarse el abrigo, comprobó los mensajes del contestador. El primero era de Terry, y al oírlo se dio cuenta de que llevaba el móvil apagado desde el viernes. Lo había desconectado al subirse al avión y no había vuelto a conectarlo. Hacía una semana que habían roto con Scott y desde entonces, su interés por el aparato había disminuido drásticamente. Saber que su jefe la llamaría para ver qué tal iban las cosas, no había actuado precisamente, como un estímulo. También había una llamada suya. Decía lo de siempre en el mismo tono de siempre. Tess lo ignoró. El tercero y el cuarto eran de la misma persona; su padre. Le pedía que lo llamara, cuando regresara, independientemente de la hora que fuera.

La editora deambuló por la casa otros quince minutos antes de decidirse a llamar a Londres. Se cambió de ropa. Se preparó un café. Enumeró una docena de razones por las que *no* hacer esa llamada, era mejor que hacerla.

Al final, refunfuñando consigo misma, se sentó en su sillón favorito, con el teléfono en una mano y un café en la otra.

Su padre se mostró contento de oírla y durante los primeros minutos hablaron de la gripe de Tess, del viaje que había tenido que hacer a Texas para "resolver un asunto de la editorial" del que no dio más detalles. Finalmente, tras un silencio, le llegó el momento al asunto espinoso.

—Mira, papá... No lo tomes a mal, pero no me apetece hablar de eso ahora. Hay muchos kilómetros entre Boston y Texas, y estoy realmente cansada...

—*Pero, Tess... Necesito saber qué es lo que sientes tú por él... Necesito saber qué piensas hacer... Sé que lo has pasado muy mal, y que yo soy tan culpable como el que más de lo ocurrido... Mis reticencias de siempre a intervenir en los asuntos ajenos, esta vez han costado muy caro... Hay que aclarar las cosas, hija... No debemos dejarlas así...*

—¿Y en que puede ayudar que te hable de mis sentimientos, papá? Sienta lo que sienta, Scott ha roto conmigo. Así que ahora da igual...

Dakota había desaparecido del mapa. Richard llevaba días sin coincidir con él, y las cosas no estaban para hacerle una visita de cortesía a sus vecinos. Tampoco se le había cruzado por la cabeza ir a verlo al pub, pero si hubiese creído que algo sucedía entre ellos, se habría presentado allí, sin dudarlo. Más aún, estaba convencido de que aquel día que Tess había pasado fuera desde la mañana, lo había pasado en compañía de Dakota.

La voz del padre de Tess sonó angustiada cuando preguntó:

—*¿Ha roto contigo? ¿Por qué?*

Ella suspiró.

—Cree que me da vergüenza que sepáis que salimos juntos. Que me avergüenzo de él... O eso es lo que dijo... Aunque, quién sabe... Le he asegurado que no es así... pero por alguna razón, ha preferido no creerme... —Tess respiró hondo—. Mira, papá... Ahora da igual lo que yo sienta, porque, evidentemente, él no siente lo mismo... Aclararé las cosas con vosotros, quédate tranquilo, pero lo haré a su debido tiempo.

—*Ay, Tess... Me siento tan culpable...*

—Fue duro e inesperado para todos, papá...

—*Ya, pero... yo lo sabía, Tess*

Ella frunció el ceño.

—¿Qué es lo que sabías?

—*Todo... O gran parte... Me di cuenta de que le interesabas cuando estuviste en casa, de vacaciones. Os oí conversar de patio a patio, varias veces... Sé que cuando dijo que se iba a una concentración de motos en Alemania, fue a verte a ti.*

Tess se removió incómoda en el sofá.

—¿Alemania? Estuvo en Myrtle Beach, y de regreso pasó por Boston —precisó—. ¿Y cómo lo has sabido?

—*Porque él me lo dijo.*

Primero, sintió un escalofrío; luego, un temblor. ¿Scott le había dicho a su padre que había estado con ella? Habían acordado que lo mantendrían en secreto hasta que ella pudiera desplazarse a Londres... Y además ¿cómo "que él se lo había dicho"? ¿Acaso se habían vuelto tan amigos que también conversaban de patio a patio. Algo como: "eh, ¿qué tal, muchacho?" "Fenomenal, vecino...¿sabe que estuve en Boston, en casa de Tess?".

—No comprendo...

—*Está claro* —replicó su padre, y su tono denotó que estaba sonriendo—. *No estuvo en Myrtle Beach. Estuvo en Boston, contigo.*

—Pero él dijo...

—*Hija, no fue a Myrtle Beach. Fue a Boston para verte...* —la interrumpió Richard—. *Y vendió su moto para poder pagarse el viaje.*

Tess empezó a ver borroso.

—¿Vendió a Princesa? —dijo en un murmullo.

—*Sí... Cambió a su Princesa por ti. Eso tiene que ser amor, Tess. No hay otra explicación, incluso tratándose de un tipo tan raro como él...*

El cuerpo de Tess se sacudió intensamente. Como si fuera un postre de gelatina y alguien acabara de mover el plato. Como si Scott estuviera en frente, exhibiéndose con su dragón... Se secó las mejillas con torpeza y cuando habló una sonrisa ilusionada iluminaba su rostro.

—¿Tú crees...?

Richard no había querido creerlo. A pesar de lo que le decía su olfato, a pesar de la conversación de "hombre a hombre" que habían sostenido tras su regreso de Boston, había insistido en tomarlo como la típica locura de juventud. Tess era una mujer atractiva, muy personal, muy diferente a lo que Dakota conocía, y nada accesible.

Quiso creer que se le pasaría. Que las dificultades y la distancia se ocuparían de diluir su interés hasta el olvido.

Evidentemente, se había equivocado. Los obstáculos no habían tenido ese efecto, sino el contrario.

Y no interviniendo, no poniendo coto al histrionismo de las hermanas Baldini, había vuelto a equivocarse.

—*Creo, como tu madre, que le vendría bien un corte de pelo...* —explicó Richard—. *Y educar sus modales... Los pinchos me dan igual. Es lo que se lleva* —Tess sonrió—. *Y creo que si ha roto contigo porque cree que te avergüenzas de él, es que no te conoce lo bastante. Eres la persona más flexible y respetuosa que conozco, y que hayas mantenido una relación con Dakota es una prueba irrefutable de ello.*

El padre de Tess hizo una pausa. Continuaba siendo un hombre muy reticente a interferir en los asuntos ajenos, pero en esta ocasión prefería pecar por exceso, y no por defecto.

—*Creo que te quiere. Y, realmente, nadie puede culparlo por no conocerte bien: os separa un océano. Quizás...* —Richard respiró hondo, y lo dijo—. *Quizás, haya llegado la hora de que nos des una lección de tolerancia, hija... A todos.*

Mucho después de colgar, Tess continuaba emocionándose al recordar las palabras de su padre.

~31~

13 de octubre 2008.

En circunstancias normales, aquel lunes de mediados de octubre habría sido profesionalmente malo para Tess. Recién llegada del rancho Austin, sin contrato firmado y con la noticia de que Diana Simmons retiraba la obra, sólo podía suponer disgustos y largas reuniones en las que depurar responsabilidades. Sin embargo, las circunstancias de aquel fin de semana no fueron normales.

Mientras ella se encontraba en casa, recuperándose de la gripe e intentando digerir lo sucedido en Londres, la mayoría de las plazas bursátiles internacionales sufrían un crash, registrando descensos históricos. Algunas incluso, como la de Moscú y Viena, decidieron cerrar ante el desplome generalizado. Aquel lunes, y a pesar de la recuperación que experimentarían las bolsas gracias a las medidas adoptadas por los gobiernos durante el fin de semana, el ánimo entre los directivos de la editorial era como mínimo, cauto. La comida de Harcourt y Random House se había pospuesto indefinidamente, y la decisión de la escritora tejana de retirar el manuscrito había sido tomada sin mayor interés por Fairchild y la junta directiva, ahora ocupada en poner en marcha las medidas económicas necesarias para paliar el impacto en la editorial de la crisis financiera internacional que ya se perfilaba en el horizonte.

Considerando que la cabeza de su jefe no estaba en condiciones de atender más problemas aquella semana, Tess decidió que hablaría con él acerca de su futuro en la editorial cuando hubiera resuelto sus asuntos personales. Mientras tanto, se dedicaría a organizar el encuentro familiar en Londres, durante el cuál ofrecería a los suyos "una lección de tolerancia", como lo había denominado su padre.

Continuaba sintiéndose nerviosa respecto a la decisión tomada, y muy extraña en su propio mundo desde que Scott no formaba parte de él. Hacía tres día que tenía la novela que llevaba años esperando poder leer, y todavía no la había sacado del bolso de viaje, el que por cierto, seguía en el recibidor, donde lo había dejado al llegar. Las paredes de casa se le venían encima, sin embargo, haber ido a trabajar estaba resultando mucho peor. Le costaba concentrarse en lo que hacía, y se pasaba el tiempo evitando a Gladys y su consabida pregunta "¿qué tal por Londres?", y cuando no, procurando que el creciente malhumor de su jefe no la hallara en la línea de fuego.

Después de cerrar con la agencia de viajes los detalles de su viaje a Londres el próximo fin de semana, se ocupó de los mensajes y asuntos acumulados durante su semana de ausencia. Tenía dos llamadas personales que hacer a Londres, pero decidió que las haría por la noche, desde casa.

Fue un día como tantos otros días: manuscritos, galeradas, pruebas de diseño y llamadas telefónicas, tareas en las que intentó, sin mucho éxito, enfrascarse. No sólo por darle una tregua a la ansiedad, sino y muy especialmente, por demorar algo que debía hacer. Cada vez que pensaba en ello, le entraban los temblores.

Dios, se sentía como una quinceañera intentando hacer las paces con su noviete del colegio.

Estiró el momento, hora tras hora, pero cuando llegó la tarde y el personal empezó a marcharse a casa, comprendió que ya no podía estirarlo más...

Eran las siete y dos minutos cuando la editora cerró los stores de su despacho de paredes acristaladas, y se puso a redactar un mensaje muy importante. El mensaje más importante de su vida; en el que le pedía a Scott que asistiera a la reunión familiar que tendría lugar el domingo, en el 139 de Old Elm Street.

La importancia fundamental de aquel email volvió a confirmarse para Tess, al comprobar la cantidad de veces que necesitó reescribirlo hasta quedar (medianamente) conforme con el resultado.

Querido Scott:

Sé que estás muy enfadado conmigo y que la última vez que estuvimos juntos dejaste claro lo que piensas de lo sucedido y de mí, pero me quedan cosas importantes por decir y necesito que tú las escuches. Por favor, continúa leyendo.

Seguramente, ya te habrás enterado de que lo nuestro ha trascendido, y lo ha hecho de la peor de las maneras. Se ha hablado mucho. Se han dicho cosas dolorosas e injustas, y al final, consideré que lo mejor era marcharme para no empeorar la situación. Sin embargo, tengo mucho que decirle a mi familia -tengo todo por decir-, y esta vez seré yo quien hable. Y también tengo cosas que decirte a ti, cosas que quiero que mis padres oigan. Están convocados el próximo domingo (el 19) a las 10 de la mañana, y me gustaría pedirte -rogarte-, que, por favor, tú también asistas. No tomará mucho rato, te lo prometo.

· Patricia Sutherland ·

Creo que es muy importante para todos.

Y también me gustaría pedirte que me lo confirmes a vuelta de correo. Me quedaría mucho más tranquila. Gracias.

Lamento todo lo ocurrido, Scott.

Tess

La editora lo releyó varias veces. Finalmente, pulsó la tecla enviar.

Exhaló un suspiro.

Las cartas estaban echadas.

Dakota no había desaparecido del mapa, pero su ausencia por los alrededores de Richmond no había sido casual. Procuraba llegar tarde y marcharse temprano para evitar encuentros desagradables. Sabía, por su madre, que las cosas en casa de los Gibb habían estado muy tensas y continuaban mal. En la suya tampoco iban demasiado bien; a los Taylor no les había gustado nada saber que Dakota no sólo les había mentido al asegurarles que no salía con una mujer mayor, sino que además, esa mujer era la hija emigrante de los vecinos. Rosalyn nunca había entendido porqué había necesitado irse tan lejos y la encontraba demasiado rebuscada. Dakota la había oído comentárselo a Doug, quien lógicamente no había contestado -continuaba teniendo serios problemas para hablar-, aunque seguramente estaría de acuerdo. Pero él los ignoraba. Nunca había hablado de sus asuntos con ellos, y seguiría sin hacerlo.

Además, a medida que su furia se diluía, el dolor que había estado allí desde el principio crecía imparable.

El dolor de descubrir que no eres lo bastante bueno para la única persona que te importa en el mundo. Que no das la talla... Que solamente y como mucho, vales para el placer, encerrados en una habitación, sin miradas críticas ni nadie juzgando...

Era un dolor raro, que migraba según el día. Normalmente, lo sentía en la boca del estómago. Daba igual si comía o ayunaba, si bebía o no; el dolor seguía allí. A veces, especialmente cuando se echaba, lo sentía en el pecho, y entonces, se mofaba de sí mismo, diciéndose que por una vez en la vida, una mujer le había roto el corazón a él, y no a la inversa. Pero la mofa no amortiguaba en nada la desazón que sentía. Un malestar, una inquietud, que lo habían llevado a taladrarse una oreja para colocar cinco pendientes y a afeitarse la media perilla. Como si cinco agujeros o unos cuantos pelos menos, fueran a modificar la patética imagen que devolvía el espejo cada mañana, cuando se miraba en él porque no le quedaba más remedio... Hasta había sopesado la idea de cortarse el pelo. Menos mal que pronto la había descartado; después de diez años con la misma melena, una poda a la desesperada podría haberle causado un shock y dejarlo estúpido para el resto de su vida.

No podía consigo mismo. Estaba inaguantable. Y tampoco tenía el consuelo de llegar a casa y desquitarse encerando a Princesa porque... oh, sí... La había vendido para poder viajar a Boston a ver a lo único que le importaba más que su moto, una mujer. *Esa* mujer. A la que, dicho sea de paso, tampoco tenía. ¿Era una idea suya, o ya no le quedaba nada que perder y había tocado fondo?

Aquella tarde, Evel estaba hablando por el móvil cuando Dakota llegó para hacerse cargo del pub. Su amigo seguía manteniendo el taller donde reparaba motos y tuneaba coches, por lo que durante la semana la mayoría de los días, Dakota doblaba turno -por la mañana y por la tarde-. Sin reparar demasiado en él, se dirigió al despacho. Revisó unas cuantas facturas, las archivó y finalmente, encendió el portátil. Como un autómata, abrió su correo electrónico. Era una cuenta que se había abierto para los correos con Tess y desde que habían cortado, ella no había vuelto a escribirle. Lo cual no evitaba que él siguiera, erre que erre, abriéndolo para ver qué había... Le había enviado mensajes al móvil, eso sí... Mensajes que él no había respondido. Pero del último hacía un siglo. Siete días.

El corazón se le subió a la garganta y aquel constante dolor se agudizó al ver que tenía un mensaje suyo, y durante unos instantes se quedó paralizado, mirando las dos palabras del remitente: Tess Gibb.

Hizo doble clic sobre él y cuando se abrió con efectos 3d, su estilo pulcro y directo dominó la pantalla, devolviéndole un sentido de familiaridad que a Dakota le puso el corazón al límite.

Sus ojos acariciaron el texto con avidez, sin ser del todo consciente de lo mucho que necesitaba saber de ella.

Tess volvía a Londres. Saberlo, lo llenó de ansiedad, pero la razón de su viaje no le gustó. ¿Qué pensaba decirle a él que sus padres tuvieran que oír? En lo que a él concernía, las palabras servían de poco. Los hechos mandaban, y en este caso, habían hablado por sí mismos.

Quería decirle que no, que no contara con él para esa pantomima. Era fácil negarse; pulsar un botón y teclear "no iré", y enviar su respuesta.

Dakota soltó un bufido. Algo tan fácil, y era como si los dedos no supieran ejecutar las instrucciones que le llegaban del cerebro.

Rabioso, se puso de pie. Se recostó contra la puerta cerrada desde la cual seguía viendo la pantalla...

Bajó la vista.

No deseaba presentarse en casa de los Gibb. No quería decir ni que le dijeran nada... Pero ella se lo estaba pidiendo -*rogando*-, y él...

Joderrr... Seguía tan desesperadamente loco por ella...

Soltando tacos por lo bajo, volvió a sentarse frente al ordenador. Pulsó el botón y se puso a teclear, pero en vez de "no iré", escribió algo bastante distinto:

No sé si voy a poder... Lo intentaré.
Dakota

Para mayor bochorno suyo, al pulsar la tecla para enviar el mensaje se dio cuenta de que tenía las manos empapadas en sudor. Era como si las hubiera puesto bajo un chorro de agua... Era...

Patético, pensó con sorna.

A Tess también le sudaron las manos cuando lo leyó.

La siguiente reacción fue mucho más evidente: tras la cuarta lectura, y aún con el corazón en fuga, empezó a recitar las palabras "gracias, Señor", como si fuera un mantra.

Londres, domingo 19 de octubre de 2008.

Toda su familia y los padres de Dakota estaban ya reunidos en el salón cuando sonó el timbre. Tess se puso en pie de un salto, y con paso decidido se dirigió a la entrada a recibir al único que faltaba: Scott.

Se detuvo brevemente frente al espejo de cuerpo entero del recibidor para echarse un último vistazo. Vestía un elegante traje de falda corta y chaqueta color obispo, medias transparentes y zapatos a juego de tacón muy alto. Hoy había decidido que no llevaría lentillas sino sus gafas de montura redonda. Quería sentirse cómoda, y después de tantos años con ellas, no acababa de reconocerse cuando no las llevaba. El cabello suelto, con su habitual melena ensortijada larga hasta los hombros y el flequillo peinado en una onda casi perfecta que caía sobre el lado derecho, perfilando su rostro. Un rostro que había maquillado con especial cuidado y de cuyo resultado estaba plenamente satisfecha.

Estaba en Londres, en la casa familiar, pero en esta mujer que se miraba al espejo con seguridad quedaba muy poco de la jovencita que se había marchado allende los mares hacía tres lustros. Esta era Tess, la editora de la colección romántica de Harcourt Publishers, a punto de iniciar la reunión más importante de toda su vida.

Un escalofrío le recorrió el cuerpo cuando sus ojos volvieron a encontrarse con los de Scott, pero lo ignoró, y avanzó hacia él con seguridad y una enorme sonrisa.

—Has venido... Me alegra verte —y como él no hizo el menor ademán de acercarse a ella para que pudiera darle un beso, sin perder la sonrisa, Tess dio un paso atrás al tiempo que abría completamente la puerta, invitándolo a entrar.

Los ojos de Dakota se regodearon en las vistas. Por su espalda corrió el mismo escalofrío que había sentido Tess, pero amplificado con toda la rabia por lo sucedido, y todo el deseo que siempre había sentido por ella.

Y que seguía sintiendo, muy a su pesar.

—He venido —replicó.

Y sin haber entrado siquiera, ya estaba arrepentido. Nunca se había caracterizado por ser educado y complaciente, y los Gibb no lo tragaban desde mucho antes de saber que se había enrollado con su hija mayor. Aquello no podía salir bien ni de milagro.

Siguió a Tess en silencio, con la mente refunfuñando por haber hecho la estupidez de asistir a la "reunión", y los ojos imantados al contoneo de aquel trasero de escándalo.

Llegar al salón y ver a sus padres allí añadió un punto más a su nivel de cabreo, que no se molestó en disimular.

Miró a Tess de muy malhumor. —¿Qué hacen mis viejos aquí?

Todos los ojos del salón miraron consecutivamente a Dakota, y luego, a ella. Había expectación en la mayoría, pero también disgusto. Sin embargo, Tess contaba con ello.

—En un momento lo entenderás. Confía en mí, por favor —dijo, suavemente, y le pidió que tomara asiento con un gesto de la mano.

Él respiró hondo, giró en la dirección que le indicaban, y atravesó la rueda de familiares hacia el sofá que había junto a Rosalyn, su madre. Una vez allí, se repantigó ex profeso, como si estuviera en su propia casa. La mirada de Amelia Gibb, que estaba junto a Tess, siguió a la figura de los pantalones de cuero y la cazadora de pinchos con evidente desdén. Llevaba el pelo suelto con unas gafas de sol puestas a modo de diadema. El pabellón de su oreja derecha estaba cubierto de aretes plateados, uno a continuación del otro. No podía creer que semejante personaje estuviera en su salón.

Los ojos de Tess también lo siguieron, pero lo que traslucieron fue de naturaleza completamente diferente. El flujo de admiración, sin embargo, se vio bruscamente interrumpido por Abby.

—Bueno, ya estamos todos, ¿no? Entonces, empieza ya porque hoy libro y tengo planes...

Tess, que continuó de pie, sorprendió a todos volviéndose hacia su hermana.

—Muy bien... Entonces empezaré por ti, así puedes marcharte y ocuparte de tus planes... —empezó diciendo con tal seguridad que provocó miradas interrogantes y muecas de sorpresa—. No es culpa mía que hayas seguido alimentando durante quince años un amor que jamás te fue correspondido. Fue tu decisión. No hubo promesas, ni malos entendidos, y desde luego, ningún acercamiento. Tú, en cambio, te has dedicado a perseguirlo sistemáticamente, y ni aún así, conseguiste que Scott cambiara de actitud... No presencié vuestra discusión, pero te diré una cosa: por mucho menos de lo que tú hiciste, en Estados Unidos te habría caído una demanda por acoso. De modo que, si sólo se limitó a ponerte los puntos sobre las íes, aunque fuera públicamente y te doliera, has salido muy bien librada... Es fácil sentirse estafada y asumir el papel de víctima. Siempre has vivido con la sensación de que a ti te faltaban cosas porque yo te las robaba: la admiración de papá y mamá, una vida independiente, y ahora, un hombre. No es cierto, Abby. Ni yo te he robado nada, ni a ti te falta nada. Eres una mujer preciosa e inteligente. Tienes la vida que has querido tener, igual que yo. Y en cuanto a Scott... Yo no lo busqué. Es más, hice todo lo que estuvo en mi mano por evitarlo... Simplemente, sucedió.

Tess exhaló un suspiro, miró a su hermana con cariño, pero ésta que continuaba tan ofendida como al principio, se cruzó de brazos con impaciencia y miró a otra parte.

—Y no sé lo que nos deparará el futuro —continuó la editora—, pero entiendo que no le hemos faltado a nadie, que somos libres y responsables de nuestros actos, y por lo tanto, si decidimos estar juntos, lo haremos con o sin tu aprobación... Me gustaría conservar tu cariño y contar con tu apoyo, pero si no es así y aunque me duela, lo aceptaré y seguiré adelante. Eso es todo lo que quería decirte.

Ante la sorpresa de todos, Abby se puso de pie y cogió sus cosas, dispuesta a marcharse, pero antes de irse disparó a matar:

—Sabías lo que sentía por él y no me dijiste que llevabais meses viéndoos en secreto. ¿Cómo se llama eso en Estados Unidos, eh?

A continuación, abandonó el salón sin mirar a nadie, acompañada por el taconeo de sus zapatos alejándose por el corredor. Un portazo hizo vibrar los cristales.

Tess bajó la vista y respiró hondo.

Desde el otro lado del salón, Dakota observaba en silencio, sin apartar los ojos de ella. Siempre había admirado su coraje, y aunque en aquel momento a su orgullo herido le fastidiara reconocerlo, Tess le estaba echando valor.

Joder, pensó, era demasiado pronto para empezar a "reconocerle" cosas.

—Te aseguro que no pasé por alto ningún detalle —continuó la editora dirigiéndose a su tía Stella, que junto a su marido Tony, la miraba con la misma expresión enfurruñada que sus hermanas—. Y aunque la naturaleza de la relación que manteníamos no es de tu incumbencia, te tranquilizaré diciéndote que yo no acostumbro a "pasarme por la piedra" a nadie. Me he relacionado con muy pocos hombres a lo largo de mi vida, y a todos les fue difícil ir más allá de la puerta de mi edificio, pero, sin duda, quien lo ha tenido más difícil de todos ha sido Scott. Ocho mil kilómetros no es un escollo fácil de salvar, te lo aseguro... Además, si me disculpas la sinceridad, aunque me lo hubiera "pasado por la piedra" seguiría siendo un asunto de Scott y mío. Tuyo, desde luego, no. Y para que conste, creo que eres en buena parte responsable del acoso de Abigail. La has animado, y la has apoyado en toda esta locura sin sentido, incluso favoreciendo encuentros, como sucedió en Navidad.

Stella hizo una mueca irónica, miró a Tess de soslayo.

—Buena política la tuya... Ahora va a resultar que todos somos responsables, menos tú... De eso nada, guapa... Hay millones de hombres en el mundo, no tenías ninguna necesidad de enredarte con el único del que tu hermana está enamorada desde que tenía los dientes de leche...

—*Ese* hombre no está enamorado de ella, y no es algo que yo eligiera. Sucedió, y si no puedes entenderlo, lo lamento —Tess se volvió hacia su madre—. Y en cuanto a ti, mamá... Tienes el don de la indiscreción. Si no equivocas la forma, equivocas el fondo, y si no, ambas cosas a un tiempo... ¿Te avergüenzas de mí? Pues, no sé porqué. Soy una buena hija, una estudiante brillante, una profesional de la edición con una magnífica carrera, y una mujer lo bastante valiente y pertinaz como para haber logrado su independencia económica hace muchos años y en otro país. Y si por una vez en mi vida, encuentro la compañía que nunca tuve en otra persona, me merezco que te alegres por mí, no que me repudies fundándote en prejuicios. Nada debería ser más importante para ti que mi felicidad. Eso es lo que yo creo, mamá.

Hubo miradas esquivas, incomodidad y silencio. El padre de Tess fue el único que seguía con mirada orgullosa cada movimiento de su hija.

Dakota fluctuaba entre unas intensas ganas de fundirse con ella en un abrazo -el cuerpo se lo estaba pidiendo a gritos- y unas no menos intensas ganas de largarse de allí. No le gustaba el cariz que estaban tomando las cosas. Odiaba verla allí, plantando cara a un asunto del que, a su entender, ni siquiera tenía ninguna obligación de hablar. Era asunto suyo, su vida. Que les dieran pomada a los demás, sus prejuicios y sus tonterías.

En aquel momento, el tono de Tess empezó a ser menos conciliador.

—Es curioso cómo la familiaridad lo cambia todo... Porque, no nos engañemos, si Scott no fuera quien es, léase vecino de los Gibb y amor platónico de Abigail, hoy no estaríamos aquí, hablando de ésto. Tengo 36 años y durante los quince que he vivido en Boston, he salido con varios hombres, de los cuales, ninguno de vosotros sabe siquiera el nombre. Y no lo sabéis porque es asunto mío. No necesito vuestra opinión para decidir lo que me interesa o me conviene, y desde luego, tampoco vuestra aprobación. Además, si me permitís la sinceridad, creo que tampoco os ha interesado saber detalles de mi vida. Os ha bastado con creer que yo estaba bien. No conocéis mi casa en Boston porque jamás habéis venido a verme. Tampoco conocéis a mis amigos, mucho menos a mis ex-novios. Y no es ninguna recriminación, pero si no os ha preocupado en quince años, ¿por qué os preocupa tanto ahora? Os diré por qué: porque Scott es once años menor que yo y porque no se ajusta al tipo de hombre que esperáis ver junto a mí.

Amelia primero se removió incómoda, y a continuación, lo soltó.

—Cariño, es que tendrás que reconocer...

—Ten mucho cuidado con lo que vas a decir, mamá —la interrumpió Tess, con un tono tan grave que incluso sonó algo amenazador—. Tú no tienes la menor idea de cómo es. No vayas a equivocarte.

Amelia soltó el aire en un bufido. Toda su vena italiana pugnaba por salir, pero ya le había advertido su marido más temprano que mantuviera la boca bien cerrada, y por respeto, debía hacerlo.

—Es casi un adolescente, como lo es Abby. No son malas personas... Son inmaduros. Los veinticuatro...

—Veinticinco —esta vez quien la interrumpió fue Dakota. La mayoría de los presentes lo miraron, sorprendidos; Tess, con una inocultable devoción que no pasó desapercibida a su padre.

Amelia meneó la cabeza de nuevo.

—Vaaale, veinticinco. Los veinticinco años de ahora son egoístas, irresponsables y caprichosos, Tess. A Abby le preocupa solamente su guardarropa, y a Dakota, su moto. ¿Crees, realmente, que sacarás algo en claro de una relación con él? Tienes treinta y seis años, y has luchado durísimo por conseguir lo que tienes, ¿cómo quieres que no nos preocupemos cuando vemos que estás dispuesta a tirarlo todo por la borda por estar con él?

Tess miró a Dakota. Fue una mirada llena de ternura que lo traspasó de parte a parte, pero no suavizó la dureza de lo que dijo a continuación, dirigiéndose a todos, excepto él.

—Le importo yo, no su moto. Le importo lo bastante como para que decidiera venderla por conseguir el dinero que necesitaba para venir a Boston, a verme, y no decírmelo...

Sus ojos recorrieron a todos los presentes, uno a uno. Notaron la emoción en el rostro de los Taylor, pero, especialmente, repararon en que Dakota había bajado la cabeza y la meneaba. Podía ser incredulidad... o molestia. Tess no lo sabía, de modo que decidió continuar.

—No lo sabíais ¿verdad? Yo tampoco... ¿Que si creo que sacaré algo en claro de una relación con él? Pues, sí. Lo creo. Por supuesto, que lo creo. Y lo único que lamento es no haber tomado esta decisión antes.

—¿Qué decisión? —preguntó Amelia, alarmada a pesar de todo, diciendo en voz alta lo que todos estaban pensando, incluido Dakota. Él la miró brevemente, con abierto recelo, haciendo que Tess se estremeciera. No entendía lo que estaba sucediendo...

Una vez más, decidió seguir adelante.

—No voy a tirar todo por la borda. Quédate tranquila, mamá. Regresaré a Londres —dijo y miró a Scott, que permanecía con la vista baja—. Como bien ha dicho mi amigo Terry, aquí está todo lo que de verdad me importa. Pero quedan algunos meses por delante hasta que llegue ese momento. Tengo cosas que acabar, compromisos que he asumido y no voy a dejarlos, sin más. No estaría bien, y además, no es mi forma de ser.

Los murmullos habían vuelto a comenzar, pero la editora se sentía tan nerviosa, y tan desconcertada por la actitud de Dakota, que no reparó en ellos.

Tess se acercó a la mesilla y se sirvió un vaso de agua del que bebió unos cuantos sorbos.

A continuación, dejó el vaso y se volvió de frente a Scott.

—Sé que aquel día te decepcioné. Que pareció como si...

La editora reformuló la frase.

—Cuando no te conocía —continuó—, cuando me decías cosas desde tu lado del jardín para hacerme enfadar, pensaba que eras extravagante. Raro —sonrió— y bastante molesto. Pero ni siquiera entonces sentía vergüenza de ti... Ahora, pienso que eres el hombre más increíble que he conocido jamás. Y no sé si en Londres lo nuestro... si es que consigo volver a deslumbrarte... Bueno, no sé cómo será nuestra relación o si llegaremos a tener una o no, pero creo que nos merecemos una oportunidad... Los dos nos lo merecemos. Quedar, como cualquier pareja normal, pasar tiempo juntos, y ver qué sucede.... ¿Qué opinas? —se animó a preguntarle.

Dakota se puso de pie. Se sentía tan... enojado, y al mismo tiempo, tan loco por ella.

Y tan cabreado.

—Me lo pienso, ¿vale? —consiguió decir no supo cómo.

Ante el estupor de todos, cruzó la sala de cuatro zancadas y desapareció en el corredor.

Tess logró reaccionar a tiempo y salió detrás de él.

Ya estaba en el zaguán cuando ella lo alcanzó, y en ese instante, toda la familia se apretujaba contra la ventana que daba al jardín para ver lo que sucedía.

—Espera, Scott...

Él dejó de andar pero no se volvió. Ella se acercó.

—¿Qué sucede? —le preguntó.

Dakota volvió a menear la cabeza.

—Si hubiera querido que supieran que vendí mi moto, lo habría dicho yo mismo, ¿no te parece? Nunca he dado explicaciones a nadie, y no pienso empezar ahora. Además, el que te informó, te informó mal. No la vendí por ti.

Dicho lo cual, volvió a ponerse en marcha. Tess volvió a detenerlo por el brazo.

Él soltó un bufido, puso los ojos en blanco y miró al cielo, clamando un poco más de paciencia.

—Scott... Son tu familia y la mía... —le dijo con tal dulzura que lo hizo estremecer—. La gente que te quiere tiene que entender tus razones... Las explicaciones son necesarias, aunque a ti te fastidie darlas.

Él la taladró con los ojos.

—Las personas que te quieren no deberían ponerte en la situación de tener que explicarles nada. Por eso, porque se supone que te quieren.

Dakota reanudó la marcha.

—Scott...

Él gruñó, se sentía a punto de explotar. La miró de soslayo.

—Mira, Tess... Sigo muy, muy jodido por lo que pasó... He dicho que me lo pensaré ¿vale? *Cuando vuelvas a Londres* —ella fue totalmente consciente del énfasis—, hablamos.

Helada y con el corazón en un puño, Tess permaneció mirando cómo se subía al coche y se alejaba.

Al final, tragándose las lágrimas, cerró la puerta y regresó al salón.

Dakota condujo sin rumbo fijo durante varias horas. Se detuvo un par de veces a estirar las piernas y tomar café. Era la única forma que conocía de sosegarse, de liberar su mente y dejar de sufrir. Cuando no la tenía, cuando no podía ver su carita dulce, sufría. Pero desde lo sucedido aquella mañana cuando él corrió escaleras abajo, loco por abrazarla y decirle cuánto la había echado de menos, y se encontró con una mujer que lo rehuía como si él fuera la peste, también sufría cuando la tenía. Porque, hiciera lo que hiciera, no podía olvidar aquel día. Los recuerdos volvían, con tanta nitidez que, indefectiblemente, reavivaban su furia.

Tantas palabras... Tantas explicaciones... Era como si todo tuviera que justificarse hablando... Estaba harto de tanto parloteo inútil. De que la gente se creyera con derecho a meterse en su vida y exigirle razones de por qué hacía tal o no hacía cuál. Era su vida. Lo que hiciera era asunto suyo.

Estaba harto de palabras, que al final acababan complicándolo todo más y más. "Eres un hombre increíble", había dicho. Ya, aquella mañana no fue eso lo que leyó en sus ojos ni en la manera en que entró en la casa, sin siquiera decirle "hola, Scott... ¿cómo estás?". No era "tan increíble" desde el momento que ella seguía en Boston, y él en Londres. Había dicho que volvería a Inglaterra, pero visto lo visto, mejor esperar a que sucediera para creerlo.

Demasiado ruido, y pocas nueces. Mucho bla,bla,bla... y a la hora de la verdad, no había hechos que confirmaran las palabras.

Era la tarde cuando Dakota aparcó el coche frente al MidWay. Se bajó rogando que el aire fresco se llevara aquel mal cuerpo que tenía; lo único que le faltaba era aguantar a Evel dándole la tabarra con "ir al médico a ver qué pasa con ese dolor de estómago". Había cometido la soberana estupidez de confirmarle que el gesto de dolor que Evel había detectado, era, efectivamente, un gesto de dolor: dolor de estómago. Y desde entonces... Dios, le diera paciencia.

Cuando entró a la gran sala concurrida de moteros, su socio lo recibió con una enorme sonrisa, desde detrás de la barra.

Llevaba una camisa a cuadros y el jopo repeinado. Diría que estaba muy dicharachero, pensó Dakota. Quizás los planes que tenía Morticia, los tenía con él, de ahí la sonrisa de felicidad.

—¿Y? ¿La has traído? —le preguntó cuando Dakota pasó al lado interior de la barra.

Él le echó una mirada sorprendida. Su amigo había sonado... ¿ansioso? Por no mencionar lo que había dicho. Si había traído ¿qué?

—¿A quién tenía que traer?

Evel lo miró con sorna, salió de la barra y se asomó a la ventana que daba a una de las calles.

—¿Y Princesa? —preguntó con la nariz pegada al cristal—. ¿Dónde la has aparcado?

Dakota soltó una risita irónica y se encaminó al despacho.

—Y luego, el que tiene que ir al médico soy yo...

A Evel le tomó diez segundos sumar dos y dos, y cuando lo hizo, salió como una flecha a interceptarle el paso con cara de pocos amigos.

—¿Has hablado con Tess?

Dakota lo miró con un ojo entornado.

—¿Y qué sabes tú de eso?

Su socio soltó un bufido.

—No me jodas, Dakota... Pero ¿qué has hecho, tío...? Tess ha recomprado a Princesa para ti y tú... No me digas... —repitió cada vez mas enojado—. No me digas que la dejaste con la palabra en la boca y te largaste como haces siempre, porque te juro que te zurro aquí mismo...

Él no supo en qué momento exactamente su corazón había empezado a taladrarle un agujero en el pecho por dónde escaparse, pero oía el taladro alto y claro. Estremeciéndolo hasta el tuétano.

—¿Cómo... cómo que compró a Princesa para mí?

Evel sacó del bolsillo las llaves de su propia moto, y se las revoleó a Dakota.

—¡Vuela al aeropuerto, tío! —gritó—. ¡Vue-la!

Dakota empezó a correr hacia la puerta, pero entonces, se volvió:

—Oye, ¿cómo sabes tú todo eso? ¿has estado hablando con mi chica a mis espaldas?

Evel soltó un gruñido que se oyó desde la barra, haciendo que los presentes se volvieran a mirar.

—Pues, "tu chica" está a punto de largarse, capullo... ¡Corre! En un rato, cuando lo haya averiguado, te aviso en qué vuelo va.

Las últimas palabras quedaron flotando en el aire. Dakota no las oyó.

Volaba hacia el aeropuerto a bordo de la Harley Davidson último modelo de su amigo.

Cada vez que tomaba conciencia de que ella había recuperado a Princesa, sus zancadas por la terminal de pasajeros se convertían en carrera. Entonces, recordaba su frialdad de aquel día, la decepción hacía acto de presencia, luego la rabia, y entonces, aminoraba el ritmo, y se preguntaba cuándo conseguiría olvidarlo. ¿Qué necesitaba oír, saber, ver... para borrarlo definitivamente? Pensó que sería genial poder averiguarlo, porque de esa forma, todo sería mucho más sencillo.

Pero cuando la vio, con sus vaqueros y su cazadora -vestida de viajera-, tan pequeña, tan sola entre un mundo de gente... Ya no volvió a detenerse.

Para Tess que no había contado con que él volviera a colarse por los controles de seguridad, verlo allí fue...

Un cóctel de emociones.

Tras el shock por la forma en que él se había marchado de la reunión familiar, había reflexionado sobre el tema y concluido que a pesar de todo, las cosas no habían salido mal. El "no" ya no era "no", el muro empezaba a ceder. Al comprenderlo, se sintió revivir, profundamente agradecida ante esta nueva oportunidad que le brindaba la vida.

Y si ya se sentía agradecida de aquel "me lo pensaré", verlo allí, de pie, frente a ella, le parecía como estar tocando el cielo con las manos.

Se miraron en silencio unos instantes. Ninguno sabía qué decir, y ambos empezaron por lo obvio:

—Hola... —dijo él. Y a continuación, hinchó el pecho en una respiración profunda.

Ella esbozó una ligera sonrisa tímida.

—Hola...

Dakota bajó la vista. Siguió con los ojos el movimiento de la puntera metálica de su bota mientras jugueteaba con el anillo de una lata de gaseosa que alguien había tirado al suelo.

Tess, que había empezado a temblar tan pronto lo había visto, procuraba mantener a raya los temblores...

Y las ganas de colgarse de su cuello y besarlo, besarlo, besarlo...

Hasta hacerle perder el sentido. O que él se lo hiciera perder a ella.

—¿Has recuperado a Princesa? —lo oyó preguntar.

Cuando aquellos increíbles ojos marrones enfocaron en ella, un estremecimiento la recorrió entera, de la cabeza a los pies. Estaba segura de que él lo había visto. Aquel brillo salvaje en su mirada, que hacía meses no veía, había vuelto a relampaguear, cargado de energía.

Tess asintió y respiró hondo. Tenía un nudo en el estómago, otro más grande en la garganta, y la sensación de estar respirando con un cuarto de pulmón.

—Le dejé las llaves a tu madre —murmuró.

Dakota miró a otra parte, se sentía culpable y cabreado al mismo tiempo. Y como siempre que la tenía a menos de dos metros, la necesidad de ella empezaba a desbordarse sin control.

—¿Por qué no me lo dijiste?

—¿Por qué no me dijiste que la habías vendido para poder ir a Boston, a verme? —replicó con un hilo de voz. Se aclaró la garganta.

—Joder, lees demasiadas novelas románticas... —se quejó él—. No te lo dije porque no importaba. ¿Qué mas da, Tess? Quería verte. La moto no importaba, importabas tú.

Toda ella se estremeció interiormente al oírlo, y el nudo de la garganta se apretó aún más.

—Tampoco importaba esta vez... No he venido a sobornarte con un regalo, ni a forzarte a que me agradezcas algo que hice sólo porque me parecía lo más correcto... He venido a poner las cosas en su sitio, y no voy a negar que no esperaba que me lo pusieras tan difícil... —Tess bajó la vista. *Diosss*... No sabía cómo continuar—, pero no me quejo... Has dicho que lo pensarás y eso es... —lo miró y no pudo evitar que los ojos se le llenaran de lágrimas—. Supongo que es suficiente para empezar...

No lo era.

Al verla, Dakota se ablandó.

—No llores, bollito, por favor...

Ella negó con la cabeza una y otra vez. Se secó las mejillas con cierta brusquedad, entre enojada y preocupada, que a él lo ablandó aún más.

—No, no... No lloro, no lloro...

En aquel momento la alarma del móvil sonó. Era hora de embarcar. Tess volvió a respirar hondo y se esforzó por mirarlo y por ofrecerle una sonrisa.

—Tengo que irme...

Él asintió. Ella bajó la cabeza. Volvió a respirar hondo en un intento de que la angustia bajara de su garganta.

Dakota miró a un costado un instante. Luego, volvió a hinchar el pecho en una respiración larga, y soltó el aire de golpe. Se acercó lentamente. Se detuvo frente a ella, a escasos cincuenta centímetros.

El corazón le latía tan fuerte y tan a prisa que Tess estaba segura de que él podía oírlo.

Pero no era así. Dakota sólo oía los martillazos del suyo, tan poderosos que parecían a punto de partirle el pecho en dos.

Tess levantó la cabeza, lentamente.

—Nunca he sentido vergüenza de ti —murmuró, procurando mantenerle la mirada.

Él se estremeció y todo su cuerpo se sacudió.

Entonces, un pensamiento atravesó su mente... Quizás, hubiera algo que le permitiera borrar el recuerdo de aquel día.

Quizás...

—Si ahora te pidiera que no subieras a ese avión —murmuró—, que te quedaras aquí, conmigo... ¿lo harías?

Tess ni siquiera parpadeó. Su voz sonó suave, pero segura.

—Sí. Lo haría sin dudarlo.

Él tragó saliva.

—¿Aunque tu familia nunca te lo perdonara?

Las lágrimas habían vuelto a rodar, y esta vez, ella ni siquiera intentó evitarlas.

—Sí —repitió—. Lo haría sin dudarlo.

Dakota soltó el aire en un suspiro. La rodeó con sus brazos y apoyó su cabeza sobre la cabeza femenina. Apretó los párpados. Ella se pegó a él, sin acabar de creer que aquello fuera real... Sin moverse, casi sin respirar, por miedo a que al hacerlo la magia se rompiera y cuando abriera los ojos, descubriera que todo había sido un sueño. Durante un rato permanecieron en silencio, abrazados. Tess fue la primera en hablar, y lo hizo con tal tono que a él le pareció un ronroneo, mimoso y dulce, como era todo en ella.

—Pero no puedo quedarme —susurró—, así que... *por favor*, no me lo pidas...

Dakota sonrió, resignado. La estrechó más fuerte.

—Vale —concedió—. Yo no te lo pido y tú me prometes que en tres meses máximo, volverás. Y te quedarás conmigo.

Ella esbozó una sonrisa, unos ojitos dulces lo miraron desde atrás de las gafas de John Lennon.

—Prometido.

La alarma volvió a sonar.

Joder... ¿Tenía que dejarla ir? ¿Tan pronto? Sus manos, ardientes, se cerraron en torno a las caderas de Tess. Una siguió un recorrido ascendente a través de la espalda femenina.

Dakota se dobló sobre ella.

—Abrázame, Tess... Fuerte... Más fuerte... *Joder*... Me moría sin ti...

Su aliento la quemó entera. Tess se pegó a él, lo estrechó con todas sus fuerzas. Sin darse cuenta, empezó a buscar sus besos.

—Yo también... —dijo apenas con un hilo de voz—. *Diossss*, cuánto te he echado de menos...

Primero fue un beso ligero; luego, la punta de su lengua acariciándole los labios. Tess suspiró, intentó adueñarse de ella, pero él la retiró.

—¿Hay tiempo para visitar el lavabo de señoras? —ofreció él, insinuante.

Ambos sonrieron. Apenas fue una mueca, perdida entre amagos de besos y el juego sensual de la lengua masculina sobre la piel de Tess.

—No... —dijo ella a punto de capturarle la lengua—. Pero para un beso, sí...

Al tercer intento, acabó atrapándola. Ambos se estremecieron cuando Tess rodeó la boca de Dakota con sus labios.

Y aquel suave, increíblemente delicado, primer beso público que ella le daba, lo convirtió en un volcán.

Dakota, enardecido, la alzó en volandas y se adueñó de su boca en un beso voraz.

Aquella tarde, los viajeros que deambulaban por la amplia zona de pasajeros del Aeropuerto Internacional de Heathrow a la espera de embarcar, presenciaron una escena pintoresca; un hombre muy alto y de larga melena rubia, que fundido en un abrazo con la pequeña mujer de las gafas redondas a la que sostenía a un metro del suelo, la besaba apasionadamente.

Sería una imagen recurrente con el paso de los años, cada vez que pisaran la zona de tránsito de algún aeropuerto, o en ronda de amigos, comentando curiosidades de la vida. Y no sólo por lo entrañable del momento, tanta pasión estimulada por una partida inminente -quién no ha deseado sentir esa emoción alguna vez-, también por el inevitable interrogante:

¿Cómo se las habría ingeniado aquel sujeto para atravesar los controles de seguridad vestido con un estrafalario conjunto de pantalones y cazadora de cuero, poblado de pinchos?

¿Sería que el amor todo lo puede?

Otro misterio, a aumentar una lista en constante crecimiento, sobre el que la ciencia, tal vez, acabará arrojando luz algún día.

~Epílogo~

Londres, primavera de 2009.

Cuando Dakota entró a bordo de Princesa y la aparcó en el camino que conducía al garaje, su padre estaba afanado en el cuidado de los macizos de rosas trepadoras que había plantado hacía dos años, y ahora, estaban en flor. Él enderezó la espalda y se volvió hacia su hijo quitándose la gorra para secarse el sudor de la frente.

—¿De regreso, ya? —le preguntó con bastante fluidez.

Dakota esquivó las pequeñas montañas de abono y restos de desherbado y poda, la carretilla y, finalmente, la silla que Douglas Taylor siempre tenía a mano para descansar al menor signo de fatiga (como le había recomendado el médico), y se detuvo frente a él.

—Sí... Evel llegó por fin, más muerto que vivo, pero llegó. Por lo visto, anoche tocó juerga a lo bestia... Le puse un café de esos que parecen barro y me he venido —comentó Dakota—. ¿Y tú, qué tal?

Doug asintió con un movimiento suave.

—Bien...

El ataque lo había envejecido; había mucho menos pelo en su cabeza y rostro, y el que permanecía allí, era de un blanco plateado. También estaba más delgado (y más arrugado, a consecuencia de ello), pero el especialista decía que eso era bueno. Para Dakota todo lo que importaba era que estaba vivo. Había sobrevivido a una enfermedad de la que pocos lograban salir con vida, y desde entonces, lentamente se había ido recuperando de las secuelas importantes. Hacía meses que caminaba por sí solo, sin la ayuda de muletas o bastón alguno, y aunque se duchaba sentado en un banco -y con la puerta abierta por expreso deseo de su mujer, que se pasaba todo lo que duraba el aseo con sus dos orejas pendientes de lo que sucedía en el baño-, lo hacía solo. El habla mejoraba día a día: tenía sesiones con la logopeda tres veces en semana, y sesiones privadas con Tess prácticamente a diario. En apariencia eran conversaciones normales entre vecinos. Doug se ocupaba de las plantas del jardín posterior, y Tess solía sentarse allí a leer un rato, siempre que el clima lo permitía. Sin embargo, ella decía nuevamente -silabeando- las palabras que a Doug se le quedaban atascadas. Entonces, él volvía a repetirlas una vez y otra, hasta que, por lo general, acababa diciéndolas bien. Dakota los había oído más de una vez sin que ellos se apercibieran de su presencia, y estaba seguro de que su madre también aunque nunca hubiera dicho nada al respecto. Tampoco le extrañaba. Rosalyn no decía nada acerca de Tess -ni para bien ni para mal-, lo cual venía a significar que continuaba sin digerir la relación que su hijo mantenía con ella, pero como sabía que a él no le gustaba que "metieran las narices en sus cosas", se cuidaba muy mucho de decirlo en voz alta. Al menos, cuando Dakota estaba en casa.

—¿Te traigo una Coca o algo?

Doug volvió a calarse la gorra. Le dio una palmada en el hombro a su hijo.

—No... Tu madre... —respondió, dejando en el aire la frase, al tiempo que volvía a ponerse a la faena—. Me tocan medicinas... en un rato...

Dakota asintió. Extendió la mano para cortar uno de los fragantes capullos color rosa.

—¿Puedo...?

Doug apartó la mano de su hijo, y se estiró a coger las tijeras. Cortó el talló de una preciosa rosa, una diferente a la que él había señalado. Abierta al ochenta por ciento, su embriagador perfume se percibía a distancia. Se la ofreció con una sonrisa pícara.

—Si te vas de la lengua —le dijo Dakota mientras se alejaba, flor en mano, hacia a la casa—, convenceré a tu mujer de que estás engordando otra vez y vas a pasar *muuucho* hambre, chaval... Te lo aseguro...

La reacción de Rosalyn al ver a su hijo atravesar el corredor hacia el patio trasero, fue algo menos pícara y un poco más recelosa. Dakota empezaba a romper su lúgubre imagen de años con esporádicas notas de color como la camiseta de mangas largas que llevaba hoy. De un rojo rabioso, y con el nombre de una de sus bandas favoritas estampada en negro a la altura del pecho, estaba hecha de un material parecido a la lycra que se le ceñía al torso y a los brazos de tal manera que podía dibujarse el contorno de sus músculos mejor que sobre un papel de calcar. No hacía falta pensar mucho para saber quién se la había regalado; la misma a la que ahora él le regalaba, nada más y nada menos, que una rosa. Que Dios la perdonara, pero no le gustaba nada la idea de ver a su único hijo tan ilusionado con una mujer mucho mayor que él. Llegaría el momento en que la diferencia de edad se cobraría su tributo, y el primer pago a cuenta ocurriría cuando quisiera tener un hijo, y ella no pudiera dárselo.

Dakota no tenía las preocupaciones de su madre. En realidad, no tenía ninguna.

El MidWay dejaba mayores beneficios cada semana y los Taylor ya no tocaban los ahorros para vivir. Tess había vuelto a instalarse en Londres hacía dos meses y medio, la tortuosa espera había acabado y ahora, que para verla no tenía más que saltar la linde o tocar el timbre de casa de los Gibb...

Vivía saltando la linde o tocando el timbre de casa de los Gibb cada minuto que tenía libre.

Hoy saltaría la linde.

Dakota salió al jardín trasero y cerró la puerta sin hacer ruido. Avanzó hasta donde podía ver la casa vecina, y miró a hurtadillas.

Sonrió. Tess no estaba leyendo hoy. Tomaba el sol, arrellanada en su asiento, con las piernas descansando sobre un reposapiés que se había traído del salón. Escuchaba música con su Ipod.

Sus ojos de hombre enamorado repararon en el aire de total relax que la envolvía, que destacaba la belleza de un rostro que él siempre había encontrado hermoso, dulce...

Sus ojos de hombre, rápidamente, se percataron de que el ligero tejido azul verdoso de su vestido de tirantes, perfilaba la redondez de sus pechos y, de manera más evidente, el contorno de sus grandes pezones. También repararon en que ella se había subido un poco la falda, apenas un palmo por encima de la rodilla... Bastante para exponer parte de sus muslos a los rayos del sol.

Y desde luego, suficiente para poner a cocer a fuego vivo al hombre que la contemplaba.

Cuando Dakota pasó al otro lado del lindero, su mente ya estaba pensando cómo encerrarse con ella en el cuarto de las escobas sin que nadie se diera cuenta, y darle gusto al cuerpo.

Se acercó en silencio y se puso de cuclillas a su lado, de frente a ella y de espaldas al jardín. Ella continuó con los ojos cerrados. Escuchaba a ColdPlay.

Él le tocó el antebrazo con la flor. Fue apenas un roce. Tess movió una mano como si espantara una mosca, giró la cabeza hacia el otro lado, ofreciéndole al sol su perfil derecho.

Dakota volvió a sonreír, la tocó con la rosa una vez más; en esta ocasión en la parte interior del muslo. La profundidad del movimiento lo delató al instante, y ella abrió los ojos y le obsequió una sonrisa tierna.

—Hola —murmuró Tess, al tiempo que le hacía señas con un dedo de que se acercara a darle un beso.

Él le ofreció la rosa y una sonrisa ladeada. Ningún beso... *aún.*

—De Douglas Taylor a su profe de fonética con mucho cariño —anunció.

Tess tomó la flor, se la acercó a la nariz e inspiró profundamente.

—*Mmm*... Exquisita... —sus ojitos tiernos enfocaron en Dakota—. Dile a tu padre que es un encanto de hombre y que su rosa es preciosa.

A continuación, le tomó un mechón de cabello y suavemente tiró, haciendo que Dakota se acercara.

—Y dile que el mensajero que ha usado para enviármela es... *guapísimo*... —besó sus labios una vez y otra... y otra más—. Gracias.

Ella se quedó con la mano que le había ofrecido la flor. Dakota enredó sus dedos en los de Tess. Sus ojos, que siempre la miraban con avidez, recorrieron su rostro centímetro a centímetro.

—Me vas a tope —murmuró al fin, en uno de esos arrebatos que le daban cada vez que caía en la cuenta de la increíble habilidad con que ella le seguía el juego. Todos los juegos.

Su pulgar, el único de los cinco dedos que no enlazaba ninguno de Tess, inició una caricia insinuante de lo que tenía al alcance; la base de un pecho.

Ella se inclinó a besarle la punta de la nariz.

—Es decir, te gusto —aclaró, traduciendo de la versión Dakota a la versión repipi.

Él la retuvo en esa posición, y la siguiente caricia del pulgar fue sobre un pezón, que se erizó de inmediato.

Un chisporroteo demencial lució en el fondo de sus ojos cuando habló mientras torturaba aquel trocito de carne entre sus dedos a través del vestido.

—Eso se queda *muyyy* corto... —confesó, mientras le robaba besos cada vez más profundos.

—¿Cómo de corto?

Él respiró hondo, soltó el aire sobre la boca femenina.

—Mejor me retiro, ¿vale? Apuesto la cabeza a que alguien de tu familia nos mira desde esa ventana...

Ella volvió a besarle la nariz, luego la punta del dedo que antes la acariciaba. Dakota, decidió que si no se apartaba al instante, los dos acabarían ofreciendo a los espectadores un show triple equis.

De mala gana, movió el otro sillón hasta ponerlo a la derecha de Tess, y se despatarró en él. Recostó la cabeza, cerró los ojos y dejó que el sol primaveral también le besara la piel.

—Bonita camiseta —apuntó la editora, después de darle un minucioso repaso a aquel torso de músculos bien torneados.

Una sonrisa vanidosa dominó el rostro masculino.

—Que no te oiga el dragón. A ver si se pone celoso...

—Pensé que hoy no vendrías a comer a casa...

—¿Y perderme las miradas de odio que me echa tu madre cada vez que relleno tu copa de vino o tú me sirves espaguetis? Ni de coña, guapa...

Ambos rieron un buen rato el comentario de Dakota. Era su forma de quitar hierro a una situación que continuaba siendo tensa. La mayor parte de los Baldini/Gibb habían bajado las armas y confraternizaban con el enemigo; pero Amelia y su hija menor, no.

La madre de Tess cocinaba, atendía a toda la familia que se reunía en torno a su mesa cada domingo desde hacía cuarenta años, pero no ocultaba su desagrado por la relación que Tess mantenía con Dakota, y mucho menos por tener a "aquel individuo sentado en su salón". La única razón por la que toleraba la situación, tenía nombre y apellido: Richard Gibb, su marido. Lo respetaba profundamente, y él le había pedido que no interfiriera.

Abigail no le dirigía la palabra a su hermana. Desde que ella había vuelto a la casa familiar en Londres, la evitaba todo lo posible. La mayoría de los domingos ni siquiera comía en casa, sólo por no tener que verles la cara a "los tortolitos". Pero había veces que acudía, se sentaba a la concurrida mesa, y era deliberadamente hiriente hacia su hermana, sin que nadie pareciera reparar en ello. Eso le calentaba la sangre a Dakota, pero Tess había dicho que para ella era importante recuperar su vida familiar, que estaba segura de que con el tiempo y al ver que la relación iba bien, se tranquilizarían, y todo volvería a su ser, y para él, en su fuero interno, eso era ley. Del mismo modo que Amelia lo hacía por su marido; Dakota lo hacía por Tess. Sabía que podía ausentarse -ella se lo había dicho con claridad desde el principio-, pero aunque de palabra se mofara y mostrara su característica actitud irreverente, los hechos hablaban por sí mismos; no había faltado ni un solo domingo.

—Bueno —comentó Tess, risueña—. Al menos, hoy catarás los *gnocchi* de Amelia Gibb. Te aseguro que te sentirás completamente compensado.

Ya se sentía compensado. La tenía a ella, veía su alegría por volver a estar con los suyos, las miradas dulces que le dedicaba a él -más que suficientes para que pudiera digerir la comida si se le quedaba atragantada por algún comentario fuera de lugar-, y sabía que, aunque Tess nunca lo hubiera dicho abiertamente, él era, en gran medida, la razón de su regreso a Inglaterra...

—Ñam... —replicó él, y cambió de tema—. Al final no me has dicho si te han confirmado la entrevista en esa editorial... ¿cómo se llamaba?

—Harper Collins... Sí, es mañana a las cuatro...

Dakota se incorporó un poco y volvió la cabeza para mirarla.

—No suenas muy contenta... ¿qué pasa?

Tess se encogió de hombros y esbozó una sonrisa poco convencida.

—No estoy segura —vio que Dakota fruncía el ceño, y ella le palmeó el brazo, en un gesto tranquilizador—. No es nada... sólo que al principio pensé que era el traslado... Coordinar tantas cosas en tan poco tiempo, sin reducir mis jornadas maratonianas de trabajo, fue realmente agotador... Pero han pasado más de dos meses y...

—¿Y qué?

—No tengo ganas de volver a la rutina... —Tess se incorporó hasta quedar hombro con hombro con Dakota, y continuó hablando—. Días interminables, pilas de manuscritos y unos resultados finales con los que no acabo de estar satisfecha...

—¿Quieres cambiar de actividad... hacer otra cosa?

—No... quiero hacer lo mismo, pero de otra forma... Editar lo que me gusta, publicar pocos pero buenos libros, obras que queden en el recuerdo... y que mi profesión me deje suficiente tiempo libre para estar contigo... Quiero una vida aparte de un trabajo...

—Pues, hazlo... —dijo Dakota.

Ella le echó una mirada risueña.

—No es tan sencillo...

—¿Y eso qué más da? Si quieres hacer algo, lo haces y ya. De los follones, ya te ocuparás cuando te toque...

Tess bajó las piernas del reposapiés, y se acomodó mejor en el sillón, de frente a Dakota. Lo miró con interés y cierta sorpresa.

—¿Tú crees?

—Claro... Eres editora ¿no? La escritora ya la tienes... ¿no te regaló esa novela? Publícala. Seguro que no te pondrá pegas.

Tess empezó a considerar el tema seriamente. Volvió a mirarlo.

—¿En serio? ¿Tú crees...?

—¿Estás de coña? Eres una tía *superinteligente*... Puedes hacer lo que te de la gana...

Ella permaneció en silencio, escrutándolo.

Él esbozó una gran sonrisa seductora. Adoraba esa atención cerrada que ella le dedicaba.

—¿Sabes? Cuando me miras así, *me desarmas*... Crezco cuatro metros y me siento un gigante —dijo él con su actitud de chico malo—. Me dan ganas de decir algo *bien-bien* importante solamente para poder seguir viendo esos ojitos dulces clavados en mí... Escuchando lo que digo como si fuera lo más importante del mundo...

—Me importa todo lo que dices —replicó ella, suavemente. Para él fue como si una caricia descendiera muy despacio por el centro de su espalda, y el estremecimiento fue inevitable—. Y ésto que acabas de decir es muy importante... Podría ser la fórmula perfecta... —tomó la cara masculina entre sus manos y le regaló un beso agradecido—. Para mí, mides cuatro metros... Eres mi gigante...

—No me digas... ¿en serio? —murmuró él con tal cara de "¡qué ganas de comerte entera!" que a ella le hizo soltar la risa.

Tess volvió a arrellanarse en el sillón.

—Compórtate, motero... —le dijo, risueña— que las paredes tienen ojos y oídos.

Amelia frunció el ceño al entrar al saloncito y ver que su marido le sonreía al periódico. Leía la página de deportes y su equipo favorito había perdido el último partido por un deshonroso 2-0, así que estaba claro que la razón de su sonrisa no podía ser esa.

Treinta segundos más tarde, cuando escuchó una voz grave (que no tuvo problemas en identificar) decir "crezco cuatro metros y me siento un gigante" halló la verdadera razón. No la comprendía, pero desde luego, acababa de encontrarla. Venía del jardín trasero y se colaba por la ventana, entornada, que estaba justo detrás de su señor esposo.

—Nunca entenderé por qué pareces tan satisfecho de que nuestra hija mayor haya perdido completamente la chaveta, Richard...

Él alzó la vista y sus labios se curvaron aún más al ver a su esposa, que se acercaba hacia él. A continuación, dejó el periódico a un lado y se puso de pie, en un gesto de galantería.

—Si los observaras en vez de criticarlos, te darías cuenta de por qué estoy tan satisfecho —dijo al tiempo que le pasaba un brazo alrededor del hombro a su mujer—. Ese chaval que según tú sólo sirve para arreglar motos, sabe cómo hacerla feliz...

¿Observarlo? ¿Más? Desde que Tess había vuelto a Londres, al gigante pelilargo lo veía hasta en la sopa. Si tenía que "observarlo" un poco más, acabaría empachada.

Amelia le dedicó una mirada abiertamente socarrona y con suavidad se liberó del brazo que la rodeaba. A continuación, dijo a voz en cuello:

—¡A ver, tortolitos... a comer!

Baldinis, Gibbs y gigante pelilargo habían ocupado sus asientos en el gran salón que daba a Old Elm Street y todo parecía indicar que aquel día reinaría la concordia entre los diez comensales, cuando llegó Abigail.

Dakota maldijo su suerte. Siguió disimuladamente con la mirada los movimientos de la joven a ver qué hacía. Por lo visto, desde que había puesto fin a la relación imaginaria que mantenía con él, el negro había dejado de gustarle. Toda ella era una sinfonía en violeta, desde las mechas que llenaban su cabellera que hoy llevaba recogida en una coleta alta, hasta el vestido supermini, medias y taconazos incluidos. Hacía juego con su tía Stella, pensó con sorna. Vaya dos personajes... La vio saludar efusivamente a todos los presentes, excepto claro, a su hermana y a él. Todos parecían muy contentos de que "hubiera cambiado de idea y viniera a comer", y para variar, nadie hizo menor comentario cuando la niña violeta se saltó el saludo de dos de las diez personas sentadas a la mesa.

Dakota apartó la vista cuando Abigail ocupó el lugar que había frente a él. Se preguntó si hoy Dios -o quien fuera- le daría paciencia para aguantar a Morticia...

Lamentablemente, no le llegó ninguna respuesta del Más Allá.

Los platos de *gnocchi* que Amelia servía fueron pasando de comensal en comensal hasta que todos estuvieron servidos. Entonces, le llegó el turno a la enorme ensaladera repleta de tres tipos diferentes de lechuga, tomates cherry, cebolla, aceitunas negras, nueces partidas y queso *parmiggiano*, aderezada con abundante aceite de oliva y unos toquecitos de *aceto balsámico*.

Las conversaciones cubrieron varios temas, aunque el más recurrente eran los deportes. Dakota a quien no le interesaban especialmente, y además, prefería estar atento al enemigo, se dedicó a disfrutar de la comida y de la cercanía de la mujer que tenía a su izquierda; Tess.

En aquel momento, ella pinchó una aceituna y se la ofreció, y cuando Dakota abría la boca para coger el fruto negro con los dientes, vio por el rabillo del ojo cómo a la niña de los pelos violeta se le cambiaba la cara.

Supo que no habría paciencia de ninguna clase que consiguiera que hoy, él se mordiera la lengua.

—¿Me pasas la sal? —oyó que Abigail le decía.

Dakota miró deliberadamente el salero. Estaba junto a la mano de Tess. Ella, resignada, se lo ofreció para que él, a su vez, se lo entregara a Abby.

Pero él volvió a dejarlo en su sitio.

—Pídeselo a Tess —respondió—. Lo tiene ella.

De repente, cesaron los ruidos de cubiertos y todos los ojos presentes se centraron en el triángulo de alta tensión formado por las dos hermanas y el motero.

—A esa señorita no le pediría ni la hora. Pásame la sal —insistió Abigail.

Dakota ignoró la mano femenina que acababa de apretarle el muslo, pidiéndole tácitamente que no continuara. Estaba realmente harto de Morticia, de la situación... y de tener que morderse, cada vez que volvía a repetirse.

—Alguien de tu familia debería decirte que te cortes, porque te estás pasando siete pueblos —su voz fue creciendo en volumen y en acidez—. Alguien de tu familia debería decirte que Tess no te ha faltado ni te ha robado nada porque si ella no existiera, yo no estaría contigo. Y si no te lo dijo antes fue por no hacerlo con un email o una llamada telefónica. No quería herirte sin tener la posibilidad de estar presente para consolarte. Tú, en cambio, no tuviste ningún problema en herirla a ella: mentiste para llevártela al Club49 aquella noche... ¿sabe tu familia lo que pasó ese día?

Las miradas interrogantes y el brillo en los ojos de Abigail, dejaron claro que no lo sabían. Dakota, asintió.

—Bien... Porque también mentiste cuando le dijiste que te besé. Yo jamás te he tocado y tú lo sabes muy bien...

—¡¿Vais a permitir que me siga hablando así?! ¡Pues, yo no pienso aguantarlo!—exclamó Abby y a continuación hizo el gesto de ponerse de pie. Entonces, la voz de un Dakota desconocido para todos volvió a sonar, taxativa

—Vuelve a sentarte y cierra la boca.

Abby miró a su madre, buscando aliados. Ella con las mandíbulas apretadas y un brillo salvaje en la mirada no hizo el menor gesto. Su padre, sí: con un movimiento de cabeza le ratificó la orden que había recibido, aunque no hubiera sido él quien la había dado. La joven, a regañadientes, hizo lo que le pedían.

El aire se enrareció en una mezcla de tensión al límite y orgullo herido. Tess tenía un nudo en la garganta.

Dakota apartó el plato de comida y volvió a enfocar en Abigail. Era una mirada cargada de desafío y de enfado, una mirada que Tess conocía muy bien.

—Alguien de tu familia debería decirte que lo que estás haciendo está mal, que no tienes ningún derecho a hacernos tragar toda esta mierda, y que ya está bien. ¿Te enteras? *Ya está bien.* ¿Vas a seguir pasándote de borde con Tess? Vale, entonces ten bien presente ésto. Por cada vez que te pases con tu hermana, yo me pasaré contigo. Y ya me conoces, me va a dar exactamente igual dónde estés y quién esté delante. A ver qué tal lo aguantas... —y ya que había cogido carrerilla, decidió que tenía algo más que decir. Giró la cabeza hacia las Baldini—. Y con todos mis respetos, alguien debería decirles a ustedes, señoras, que ya es hora de que se metan en sus asuntos y nos dejen en paz. ¿Que no les gusta mi pelo o mis pintas? Pues, acostúmbrense, porque aquí estoy y no tengo ninguna intención de irme.

Amelia no pudo aguantarse más.

—No son tus pintas lo que nos preocupa, sino tu personalidad y tu juventud... No creo que seas el tipo de hombre —hizo un gesto que dejó claro que usaba esa palabra a disgusto, ya que en realidad lo veía más como un jovencito que como un adulto— adecuado para Tess. Eso es todo.

Dakota le regaló una mirada llena de desafío y socarronería.

—*Eso* no es asunto suyo. Y para que conste, soy el hombre adecuado porque ella sabe que la adoro... Si tuviera alguna duda sobre eso, nunca habría permitido que me acercara tanto... *Soy el hombre adecuado, señora.* El único que ha sentado a esta mesa... Y soy algo más: la razón de que Tess esté aquí y no en Boston... Así que, visto y considerando que le he traído a su hijita de vuelta a casa, un poco de agradecimiento no estaría de más... —sostuvo la mirada en los ojos de la madre de Tess, y al final dictó sentencia—. Ya está bien, señora Gibb.

La presión de la mano sobre su muslo se tornó en caricia, haciéndole tomar conciencia de lo que acababa de decir, y la increíble dulzura que vio en los ojos de Tess al mirarla, le dejaron saber que su incómoda confesión sería bien recompensada, cuando estuvieran a solas.

Aquella declaración tan categórica de Dakota fue recibida con sorpresa por todos, aunque con distintos grados de aceptación. En el grado más bajo, estaban Abigail y, por supuesto, Amelia. En el más alto, Richard, y sorprendentemente, Stella. Ambos se hicieron oír, a su manera:

—Muchacho —intervino el padre de Tess con una gran sonrisa satisfecha al tiempo que se estiraba a tocar el vaso de Dakota con el suyo—. Creo que mi esposa acaba de encontrar un digno adversario... ¡Brindo por eso!

—Pues, congraciarse conmigo le saldrá un poquitín más caro —terció Stella, toda picardía—. Chaval, como no muestres ese dragón que llevas tatuado en la espalda, te voy a hacer la vida imposible.

Mientras la mitad de la mesa se llenaba de comentarios del tipo "¿dragón?", "¿tiene un tatuaje en la espalda?" "¡Wooooow!, Dakota se volvió hacia Tess, bajo la mirada recelosa de Abigail.

—¿Les has hablado de mi tatuaje? —le preguntó con un hilo de voz, casi sin mover los labios.

Tess se cubrió la cara con las dos manos. El movimiento de sus hombros mostraba sin posibilidad de error, que se estaba partiendo de risa.

Les había hablado de su tatuaje.

—Vale —replicó el interesado y se puso de pie. Nunca había tenido ningún problema en exhibirse -al contrario-, y con tal de que se acabara la guerra, era capaz de quedarse en cueros en pleno salón de los Gibb.

A continuación, giró dándoles la espalda y se sacó la camiseta.

El asombro dio lugar a una efusiva sesión de silbidos de aprobación. Otros fueron aún más efusivos, y mostraron su agrado ante aquella visión tan inspiradora con expresiones como "¡Dios mío de mi vida y de mi corazón! ¡Pero niño...! ¡Cómo vas por ahí así!" y "¡Queremos verlo entero! ¡Queremos verlo entero!".

Al dueño del tatuaje, sin embargo, la que más le gustó fue la de Tess.

Con sus mejillas de payaso y su mirada dulce, habló alto y claro.

"Ah, no... Eso sí que no... Scott y su cola de dragón son sólo míos".

Y cuando llegó la noche, y estuvieron a solas...

Tess dejó los dos pocillos vacíos sobre la pequeña tabla plegable adherida al apoyabrazos izquierdo del sofá, y se acurrucó contra Scott. Llevaba el mismo vestido azul verdoso de la mañana, al que había añadido una rebeca a juego y medias de nylon sin liga, y aunque había refrescado, la razón de su acercamiento no tenía nada que ver con el clima.

Dakota le pasó un brazo alrededor de los hombros, y la atrajo aún más contra él.

Todavía se oía, amortiguado, el ruido de la música y el murmullo provenientes de la planta de abajo, donde estaba el pub, ahora bar de moteros, Mid-Way. Pronto, cuando dieran las once, cesaría el bullicio, y Evel se encargaría de cerrar el local.

La pareja acababa de llegar. Después de la comida, y mientras los Gibb se reunían en casa de Stella y Tony, Tess y Dakota habían preferido irse por su cuenta. Habían paseado por la campiña, a bordo de Princesa, y tras oscurecer, ver una película les había parecido la opción ideal. Luego, habían compartido cena frugal y un helado. Y ahora, se disponían a seguir compartiendo tiempo juntos en la intimidad de la boardilla que había encima del MidWay.

—¿Estás cómoda? —preguntó él, y cuando acabó de decirlo, el brazo que la rodeaba había descendido un poco y la mano se había desplazado desde el hombro femenino a su pecho.

La respuesta de ella no se hizo esperar. Se acomodó de forma que su espalda quedó recostada sobre el pecho masculino, dejando así su tórax expuesto -y dispuesto- a la caricias de Dakota.

—Sí... —Fue una palabra muy corta enredada en un suspiro muy largo.

Ahora, había dos manos acariciándole los pechos...

Y una lengua dejándole un rastro húmedo sobre la piel, desde la base del cuello al lóbulo de la oreja.

—Así que Dakota y su tatuaje son sólo tuyos... —dijo él.

Tess sonrió con suavidad, acompañó el movimiento de las manos que le acariciaban el vientre.

—Así que yo sé que me adoras... —murmuró Tess.

Dakota suspiró, estrechó el abrazo. Hundió la nariz en el cuello de Tess.

—Quédate esta noche...

—De acuerdo...

—Quédate todas las noches... —añadió él. Una sucesión de besos pequeños descendieron desde el cuello de Tess, por el perfil de su hombro, haciéndola estremecer— y todos los días...

Ella se liberó del abrazo masculino ante la mirada expectante de Dakota. A continuación, tiró de los bordes de su camiseta, instándolo a que se la sacara. Él obedeció. Tess hizo otro tanto con sus borceguíes, los calcetines y los pantalones, después de desabrocharle la hebilla del cinturón.

Entonces, extendió su mano y tras apoyarla sobre el pecho de Dakota, la hizo descender con suavidad por el centro del tórax, a través de su estómago y su vientre. Finalmente, modificó su posición para poder colarla por debajo del elástico de los boxers, hasta rodearle los testículos. Lo hizo de forma delicada, pero indudablemente posesiva.

—¿Quieres que vivamos juntos? —le preguntó, en un susurro.

Sus miradas conectaron sólo un instante, cargadas de mucho más que pasión, de mucho más que deseo. El sentimiento que fluía desde hacía meses entre los dos, lo teñía todo, lo abarcaba todo de forma categórica.

Él ya había empezado a desvestirla, entre torpe y ansioso, cuando respondió.

—Síí...

Otra palabra muy corta envuelta en un suspiro muy largo.

Los dos se fundieron en un abrazo, y se prodigaron besos y caricias ardientes en una sucesión que pareció no tener fin.

Pero, al fin, lo tuvo.

Ella se liberó de él con infinita suavidad y su mirada ascendió hasta encontrar la de Dakota.

—¿Has vivido con alguien antes? —le preguntó.

Él respiró hondo. Con una mano empezó a acariciarse el miembro de forma ostensible. Hizo que ella lo palpara. Mantuvo la vista sobre los ojos de Tess en todo momento.

—No —murmuró. Tragó saliva—. ¿Y tú?

Volvió a capturar la mano femenina e hizo que lo empuñara. Estaba en erección plena, palpitaba, y quería hacérselo sentir.

Ella suspiró. Negó con la cabeza.

Tras un instante en que ambos continuaron mirándose sin decir nada, Tess esbozó una sonrisa suave, y se acercó a su oído.

—Vuelvo en un momento —murmuró.

Los ojos de Scott siguieron los movimientos increíblemente femeninos de aquel cuerpo desnudo, excepto por un diminuto tanga. Entre las palpitaciones de su verga, que seguía teniendo micro-erecciones sucesivas, como si no estuviera a punto de explotar de tan dura, y los latidos del corazón que no dejaba de darle mamporros en el pecho... y a pesar de todo eso, tenía la sensación de haber dicho algo fuera de lugar... de haberlo estropeado todo.

"Joder, estoy apañado", pensó con socarronería y un punto de desesperación. Primero, tocaba una ducha de agua fría, segundo, una disculpa, y tercero, aguzar el ingenio para volver a llevársela a su terreno.

Se puso de pie, se deshizo de los boxers (tal y como estaban las cosas por su entrepierna, era imposible mantener sus partes a cubierto) y fue hasta la puerta del baño. Estuvo a un tris de golpear con los nudillos, pero dejó el movimiento a medias. En cambio, la abrió con seguridad, y entró.

Tess lo miró por el espejo. Su mirada, nada tímida, le recorrió el rostro, el cabello y los hombros, llena de admiración. Bajó de sus ojos, a su pecho y de allí, hasta la ingle.

A pesar de sentir cómo aquella mirada caliente empezaba a abrasarle sus partes nobles, él intentó deshacer lo dicho, creyendo que había metido la pata.

—Oye, nena... Lo de antes...

Tess le indicó con un dedo que se acercara. Él obedeció, sin saber muy bien cómo tomarlo. ¿Había fastidiado el asunto, o no?

Ella se lo agradeció con un beso que lo puso al rojo vivo.

—Ahora, pónme sobre la pila... —pidió.

Se refería a la estrecha superficie lisa que había junto a la pileta. Ambas conformaban un mueble único, de un metro de altura, situado debajo del gran espejo de medio cuerpo que ocupaba gran parte de la pared. Dakota lo había mandado hacer a medida, harto de tener que doblarse al medio cada vez que se lavaba los dientes.

Él volvió a obedecer, y al hacerlo se dio cuenta de que ella se había quitado el tanga; estaba desnuda.

Tess le rodeó el cuello con sus brazos, e hizo que él se acercara hasta que sus narices casi se tocaban.

—Somos novatos —murmuró sobre los labios de Dakota, insinuante—. Propongo que empecemos por estar juntos los fines de semana... —su mirada dulce buscó el consenso masculino— y si todo va bien...

El suspiro de Dakota, casi un jadeo, la hizo temblar de manera perceptible. Su aliento ardiente le acarició los pechos antes de abrasarle el vientre y enterrarse entre sus piernas.

—Vale —concedió él, con la nariz hundida en el hueco del cuello femenino. Tess cerró los ojos, complaciente, cuando sintió que él asía sus piernas, flexionándoselas, y le hacía apoyar los talones sobre el borde de la pila. Buscó a tientas su miembro, y lo empuñó. Arqueó la espalda impulsando su coxis hacia delante, y rodeó la cintura masculina con su mano libre, para forzar la cercanía.

Dakota se adaptó a la altura del mueble de forma que sus caderas quedaron perfectamente encajadas entre las piernas de Tess. A continuación, dejó que ella guiara los movimientos de su pene, hinchado al máximo, y húmedo de líquido preseminal.

—Pensé que hoy me querrías encima, no enfrente —murmuró él, jugando en la oreja de Tess.

Meses atrás, las palabras, el lugar, la manera en que ocurrían las cosas entre ellos, en las distancias cortas, habría provocado su resistencia, y también cierta vergüenza. Pero de eso hacía mucho tiempo.

Hoy, todo lo que sucedía, y la manera en que estaba sucediendo lo había provocado Tess. Había ido al baño sin ningún otro propósito más que él la siguiera, porque empezando por las formas directas y desinhibidas de Scott, todo cuanto ocurría en aquel momento, todo cuanto ocurriría después, era lo que deseaba.

Desde un principio, él la había hecho sentir una mujer deseada; ahora, la hacía sentir una mujer amada, además de deseada.

No existía en todo el universo, alguien más adecuado que él para Tess. Lo ocurrido durante la comida no había hecho más que confirmárselo.

Sólo faltaba un pequeño detalle para completar aquel día que no olvidaría jamás...

—Dakota... —lo llamó. Fue apenas un murmullo.

Los ojos masculinos, consumiéndose en su propio fuego, enfocaron en Tess. Incapaz de pronunciar palabra, emocionado por oír de sus labios aquel apodo por el que ella nunca lo llamaba, permaneció mirándola.

—¿Me adoras?

Él tragó saliva. Aquel sentimiento enloquecido que nacía de un sitio distinto que la emoción que lo mantenía caliente y duro, avanzaba imparable... Eran como dos corrientes omnipotentes intentando adueñarse de él, al mismo tiempo. A veces, se rozaban a velocidad de vértigo, y entonces, la fuerza de la fricción lo sacudía entero. Por momentos, su miembro se tensaba tanto que dolía; otros, parecía como si el corazón estuviera a punto de salir disparado fuera de su pecho.

¿Cuál corriente ganaría la mano?

¿Cuál se expresaría primero, liberando millones de vatios de energía, y transportándolos, a los dos, a otra dimensión?

Tess lo estrechó con todas sus fuerzas, empujó sus pechos contra él, y empezó a buscar sus besos, insinuándose abiertamente.

—¿Me adoras? —repitió. Su lengua se enredó con la de Dakota, en una danza sensual que acabó convertida en un beso incendiario.

Ambos se estremecieron.

Una sucesión de temblores los recorrió, y ninguna de las fuerzas que contendían dentro de Dakota consiguió expresarse primero.

Su voz, clara y segura, hechizó los sentidos de Tess al mismo tiempo que su miembro se hundía dentro de ella.

"Te amo", resonó en la estancia.

El eco de aquellas poderosas palabras, que invocó un silencio insondable, reverberó hasta lo más profundo de su ser, sumergiéndolos en el éxtasis más dulce de todos.

Eran las doce, y el MidWay había apagado sus luces, pero en la planta alta de aquel bar de moteros de Hounslow, los sonidos del amor continuaron oyéndose toda la noche.

Y todas las noches siguientes, durante muchos años.

Sobre la autora

Aunque escribió su primer libro con apenas doce años y se pasó otros veinte cargando cajas llenas de novelas escritas en cuadernos de espiral cada vez que cambiaba de casa, no fue hasta 2006 que se planteó publicar. Fruto de esa decisión es Jera Romance, web que actualmente alberga y da nombre a su colección romántica.

Su estreno "oficial" en el mundo romántico español tuvo lugar en abril de 2011, de la mano de "Princesa", una novela que aborda el controvertido asunto de la diferencia de edad en la pareja, y que ha enamorado a las lectoras. Han sido sus apasionadas recomendaciones y su permanente apoyo, las que han convertido a "Princesa" en un éxito, y a Dakota, su protagonista, en el primer héroe romántico creado por una autora española que cuenta con su propio Club de Fans en Facebook.

En noviembre de 2012, "Princesa" resultó ganadora del I Premio Pasión por la Novela Romántica como Mejor Novela Digital Autoeditada. Un mes más tarde, en diciembre de 2012, volvió a ser nominada a los Premios ChickLit España, en las categorías Mejor Novela, Mejor Autora y Mejor Portada.

También es autora de la serie romántica *Sintonías*, compuesta por "Bombón" (2007), "Primer amor" (2007) y "Amigos del alma" (2008), de la que se hizo una edición formal, con ISBN, en septiembre de 2012. Todos sus libros están disponibles en versión impresa y digital.

Patricia Sutherland nació en Buenos Aires, Argentina, pero está radicada en España desde 1982.

Página oficial:
Jera Romance
www.jeraromance.com

Blog:
Sutherland
patricia-sutherland.com

www.ingramcontent.com/pod-product-compliance
Lightning Source LLC
Chambersburg PA
CBHW072053020726
47501CB00003B/571